潮浪王子

（上）

PAT CONROY

佩特・康洛伊——著　柯清心——譯

僅以本書，向諸位獻上愛與謝意：

致我的妻子 Lenore Gurewitz Conroy，你是最好的；

給康洛伊一家，我的孩子 Jessica、Melissa、Megan、Susannah。

謝謝 Gregory 和 Emily Fleischer。

感謝我的弟弟妹妹 Carol、Michael、Kathleen、James、Timothy、Thomas；

致我的父親，美國海軍陸戰隊 Donald Conroy 上校，寶刀未老，軍威不滅；

感念我偉大的母親 Peg，她打造了這個家，激勵我們每一個人。

本書撰寫期間，受到許多人義助與支持：

我的繼父，美國海軍上校 John Egan，在家母罹患白血病直至逝期間，對我們一家和我個人極為悉心的照顧。Turner 與 Mary Ball 伉儷把他們山上的房子借我長期使用。James Landon 與 Al Campbell 也把位於北卡羅萊納高地區的山屋鑰匙交給我。我們坐在 Joe 與 Emily Cumming 在泰德山的屋裡時，最棒的南卡羅萊納人 Judge Alex Sanders 告訴了我許多後來收入本書的故事。謝謝孜孜不倦地為本書打字的 Julia Bridges；Nan Talese 是優秀又美麗的編輯；Sarah Flynn 也沒話說。謝謝我的作家經紀人 Julian Bach，他是我遇過最傑出的男人之一。感謝 Houghton Mifflin 出版社視我如家人。感謝 Barbara Conroy，她是稱職的律師，也是我孩子的好母親。老紐約書店的 Cliff Graubert 人超好。Derrill Randel 勇氣可嘉。還要謝謝 Dent Acree、Peggy Houghton、Judge William Sherrill。我的朋友運非常好，感謝所有亞特蘭大、羅馬、義大利以及各地的朋友。我先暫時給你們一個擁抱，下次再把各位的名字寫出來。

媒體讚譽

●《匹茲堡郵報》

文學珍寶……《潮浪王子》是小說寫作傳統的最佳代表，故事精采，人物鮮活難忘……描寫南卡羅萊納鄉間以及環境氛圍對住民之影響，生動有力。佩特．康洛伊的真情之作。

●《底特律自由報》

媲美史坦貝克《天倫夢覺》的傑作……有些小說令你開懷大笑；有些讓你掉淚；有的引人思索。《潮浪王子》是三者兼具的珍稀之作。

●《亞特蘭大報》

迄今為止，康洛伊的顛峰之作。

●《波士頓環球報》

三代人的悲喜憂歡……《潮浪王子》用世代的傳奇與心靈的原始狀態，勾勒出南方精神。

●《出版人週刊》

行文引人入勝，辛辣，富麗，預示強烈，幽默暗諷，遣詞出奇……康洛伊的敘事技巧，幾乎無人能出其右。

●《哈德遜郵報》

佩特．康洛伊的《潮浪王子》藉由文字同時高歌泣血，把閱讀的歡愉送與讀者，將勝利留給了自己。

●《芝加哥論壇報》

一部肯定生命與希望的傑出小說，堅信個人的未來不必受制於過往的悲慘境遇。

目次

編按：

《潮浪王子》原作於一九八六年出版，故事背景設於八〇年代前，部分用語或與當代價值觀有所衝突，但考量角色設定及故事情節，予以保留。

序幕

我的傷痛是一種地理學，也是我停泊和休息的港灣。

我在科勒頓的潮汐與沼澤邊長大。我在捕蝦船上工作，手臂因長時間曝曬於南卡羅萊納州的豔陽下而褐黑粗壯。身為溫格家的人，我剛學會走路就開始工作；五歲時，已能俐落地抓青蟹；七歲便獵到第一頭鹿，九歲已能把獸肉擺上家中餐桌。我在卡羅萊納的海島出生長大，南方的烈陽在我的背部和肩上留下深金色的印記。小時候我在河渠上玩得不亦樂乎，駕著小舟穿梭於沙洲之間，沙洲水位低時，沙地上便會靜悄悄地露出牡蠣。我熟知每個捕蝦人的名字，他們也都認識我，當他們經過在河裡釣魚的我，便拉響船笛打招呼。

十歲時，我出於調皮殺死了一隻白頭鷹，無視鷹兒孤傲地遨翔在魚群上方的神聖絕美。那是我唯一殺過的、不曾見過的生物。父親把我痛打一頓，因為我不但違法，還殺掉科勒頓郡最後一隻老鷹。父親要我生火，給鷹肉調味，逼淚流滿面的我吃掉，接著把我交給班森警長，警長把我關到牢房裡一個多小時。父親用鳥羽做了一頂簡單的印第安頭飾，叫我戴到學校。他深信人應該贖罪，那頂頭飾我戴了好幾個星期，直到羽毛一根根掉落。羽毛落在我走過的學校走廊上，彷彿我是個褪羽的墮落天使。

「以後再也不許獵殺任何稀有動物。」父親說。

「幸好我殺的不是大象。」我回說。

「你要是殺了大象，要吃的肉可多了。」他答道。

父親不許我們恣意破壞大地。雖然我又開始狩獵，但再也不敢射殺老鷹。

母親以她最細膩親密的方式，教我領會南方的精神。她相信花兒與動物也有夢。小時候，她會在我們夜裡睡覺前，說故事一般地告訴我們：鮭魚夢想著山的隘口，大灰熊在清澈激流上探臉窺看；銅斑蛇夢見把長牙刺入獵人的脛骨；魚鷹在睡夢中張著羽毛，尖嘯著俯衝而下，以慢速鏡頭的方式朝水深處的腓魚刺去。貂的噩夢中出現貓頭鷹凶殘的翅膀，麋鹿在寂靜的夜裡夢見順風撲擊的灰狼。

但我們從來不知道母親有什麼夢，她始終把我們隔絕在內心世界之外。我們知道蜜蜂夢見玫瑰，玫瑰夢見花匠蒼白的手，蜘蛛夢見黏在蛛網上的天蠶蛾。身為母親的子女，我們聆聽她馳騁無邊的想像，卻不知道她也會作夢。

她每天帶我們到森林或花園裡，為見到的每隻動物或每株花朵取名字。帝王蝶是「親吻蘭花的黑長腿」；四月裡遍野的水仙花是「奶黃色的女帽之舞」。殷勤的母親能把島上漫步變成發掘之旅，她的眼睛就是我們通往荒野之宮的鑰匙。

我們孤伶伶地住在梅洛斯島上，在一棟爺爺幫忙打造的小白屋裡。屋子面向內陸河道，河的一端是科勒頓，白色豪宅棋子似的立在沼地上頭。我自小成長於物產豐饒、自內陸延伸入海的亞熱帶列島。菱形的梅洛斯島僅是科勒頓郡六十座島嶼中的其一，有一千二百英畝大，四面環繞鹹水河與溪流。科勒頓郡東陲外有六座堰洲島，在大西洋日日沖刷之下形成。其他像梅洛斯這樣由遼濶沼地包圍的島嶼，則是綠色的庇護所，褐蝦和白蝦會在繁殖季洄游到這裡產卵。蝦群抵達時，父親和其他捕蝦人便會在他們完備精巧的船上守株待兔。

我八歲時便幫忙父親建一小條木橋，把梅洛斯島跟狹窄的堤道連起來。這條穿越沼地的堤道銜接了更大的聖安島。聖安島上有條跨河的鋼鐵長吊橋，與科勒頓相通。父親從我們家開著皮卡貨車，五分鐘就能抵達木橋，再開個十分鐘便能進入科勒頓。

一九五三年建好木橋之前，母親總是開著波士頓威拿小艇載我們去科勒頓上學。無論天氣多麼惡劣，她每天早上送我們過河，下午再到公共碼頭等我們。開船總是比搭皮卡快。接送我們上下學幾年後，母親練就了一身駕小艇的絕技，但是橋建好之後，她幾乎就不再開船了。木橋僅讓我們與科勒頓相接，卻讓母親與梅洛斯島外那個充滿希望的世界接軌。

梅洛斯島是父親家族的重要資產，這個家族熱心有餘但運氣欠佳，南北戰爭之後，無可避免地家道中落。內戰時，我的高曾祖父溫斯頓．沙達克．溫格在南軍的畢瑞嘉將軍麾下，負責對薩姆特堡開炮，卻窮途潦倒地死在查勒斯登的聯邦軍人安養院裡，至死拒絕和北方佬說話，男女皆然。他晚年時，在一次擲馬蹄鐵的比賽中贏得梅洛斯島，這座神祕而瘧疾肆虐的島嶼便在衰落的溫格家族中傳承三代，直到父親手裡。祖父當時已經被這座島煩透了，父親是溫格家族中唯一願意支付州稅及聯邦稅，以免島嶼被政府收回的人。那場擲馬蹄鐵比賽算是溫格家族史中可歌可慶的一段，我們總是把高曾祖父奉為家族中第一位運動員。

我並不清楚爸媽之間何時開始他們漫長而痛苦的爭執。多數的爭吵就跟小孩子玩的捉鬼遊戲一樣，子女的靈魂成了兩人追捕之下毀損的隊旗。他們都沒想到這些爭吵可能會傷害子女脆弱且尚未成形的人生。我依舊相信爸媽深愛我們，但也如同世上其他父母，他們的愛反而成了致命的傷害。爸媽在許多方面都很出色，他們賦予我們的天分，差堪彌補在無意間造成的破壞。

母親美麗且善於言詞，縱不再是依戀母親的小兒，多年後我仍渴慕她的撫觸。我將終生感激她，她教我從大自然的形貌與巧妙設計中領略美；教我愛上漁人在幽微星空下燃起的點點漁火，黎明時分飛掠於細碎捲浪間的褐鵜鶘。她教我留意沙錢海膽完美的圓形，細看藏在沙地裡的鰈魚如貝殼浮雕裡的仕女輪廓，留心科勒頓橋附近在沉船遺跡旁忙進忙出的水獺。她豐富的想像力是耀眼的稜鏡，母親透過它去看待整個世界。萊拉．溫格能把頑劣不馴的女兒調教成一個詩人、一個瘋子。她對兒子雖然較為溫和，但結果一樣，只是耗時更長罷了。她為我保留住童年的生活樣貌，透過時光的窗口，我看到各式的肖像畫與靜物。她在兒子崇拜的眼裡，是位統御一切的優雅女王，可惜我無法原諒她，竟然從不告訴我，在我們還小的時候，是什麼樣的夢想支撐她熬過去，因為那個夢想後來毀了我們家，也害死了我們其中一人。

我是美人的兒子，也是捕蝦人之子，我熱愛行船。我自小在河邊長大，聞著大片鹽沼的氣味入睡。夏日裡，我們幾個孩子在父親的捕蝦船上幫忙打下手。沒有什麼比看著捕蝦船隊在日升前出航，在破曉的第一道光中迎向密密麻麻、疾疾穿梭於粼粼潮水間的蝦群，更令我開心。父親站在船舵邊啜飲黑咖啡，聽著其他捕蝦船船長用濃重的鄉音彼此傳訊為伴。他的衣服總帶著腥濃的蝦味，母親不論是用清水或肥皂都去不掉那股味道。父親揮汗工作的時候，身上的氣味也隨之變化，汗水摻雜著魚腥，變成了某種不同而美妙的氣味。小時候站在父親身邊，我會把鼻子貼到他衣服上，聞起來就像片溫暖的沃土。亨利．溫格的脾性若不是如此暴烈，我想他應該是個很棒的父親。

某個晴朗的夏夜，潮濕的空氣苔蘚似的罩著低地，我們兄妹三人當時還小，睡不著覺，母親便帶著我們到屋外去。我和莎瓦娜著了涼，路克長著痱子，她帶我們一路前往河邊，走到碼頭。

「我有個驚喜要給心愛的寶貝。」母親說，三兄妹望著一隻海豚穿破靜謐閃亮的水域，游向大西洋。我們坐在碼頭尾端，伸長了腿，想用光腳丫踢踢水面。

「我想讓你們看一樣東西，能夠幫助你們入眠的東西。親愛的，看那邊。」她指向東邊的地平線說。

漫長的南方夏日暮色漸深，母親所指之處，月亮倏然露出了額稍，在地平線上散放迷人的金光，從薄紗般輕掩住天際線的雲朵後方騰空而出。太陽在我們身後退去，靜謐的河面在兩股金光交錯下，輝煌如火焚……冉冉而升的金黃月華令人屏息，夕陽漸逝的金光向西緩緩沉落，那是卡羅萊納沼地裡的古老舞碼：白日在孩童眼前跳著令人屏息的死亡之舞，直至落下，最後一道金光橫過水櫟樹稍，月亮迅速升起，像從水裡、樹林、島嶼中騰起的鳥兒，直竄而上——先是金色，而後轉黃，乃至淡黃、淡銀、亮銀，然後是神奇皎潔的燦亮華光。唯有在南方的夜裡才看得見這種月色。

我們目不轉睛地看著母親從水裡召喚而出的月亮，當月兒轉成灰銀色，年僅三歲的莎瓦娜對著我、母親、路克還有河流和月亮大喊：「噢，媽媽，再做一遍！」這便是我最早的記憶。

從小到大，我們全心崇拜這位能讀出白鷺和蒼鷺的夢、會召喚月亮、將太陽逐至西邊，翌日早晨再把全新的太陽從大西洋的碎浪背後叫出來的絕世美人。萊拉．溫格熱愛自然，對科學毫無興趣。

為了描述我們在南卡羅萊納低地長大的情形，我必須帶你到春日的沼地裡走一趟，把大藍鷺從寂靜的棲地裡擾飛，踩著沒至膝蓋的泥巴，把紅冠水雞驚得四處奔竄，用小刀撬開牡蠣殼生吃，並讚道：「沒錯，就是這味道，這就是我童年的滋味。」我會要你「深深吸氣」，你將終生記住這股氣味，潮間帶沼地獨有的濃郁，是南方辛烈的暑氣，像新鮮的牛奶、精液，像潑灑的酒液，全帶著海水的鹹味。我的靈魂在這片美麗的潮水中汲飲，一如羔羊嚙食草地。

我深愛這裡獨特的地貌，對家鄉抱持著虔敬的情懷；我以故鄉為傲。走在都市的車陣裡，我總是小心翼翼，提心弔膽，戰戰競競，因為我的心屬於沼地。我心中的那個男孩仍滿懷著往日的回憶——在黎明前撈起科勒頓河裡的蟹籠，讓河上的生活塑造我的性格，我既是個男孩，亦是個弄潮人。

有一回，我們在科勒頓附近一處無人的海灘上曬太陽，莎瓦娜突然大喊，要路克和我看向大海。她尖叫地指著一群迷航跳出海面的領航鯨，牠們從我們周圍湧上，經過我們身邊，四十頭烏亮如上等馬革的鯨豚擱淺在無處可逃的海灘上。

我們在瀕死的鯨豚之間來回奔走了好幾個鐘頭，用童嫩的嗓音不斷喊話，催牠們游回海裡。我們如此矮小，牠們如此美麗，從遠處看，就像巨人的黑鞋。我們輕聲呢喃，幫牠們清除噴水孔裡的沙子，拿海水潑牠們，求牠們一定要活下去。牠們神祕悲壯地從海中游來，我們三個小哺乳類用驚詫悲傷的童言童語對這些大哺乳類說話，我們不懂自殺為何物。那一整天，我們就待在牠們身邊，試圖拉扯巨大的鰭，把牠們拖回海裡，直到力氣耗盡，寂靜與黑夜逐漸降臨。我們陪在一旁，看牠們逐一死去，撫摸牠們巨大的頭顱，為離開龐然黑軀的靈魂祈禱，祈求牠們像穿過夜色的護衛艦般，游向海洋，潛往世界之光。

後來只要談起童年，我們都覺得像似輓歌，又宛若噩夢。莎瓦娜出版那些令她聲名大噪的詩集後，記者問她，她的童年是何模樣，她便往後一靠，撥開眼前的頭髮，一臉嚴肅地說：「小時候，我和兄弟會在海豚和鯨魚的背上走路。」當時當然沒有海豚，可是對她而言是有的。她選擇那樣去記憶、歌頌、撰寫那段日子。

可惜噩夢無法扭轉，我向來無法面對童年的真相，因為這樣一來，我得咬牙去挖掘一段寧可遺忘的時光。這些年來，我並不需要面對痛苦的年少歲月；我單純地選擇迴避，從遺忘中找尋慰藉，避難在冰冷幽暗的潛意識中。可是一通電話就把我拉回到家族的過往，以及我自己挫敗的成年生活。

我真希望我沒有過去的事可說，我把童年拋在腦後許久，我得把往事緊封在胸口，不能外溢。我仿效母親的絕招，用意志力去保存或消除一段記憶，而我選擇了遺忘，因為我必須愛自己的父母，即使他們令人髮指，我也承受不了直接指責他們對子女犯下了滔天大罪。我不能要他們為自己無力控制的事情負責，或指控他們。他們也有過去——在我的記憶裡，那段過往摻雜著溫柔與痛苦，也使我原諒他們對子女犯的錯。親人間，沒有什麼過錯是不可原諒的。

莎瓦娜第二次企圖自殺後，我到紐約的精神病院探望她。我彎下身，以歐式招呼習慣親吻她的雙頰，望著她疲累的眼眸，問了每次久別重逢後都會問的一連串問題。

「莎瓦娜，你的家庭生活是什麼樣子？」我假裝自己是記者。

「原爆後的廣島。」她喃喃說。

「打從你離開溫暖親密、對你呵護備至的家之後，生活又是什麼樣子？」

「長崎。」她透出一抹苦笑。

我看著她說：「你是詩人，請用一艘船來比喻你們家。」

「鐵達尼號。」

「若要為你的家庭寫首詩，你會取什麼題目？」

「『奧許威茲集中營史』。」我們倆哈哈笑了。

「好，現在這問題很重要。」我探下身，在她耳邊柔聲問：「全世界你最愛誰？」

莎瓦娜從枕上抬起頭，眼神堅毅地用蒼白乾裂的嘴唇說道：「我愛我的雙生弟弟，湯姆．溫格。那麼我的弟弟最愛誰呢？」

我握著她的手說：「我也最愛湯姆。」

「別再答錯了，臭小子。」她虛弱地說。

我凝視她的眼睛，雙手捧住她的頭，潸然淚下，近乎崩潰地嘶聲喘道：「我愛我的姊姊，了不起的莎瓦娜．溫格，她來自南卡羅萊納的科勒頓。」

「抱緊我，湯姆，抱緊我。」

這是我們人生的通關密語。

這是個局勢動盪的世紀，我出生於全球畏懼原子戰爭的時代。我在美國南方南卡羅萊納州土生土長，先天出身與後天教養都是憎恨黑人的白人男性，在黑人民運爆發時，選錯邊而毫無防備地被逮個正著，曝露出自己的邪惡與謬誤。但我當時是個勇於思考的年輕人，我有感受力，懂得何謂不公不義，於是我努力改變自己，在民運中扮演了一個微不足道的角色

——很快地，我深感自豪。之後，我隨著清一色由男性白人組成的大學儲備軍官訓練團在大學裡遊行，結果被那些看我的制服不順眼的和平示威者吐口水。雖然我後來也成為和平示威者的一員，但我從不對任何不認同我的人吐口水。我原以為自己能默默步入三十歲，做個深思熟慮的男人，無懈可擊的人道主義者，結果卻在街上受到女性解放運動的衝擊。我發現自己又站錯邊了，我好像集二十世紀所有錯誤觀念於一身。

莎瓦娜逼我面對二十世紀，要我擺脫桎梏，對抗真實的河濱歲月。我在淺灘中耽溺太久了，她輕輕地帶引我，走向更深的水域，枯骨、殘骸、黑朽的廢船，都在那裡等待我優柔的鑒察。

事實是這樣的：我們家有過一些黑暗史，一些極端的經歷。有些家庭一生平順無波，我總是羨慕不已。命運對溫格家族做過千迴百轉的試煉，留下毫無防備、受盡屈辱、名譽掃地的我們。但我們家在艱困中仍展現出力量，這些力量幾乎讓我們每個人從降臨的復仇女神手下死裡逃生——除非你相信莎瓦娜的話，她說，沒有半個溫格家的人倖存下來。

我將把我的故事告訴你。

毫無保留。

真的。

1

東岸標準時間下午五點鐘，我在南卡羅萊納沙利文島的家中，電話響了。我和太太莎莉剛在面朝查勒斯登港和大西洋的門廊上坐定，準備喝點東西。莎莉進屋接電話，我喊道：

「不管誰打來的，都說我不在！」

「是你媽媽打來的。」莎莉從電話旁走回來。

「說我死了。拜託你告訴她，我上個星期死了，你因為太忙，沒空給她打電話。」我哀求。

「拜託你跟她講講話吧，她說有急事。」

「她總說有急事，她那樣說就一定不是。」

「我覺得這回是真的，她在哭。」

「我媽哭很正常，我都不記得她哪天沒哭。」

「她在線上等。」

我起身去接電話，莎莉說：「湯姆，好好說話吧，你對你媽從來都不是很客氣。」

「我恨我媽。」我辯駁道。「你幹麼扼殺我生活裡這點小樂趣？」

「反正聽我的話，好聲好氣一點。」

「如果她說今晚要過來，我就要離婚。不是你的錯，不過，是你逼我接電話的。

「哈囉，親愛的母親大人。」我對著聽筒愉悅地說，也知道老媽不會相信我的口是心非。

「湯姆，我有很壞的消息要告訴你。」

「媽，我們家什麼時候有過別種消息了？」

「這次很糟，是不幸的消息。」

「我等不及要聽了。」

「我不想在電話上說，我能過去嗎？」

「如果你想來的話。」

「得你願意，我才過去。」

「是你說你想過來的，我可沒說要你來。」

「都這種時候了，你為什麼還要傷我的心？」

「媽，我不知道這是哪種時候，你還沒告訴我出了什麼事。我並不想傷你的心，你過來吧，我們可以互咬一陣子。」

我掛斷電話，扯著嗓門高喊：「我要離婚！」

等候母親過來時，我望著在屋前沙灘上採集貝殼的三個女兒，她們分別是十歲、九歲、七歲，最大和最小的是棕髮，中間那個是金髮，三人的年紀、個子、俏麗的模樣，總令我驚豔；看著她們在陽光下日漸成長，我能感覺自己慢慢凋零。看著輕風吹拂她們的頭髮，她們曬過太陽的小手軟萌地撥開眼上的髮絲，隨著浪潮爆出陣陣歡笑，真讓人覺得女神的誕生莫甚於此。珍妮佛對著陽光舉起海螺殼，向另外兩人大喊。我起身走到欄杆邊，看到鄰居停下來跟她們說話。

我喊道：「布萊頓先生，你能幫忙確認一下，她們幾個不是又在海灘上吸大麻吧？」

三個女兒抬起頭，揮手跟布萊頓先生道別，然後奔過沙丘和燕麥草朝屋子跑來，把收集來的貝殼放到我擺飲料的桌上。

「爸，你老是害我們在別人面前出糗。」大女兒珍妮佛說。

「爸比～我們撿到海螺耶。海螺還活著。」老么倩倩尖聲說。

我把貝殼翻過來。「的確還活著。今晚可以加菜了。」

「爸——噁死了！螺肉又不好吃。」露西說。

「不行。我要送牠回海灘，把牠放回水裡。海螺聽到你們說要吃牠，一定很害怕。」老么說。

「噢，倩倩。別鬧了，海螺聽不懂人話。」珍妮佛說。

「你怎麼知道？你又不是女王，哪會什麼都知道。」露西挑釁。

「沒錯，你又不是女王。」我同意道。

「真希望我有兩個弟弟。」珍妮佛說。

「我們才希望有個哥哥呢。」一頭美麗金髮的露西回嗆。

「爸，你要殺死醜醜的海螺嗎？」珍妮佛問。

「倩倩一定會生氣。」

「不會啦，我會送牠回海灘，我可承受不起被倩倩罵殺人凶手。來，大家坐到老爸腿上。」三姊妹半推半就地把可愛的小屁股坐到我的大腿上，我親吻她們每個人的喉頭和頸窩。

「今年過後，我們就沒辦法再這樣擠在一起了，你們長太大隻了。」

「太大隻？我才沒有變大隻呢，爸爸。」珍妮佛糾正說。

「叫我爸比。」

「只有小孩才會叫『爸比』。」

「那我也不要叫你爸比了。」倩倩說。

「我喜歡你們喊我爸比，覺得被女兒崇拜了。女兒呀，我想問你們一個問題，你們得老實回答我，別管爸比會怎麼想，只要說出心裡的感受就好了。」

珍妮佛翻白眼說：「噢，老爸，別又玩這招。」

「誰是你們在世界上遇到最偉大的人？」

「馬麻。」露西很快答道，咧嘴衝著她老爸笑。

「差一點點就對了。現在再試一遍，想想你認識的，最厲害、最棒的人。答案應該馬上能衝口而出。」

「是你！」倩倩大喊。

「你真是小天使，純潔雪白的天使，而且你好聰明。倩倩，你想要什麼？要錢？珠寶？

毛皮大衣？股票債券？親愛的，只要你開口，你偉大的爸比就會為你取來。」

「我不要你殺掉海螺。」

「殺掉海螺?!我還打算送海螺上大學，之後再幫牠做生意呢。」

「老爸，我們已經長大了，你不能再這樣逗我們了。你害我們在朋友面前糗斃了。」珍妮佛說。

「例如誰？」

「強尼。」

「那個嚼口香糖、滿臉青春痘、嘴巴開開的二愣子嗎？」

「他是我男朋友。」珍妮佛炫耀地說。

「他是個怪胎。」露西插話。

「他比你那個侏儒男友強多了。」珍妮佛嗆道。

「女兒啊，我警告過你們要小心男生。男生都是噁心、骯髒、野蠻的壞蛋，專幹一些齷齪事，對樹叢撒尿、挖鼻孔之類的。」

「你自己以前也是男生啊。」露西說。

「哈，你能想像老爸是個男生嗎？笑死人了。」珍妮佛說。

「我不一樣，我以前是王子，是天上的月光。但我不會干涉你交男朋友，你懂我的，我絕不是對女兒帶回家的每個男生嫌東嫌西的無聊老爸，我不會，那是你的選擇，你的人生。等你們統統讀完醫學院，想嫁誰就嫁誰。」

「我才不要讀醫學院。你知道媽媽得把指頭插到病人的屁屁裡嗎？我想跟莎瓦娜一樣，當個詩人。」露西說。

「那我讓一步，等你出版第一本詩集之後再結婚。我很好商量吧。」

「我想什麼時候結婚就什麼時候結婚。我不需要徵求你同意，我將來是個大人了。」露西固執地說。

「就是這個氣勢，露西，爸媽說的話你一句都別聽，這就是我希望你們遵守的唯一一條人生守則。」我喝采道。

「爸比，你亂講，你只是說著玩的吧。」倩倩說著，頭靠往我的下巴，「我是說，老爸。」她糾正自己。

「記住我說的話，我小時候可沒人跟我說這些。父母在人世間唯一的目標，就是讓小孩不好過，這是上帝最重要的律法。你們仔細聽我說，你們的任務，就是讓我和媽媽相信，你們完全按照我們期望的方式做事、思考，但事實相反，你們要有自己的想法，出去偷偷幹自己的事，因為我和媽媽會毀了你們。」我嚴肅地表示。

「你們怎麼會害我們？」珍妮佛問。

「他不就害我們在朋友面前出糗了嗎？」露西提醒。

「我才沒有，但我知道我們每天都傷害到了你們一點點。我們要是知道不對，一定會停手，再也不那麼做了，因為我們好愛好愛你們。可是我們是你們的爸爸媽媽，我們就是會忍不住，我們就是會毀了你們，明白了嗎？」

「不明白。」三人異口同聲地說。

「很好。」我啜了一口酒，「小孩子本來就不該懂父母在想什麼，我們是你們的敵人，你們應該跟我們打游擊。」

「我們不是油雞，我們是小女生。」露西正經反駁。

莎莉回到門廊上，穿著一襲米白色夏裝、相搭的涼鞋，一雙修長美腿曬得十分好看。

「我是不是打斷斯波克醫師[1]的演說了？」她對孩子們笑說。

「老爸說我們是油雞。」倩倩從我腿上下來，坐上媽媽的腿。

「你母親要來，我稍微打掃了一下。」莎莉點起菸說。

「媽，你要是再繼續抽菸，將來會死於癌症。你會被自己的血嗆死，我們學校教過。」珍妮佛說。

「不許你再去上學了。」莎莉吐著菸說。

「你幹麼打掃？」我問。

---

1 Dr. Spock，美國知名兒科醫生暨暢銷教養書作者。

「我討厭她來到這房子之後的表情。她一看到廚房亂七八糟，就一副想幫孩子們打傷寒疫苗的樣子。」

「她是嫉妒你當醫生，而她只有在三年級的時候贏過拼字比賽。你不必清理任何東西，她是來散播黑死病的，你只要在她離開之後燒掉家具、撒消毒劑就成了。」

「湯姆，你對母親是不是有點苛刻了？她很努力用自己的方式想要再次扮演好母親的角色。」莎莉看著倩倩的頭髮說。

珍妮佛表示：「老爸，你為什麼不喜歡奶奶？」

「誰說我不喜歡？」

露西也補一槍：「老爸，你是啊，不然奶奶打電話來的時候，你幹麼總是嚷嚷說你不在家？」

「那是一種保護機制，寶貝。你知道河豚遇到危險的時候會膨脹身體嗎？奶奶打電話來的時候，也是同樣的狀況，所以我假裝不在家。這招本來很管用，可惜你媽媽老是出賣我。」

「爸比，你為什麼不想讓奶奶知道你在家？」倩倩問。

「因為這麼一來，我就得跟她說話了。一跟她說話，我就會想起小時候，而我討厭小時候，所以我寧可當河豚。」

露西問：「等我們都長大了，你打電話給我們的時候，我們會不會也喊著『不在家』？」

我語氣有點激動：「當然，因為到時我會講些折磨你們的話，例如：『親愛的，我怎麼都見不到你啊？』『寶貝，我是不是做錯什麼了？』『我的生日是上星期四。』『我下週二要做心臟移植，你肯定不在乎。』你能不能至少過來一下，幫我清一下人工呼吸器？』等你們長大離家，我在世上唯一的責任，就是讓你們有罪惡感。我會努力破壞你們的人生。」

「老爸覺得他什麼都知道。」露西對莎莉說，兩人還冷靜地點頭同意。

「現在怎樣，我的孩子也批評我嗎？我的親生骨肉發現我的人格缺陷了嗎？露西，我什麼都能忍，就是無法忍受批評。」

「媽，我們的朋友都覺得老爸瘋了。你就是個正常媽媽的樣子，但老爸根本不像一般的爸爸。」珍妮佛又說。

「完了，該來的終於來了，我的親生骨肉背叛我，把我開腸剖肚。如果是在俄國，她們會把我交給共產黨，送到西伯利亞的鹽曠場，凍到屁股開花，操——」

「媽媽，他說髒話。」露西說。

「親愛的，我聽到了。」

「草、草地該割了。」我很快接話。

「他每次說髒話，草地就得割草。」珍妮佛解釋道。

「此時此刻，我母親正越過珊姆溪橋往這兒來，全世界的小鳥這時都不再唱歌了。」

「湯姆，盡量好聲好氣，別讓她激怒你。」莎莉用不怒而威的醫生語氣說。

我呻吟著灌下一大口酒。「天哪，不知道她想幹麼，她只有在想要一點一滴毀掉我的生活的時候才會跑來。她是破壞人生的專家，厲害到都能開課了。她說她有壞消息，我們家的壞消息都很嚴重，簡直像從《約伯記》裡節錄出來的聖經級災難。」

「至少你得承認，你母親很努力想跟你和好。」

「我承認她很努力。但我寧可她不努力，繼續做個不知悔改的怪物。」我疲累地說。

「今晚吃什麼？」莎莉改變話題，「聞起來好香。」

「有新鮮麵包。早上抓到了鰈魚，就把魚跟蟹肉蝦子塞到一塊兒，還有新鮮菠菜沙拉、炒櫛瓜和紅蔥。」

「太好了。我實在不該喝酒，今晚要值班。」

「我比較想吃炸雞。我們出去吃肯德基吧。」露西說

「老爸，你幹麼煮飯？」珍妮佛突然問。「布萊頓先生講到你幫媽媽做飯，就笑了。」

「對啊，他說是因為媽媽賺的錢比你多一倍。」露西也說。

「那個混帳東西。」莎莉咬牙暗罵。

「那不是真的。我做飯是因為媽媽賺的錢比我多四、五倍。」

莎莉警告：「孩子，記清楚了，是爸爸供我去讀醫學院的。露西，不許你再那樣傷你爸爸的心。你不必把布萊頓先生說的每件事都照說一遍，我和爸爸是一起分擔家事。」

「我認識的其他人的媽媽都會幫家裡做飯，只有你不是。」珍妮佛肆無忌憚地看著莎莉苦澀的灰瞳說。

我邊研究著珍妮佛的頭髮邊說：「我就說吧，莎莉，在南方養孩子，就會養出南方人，

南方人是上帝造出來的天然傻瓜。」

「我們是南方人，但我們不是傻瓜。」莎莉說。

「這叫異變，親愛的。每個世代都會有一、兩個反常的人。」

「你們快上樓去洗澡。萊拉很快就要到了。」

「她為什麼不喜歡我們喊她奶奶？」露西問。

「因為那樣會讓她覺得自己老了。快去。」莎莉說著把女兒趕入屋中。

莎莉回來後，低下身輕吻我的額頭。「很抱歉露西那樣說，她真是保守過頭。」

「我無所謂，真的。你知道我崇拜那種殉道的角色——我愈自憐，就愈自我感覺良好。湯姆．溫格，沒用的可憐蟲，老婆在研發癌症治療法的時候，他只會在家裡擦銀器。可悲的湯姆．溫格，老婆一年賺十幾萬美金，他卻只會烤美美的蛋奶酥。我們知道別人一定會這麼說，我們討論過了。」

「我還是覺得討厭，我不信不會傷到你的男性自尊，這些話一定很傷人，我聽到就會歉疚得要命，因為我知道孩子們並不明瞭，為何她們放學後，我沒在家裡給她們準備餅乾牛奶。」

「但她們很以媽媽是醫生為傲。」

「可是她們似乎並不以你是老師和教練為榮。」

「『以前是』，莎莉，記得用過去式，我被炒魷魚了，記得吧？我也不覺得光彩，所以我們不能怪孩子。唉，天啊，我是不是聽到我媽的車子開到車道上了？醫生，能不能賞我三顆鎮靜劑。」

「我自己都需要了。湯姆，別忘了，在她把目標轉到你身上之前，我得先忍受她視察整間房子。」

「這酒一點用也沒有。在我最需要的時候，酒為什麼無法麻痺我的神經？我該邀老媽留下來吃晚飯嗎？」我哀嚎。

「當然，可是你知道她不會留下來。」

「很好，我就邀她。」

「友善一點，湯姆。她好像很難過，而且急著想跟你當朋友。」

「友情與親情是無法兼顧的。」

「你覺得我們的孩子也會那麼想嗎？」

「不會，我們的孩子將來只會恨她們老爸。你沒發現，她們已經厭倦本人的幽默感了嗎？老大才十歲耶，我得想點新花招了。」

「我喜歡你的花招，我覺得很好笑。這也是我嫁給你的原因之一，我知道我們在一起會很快樂。」

「願主保佑你，醫生。好啦，老媽到了。你能在我脖子上綁點蒜頭，順便拿個十字架來嗎？」

「別說了，她會聽見的。」

母親一身精心打扮，光鮮亮麗地出現在門口，香水比她早好幾秒飄到門廊上。母親總是擺出一副要去皇后內宮的樣子，打扮精緻如遊艇——線條俐落、簡潔、華貴。她當我的母親，實在過分美麗，有段時間我還被誤認成是她丈夫，我無法完美轉述，她那段時間有多麼得意。

「你們都在呀。大家都好嗎，親愛的？」母親說。

她愉快地親吻我們二人，但眼中透著壞消息的陰鬱。

「莎莉，每次見到你，你都更漂亮了些。你說是吧，湯姆？」

「當然是了。你也一樣，媽媽。」我強抑住呻吟。母親就是有辦法讓我廢話連篇。

「謝謝你，湯姆，你這樣說你的老媽媽，可真貼心。」

「我的老媽媽可是南卡羅萊納州身材最標緻的人。」廢話第二彈開掃。

「怎麼說呢，我很努力保養。男人哪裡懂得，我們女人家為了保持少女般的體態，得吃多少苦頭。是吧，莎莉？」

「他們不懂。」

「你又變胖了，湯姆。」母親開心地發現道。

「你們女人哪裡懂得我們男人要變成死胖子，得吃多少苦。」

「噢，我絕對沒有批評你的意思。」母親語氣頗為受傷，帶著偽善。「你要是不愛聽，我再也不提就是了。胖一點很適合你，你的臉長點肉向來比較好看。不過今天我不是來找你吵架的，我有糟透的壞消息要說，我能坐下來嗎？」

「當然，萊拉。我去幫你弄杯酒。」莎莉表示。
「親愛的，我要琴酒加通寧水，如果有萊姆的話，麻煩擠一點進去。湯姆，孩子們都去哪兒了？我不想讓她們聽見。」
「在樓上。」我望著夕陽等她開口。
「莎瓦娜又自殺了。」
「噢，我的天。」莎莉在門邊停步，「什麼時候的事？」
「應該是上個星期，他們也不確定，發現她的時候，她已經昏迷不醒了。現在雖然醒了，可是……」
「可是什麼？」我喃喃問。
「可是她又進入想討人關心的那種蠢狀態了。」
「媽，那叫精神性暫休。」
「她說她有精神病。但我可以跟你打包票，她不是真的有精神病。」母親反駁。
我還來不及回答，莎莉已經發問了。「她在哪裡？」
「在紐約一間精神病院裡，貝勒維之類的，我寫下來了，放在家裡。有個醫生打電話來，和你一樣，也是女醫師，只不過她是心理醫師。我相信她一定是當不了真正的醫生才幹那行，不過我總說麼，人要適材量性。」
「我差點就去讀精神科了。」莎莉說。

「看到年輕女性在職場上表現傑出，當然令人開心，我年輕時可沒那那種機會。總之，那個女的打電話通知我這個壞消息。」

「媽，莎瓦娜用什麼方式自殺？」我極力控制情緒，但我覺得快繃不住了。

「她又割腕了。」母親說著哭了起來，「她為什麼要這樣對我，我受的苦難道還不夠多嗎？」

「她傷的是自己好嗎！」

「我去幫你拿酒。」莎莉說著往屋裡走。

母親從皮包裡掏出一條手帕拭淚，接著說：「那醫生應該是猶太人，她的名字很奇怪，說不定亞隆認識她。」

「媽，亞隆是南卡羅萊納人，雖然是猶太人，但並不表示他認識美國每一個猶太人。」

「可是他一定知道怎麼去查她的背景，看她值不值得信賴。亞隆他們家族非常緊密。」

「如果她是猶太人，亞隆家想必會有她的一整疊檔案。」

「你不必對我冷嘲熱諷，你怎不替我想想我的感覺？你認為我的孩子對自己做出這種可怕的事，我會好受？我覺得自己好失敗，你根本無法想像那些上流社會的人知道我的出身之後，是怎麼看我的。」

「你會去紐約嗎？」

「噢，我去不了，這段時間我真的走不開。我們週六晚上要辦一場晚宴，已經籌畫好幾個月，錢都花了。我相信莎瓦娜會得到很好的照顧，而且我們實在也沒法多做什麼。」

「去看她就是了，媽，你從來沒搞懂過。」

「我跟那個心理醫師說，你可能會去一趟。」母親小心翼翼且滿懷期待地說。

「我當然會去。」

「反正你現在沒工作，很好安排。」

「我的工作就是去找份工作。」

「我認為你應該接下那份賣保險的工作，我真心這麼想，雖然你一定不會問我意見。」

「你怎會知道這件事？」

「莎莉跟我說的。」

「她說的？」

「她很擔心你，我們都很擔心，不能靠她一輩子吧。」

「她這麼說？」

「沒有，我只是把我認為的告訴你。你得面對現實，只要你住在南卡，就沒辦法再執教或當教練了。你得重新開始，從基層幹起，向某個願意給你機會的老闆證明自己。」

「媽，你說得好像我這輩子從來沒工作過。」我煩累地說，我需要避開她的眼神，希望太陽快快下山，我亟需黑夜。

「你失業很久了。女人不會尊重一個沒法賺錢養家的男人，這點我可以打包票。莎莉是個天使，但你不能讓她扛下所有賺錢的擔子，自己坐在門廊上翹二郎腿。」母親沒完沒了地叨念。

「我應徵超過七十份工作了，媽。」

「我先生可以幫你弄份工作，他願意幫你創業。」

「你明知道我無法接受你先生幫忙，這點你至少能明白吧。」

母親嚷嚷起來：「我就是無法明白！我為什麼非明白不可？他看到你們全家受苦，就因為你不肯挪一挪你的肥屁股，去找份工作。他要幫的是莎莉和孩子，不是為了你。他不想再看她們吃苦了，就算知道你多恨他，他還是願意幫你。」

「我很高興他知道我多恨他。」我說。

莎莉拿著給母親的酒回到門廊，也幫我帶了一杯。我好想一口乾掉，順便把杯子也吃了。

「湯姆剛剛告訴我，他有多痛恨我，以及我所代表的一切。」

「我沒說。我只是被你激怒，說我痛恨你先生而已，是你挑起話題的。」

「我談的是你的失業問題，你已經失業一年多了，任何像你這樣的男人，一年多總該能幹點什麼了吧。你不覺得供養一個好手好腳的大男人，對莎莉來說很難堪嗎？」

「夠了，萊拉！你無權利用我傷害湯姆。」莎莉生氣地說。

「我只是想幫助他，你難道看不出來嗎？」

「不是這樣幫的。絕不，這樣不對，萊拉。」

「莎莉，我明天得去一趟紐約。」我說。

「你當然得去。」她答道。

「幫我向她問好，好嗎，湯姆？」
「當然好，媽媽。」
「我知道她跟你一樣討厭我。」她抱怨說。
「媽，我們不討厭你。」
「噢，少來。你以為我感覺不到你們對我的蔑視嗎？你們以為我不知道，你們多痛恨我終於得到幸福嗎？你們就愛看我悲慘地跟你們老爸過活。」
「我們不愛那樣，媽。我們有個悲慘的童年，又完美延展成悲慘的成年。」
「拜託你們別再說了，請不要再彼此傷害了。」莎莉懇求道。
「我知道嫁給溫格家的男人是什麼樣子，我知道你經歷著什麼。」
「媽，你一定得常來看我們，我在你到這的前幾分鐘真的還挺幸福的。」
莎莉喝止：「都給我住口，現在就住口。我們得好好思考如何幫助莎瓦娜。」
「我已經盡力了。不管她做什麼，都會怪到我頭上。」老媽說。
「莎瓦娜病了，你知道的。」莎莉輕聲說。
母親聽完眼睛一亮，把酒挪到左手，傾身與莎莉說話。
「莎莉，你是專業的，你知道我最近讀了很多精神病的資料嗎？權威人士發現，那是化學物質失衡造成的，跟遺傳或環境一點關係都沒有。」
「我們家的化學失衡也太嚴重了吧，媽！」我怒不可抑地說。

「有些醫師認為是缺鹽的關係。」

「我聽過這種論點。」莎莉客氣地附和。

「缺鹽！」我吼道。「我會帶一盒鹽給莎瓦娜，讓她用湯匙挖著吃。如果她只是需要鹽，我會讓她吃到像羅得那個變成鹽柱的老婆！」

「我只是引用權威人士的說法，你若想取笑你老媽，隨你便，反正攻擊一個為孩子犧牲青春的老女人就是很容易。」

「媽，你何不把販賣內疚感當成職業？我們可以把瓶裝的內疚感賣給所有不善於讓子女羞愧的美國家長，你鐵定可以取得專利。」

「然後也許你就可以有份工作了，兒子。」她冷冰冰地回嗆，從椅子上起身。「你見過莎瓦娜後，麻煩打個電話給我，電話費由我付。」

「萊拉，要不要留下來吃晚飯？你還沒見到孩子們呢。」莎莉說。

「等湯姆去紐約，我再過來。我想帶孩子們去帕利斯島待一陣子。當然，如果你不介意的話。」

「太好了。」

「再見，兒子。好好照顧莎瓦那。」母親說。

「再見，母親。」我答道，起身親吻她的臉頰。「我向來都很照顧她。」

晚飯後，我和莎莉哄孩子上床，然後到海灘散步。我們赤腳朝燈塔走去，涉著摩爾特里堡邊的岸浪。莎莉牽著我的手，我心不在焉，卻煩躁地察覺我已許久不曾以情人、朋友或伴侶的身分碰觸莎莉了，好長一段時間不曾表達愛或激情。二十多歲時那些幻想與閃亮的夢想凋零後，我的身體就變成毫無生趣的凜冬。我還找不到動力編織新的夢想；我太忙於哀悼逝去的舊夢，惶然不知如何生存下去。我相信自己總能找到替代之物，卻不確定能找回以前的激情或悸動，因此幾個月來，我無力顧及妻子的需求或親近她，讓她如貓兒般在我撫摸下熱情扭動。即使在無眠的夜，她光裸的腿蹭磨著我的，或是把手貼到我大腿上，我也毫無反應。心煩意亂的時候，身體總是背叛我。莎莉倚著我，我們一起迎向夏日的風，任海浪在腳邊碎散。無月的星空中，獵戶座也跟著我們移動，腰帶與盾牌清晰可見。

莎莉緊握我的手說：「湯姆，跟我說說話，把心裡想的一切告訴我。你又愈來愈沉默了，我似乎再也摸不透你。」

「我想知道自己是怎麼搞砸人生的。我想知道究竟從哪個時刻起，注定了我悲慘的一生，還把我愛的人全拖下水。」我望著獵戶座說。

「你還有很珍貴的事物值得你拚命奮戰，但你似乎放棄了。你的過去在傷害我們。」

「北斗星在那兒。」我心不在焉地指著。

「我才不在乎北斗星。我不是在談星星，也不想要你轉移話題，而且你轉得超硬。」

「為什麼我母親說的一字、一句，任何一絲絲的客套，總是令我火冒三丈？我為什麼無法無視她？為什麼她來的時候，我不能身段放軟一點就好？如果我不回應，她根本動不了我。我知道她全心愛我，但我們卻坐在那兒講些互相傷害的話。等她走了，我們倆手上都沾了血。她會哭，我會灌酒；她哭完了也是灌酒。你總是試圖緩頰，我們卻都不理你，不領你的情，彷彿我們已鬥到眼紅，拚命輪流折磨對方。這不是她的錯，也不是我的錯。」

「她只是希望你能找份工作，過得快樂罷了。」莎莉說。

「我也想要那樣，我也很急。問題是我很難找到任何想聘用我的人。我沒說過，我收了幾十封回信，信寫得很客氣，但說的都是同一件事，帶著同樣讓人難以忍受的羞辱。」

「你可以接下那份保險工作啊。」

「是，但那不叫賣保險，只是個保險收費員，去埃迪斯多島敲那些小佃農的屋門，向買了保險的可憐黑人收點零頭小錢，好讓他們有個像樣的葬禮。」

莎莉握緊我的手說：「好歹是個開始，總比坐在家裡剪貼食譜好，多少做點什麼解救自己。」

我感到受傷：「我一直在思考下一步，我沒有浪費時間。」

「我沒有批評的意思，真的沒有，湯姆。可是……」

我打斷她的話：「莎莉，每次你一講這句，其實就是把我損到體無完膚。沒關係，你就說吧，有我媽那樣對我，就算被匈奴人騎大象踩過，我也能忍受。」

「不，這不是批評，我希望你感受到的是關切。自從路克出事，你就一直自怨自憐，事事挑剔，滿肚子苦水。你得忘掉過去，重新出發，從此刻開始。湯姆，你的人生還沒結束啊。的確，你有一部分的人生已經逝去，但你得探尋下一個階段會是什麼。」

我們默默走了幾分鐘，陷入夫妻冷戰時的不自在裡。這對我來說不是新鮮事；我有天大的本領，能把那些深愛我的善良人變成陌生人。

我勉強自己，試圖重啟對話。「我還沒有想清楚，不明白我為什麼這麼痛恨自己，我想不透。就算老媽和老爸是怪物，我也應該擺脫過去，至少為自己能倖存下來感到自豪。我應該坦蕩蕩地揮別過去，但我卻是最不誠實的人。我從來無法確知自己對一件事的感受，總是有某個祕密在躲著我。」

「你不必知道全部的真相，沒有人需要，你只需要能使你往前過日子的事就夠了。」

「不，莎莉。」我在水中猛然止住腳步，搭住她的肩讓她轉向我。「我以前就是這樣，只順著自己相信的過日子，結果問題並未解決。我們離開南卡羅萊納吧，離開這裡，我在南卡永遠沒法再找到工作了，這裡太多人認識溫格家的人，他們不喜歡這個姓氏背後的含意。」

莎莉低垂著眉睫拉起我的手，直視著我說：「我不想離開查勒斯登，我有一份很棒的工作，我喜歡這間房子和這裡的朋友。你為什麼連這些美好的東西都要拋掉？」

「因為這些對我來說已不再美好，因為我再也不相信我在這裡能過得幸福。」

「但我相信我可以。」

「而且錢是你賺的。」語氣之酸，之得意，之大男人，我不由得汗顏。

「那是你說的，不是我。」

「對不起，真的對不起。我不想去紐約，甚至不想去看莎瓦娜。我好憤怒，好氣她又企圖自殺。我氣她發瘋，氣她想多瘋就多瘋。我嫉妒她的瘋狂，但我知道她一割腕就期望著看到我。這是老套路了，我知道所有的步驟。」

「那就別去。」莎莉說著，再次疏遠我。

「我必須去，你知道我得去。那是我唯一能扮演好的角色，一個及時的英雄，英勇的騎士，失業的圓桌武士。這是溫格家族的死穴，老媽例外，她可以為一場晚宴耗費幾個月籌辦，卻對企圖自殺的孩子無動於衷。」

「湯姆，你太愛怪罪你的父母了。什麼時候，你才要為自己的人生負責？你才知道怎麼掌握自己的人生？你什麼時候才會開始承擔自己所作所為的結果？」

「我不知道，莎莉，我想不清，沒有頭緒。我不知道這一切的含意。」

她轉身，再次沿海灘踽行，走在我稍前的地方。

「這種狀態傷害著我們，湯姆。」

「我知道。」我坦承，試著追上她。我拉起她的手，按了按掌心，但她沒有回應。「我沒料到自己不是個好丈夫，我曾經以為我會是，迷人、體貼、關愛，呵護妻子的每項需求。我很抱歉，莎莉，我很久沒有好好待你了，這令我非常痛苦。我想變得更好，但我是如此冷漠，不肯溝通。我發誓，等我們離開南卡，我一定會做得更好。」

「我不打算離開。我在這裡住得很快樂，這是我的家，我屬於這裡。」她斷然表示。

「你這話是什麼意思？」

「我要說的是，讓你開心的事，未必令我快樂。我要說的是，我也努力在思考、整理，想理清我們之間的問題。我們似乎不再那麼快樂了。」

「莎莉，現在不是說這些話的時機。」

「自從路克出事，我們之間就變了。」

「一切都不一樣了。」

「湯姆，關於路克，你有件事忘了做。」

「什麼事？」

「你忘記哭了。」

我抬眼望向海灘上的燈塔，然後回頭看著海港遠處詹姆士島上的燈火。

莎莉繼續說：「你的悲傷無遠弗屆，穿之不透，你把我從你生命中清除掉了。」

「我們能換個話題嗎？」我的語氣不悅。

「現在是在談『我們』的事。湯姆，你是不是不再愛我了？」

「老天，我剛剛才得知我姊姊又自殺的消息！」我吼道。

她語氣堅持：「不對，你剛剛得知的是，你老婆認為你已不再愛她了。」

「你到底希望我說什麼？」我問，但我感覺得到，她迫切地需要了解我不可碰觸的內心。

莎莉含淚說：「我要你說的其實很簡單，試著說說看：『我愛你，莎莉。沒有你，我一天都活不下去。』」

可是她的眼神和語氣，似乎想傳達更不祥的訊息。「還有別的事，對吧？」

莎莉輕聲哭了起來，語氣透著沮喪與背叛。「不是別的事，是別的人。」

我朝著棕櫚島的燈火喊道：「老天！先是莎瓦娜，現在又來這個！」

莎莉在我身後說：「這是你幾個月來第一次正眼看我。我必須說，我外遇是為了讓我天殺的老公注意到我還活著。」

「噢，天哪，莎莉。拜託，別這樣。」我低聲說，從她身邊踉蹌退開。

「我原本想找適當的時機告訴你，我不想在這種時候告訴你，但你明天就要走了。」

「我不走了，這種情況下我不會離開。」

「我希望你離開，我想知道自己對這份感情有多認真，想搞清楚是真是假。也許我外遇只是為了傷害你，我不確定。」

「我能問對方是誰嗎？」

「不，還不行。」

「我保證不會做出任何不合理或野蠻的事，至少從紐約回來之前都不會。我想知道。」

「是克里弗蘭醫生。」

我尖嚷：「噢，不！別是那個自大又惹人厭的混蛋！天哪，莎莉，他騎摩托車，還抽海泡石菸斗，他媽的海泡石菸斗！」

「他比那個跟你有過一腿的二流啦啦隊員強多了。」

「我就知道你會這麼說，我就知道那個誘人的大奶蠢妹會成為我一輩子的汙點。那件事我很抱歉，真的，是我太蠢，蠢斃了。」

「那件事對我的傷害遠非你能想像。」

「我求你原諒我，莎莉，我現在就求你。我的確幹了那件事，但老天有眼，我也吃足了苦頭，我也跪下來保證過，我永遠不會再犯。」

「湯姆，你現在不必守諾了，克里弗蘭醫生也愛上我了。」

「去他的克里弗蘭醫師。敢問克里弗蘭醫師對他可悲遲頓的醫師夫人說了嗎？」

「還沒說，他在等待適當的時機。我們兩人都希望足夠確定，不想做出不必要的傷害。」

「你們的靈魂可真高貴。我問你一件事，莎莉，夜裡你的小呼叫器響起，無數次呼叫你奔赴緊急事件的時候，是否有些時候你其實是開車去查看那位神醫的海泡石？」

「湯姆，你這話太噁心了，你也很清楚。」

「我想知道你們兩個是否濫用神奇的呼叫器，美國混蛋醫師最神聖、最招人厭的象徵。」

她對我大吼：「沒錯！我在別無選擇的時候，確實這麼幹過幾次。而且哪天要是又找不到辦法，我還是打算故技重施！」

我好想揍她，父親的暴力幽魂侵占我渾身的血液，在我心臟周圍匯聚成一股力量；我握緊拳頭，使出全力抗拒父親的影響，好一會兒才控制住自己，再次驅走了父親。我鬆開拳頭，喘著氣喊道：「是因為我變胖了嗎，莎莉？請告訴我是這個原因。還是因為我開始掉頭髮了？也許是因為我跟你說過我雞雞很小。你知道嗎，我是美國少數幾個敢承認自己雞雞小的男人。我會那麼說，純粹是因為你老是嫌自己胸部太小。」

「我的胸部沒有那麼小。」

「我這可憐受到詆毀的命根子也沒那麼不堪。」

不料莎莉聽了竟然大笑。即使面臨人生中最嚴肅的一刻，她還是忍不住與生俱來的幽默感。她的愛笑與慷慨的天性息息相關，那是如何都打壓不了的。

「瞧，我們還是有希望，你依然覺得我很風趣，而且我還知道克里弗蘭上次大笑，是在威爾遜當選總統的時候[2]。」

「他只大我們十一歲。」

「哈，他是上一個世代的人。我痛恨騎摩托車的老人，也痛恨騎摩托車的年輕人。」

莎莉不以為然地抽著鼻子。「人家是摩托車迷，只收藏英國摩托車。」

---

2 威爾遜（Thomas Woodrow Wilson, 1856-1924）：美國第二十八任總統，任期自一九一三至二一年。

「細節就別說了。你該不會為了一個收集海泡石菸斗和英國摩托車的傢伙離開我吧。如果你為了馬戲團的紋身男、游泳健將，或騎單輪車的侏儒離開我，我都會好過一點。」

「我沒說要離開你，湯姆，我只說我還在考慮，我遇到了一位覺得我很棒的對象。」

「你很棒啊。」我哀怨地說。

「今晚我們就別再討論了，說出口已經夠難了，而且我真的不想再給你多添煩惱。」

「哈！」我苦澀大笑，踢著浪潮。「小事一件，我親愛的。」

兩人良久不再言語，然後莎莉說：「我要回屋裡親親孩子，向她們道晚安。你要一起來嗎？」

「我晚點再去，我想在這裡多待一會兒，我得把一切想清楚。」

莎莉輕聲對我說：「我不知道發生了什麼事，不知道當初跟我結婚的那位鬥士怎麼了。」

「你知道的，出了路克的事。」

她突然猛力抱住我，親吻我的喉頭，我本可大方回應她，卻礙於男性自尊，加上要不得的父權心態，竟無法回吻或從那片刻的溫存中汲取任何意義。莎莉便這樣未獲回應地轉身，沿著海灘走回我們家了。

我在沙灘上跑了起來，最初是有節制地慢慢跑，接著我逼迫自己釋放情緒，開始狂奔，跑得汗流浹背，喘息不已。如果我能傷害自己的肉體，就不會注意到我的靈魂在崩解。

我邊跑邊哀嘆著身體大不如前。我掙扎著加快速度，想起自己曾經是南卡羅萊納跑速最快的足球四分衛，一頭金髮，迅捷地從守衛區衝出來，面對一群朝我壓境而來、速度卻趕不上我的線衛。我突破防線，迎向歡呼的群眾，低著頭以本能的反應動作拚命衝刺。我在高中球場上奔馳的時候，從不會哭過。如今我笨重而絕望地跑著，奔離因我未能當個稱職的情人而有了外遇的妻子，逃離毅然拿刀片了結自己的姊姊，逃開無法理解我們母子之間長久心結的母親。我覺得自己在逃避痛苦可怕的過去，逃離自己失敗的人生，或者說，我正在奔向一段新的歷程。我放緩步子，揮汗如雨，筋疲力竭，朝家中走去。

2

如何好好地討厭紐約，是一門藝術。迄今為止，我對紐約的真面目還只是輕描淡寫而已，要記下這城市哪裡惹毛我，實在太耗精神和時間，我若一一列下，大概能塡滿一整本曼哈頓的電話簿，而那還只是開場白而已。每次來到這個冷漠傲慢喧嚷的都市，走在萬頭鑽動的人群裡，我便覺得格格不入，了無生趣，好不容易培養出來的一點獨特也被殺個精光。這個城市以最粗俗、最難以清除的塗鴉在我的靈魂上作記號。紐約令人無法忍受的事物實在罄竹難書。每回來到紐約，我就會前往碼頭看美麗的哈德遜河流過，背後就是喧天的市囂。我知道一件我所認識的紐約客都不知道的事：曼哈頓島也曾有漂亮的深沼地與河口沙洲包圍，這座道路縱橫的城市底下，埋藏了複雜的鹹水沼澤文明。我厭惡不懂尊重自己沼地的城市。

當然了，莎瓦娜那種義無反顧、非與紐約同流合汙不可的忠誠，跟本人對此地的蔑視程度相當。對莎瓦娜而言，搶犯、毒蟲、酒鬼、女遊民等這些在眾生之間跛行的殘破靈魂，正是紐約主要的魅力。這些受傷的天堂鳥，這些疲憊而潛行於窄巷裡的人，為她定義了這座城市的極限。莎瓦娜從這些邊緣人身上看到美，她對這些在紐約邊緣求存，違法犯紀，了無希望，展現暗黑藝術的傷兵，抱持著無可動搖的忠貞情懷。對莎瓦娜而言，他們就是這座城市的劇院，她在詩中書寫他們；她自己也學到部分的暗黑藝術，深諳他們傷痕累累的心。

莎瓦娜遠在立志寫詩之前就想當個紐約客。她很小就意識到，南方不過是座由一群愛你但不牢靠的親友所管理的芬芳牢獄。

莎瓦娜十五歲那年，奶奶訂了《紐約客》雜誌給她作為耶誕禮物。每週，她屏息等待雜誌寄來，然後坐著連看幾個鐘頭，對著裡頭的漫畫笑得咯咯亂顫。之後，老哥路克和我會不可思議地盯著同樣的漫畫，等待被笑哏打中。那些令紐約人拍案叫絕的事物，對我這個南卡的科勒頓人而言，實在無從理解，就像參之不透的楔形文字。我問莎瓦娜，她到底覺得哪裡好笑，她會重重嘆口氣，拿從漫畫上記下的尖酸句子打發我。有莎瓦娜，這種姊姊，以土生土長的南卡人為恥，幻想自己是從故鄉紐約流亡來此，使我在親見紐約壯麗的河川之前，早早便痛恨這個都市。

我們從科勒頓高中畢業不久，莎瓦娜便速速離鄉，前往大都市。爸媽反對，但莎瓦娜未徵求他們的允許或認同。她有自己的人生要闖，要實踐她偉大的計畫，她不會向捕蝦人徵詢意見，或向他們選擇在南卡內陸水道邊度過一生的妻子尋求建議。莎瓦娜本能地知道自己是都市女孩，小鎮女孩所該知道或想知道的，她都已經學會了。莎瓦娜選擇了紐約這個需要窮盡一生戒慎研究的都市，前來揮灑她的才情。

莎瓦娜從第一天起便愛上整個紐約：紐約的律動、掙扎、源源不絕的靈思與人性，以及在傾力駕馭、馴化這個精采城市，將之化成百無禁忌的個人經驗後所得到的狂喜與傲然。她全然接納，成了道地紐約經驗的收集者與檔案保管員。只要是源於紐約、道地曼哈頓認證的事物，莎瓦娜便會以傳道者的熱情擁抱。打一開始，她便熱情洋溢地推崇紐約的偉大，認為那是毋庸置疑且毋須討論的，我偏偏要予以否認且拚命爭論。

「你從沒住過紐約，根本沒資格發表任何意見。」莎瓦娜在我跟路克首次來紐約看她時，樂呵呵地說。

「我也從沒住過北京，但我敢說，北京城裡一定住滿矮小的黃種人。」我答道。

路克看著尖峰時間，朝各座橋上開過去的車子說：「莎瓦娜，一定是因為這些車子的廢氣，廢氣會殺死腦細胞，腦細胞一旦死了，你就會開始喜歡這個爛地方了。」

「傻瓜，你們得給紐約一個機會，等你們染上紐約熱之後，其他什麼都看不上眼了。好好感受這座城市的能量，閉上眼睛，讓這股能量感染你。」

路克和我雙雙閉上眼睛。

「這不是能量，這叫噪音。」路克說。

「你耳中的噪音，就是我的能量。」她微笑道。

最初，莎瓦娜在西村一間素食餐廳當女侍餬口。她還去新學院修些喜歡的課，避開沒興趣的。她住在喜來登廣場附近，葛洛夫街一間廉價的租金管制公寓，還把房子布置得極為迷人。她在那裡獨力與神祕精細的語言奮戰，寫出讓她在二十五歲前揚名藝文圈的詩作。我爸媽萬分難捨地讓她坐上北上的火車，並私下對他們的兒子預測，莎瓦娜在大城市裡絕對撐不過一個月，但她融入了紐約的節奏。「住在紐約，就像住在《紐約客》的漫畫裡。」莎瓦娜在她第一封家書中寫道。於是我們大伙翻著莎瓦娜最愛的《紐約客》過期雜誌，為彼此翻譯那八百萬人才懂的笑哏，試圖從中瞥見莎瓦娜的生活樣態。根據那些漫畫，紐約客會在私密的晚宴上對彼此說很多俏皮但晦澀難懂的話。父親略過漫畫，直接研究雜誌上的廣告，最後對全家朗聲說：「這都**到底**是些什麼人哪？」

一九七二年，蘭登書屋出版莎瓦娜第一本詩集，我和路克開車到紐約參加為詩集出版所舉辦的各種派對和朗誦會。莎瓦娜和我一起坐在吊盆植物下，她漂亮的書桌邊，幫我在一本《捕蝦人的女兒》上簽名，同時間，路克則努力在夜裡找個安全的停車位。莎瓦娜打開獻辭那一頁，望著我的臉，看我讀出：「致我的弟弟湯姆．溫格，他的愛與奉獻使所有歷程珍貴無比。全心感謝我最棒的雙胞胎弟弟。」我邊讀邊流淚，心想怎麼可能有任何詩作從我們的童年裡誕生。

「四分衛是不哭的。」莎瓦娜抱住我說。

「我就會。」我答道。

她拿出最新一期一九七二年三月七日的《紐約客》給我看，雜誌第三十七頁刊著她與詩集同名的那首詩。路克回到公寓時，我倆正在瘋狂尖叫，路克也跟著尖叫。他打開窗，敏捷地爬到防火梯上，對著葛洛夫街上每個人大聲喊道：「我妹妹登上《紐約客》啦，你們這些他媽的北方佬。」

那天晚上，我們參加莎瓦娜第一場重要的朗誦會，在西村一間供作俗用的英國國教教堂裡舉辦，由打倒沙豬婦聯會之類的怪異組織贊助——莎瓦娜就是喜歡這一類的小團體。莎瓦娜最初在格林威治村最要好的幾個朋友，都是女性主義研究會的，她們全都熟讀維吉尼亞·吳爾芙的作品，繫著黑皮帶，舉重健身，假日週末到碼頭工的酒吧海喝一頓。我們走近燈火昏暗的教堂，看到這群嚴肅的女戰士沿前廳後方散開收著門票，路克悄聲說：「線衛，防守截鋒。」她們看起來像是會去翻譯莎芙的希臘古詩、喝蒼蠅血的人。然而這個年代是兩性關係在歷史上較為特異的時期，莎瓦娜把路克和我訓練成懂得在女性解放運動中躡腳行走的人，而她自己也還在價值觀辯證的時期，有時她這兩個粗壯的南方兄弟挺令她尷尬。她教我們擺出中性且無害的模樣，當四周都是她那些劍拔弩張的朋友，我們也會低三下四地走著碎步。我們置身於這類恐怖的團體時，會把自己偽裝成「無屌」狀態，以便減輕莎瓦娜看到我們跟她朋友共處時的巨大焦慮。莎瓦娜解釋：「她們都被男人傷害過，尤其是自己的父親和兄弟。你們不了解在美國當個女人有多艱難。」

從收票員的打扮看來，肯定如此。但我們知道，絕不能把心裡的胡思亂想大聲告訴莎瓦娜，否則她一定會尖叫，覺得我們不了解她的新思維，或我們簡直是無可救藥的沙豬。我們的男性特質不自覺地在莎瓦娜的世界裡放光，令我們極為困擾，那時我們太遲鈍而天真，無法理解她與男性世界之間問題的癥結。

我們進教堂時，路克犯了個無心之過，他幫一位跟在我們身後走入教堂、極具書卷氣的漂亮女子拉住門。身為南方人，男性從小就學會要本能地展現禮貌，當時我們都認為不幫女士擋門是罪無可赦的。可惜那位女士從小學的是另一套。她以出奇迅捷的動作，單手掐住路克喉頭，伸出兩根尖指甲抵住他眼球下方。

「以後別再幹這種事，王八蛋，否則老娘挖掉你兩顆眼珠子。」

路克對那兩根邪惡的手指恭敬地小聲說：「女士，我向您保證，以後我絕對不會在紐約市幫單身女士開門了。」

「是女人，混蛋。說女人就好，什麼女士。」女子嘶聲說，

「女人。」路克糾正自己，然後女人便放開他，昂首濶步地走進教堂。

路克揉著喉頭，看著她消失在人群裡，悄聲說：「我才不要他媽的在這個城裡幫一隻大灰熊開門哩，湯姆，她一定不知道我是從越戰退役的。」

「我看她也不在乎吧，老哥。」

「不過我們倒是學到了。以後門打開，直接奔過去就好了，紐約人都是這麼幹的。」

莎瓦娜從前廳走出來的時候，教堂裡幾乎已經坐滿。引介她的是個傲慢的鬍鬚男，穿斗

篷，戴貝雷帽，趿著皮製涼鞋。據節目單所寫，他是紐約學院主要發言人，在亨特學院教一堂叫「詩、革命與高潮」的課。我一看他就討厭，可是聽到他誠摯熱心地介紹莎瓦娜後，我的心意立即改變。他談到莎瓦娜的背景：在島上度過童年，父親是捕蝦船船長，母親是山區美人兒，家裡有頭老虎，爺爺當理髮師兼賣聖經，奶奶到科勒頓墓園跟逝去的親人說話。然後他稱讚莎瓦娜的作品：對大自然熱情歌讚，文字技巧精湛，頌揚女性精神。他總結道，他沒想到這一切竟能在一名幾乎一輩子生活在美國南方小島的女子身上展現出來。接著他把場子交給莎瓦娜。

觀眾的掌聲相當斯文客氣，除了有個人在旁邊鬼吼鬼叫——路克一見到他老妹像團火焰似的從教堂升起，便忍不住歡呼出聲。金髮的莎瓦娜害羞、聖潔，頭髮整個往後梳，如密實的海浪在肩上捲動。

我向來喜愛姊姊的聲音，乾淨明亮，不帶風霜，彷如綠意盎然的都市中響起的鐘聲，或落在蘭花根上的白雪。她的聲音自帶春意，是暴風雨、黑暗、寒冬的敵人。她清晰仔細地吐字，像在品嘗水果。她的詩文，是一座私密芳香的果園。

然而一開始我聽不到她說話，看得出她在觀眾面前有些怯場，但她逐漸地走進了語言裡；她的用詞遣字，她的詩句，她的聲音慢慢變得高亢、穩健，自信漸生。然後莎瓦娜．溫格便征服了觀眾——這批西村的文化人，冷淡而久經都市淬鍊的觀眾。莎瓦娜的詩我都會背，我的脣跟隨她的脣張動，訴說我們生命的故事。當莎瓦娜的聲音飛向唱詩班的席位，往上飛升，飄向帝國大廈閃閃發光的城垛，飛往哈德遜河上方的星子，我感覺到觀眾被詩的神力征服。莎瓦娜將我們帶回她出生的南卡羅萊納低地，我們美麗的姊妹，生來便在此受盡憂慮悲傷。她所有詩作裡的片段與影像，就像在黑暗中成長的尖銳珊瑚，等待她的詩篇前來採擷，等候這個夜晚、這批觀眾，來分享她的詩心，莎瓦娜讓詩句同時歡歌與泣血。

朗誦會過半時，莎瓦娜抬頭仔細看著觀眾。她看到坐在第十五排的路克和我，醒目地穿著西裝打了領帶。她微笑揮手，路克高喊：「嘿，莎瓦娜，幹得好啊，甜心。」觀眾聽了哄然大笑。

「我兩位兄弟，路克和湯姆，從南卡開車上來參加這次朗誦會，我想把下一首詩獻給他們。」先前在前門威脅要挖掉路克眼珠子的女子，就默默坐在我們前排的左側。莎瓦娜要我們起身亮相，我們剛好瞥見她。觀眾很給面子地拍了拍手，路克以手勢敬禮，向群眾揮手，然後朝那女的彎下身說：「你以為我屁都不是，對吧？白痴。」

我拉他回來坐下，警告說：「你要侮辱那個女的之前，先把眼睛遮好，否則我們得花錢找導盲犬了。」

說罷，我們回到莎瓦娜的朗誦聲裡，她讀了一個多鐘頭，以一則故事貫穿其中。一名生於南卡羅萊納貧戶的女孩，在科勒頓的沼地赤著腳、曬著烈陽長大。女孩學會藉洄游的蝦群、候鳥的到來、番茄的採收，度算四季。她知道自己有種難以言說的獨特光彩，她悉心培育，希望自己能與眾不同。當她聽到貓頭鷹在穀倉屋簷低吟，浮標在水道裡詠嘆，便感到語言在體中騷動。然而天地一如既往地不仁，這個手無寸鐵的憂傷孩子，開始對抗這個狂野殘酷的世界。莎瓦娜在她最後幾首詩中談到自己數度崩潰，談到她的心魔和她的瘋狂。她以驚愕、尊敬、心碎的悲傷談論它們，然而即使是心魔，也被她寫成一種絕美，並傾力將之化作神聖。她的作品裡沒有怪獸，僅有哭著想家、被玷汙了的天使。這對紐約人而言是全新的東西，對我和路克卻非新鮮事。我們目睹了整個過程，在我們河邊的家中，我們看到了一名詩人的成長。

我聆聽莎瓦娜朗誦最後一首詩，想到自己以前常作的一場夢，夢見莎瓦娜和我在子宮中，並肩漂在母親體內的海洋——我們一起長出心臟，抽動手指，在黑暗中，蒼淡的藍色覆著我們四隻還看不見的小眼睛，棕色的頭髮像水草般漂著，半成形的腦子感應著彼此的存在，從出生前兩人之間無可名狀的溝通中汲取慰藉。在那尚未出生的生命裡，在沒有呼吸的子宮和靜默安全的血流中，我夢見兩人有了特別的遭遇，在那個只有雙胞胎才知道的神聖片刻，我們認出了彼此，我們花了好幾個星期才轉向對方，然後莎瓦娜說：「哈囉，湯姆。」而我這個後來才漸漸習慣各種奇蹟，也一向相信魔法的人，則大聲喊道：「哈囉，莎瓦娜。」然後我們便快樂而本能地等待出生，展開一生的對談。我在黑暗中，第一次知道姊姊有耀目的才華，然而當時我並不知道，她的人生路上會背負多少黑暗。我相信雙生子間的牽繫，相信雙胞胎才有的完美感應。

莎瓦娜朗誦結束後，觀眾爆出如雷的掌聲，起立歡呼數分鐘之久。我得很快搶話才能阻止路克衝到教堂前的走道，抱著把莎瓦娜撲倒。路克最後是以震耳的高聲稱讚他老妹，我則固定演出家裡那個多愁善感的角色，在教堂長椅間蹲下身繫鞋帶，用領帶拭淚。

後來我們一直很慶幸那個三月的夜晚，出席了莎瓦娜那場在人吃人的紐約次文化詩界大獲全勝的首次發表會。紐約市的美好，都涵蓋在那個夜晚了。我們熬到很晚，望著月亮橫越天際，莎瓦娜的成就使我們興奮難眠，我們跟她的朋友談天喝酒，狂喜於事情如此容易且水到渠成。誰能料到一個南卡來的女孩所傳遞的訊息，竟能照亮這些天生鐵石心腸的人。

如果我第二天就離開，或許會愛上這座城市，可惜路克和我留下來了。莎瓦娜想為我們展示自己為何愛上紐約，以及她為何再也不可能跟著我們回家，於是我們跑到梅西百貨購物，看了一場洋基隊的比賽，搭環線地鐵觀光，中午在帝國大廈樓頂野餐。她帶著我們領會美好的典型紐約式生活，可是我們在曼哈頓被她拉著滿街跑時，她尚未納入紐約另一個黑暗而不可預測的面向。

我們在格林威治村西十二街，見識到迥異卻鮮活的紐約風景。我們從街道遠處看見一名老婦蹣跚地走下褐石公寓的台階，老太太每走一步，便停下來等一隻老到幾乎走不動的貴賓狗跟過來。一人一狗，緩步下階，竟有股說不出的莊嚴。貴賓狗與老婦身上有種相近的色調，彷若人狗在相同的蹣跚步履中相偕變老。老婦來到人行道，沒看見突然從身後竄出的男子，而我們也來不及出聲警告。男子動作俐落，很清楚自己要什麼。他扯掉老婦耳洞上的兩只金耳環，老婦雙膝往地上一跪，重重摔在人行道上，耳垂硬生生被扯裂。男子又抓住她脖子上的金鍊，粗暴地扯著直至鍊子斷開。老婦放聲尖叫，雙耳流血。男人往她臉上揮拳，阻斷了尖叫聲，若無其事不慌不忙地從老婦身邊走開。可惜他犯了一個嚴重的失誤，他的逃脫路線不偏不倚對上了南卡羅萊納州溫格家的兩個小伙子。

我們在南方長大的過程中遇過許多可怕的事，但我們都知道該如何處置一個把養貴賓狗的老婦耳垂弄殘的年輕人。男子看到我們衝上去要對付他，聽見莎瓦娜用力吹響警哨，連忙越街跑了起來。路克火速矮身繞過去攔截他，我則阻去他的退路。我聽到身後有人敲碎瓶子，搶匪掏出刀子，我往前逼近，聽到刀子彈起，鋒刃一閃。

「我砍死你，找死的混蛋！」搶匪叫嚷著轉過身，把刀子舉在前方，朝我殺過來。我在街心頓住，大手一抽拔出腰帶，纏在手腕上，剩一英尺長的皮帶和懸晃的扣環在外。對方舉刀刺向我的咽喉，但我退開掄動皮帶。扣環打中他的顴骨，在他眼下割出一道口子。搶匪慘叫一聲，刀子鬆落。他才瞄我一眼，便被全美高中足球賽的實力後衛從死角撞中了脊背，把他臉朝下撞在雷鳥的引擎蓋上。路克單手揪住歹徒的頭髮，另一手痛扁他的頭，他的鼻梁被打斷，車蓋也撞凹了。人群圍住我們，鄰居高聲喊罵，幾個髮色灰白的治安會成員拿著他們的武器戳搶匪，巴不得在警方趕到前把他大卸八塊。莎瓦娜用破掉的可樂瓶抵住搶匪的頸靜脈，大伙聽到遠方傳來警笛聲。老婦人佝著身低聲哭泣，眾鄰居忙著照料她，狗在一旁舔著主人流血的耳朵。

「你這座城市可真不錯啊，莎瓦娜。」路克說著又震甩了搶匪一下，「真他媽的好。」

「任何地方都有可能發生這種事。紐約依然是全世界歷史上最了不起的城市。」莎瓦娜辯解。

「你去問那老太太，紐約是不是世上最偉大的城市。」

可是紐約從不停止捉弄它的擁護者或市民。紐約在每個角落裡，以千變萬化的姿態，呈現出各種面向的醜惡與昇華。這個城市有太多故事，太多的陌生人。在那漫長難忘的一星期中，莎瓦娜和我根本無法攔阻路克幫助他遇到的每一個醉鬼。路克打骨子裡沒法無視那些頹倒在門口、渾身嘔吐味和酒臭的爛醉陌生人。他會扶他們起身，幫他們打理乾淨，叮嚀他們好好照顧身體，然後在他們口袋裡塞一塊錢，說些安慰話。莎瓦娜告訴路克，等他們被陽光喚醒，發現身上有神奇的一塊錢，肯定會再去買瓶酒。

「人家過得可開心了。這是我剛到紐約想幫助其中一人的時候，警察告訴我的。」莎莉解釋道。

但路克還是堅持繼續幫助每個與我們錯身的酒鬼，直到有天在第七大道的小公園裡，他看到一名十來歲的青少年仰臥在木頭長椅上，對他的輕柔對待毫無反應。路克搬動他時，我們這下都看出少年幾個鐘頭前就死了。他的外套口袋裡有針筒和駕照，上面寫著他在北卡羅萊納州羅利市的住址。

「他過得可開心了，莎瓦娜。」路克在救護人員搬走屍體的時候說。

少年的來處困擾路克良久，讓他覺得任何在溫和寬容的南方長大的孩子，不可能在哈德遜河和東河之間混得下去。南方人想變成紐約客？這改變太劇烈了。一天早上，我們吃著可頌、喝法式濾滴咖啡，路克把這項新的理論告訴我們。
「這就像一條鱒魚拚命想變成電車，根本不可能。」路克用可頌指著莎瓦娜說，「你以後自會明白，你可以假裝自己是紐約客，但你骨子裡是南方人。莎瓦娜，那是抹滅不了的。」
「我老哥是位南方佬哲學家。」莎瓦娜倒著咖啡說。
「我不介意當個南方的鄉巴佬。南方人唯一的錯，就是他們討厭黑人，還有幾乎啥事都看不順眼。我不恨任何人，但紐約客除外，我正學著討厭這八百萬個爛人，因為他們讓小孩子蜷著身死在長椅上，讓老人在門口凋零，我沒有辦法理解那樣的人。」
「難道你不喜歡我那些朋友嗎？」
「他們還可以，但不算很棒，只是還行。我實話實說而已。我看到他們瞧著我和湯姆的樣子，好像很訝異我們這種從南卡來的人竟然也會說人話。在朗誦會上介紹你出場的那個半獸人，每次我一開口，他就笑出來。」
「他愛死你的南方口音了，這是後來他告訴我的，他說感覺就像在看電影。」
「電影個頭，他是在跟本人路克．溫格講話。我看得出那傢伙這輩子沒抓過半條魚，除了超市冷凍包好的。」
「人家是詩人，是讀書人，他又不是捕魚的。」莎瓦娜氣頭漸漸上來。
「但也輪不到他嘲笑那些捕魚為生的人。那傢伙到底哪裡有病？他的手勢好滑稽。」
「路克，他是同性戀，我很多朋友都是。」

「真的假的。」一陣尷尬的沉默後，路克問道：「就是那種跟男人做那種事的男人嗎？」

「沒錯。」

「你幹麼不早告訴我？那樣他就有意思多了，聽說這裡有很多那種男人，我從沒想過我能有機會看到。我有些問題想問他，科學性的問題。我從來無法理解同性戀，他可以直接幫我解惑。」路克興奮地說。

我呻吟道：「謝天謝地，莎瓦娜，幸好你沒告訴路克。」

「路克，那是很隱私的事。」莎瓦娜表示。

「隱私，他才不在乎隱私。」

「你怎麼知道？」

「瞧他住在哪兒，他住在他媽的紐約市耶。一個想要隱私的人絕不會住在這裡。」

「不懂的人是你，路克。真正想擁有隱私的人一定會住到紐約。就算你搞的是紅毛猩猩或長尾小鸚鵡，也沒人在乎。」

「小妹，如果我開始亂蹭小鸚鵡或電熱毯的話，麻煩你幫我找間公寓。因為你說得極是，那種事在科勒頓絕對容不下。我只是希望你記得自己來自何處，我不希望你變得跟那些人一樣。」

「我痛恨我的出處，所以我才會跑到紐約，逃避過去的一切。我痛恨我童年的每一件事，我在這裡看到的，沒有一件事會讓我想到自己的童年，一件都沒有。」

「我和路克會讓你想起童年嗎？」我問，突然感到受傷。

「你們讓我想到童年快樂的部分。」她急忙答道。
「我們來把自己灌醉，吃到滿嘴肥油吧。」
「那不會改變過去。你們怎麼處理過去的事？為何你們不像我如此受傷？」
「不去想就得了，假裝從沒發生過。」我說。
「都過去了，我們活下來了。總之，我們現在是大人，還有後半輩子要打算。」路克也說。
「除非我把過去想明白，否則沒法為我的後半輩子打算。路克、湯姆，過去毀了我，我總是看到幻影，聽到聲音，我不僅把那些寫進詩裡，打從搬到紐約，我就一直在看精神科醫師。」
「你看見和聽見什麼？」我問。
「你回去前我會告訴你們，我答應一定會，但我現在不想講。」
「一定是因為吃這種鬼東西的關係。」路克把他對紐約的反感發洩到乾扁的可頌上。「你的體質不適應這種玩意兒，我在越南吃亞洲菜老是拉肚子。」
「拜託你別再說了，路克。她在講精神問題，不是腹瀉。」
「這位先生，你怎麼知道精神疾病不是大腦在拉肚子？身上某個地方故障了，身體會用千百種不同的方式讓你知道出問題了。身體很誠實，你得聽它的。」

紐約的最後一夜，我在夜半醒來，聽到莎瓦娜房中傳出聲音。路克和我睡在莎瓦娜家的客廳地板上，街燈映著房間，燈光輕柔地穿透薄霧。我豎起耳朵，聽到她又用驚恐而不真實的聲音在跟那些隱形人說話。我起身走到她房間，輕聲叫門，沒人回答，我開門走了進去。

莎瓦娜坐在床上，對著牆上某個看不見的東西說話。即使我走入她的視線，她似乎仍沒瞧見我。她雙唇顫抖，口沫噴飛，我聽到她說：「不行，我不會照你們的話做，連你們都不行，尤其不能為你們而做。現在不行，求你們離開我，別回來，再也別回來了。別進我家，我不許你們再進我家。我有工作要做，你們在我房子裡說話，我沒辦法工作。」

我朝她走過去，搭住她的肩膀問：「莎瓦娜，怎麼了？」

「他們又回來了，湯姆，他們老是跑回來。」

「誰回來了？」我挨著她坐到床上，拿床單幫她擦嘴。

「想傷害我的人，我看見他們了，湯姆，你能看見他們嗎？」

「他們在哪兒，親愛的？」

「在牆壁旁邊，還有這裡，在窗戶邊。我看得清清楚楚。湯姆，對我來說，你似乎並不真實，但他們好真實。你能聽見他們嗎？能聽見他們對我喊叫嗎？狀況又要變糟了，會變得非常糟糕。我必須對抗他們，他們來的時候，我沒法寫作，而且他們待好久，他們會傷害我，不肯離開，他們不肯聽的。」

「他們是誰，莎瓦娜？告訴我，他們是誰？」

她指著牆：「那裡，他們就吊在牆邊，你看不見，對不對？」

「那只是一面牆，沒有東西，莎瓦娜，親愛的，你只是又看見幻象了，那不是真的，我向你保證。」

「是真的，真到不行，比你或我都更真實。他們對我說話，對我尖叫，說些可怕、恐怖的事。」

「他們長什麼樣子？告訴我，他們長什麼樣子，我好能幫你。」

「那裡。」她指著，渾身顫抖地倚在我身上。「被處了私刑的天使，就吊在那面牆上，有幾十個，他們在尖叫，生殖器在滴血，他們朝我大叫。對我說話，湯姆，求你對我說話，湯姆，叫他們別再喊了。」

「我在說話呀，莎瓦娜，聽我說，他們只存在你的腦袋裡，不在這裡，不在這房間，不在這世上。他們僅住在你的腦中，你一定要不斷提醒自己這一點，也一定得相信，才能對抗他們。我知道，記得嗎，我以前見過你這樣的，你可以把他們趕走，只是要有點耐性，那需要花時間。」

「那天家裡出了什麼事？」

「別再去想了，什麼事都沒發生，你又在幻想了。」

「他們就在這裡，湯姆，在門邊，他們在解皮帶，而且大吼大叫，他們的臉就是骷髏，他們在嚎叫，還有老虎也在吼，我受不了那種哭嚎。告訴我，我又看見幻覺了，我需要再次聽到你的聲音。他們在拉屎、呻吟、尖喊。」

「你是什麼時候開始聽到這些聲音的？你以前只會看到東西，你確定你聽得到他們的聲音嗎？」我警戒地問。

「狗群就在這裡，黑色的狗，又黑又瘦。旁邊有人的聲音。黑狗一到，人就安靜了，整群天使變安靜了，老虎也恭順起來。杜賓狗統治黑暗的世界，牠們過來的時候，狀況最為糟糕，牠們會傷害我。」

「沒有什麼能傷害你，我在這裡，我不會讓任何東西傷害你。如果有任何東西接近你，我就殺掉它。我夠強壯，可以殺掉它，我一定會，我向你保證，你聽見了嗎？我很難過你遇到這種事，我真的好難過，我真希望受苦的人是我。如果是我，我會把老虎、狗群、天使統統趕出這個房間，我會毀滅一切，讓我們兩人都安然無恙。」

「你不明白那些東西來的時候是什麼情況，要花好久時間才能甩開他們，跟他們對抗好難好難，而且他們總是來傷害我。」

「解釋給我聽，求求你解釋他們是什麼，從何而來。如果我不了解他們，便無從幫你，我從來沒有過幻覺。是像普通的夢，還是噩夢呢？」

「噢，比噩夢更糟糕，糟得多了，可是在某些方面卻又一樣，只是你是醒著的，而且知道自己醒著。你知道他們來，是因為你又病又無助，沒有力量抵抗。他們嗅出你的病弱，嗅出你想死，便會跑來，而你必須抵抗他們，只是你沒力氣了。他們數量太多，成千上百，無法計數。我很努力想遮掩這件事，尤其不想讓你和路克知道。我拚命假裝他們不在這裡，但他們今晚來了。當我們在霧氣裡說話，我看到每根街燈的燈柱上掛了天使，一開始他們很安靜，但我們繼續走著，他們也發出呻吟，愈變愈多，直到最後掛在每扇窗戶上滴血。他們總是來傷害我，我幾個星期前便預知他們會來了，我真不該舉行那次朗誦會，太耗神了，我擠不出力量，沒力氣對抗他們了。」

「我有力量，我有足夠的力量去對付他們，你只要告訴我怎麼做就好了。告訴我，要怎麼幫你。我看不到也聽不見，對我來說，他們不是真的。我不明白你為何覺得他們如此真實。」

「他們在嘲笑我跟你說話，他們全都在放聲狂笑。杜賓狗說：『他幫不了你，沒有人能幫你，或從我們手裡救出你，全世界沒有人做得到。沒人能碰到我們，沒有人會相信我們是真的，因為我們僅屬於你。我們又回來找你了，我們將會一再回來，直到你隨我們走。我們要你跟我們在一起。』」

「別聽他們的，莎瓦娜，說話的是你的疾病，一切都不是真的。創傷就是以這些可怕的景象浮到表面來的。但這裡有我，你可以聽到我說話，感覺得到我和我的觸摸，這才是真實的。是我呀，我是那道愛你的聲音。」

她轉向我，滿臉滴汗，眼神悲悽而痛苦。「不，湯姆，我無法信任你的聲音。」

「為什麼？」

「因為他們會利用所有的聲音。記得我第一次割腕嗎？」

「當然記得。」

「他們那次就用了各種聲音。黑狗來了，擠得整個房間都是，在黑暗裡低吼，所有的狗用可怕的利牙咬我的臉。只有一隻例外，牠有張善良的臉，是隻好狗。牠對我說話，卻不是用牠的聲音。我喜歡牠的聲音，可是那次我不喜歡。」

「是誰的聲音，莎瓦娜？我完全不懂。」

「那隻善良的狗說：『我們希望你自殺，莎瓦娜。為了家裡好，因為你愛我們。』他先是用媽媽的聲音說話。」

「但那不是媽媽。」

「我尖叫說：『不要！』我知道那是個騙局，接著我聽到爸爸叫我自殺，他的聲音好甜美誘人，但那還不是最糟糕的。好狗狗挨近我的耳朵，逼近我的咽喉，然後用最溫柔的聲音說：『自殺吧，為了全家不再受苦，拜託你自殺吧。如果你愛我，就拿起刀片，莎瓦娜。我會協助你，我會幫你。』那是我第一次割腕，當時沒有人知道我會聽到各種聲音，我不知該如何告訴科勒頓的人我有幻聽幻覺。」

「你現在不會傷害自己，這回你不會聽他們的了，對吧？」

「不會。可是我得獨自對抗他們，他們會滯留很久，但我現在比較懂得如何對付他們了，真的。回去睡覺吧，很抱歉吵醒你。」

「不，我要留在這裡等他們走。」

「我得獨自對付他們，湯姆，我現在明白了，那是唯一的辦法。拜託你去睡點覺吧，跟你說過話後，我覺得好多了。謝謝你進來，但我希望你離開。」

「真希望我能做點什麼，我不知道如何應付自己看不見也聽不見的東西。」

「我知道怎麼應付，我必須去處理了。晚安，湯姆。我好愛你。」

我親吻姊姊，把她擁入懷裡，幫她拭去臉上的汗，然後親親她。

我離開房間時，回頭看到莎瓦娜靠在枕頭上，孤單地面對房裡的可怕眾生。

「莎瓦娜，那個聲音，那個最後要你自殺的聲音，是誰的聲音？你剛才沒告訴我。」

她看著我，看著她的雙胞胎弟弟。

「那是所有聲音中最仁慈也最可怕的聲音，湯姆，他們用了你的聲音，用了我最愛的聲音。」

我回到客廳，路克正醒著聆聽，他靠牆而坐，抽著菸，凝視莎瓦娜的房門。路克示意我坐到他身邊。

「我全聽到了。」他低聲說，對著房間另一頭的蕨類植物吐菸圈。「她真的病到沒藥救了。」

「她是慢慢變成那樣的。」我喃喃說，氣老哥那樣說話。

「她為什麼聽不進你的話？根本沒有東西嘛。」

「因為真的有東西，路克，重點就是這個。」

「才沒有，根本都是些狗屁倒灶的心理學玩意兒，我覺得她喜歡那樣。」

「你又和老媽談過了。」

「我很害怕莎瓦娜這種樣子，我總是想逃開，離她遠遠的。只要她開始對牆壁說話，就會變個樣，變成一個我不認識的人。然後她會開始怪罪我們家，怪罪爸爸媽媽。如果他們真的那麼糟糕，為什麼我倆沒在牆上看到狗？為什麼我們不像她受到傷害？」

「你怎麼知道我們沒有受到傷害？」

「我和你都沒發瘋啊，我們很正常，尤其是我。你有的時候很情緒化，但我覺得是因為你愛讀書的關係，愛讀書的人老愛鑽牛角尖。我們明天把莎瓦娜從這裡帶走，帶回科勒頓。我讓她到捕蝦船上工作，鹹鹹的海風會淨空她的腦袋，體力活也有幫助。蝦群回來的時候，捕蝦忙都忙死了，哪有空胡思亂想。莎瓦娜的生活證實了寫詩和讀書會造成腦損。」

「你才是證實捕蝦也會造成腦損的活例。」我生氣地小聲罵回去。「我們的姊妹生病了，就像是得了腦癌之類的可怕疾病，這樣能不能幫助你更了解一點？而且她的病也是要命的。」

「別生我的氣，湯姆，拜託你。我努力用自己的方式理解，我知道那不是你的方式，可是如果莎瓦娜能待在我們身邊，我會覺得好過些。她可以跟著我住，我能幫她，我真的覺得自己可以。」

「她提到了那天在島上的事。」

「我聽到了，你應該告訴她，從來沒發生過那種事。」

「但發生了。」

「媽媽對我們說從沒發生。」

「媽媽也對我們說，老爸從來沒打過我們。她告訴我們，我們是南方貴族的後裔，她對我們說了一堆不是事實的事。」

「那天的事，我記得的不多。」

我抓住老哥的肩膀，把他拉向我，憤憤地在他耳邊低聲說。「我記得每一件事，路克，我記得那天以及我們童年的每一個細節。當我對自己說，我不記得那些事的時候，我是個他媽的騙子。」

「你發誓永遠不提那件事，我們都發過誓，有些事能忘掉最好，最好都忘了。我不想憶起發生什麼，不想談，也不希望你跟莎瓦娜談，那對她沒有幫助，我知道她什麼都不記得了。」

「好吧。但你休想假裝那天啥事都沒發生，因為那會令我抓狂。我們家有太多假裝，太多隱瞞了，我認為我們都將為無法面對事實付出慘痛的代價。」

「你認為莎瓦娜就是在付出代價嗎？」路克指著莎瓦娜的房門說。「當她跟天使和狗說話，當她對著涼鞋流口水，當她住進瘋人院？人是這樣面對事實的嗎？」

「不，我只是認為，事實正從她全身滲漏而出。我不認為她比我們更善於面對事實，但我也不認為她壓抑過去的能力有我們幾個強大。」

「她會發瘋是因為她寫作。」

「她會發瘋是因為那些她非寫不可的內容，她寫出一名年輕女孩在南卡長大的歷程，寫出她對世界的認知。要不然你要她寫什麼——寫南非祖魯族的青少年嗎？寫愛斯基摩人的毒癮問題嗎？」

「她應該寫一些不會傷害她、不會引來那些狗的事。」

「她非寫不可，她的詩就是那樣來的。沒有那些狗，就沒有詩。」

「那教我害怕，湯姆。總有一天她會殺掉自己。」

「她比我們想像的還要堅強，而且她想寫很多詩，那是她續命的動力。她腦子裡的狗還不夠多，不足以讓她停下寫作。我們睡一會兒吧，明天得開很久的車。」

「我們不能這樣丟下她。」

「我們必須這樣丟下她，這是她自己的人生。」

「我希望你知道，我希望你仔細聽清楚。我不明白莎瓦娜出了什麼問題，我沒有理解的天分，但我跟你一樣非常愛她。」

「我知道，莎瓦娜也知道。」

然而在紐約那最後的美好之夜，我再也無法入睡。想到我們三兄妹如何走到這個地步，我們各自從島上帶走多少祝福與委屈，又各自在可怕的家庭經歷中扮演何種固定的角色。莎瓦娜從小被挑中，承擔家中蓄積的瘋狂能量，她的敏銳善感使她對家中的暴力與不滿像是門戶洞開，我們利用她儲存家族歷年的苦痛。現在我明白了：家中的一員，在經過刻意但要命的選擇過程後，很可能會被逼瘋，而所有的精神耗弱、失控、替代性的痛苦，將有如在屋簷門廊上落定的塵埃，落在這顆最柔軟脆弱的心靈。瘋狂會攻擊最溫柔的眼睛，束縛最柔弱的身體。莎瓦娜是在何時獲選成為發狂的那個？我思忖著。這個決定是何時下的？是大家歡呼通過的嗎？身為她的雙胞胎弟弟，我也同意這麼做了嗎？我是否也參與其中，幫她引來房中的流血天使？我能幫忙減少天使的數量嗎？

我拚命思索家中所有人的角色。路克向來扮演四肢發達、頭腦單純的角色，他是最沒腦筋的孩子，並深受這項負擔折磨。心思單純的路克對正義與忠貞有自己的執拗。由於不擅長讀書，加上是長子，家父突來的憤怒最常由他承擔。這位受傷的牧羊人會先把羊群趕到安全的地方，再獨自轉身面對父親狂暴的怒氣。你很難計算路克受過的傷害，或加總他在家中地位所帶來的寂苦。力量異常強大的路克有種不可侵犯的氣勢，他有堡壘般的靈魂，他從城垛上窺探這世界太久，僅用他的身體宣揚自己的福音與哲學。路克受的全是內傷，不知他能否評估自己受傷的程度。我知道路克永遠無法了解姊姊與過去之間的爭戰，以及在白日裡對她發動長征的心魔。我也不認為莎瓦娜能理解路克的兩難：各種疲於奔命的責任，講不清的義務。路克憑衝動做事，他心中的詩是沒有文字的。路克既非詩人亦非瘋子，他是個行動派，那就是我們家賦予他的重擔，因為他是家中長子。

我呢？那些在姊姊眼前逡巡的六翼天使，把我搞得無法入睡，頭昏腦脹。我變成了什麼？我的角色是什麼，有沒有偉大或毀滅的成分？我在家中被指派扮演正常的角色。我是那個身心平衡、受期許成為領導者的孩子，因為我在急迫中能保持冷靜穩健。「堅強得像岩石一樣。」母親對她的朋友如此形容我，我覺得她的描述很貼切。我有禮、開朗、人緣好，又虔誠。我是家裡的瑞士中立國，是正義的象徵，我尊重爸媽期待我所扮演的完美小孩。我克己守禮，怯生生地步入成年期，渴望取悅別人。當姊姊哭嚷著跟地獄裡的黑狗奮戰，老哥睡得像個嬰孩，我卻徹夜無眠，我知道自己剛度過此生重要的一週。我結婚快六年了，是個安居樂業的老師和教練，但也過得庸庸碌碌。

3

第一次到紐約、見證莎瓦娜在格林威治村的朗誦會後，已過九年。曾經形影不離的雙胞胎，卻足足三年沒聯繫。只要提到莎瓦娜的名字，我就心痛，一回想過去五年，我就會崩潰。再次搭上計程車，扮演國王的侍從，越過五十九街大橋再度來到曼哈頓營救姊姊，回憶如噩夢般朝我湧來。

莎瓦娜的心理醫師姓陸文斯汀，診所坐落於東七十街一棟典雅的褐石公寓，候診間裡是斜紋軟呢布和皮革家具，菸灰缸則重到足以砸死松鼠。兩面相對的牆上各掛了一幅繁複到足以引發精神分裂的現代畫作，看起來像潑在百合花田裡的羅夏克墨跡心理測驗。我瞪著掛在接待人員後方的那幅，開口問道：

「那種東西真的有人花錢買嗎？」我問櫃檯那位一本正經的黑人女士。

「三千美元，藝術商跟醫師說，他簡直半買半送。」女人頭也不抬地冷冷說道。

「你覺得這藝術家是把手指伸進喉嚨朝畫布催吐了？還是用顏料畫的？」

「您有預約嗎?」她問。
「是的,女士。我應該是約了三點鐘。」
她檢查時間表,打量我的臉。「溫格先生,您打算過夜嗎?這裡可不是旅館。」
「我來不及先到我姊姊家放行李,你不介意我看醫生的時候把東西放在這外邊吧?」
「您是從哪兒過來的?」女人問道。
那一瞬,我本想謊稱自己來自加州的蘇沙利多。你若來自加州,每個人都會喜愛你。若坦承自己是南方人,大家就會對你寄予同情或瞧不起你。我遇過一些黑人,聽到我吐出「南卡羅萊納州科勒頓」幾個字後,就巴不得把我凌遲處死。他們的眼神在說,如果他們能幹掉這個愁眉苦臉的傢伙,便能為幾百年前從非洲大草原上被綑上鍊子擄來、鮮血滴落在南方港口的祖先報仇了。所有現代黑人男性的靈魂深處都有奈特·杜納的影子在[3]。
「南卡羅萊納。」我說。
「我很遺憾。」她微笑但沒抬頭。
室內播放的巴哈音樂鑽進我耳裡,另一端的邊櫃上擺著鮮花,是精心插放的紫色鳶尾,花朵像精緻的小鳥頭朝我傾靠。我閉上眼睛,試圖在音樂聲中放鬆下來,任其引誘。音樂使

---

3 Nat Turner:十九世紀非裔奴隸反抗領袖。

我心跳放緩，感覺像送到眼底下的玫瑰。我的頭有點疼，便張開眼，回想有沒有把阿斯匹靈放進手提箱裡。我起身查看擺在邊櫃上的書籍，巴哈的協奏曲放完了，接著是維瓦第。書都是精心挑選且仔細保管的，有些有作者簽名，題辭都十分親密，我這才發現許多作家也曾坐在同一個房間裡，在這位佚名畫家的恐怖世界前瑟瑟發抖。我在頂層的架子上看到莎瓦娜的第二本詩集《潮浪王子》。我翻到獻辭頁，讀到那些文字，差點哭出來。能夠感覺淚水即將潰堤挺好的，證明我的心底深處還活著，雖然傷痛被酸澀無聊的男性自尊給束縛壓抑住了。我的男性尊嚴啊！我痛恨當個男人，要承受巨大的責任、得永遠堅強，老是一頭熱的愚勇。我痛恨力量、責任、堅忍不拔。我好害怕看到姊姊刀痕累累的手腕，看見插進她鼻子裡的管子、玻璃胚胎般掛在她床頭的葡萄糖點滴瓶。但我清楚自己現在的角色，了解男性角色的霸氣與陷阱。我必須以精神支柱的姿態走向姊姊，我是在大地上邁步而行的植物之王，我的雙手噴濺著草原的能量火花，我相信萬物循環不息，我歌頌她的新生，我會用教練的話術和來自四季之王的好消息安慰她。堅強是我的天賦，也是我的表演，我相信哪天害死我的就會是這份強悍。

我翻到書中第一首詩，在維瓦第的小提琴和鳶尾花的陪伴下，大聲朗讀，試圖捕捉莎瓦娜抑揚變化的詩韻和精神，以及她在講壇朗誦作品時所引來的崇敬。

雄渾憂鬱的魔力，燃燒我全身，

如焚火的蒼鷺，散放肉欲；
我將所有文字化為城堡
以無形的士卒，轟擊那些城池。

我欲尋覓者，並不可尋。
我的大軍精實而訓練有素。
這名詩人，委任麾下
將她的詩文化作利刃。

黎明，我向他們索求美，
證實他們訓練到位。
夜裡，我將懇請他們原諒
原諒我在山邊，切斷他們的咽喉。

我的海軍穿過層層語言向前推進，
驅逐艦在公海熊熊燃燒
我懷柔島嶼，以便登陸。

我以文字徵召黑暗大軍。
我的詩，即是我與世界的戰爭。

我以雄厚的南方魔法施放怒火。
轟炸機在午時滑行地面。
華宅裡傳來尖叫與悲嚎
月，是著了火的蒼鷺。

然後我再次翻到獻辭頁，讀道：

人，猶疑驚愕，但上帝斷然決定
潮浪王子的死期。

我抬眼，看到陸文斯汀醫生正從辦公室門口凝望我。她一身華服，身材纖瘦，有對烏黑單純的眼眸。在房間的陰影中，在維瓦第漸漸消逝的甜美樂聲裡，她美到令人屏息，渾身散發著紐約女性那種氣死人的母獅氣勢。她高眺，黑髮，散發著好教養與品味高尚的氣息。

「潮浪王子是誰？」她沒做自我介紹，直接問道。

「你何不去問莎瓦娜？」
「等她能跟我說話的時候，我自然會問，但也許要一段時間了。」她撫平身上的夾克，「不好意思，我是陸文斯汀醫師，你一定就是湯姆了。」
「是的，女士。」我起身跟著她走進辦公室。
「要喝咖啡嗎？」
「好的，女士，我可以喝一點。」我緊張地說。
「你為何喊我女士？我想我們年紀應該差不多。」
「家教的關係，加上緊張。」
「你為什麼緊張？你的咖啡要調味嗎？」
「加糖和奶。每次我姊割腕，我就會緊張，那是我的怪癖。」
「你以前見過心理醫師嗎？」她從書桌附近的櫃子端來兩杯咖啡，步態優雅自信。
「見過。我陸陸續續見過莎瓦娜的每一任醫師。」
「她以前企圖自殺過嗎？」
「是的，另外兩次挺歡樂的時候試圖自殺過。」
「你為何要說『挺歡樂的時候』？」
「我只是憤世嫉俗而已，不好意思，這是我們家的陋習，改不了。」
「莎瓦娜會憤世嫉俗嗎？」

「不會，她沒染上我們家的惡習。」

「她沒染上你們的譏諷作風，你好像挺遺憾似的。」

「她轉而訴諸自殺了，醫師，我寧可她憤世嫉俗。她還好嗎？人在哪裡？我什麼時候能見她？還有，你幹麼問我這些問題？你還沒告訴我她現在如何。」

「咖啡好喝嗎，湯姆？」她擺明了由她掌控話題。

「好喝，棒極了。好了，莎瓦娜怎麼樣了？」

「湯姆，我希望你耐心點，我們很快會談到莎瓦娜。」醫師用恩威並施的語氣說。「若想幫助莎瓦娜，我得問些家庭背景的問題。相信我們都想幫助莎瓦娜，對嗎？」

「醫師，如果你繼續用那種討厭傲慢的語氣對我說話，就拉倒，你當我是猴子，想教我打字是吧。除非你告訴我，我老姊人在何處，否則免談。」我壓坐在自己手上，免得對方看出我的手在顫抖。喝下的咖啡和頭疼混雜著，遠處的樂聲像指甲般刮在耳膜上。

陸文斯汀醫生似乎已被各種五花八門的敵意磨練到波瀾不驚，淡定地看著我。「好，湯姆，我會把我對莎瓦娜的了解告訴你，之後你可願意幫我？」

「我不知道你想要什麼。」

「我想了解她的一生，你所知道的一切。我想聽她小時候的故事，我必須知道這些症狀最初源於何處、她最早何時出現病癥。你知道她有精神疾病吧，湯姆？」

「當然知道。她有一半的詩作都跟她的發狂有關，她書寫的方式，就跟海明威寫下獵殺獅子是一樣的。那是她作品裡的失憶。我受夠莎瓦娜發瘋了，我厭煩所有希薇亞・普拉絲式的狗屁玩意兒。醫師，她上次割腕之後，我叫她下一次最好成功。我希望她飲彈自盡，轟爆自己的後腦勺。可是沒有，她偏偏愛用刮鬍刀片。明白嗎？我無法正視她的疤痕，我受不了看到她躺在床上插著鼻管。我是個好弟弟，可是我不知道在姊姊像殺一頭鹿一樣劃開自己後，要跟她說些什麼。我不擅長這種事，而且沒有心理醫師、沒有半個天殺的醫師——她看過的醫生還真是不少——沒有半個能幫助她，讓折磨她的心魔閉嘴。你辦得到嗎，女士？告訴我，你辦得到嗎？」

她啜了一口咖啡；她有股天生的冷靜，就像加粗的引號，框住了我的失控。她把杯子放回碟子上，發出輕巧的扣合聲。「要不要再來一杯咖啡，湯姆？」

「不要。」

「我不知道自己能否幫助令姊。」陸文斯汀醫師說，再次用職業性的眼光打量我。「莎瓦娜一個多星期前自殺未遂，目前她的傷口並無致命危險。她第一晚差點死在貝勒維，但我聽說，收她進急診室的醫師醫術十分高明。我第一次看到她的時候，她仍在昏迷，我們並不知道她能否活下來。後來她醒了，便開始語無倫次，放聲尖叫。你應該可以想見，都是些胡言亂語，但極具詩意。我把她的話錄下來了，或許能給我們一點頭緒，知道她最近的週期狀況。昨天情況有了變化，她不再說話了。我打電話給一位相熟的詩人朋友，對方從莎瓦娜的鄰居打探到令堂的電話號碼。我也發了一封電報給令尊，但他沒有回應。你覺得他為什麼不回應？」

「因為你住在紐約，因為你是女人、是猶太人，因為你是心理醫師。何況每次莎瓦娜崩潰，他都嚇得半死。」

「所以令尊的處理方式就是拒絕回應求救？」

「如果莎瓦娜向他求救的話，他會盡量趕到這裡陪她。我父親把世界分成姓溫格的人、混蛋，以及姓溫格的混蛋。莎瓦娜屬於『姓溫格的人』。」

「而我是混蛋。」她不帶情緒地說。

「你聽懂了。」我微笑道。「對了，我父親不可能收到你的信。」

「你們家討厭猶太人嗎？」

「我們家討厭所有人，跟個人無關。」

「你們在成長期間，家裡會用『黑鬼』這種字眼嗎？」

「當然，醫生，我是在南卡長大的。」我答道，不知道這個話題跟莎瓦娜有何關係。

「可是一定有某些受過教育、智慧已開的人，會拒絕用那種惡劣的稱呼吧。」醫師說。

「他們都不姓溫格，可是我媽除外。我媽說，只有鄙陋卑微的白人垃圾才會用那字眼。她以自己用『黑人』一詞為傲，人類的人，她覺得自己在人道主義上高人一等。」

「你現在還會說『黑鬼』嗎？」她問。

我打量她漂亮的臉蛋，看她是不是在開玩笑，但現在是門診時間，醫師嚴肅到不行，沒空閒扯耍幽默。

「我只有在你這種一副紆尊降貴的北方佬面前才會用。所以醫師啊，我實在忍不住，黑鬼，黑鬼，黑鬼，黑鬼，黑鬼。」

「你說完了嗎？」她問。我很高興自己觸怒她緊繃的神經。

「差不多了。」

「這裡不許出現那種字眼。」

「黑鬼，黑鬼，黑鬼，黑鬼，黑鬼，黑鬼。」我答道。

她極力控制自己，用壓抑而委婉的聲音說：「我無意對你擺出高傲的姿態，湯姆，你若認為我有，請接受我的道歉。我只是有些訝異，詩人莎瓦娜．溫格的家人會使用那種字眼，我很難相信她家人有種族歧視。」

「莎瓦娜之所以成為今天的莎瓦娜，就是因為家人有種族歧視。她反抗她的家族，開始寫作，以表達出生在這種家庭的憤怒。」

「你氣自己出生在這種家庭嗎？」

「無論我生在什麼樣的家庭，我都會氣。不過如果能選擇的話，我會選擇生在洛克菲勒或卡內基家，生在溫格家只是徒增人生的艱難罷了。」

「麻煩解釋一下。」

「我認為每個人類的一生都很痛苦，身為溫格家的一分子尤然。可是當然啦，我這輩子也只當過溫格家的人，所以純屬理論。」

「你們家信奉什麼教？」醫師問。

「天主教，看在老天的分上。羅馬天主教。」

「為什麼要說『看在老天的分上』？當天主教徒又沒有錯。」

「你根本不懂從小在南方鄉下當天主教徒是什麼狀況。」

「我大概有點體會。你不知道猶太人從小在世界各地長大是什麼狀況。」她答道。

「我讀過菲利普．羅斯[4]的書。」我說。

「那又如何。」她的語氣充滿敵意。

「沒什麼，我只是想在我倆之間建立一點薄弱的關係。」

「菲利普．羅斯既看不起猶太人，也看不起女人。你不必是猶太人或女性，也看得出來。」她用此事休要再提的口氣說。

「莎瓦娜也那麼認為。」想到莎瓦娜談到同一件事也是七竅生煙地痛罵，我便忍不住微笑。

「你認為呢，湯姆？」

「你真的想知道？」

「是的，非常想。」

「我無意冒犯，但我認為無論是你或莎瓦娜，你們對那個議題講的全是屁話。」我回答。

「我也無意冒犯，但我們為何要接受一個南方白人男性的觀點？」

我靠向前悄聲說：「因為啊，醫生，當我沒有吃草根嚼野莓，沒有站上樹椿搞騾子，沒有殺豬割肉的時候，我其實是個非常聰明的男人。」

她微微一笑，看著自己的指甲。輕揚的音樂在一片寂靜中流入房裡，顯得每個音符異常清晰明亮，像一首越過河面的華爾滋。

陸文斯汀醫師又嘗試問一遍：「湯姆，在莎瓦娜的詩作中，你是那位捕蝦的哥哥？還是當教練的弟弟？」我知道這女的比我厲害。

「教練。」我坦承道。

「你為何要壓低聲音？當教練讓你覺得丟臉嗎？」

「是別人對教練的觀感讓我覺得丟臉。尤其是在紐約，尤其是心理醫師，特別是女心理醫師。」

「你認為我對教練有什麼觀感？」她再次掌控局面。

「你認識多少當教練的？」

「零。我的交友圈子中似乎不太遇得到教練。」她笑答。

「就算你認識，也不會容許這樣的人進入你的圈子。」

---

4 菲利普・羅斯（Philip Roth, 1933-2018）：美國當代重要猶太裔作家。

「或許是真的。你在南卡都跟哪些人來往？」

「其他教練。」我覺得被困在這個香氣瀰漫的房間裡，聞到她身上的香水，味道很熟悉，卻想不出品名。「我們坐在一起讀報紙的體育版，比腕力，互相幫對方吸吮血皰。」

「你是個非常難以捉摸的男人。如果你只肯用玩笑話或謎語回答我，我就無法幫助令姊。我需要你信任我，你明白嗎？」

「女士，我不認識你，我跟自己愛的人都不輕易談個人的事了，何況是跟我才認識半小時的人。」

「可是你似乎過於在意我們之間的文化差異。」

「我感受到你對我的蔑視。」我閉上眼睛，頭疼到眼周都痛了。

「蔑視？」她翻著白眼不可置信地說：「就算我討厭你所代表的一切，也不會蔑視你。我需要你，才能幫助令姊——如果你讓我幫她。我熟知她的作品，但我必須知道她的生活細節，等她恢復清醒後，才能試著打斷這種似乎從小就有的破壞性模式。如果我能在她的出身背景中找到一些線索，或許能幫她想出一些生存的策略，讓她能繼續追求藝術，而不伴隨如此可怕的後果。」

「啊，現在我明白了。」我起身在房中踱步，不知所措，愈來愈失控，覺得發暈。「你是二十世紀末這場大戲裡的英雄，敏感堅毅的心理醫師，拯救了當代的女性主義詩人，用指甲精心修飾的療癒之手撫平了詩人撕裂的傷口，用佛洛伊德的神聖話術把她從垂危的邊緣救回來。你是文學史中小注腳裡那位令人崇敬的醫師。」我雙手按著頭，以手指按摩太陽穴。

「你是不是頭痛？」她問。

「痛死了，醫生。你這兒可有嗎啡？」

「沒有，但我有一些阿斯匹靈。你為何不早點說？」

「我老姊都割腕了，我抱怨頭疼豈不是太不識時務。」

她走到書桌邊，往手裡倒了三顆阿斯匹靈。

「要不要躺到沙發上？」

「才不要。今天下午我走進這裡的時候，就怕你會像電影演的那樣叫我躺到沙發上。」

「我盡量不照電影演的做……湯姆，我不想嚇你，可是我第一次看到她的時候，她身上塗滿自己的糞便。」

「我不驚訝。」

「為什麼？」

「我以前就見過她拿大便抹自己。第一次確實很震撼，第二次或許也是，然後就會習慣，後來就漸漸成了場景的一部分。」

「你第一次在哪裡看到？」

「舊金山，她在做朗讀巡迴。她住在一個超誇張的地方，我從沒見過那麼破爛的住處。我無法分辨她是出於自厭拿大便塗滿自己，或只是在重新裝飾那間房間。」

「你竟然拿自己瘋掉的姊姊開玩笑，你這人到底多怪。」
「這是南方風格，醫師。」
「南方風格？」
「我媽的不朽名言。太過痛苦，我們就大笑，可悲的人類生命變得太……太可悲時，我們大笑。沒別的事幹，我們也大笑。」
「根據南方風格，你們什麼時候哭？」
「等我們笑過之後，向來如此，總是在我們笑過之後。」
「我會在醫院跟你會合。七點鐘可以嗎？」
「好的。抱歉今天我說了一些話，謝謝你沒把我踢出去。」
「今晚見，謝謝你來。」她又俏皮地加了一句：「教練。」

無論多麼人文主義或開明的精神病院，鑰匙在病院中都是一種權力的憑證，是自由與四處活動的重要標記。醫院雜役與護士的步履，伴隨著鑰匙擊在大腿上的當啷聲響，標示出自由人的路徑。當你發現自己聆聽著鑰匙的響聲，手中卻連一把也沒有，便能約略了解那些被放逐、無法與人類產生互動的靈魂所感受到的白色恐怖。我從姊姊的一首詩中發現了鑰匙的祕密。那是她首次住院、某次用餐結束後寫下的。她把鑰匙當成對自身困境、對自己的未宣之戰的護身符與密碼。每次她一犯病，就會在當啷輕響的鑰匙聲中醒來。

那晚，陸文斯汀醫師帶我去見莎瓦娜，她蜷在角落裡，雙手環膝，頭背對著門倚在牆邊。房中飄著屎臭、尿騷，還有花束逐漸腐敗的熟悉氣味，一種美國精神病院特有的氣味。我們進房間時，她動都沒動，也沒抬頭，我看得出她的情況很糟。

陸文斯汀醫師走向她，輕觸她的肩。「莎瓦娜，我給你帶來一個驚喜，我帶你弟弟湯姆來看你了。」

姊姊沒有動彈，心思已脫拋下肉體，不動如山，陷在悲慘黑暗的思覺失調中，竟似一位聖潔的女神。對我而言，僵直型思覺失調似乎是最神聖的一種精神疾病。那種自帶氣勢的不發一言，澈底定靜，散發出一種聖潔感。那是最靜謐的人類靈魂毀滅的戲碼，是死亡本身的肅穆彩排。之前我也見過姊姊一動不動，這次我以老手的心態，面對她無可救藥的靜止。第一次的時候，我只能崩潰地用雙手摀住臉。而今我憶起她曾說過：她的靈魂就在那遙不可及、孤寂靜處的內心深處裡自我療傷，挖掘隱埋在心中最閉塞通道裡的寶藏與礦石。她還說，當她動彈不得的時候，便無法傷害自己，只能淨化自我，準備迎向再度探向光明的一天。等她探尋光的時候，我打算陪著她。

我搭住莎瓦娜的肩，親吻她的脖子，坐到她身旁。我緊抱住她，把臉湊到她髮上，避而不視她手腕上的繃帶。「嘿，莎瓦娜，親愛的，你還好嗎？」我柔聲說。「我來了，一切都會沒事的。看你心裡難過，我真不好受，但我會陪在這裡，直到你好轉。前幾天我見到老爸了，他要我向你問好。噢，你甭擔心，他一點都沒變，依舊是個混蛋。老媽這次沒辦法來看你，因為她忙著洗她的絲襪。莎莉和三個孩子非常好，珍妮佛的胸部開始發育了，前幾天晚上她洗完澡，跑來找我，把身上的毛巾往下一拉說『你看，爸比，有腫塊』，然後咯咯笑地尖叫著奔過走廊，我在後面假裝色狼追著她跑。南卡羅萊納也沒什麼變，依然是他媽的世界文化中心。連沙利文島都開始有點文化了。前些天，高速公路邊才新開一間烤肉店。我依然待業中，但一直努力在找工作，我知道你很擔心這件事。前幾天晚上我到查勒斯登的養老院去看溫格奶奶了，那天是她生日。她以為我是一九二〇年的查勒斯登主教，而且想跟她上床。還有，我看見……」

我對著她說了三十分鐘，直至陸文斯汀醫師碰碰我的肩膀，打斷我的獨白，示意我們該離開了。我站起來，抱起莎瓦娜把她送回床上。她瘦了，兩頰黯沉凹陷，眼神空茫，就像兩顆靜躺在灰白地面的綠松石。病床上的她胚胎似的蜷著。我從口袋裡掏出一把梳子，梳理她潮濕糾結的頭髮。我用力梳理，直至頭髮恢復亮澤。我輕撫她的頭髮，直到終於有了些漂亮的光彩流淌於她的背。然後我為她哼唱我們兒時的一首歌。

帶我回去我初次見到光的地方，
到那陽光燦爛的甜蜜南方，帶我回家，
那裡的野鳥夜夜啾鳴，送我入眠。

噢，為何我想流浪？

我默默站在床邊看了她一會兒，然後說：「我明天再回來看你。我知道你聽得見，別忘了：我們以前也走過這一段，你會再次甦醒的，只是得花點時間。之後我們就能一起唱歌跳舞，我可以大罵紐約，你可以捶我的胳臂罵我是土包子。我在這兒呢，親愛的。只要你需要我，我都會在。」

我親了一下孿生姊姊的唇，為她蓋上被子。

來到戶外暮春的氣息中，陸文斯汀醫師問我吃過飯沒，我才想起自己還沒吃。她建議去一間她熟悉喜歡的法國小館 Petite Marmite。我立即想到價位問題，這是受多年低薪壓榨的南卡教師會有的本能反應。我還想起自己失業了。美國教師訓練有素，內建窮人思維；我們都喜愛那種設有迎賓室、校方已付費的會議和書展，供應咬不動的雞肉、法國甜醬和難以入口的豆子。

「很貴嗎，醫生？我在這個城市吃過幾餐，覺得像在幫廚子送他小孩讀私立學校。」

「我覺得按紐約的標準，非常合理。」

「等一下，我先打電話給我的銀行，看能不能先貸款。」

「我請客，教練。」

「作為一名開明的男性，我接受，醫師。」

餐廳經理親切地跟陸文斯汀醫生打招呼，一看就知道醫生是熟客。經理帶我們來到角落的桌子，隔壁桌一對客人正呻吟熱吻，十指緊扣，狂亂的眼神映著燭光，看得出他們巴不得往純白的桌布上一躺，在醬汁裡交媾。醫師點了一瓶白酒，瞄了皮革封套的菜單一眼。

「我能點個開胃菜嗎？」我問。

「當然可以，有沒有想吃什麼？」

「能把所有的開胃菜點一輪嗎？」

「不行，我希望你吃一頓營養均衡的飯。」

「你真的是猶太人。」

「沒錯。」她笑說，神情認真起來，問道：「你覺得莎瓦娜怎麼樣？」

「我不懂。」

「以前從來沒有這麼糟糕過。但我覺得好多了。」

「我覺得她尖叫、看到幻覺、失控的時候，非常難對付。可當她這個樣子，就像是在休養生息，準備再次踏入世界。她一兩個月後就會恢復了，這點我可以向你保證。」

「你能做那樣的預測？」

「也不盡然，但這是我所熟悉的模式。」

「你現在為什麼沒工作？」

「我被解聘了。」

「我能問原因嗎？」

「說來話長，先別問吧。」

侍酒師送上酒，在醫生的酒杯裡倒了一些。她聞了聞，品嘗著，然後點點頭。我很喜歡這種用餐時的小演出，優雅的儀式。我滿懷感激地品著酒，感覺酒氣進入體內，準備與偏頭痛纏鬥一夜。我知道自己不該喝酒，但我很想喝。我應該把自身的故事告訴這名女子，好協助姊姊，但我決定採用不同的策略：把自己的故事告訴她，以拯救自己。

「我正偏頭痛。我目前失業，也不指望能找到工作。我老婆是內科醫師，她跟心臟專科醫生有染，正考慮離開我。我恨我父母親，可是在五分鐘內，我又會告訴你，我不是有意那麼說的，其實我全心愛著他們。我哥哥路克是家裡的悲劇，你應該聽說過路克的事，只是不知道跟莎瓦娜有關罷了。我提過我父親在坐牢嗎？所以他才無法回覆你的電報。溫格家的故事，混雜了幽默、怪誕、悲劇，但主要是悲劇。你將明白，莎瓦娜發瘋，只是對我們家庭生活的自然反應，我的回應才是不自然的。」

「你的回應是什麼？」

「假裝什麼都沒發生。我承襲了家母否定一切的天賦，而且十分擅長。我姊說我是遺忘教練，但我記得的遠比她多。」

「現在呢？」

「現在我正處於崩潰過程，這從來不是我被分配的角色。我們家向來期許我扮演中流砥柱，吹哨子的好教練，向來是家庭劇情片的一等祕書和重要見證者。」

「你會不會有些誇大？」

「好吧，那我就不說了，我會乖乖的。」

點餐時，醫師跟我講述她的生活，燭光襯得她愈來愈柔和。她吃著杏片軟殼蟹，我告訴她在科勒頓河捕蟹的事。我吃的是淋了滑潤蒔蘿醬的鮭魚，她與我分享在蘇格蘭觀賞漁人捕鮭魚的情景。兩人又喝了一瓶酒，吃了一份新鮮得像能嘗到森林底部的洋菇沙拉，油醋裡摻了了羅勒葉。我的頭不痛了，卻感覺偏頭痛從脊椎取道，像山裡的火車緩緩往上推進。我點了鮮奶油覆盆子甜點。醫生的水果冰沙送來後，她又問起莎瓦娜的事。

「『卡蘭沃德』一詞對你有任何意義嗎，湯姆？」

「當然，為何這麼問？」

「這是莎瓦娜頭一次恢復意識後，一再重複、再三尖嚷的事情之一。」她從桌子對面遞過一張紙，請我看一看。「我跟你說過，我把最初幾日莎瓦娜的一切都記錄下來了，說不定等她復原到能回來接受治療的時候派得上用場。這段話是我從幾十個鐘頭的囈語中挑出來的。」

我伸手拿過酒，讀著紙上的文字。

「找潮浪王子。我生日派對上的狗群。住到白屋，沼澤從來不安全。黑狗跟老虎無關。爸爸拿攝影機。爸爸拿攝影機。狗兒成群遊蕩。三個男人從路上過來。卡蘭沃德，卡蘭沃德，卡蘭沃德。卡蘭沃德從林子裡出來，到羅斯代爾路的房子。找潮浪王子。哥哥的嘴巴不安全，沼澤從來不安全。蝦子在跑，蝦子在跑，狗兒在跑。凱撒。紅圖釘和梔子花。好了。好了。巨人和可口可樂。把老虎帶到後門，給海豹演奏棉花田之歌。烏鴉給死人的樹根。你聽到人聲了嗎，母親？墳墓又在說話了。有人在外面嗎？有人很漂亮，母親。河裡的雪被偷了，有人比我漂亮，母親。有多少從子宮掉出來的天使，在春天時變成醜八怪？水果在哪兒，爺爺好生氣。攔下那艘船，拜託攔下那艘船。我會跟你在一起很久很久。傷害你。我一定會傷害你。傷害老虎男，傷害老虎男。殺掉老虎男。攔住那艘船。雅涅絲黛在哪裡？」

我讀罷後說：「天哪。」

醫生收回紙張，仔細疊好。「紙上有任何你看得出來的重要事項嗎？」

「我認出很多東西，每一件似乎都很重要。」

「什麼意思？」

「她在大聲念她的自傳給你聽……給任何肯聽的人……給她自己聽。」

「她的自傳？你能留在紐約，把所有知道的事都告訴我嗎？」

「我可以從頭到尾告訴你，只要你需要。」

「可以明天五點鐘開始嗎？」

「好，我有一些可怕的事要告訴你。」

「湯姆，謝謝你願意幫助莎瓦娜。」她說。

我幾乎喘不過氣。「不，請幫『我』，幫幫『我』。」

回到姊姊位於葛洛夫街的公寓，已經過了午夜。在這無月的夜裡，喜來登廣場顯得慵懶慢悠而不真切，廣場上遊蕩著不夜城裡不屬於任何階級的人。他們每晚穿越彼此的路徑，卻相互不識。他們總是以令人訝異的懷舊儀式，行經刺人的燈光。他們的臉孔持續自內而外地，泛著某種陌生人無法理解的光芒。我曾經仔細研究過每個經過身邊的夢遊者，他們理所當然地無視我。我試著模仿他們不食人間煙火、冷漠而毫無遮掩的表情，可惜我的演技太糟。他們懂得如何在大城市裡行走，我卻不懂。我這個來自鄉下的訪客，在踏進莎瓦娜家公寓大廳時，還能聞得到海水的氣息，東海岸熟悉的老味道從各個大道撲鼻而來。

棺材般形狀大小的古董電梯咿咿呀呀地爬到六樓，我把行李放到大理石地板上，試過十二把鑰匙後，才找出四把解開巨大門閂的鑰匙。那些門閂擋住世界，保護了我姊姊。

我讓門敞著，走進莎瓦娜的寢室，把行李扔到床上，扭開床邊的燈，但燈泡壞了。我摸黑四下尋找牆上的開關，結果把一盞雕花花瓶摔碎在地上，接著我聽到走廊有個聲音朝我大吼。「站住！別動，王八蛋，我是神槍手，這把槍上了膛，我會不眨眼地射殺歹徒喔。」

「艾迪，是我！老天，是我——湯姆。」我從臥室大喊。

「湯姆？」艾迪．德塔威愣愣地說，接著破口大罵。「要死了，湯姆，你不能沒知會我就一聲不響地闖進任何紐約的公寓。」

「我沒有擅闖，艾迪，我有鑰匙。」
「有鑰匙也不能當獨行俠，親愛的。莎瓦娜像發派對禮物一樣地把鑰匙送人。」
「你為什麼不打電話告訴我莎瓦娜出事了，艾迪？」這是我第一次想到這個問題。
「你可不准生我的氣，我不背這黑鍋。莎瓦娜命令我，除非她死，否則絕不能打電話給她家人。你以為我不想打嗎？發現她自殺的人就是我，我聽到她摔倒在臥室。之前她離開好幾個月，好幾個月呢。我甚至不知道她回來了。我還以為她被壞人殺了，我渾身發抖，拿著這把上膛的槍走進公寓，結果發現她倒在浴室地板上流著血，現場一團亂，你可以想像，我差點昏過去。現在光是回想，我就快瘋了。」
「是你發現她的？這我倒不曉得。」
「簡直亂七八糟啊，我花了好幾天才把血跡清掉，裡頭就像屠宰場。」
「原來是你救了她的命。」我對站在走廊微光中的艾迪說。
「是的，我也很希望把自己想成英雄。」
「你可以別再拿槍指著我了。」
「對哦，不好意思。」他說著放下槍。「我今年被搶了兩回。」
「你幹麼不鎖門？」
「親愛的，我門上的鎖比秀蘭・鄧波兒頭上的髮捲還多，那些傢伙簡直就是雜技兼特技演員。有個賊從隔壁大樓的防火梯跳過來，落在我的冷氣機上。我拿食用油把所有窗台塗了一遍，可是這些小偷超賊的，賊透了。我還不想提起保險費哩，比天還高。你好嗎，湯姆？我還沒好好地跟你打招呼呢。」

我走到走廊上抱了抱艾迪，他親了一下我的臉頰，我也回親，然後一起走進客廳。他扭開燈，我重重坐進鬆軟的扶手椅裡，燈光刺痛我的眼睛，殘忍地鑽入我腦中。

「安德魯呢？」我閉著眼睛問。

「他為了一個比我年輕的傢伙拋棄我了。我是個老gay，又老又憔悴的基佬，實在不怎麼迷人，不過他偶爾會打電話來，看來我們有可能還能當朋友。我被甩之後，莎瓦娜好貼心，我幾乎等於住在這裡。」

「真遺憾。」我張開眼睛說，感覺那片燈光像強酸潑在視網膜上。「我挺喜歡安德魯的，你們倆在一起很登對。有其他不錯的對象嗎？」

「哈，一個都沒有，除非我能趁你在的時候把你掰彎。你是不是還可笑地堅稱自己是無可救藥的直男？」

「我已經差不多像被閹了，再也沒性趣了，我比較喜歡沉溺在自憐裡。」

「我先去幫你弄杯酒，再慢慢勾引你。」

「別太濃，艾迪。我犯偏頭痛。」

「你見過莎瓦娜了嗎？」

「見過了，感覺像在跟蕨類植物講話。」

「她有一陣子非常失控，你根本無法想像，搞得像瘋人院一樣。」
「你有止痛藥嗎？我的放在家裡了。」
「藥丸嗎？看是要強效、溫效、普通等等，應有盡有，只要你開口，艾迪醫師統統都有。我的藥櫃就像連鎖藥房，不過喝酒吃止痛藥不太好。」
「我什麼時候做過對自己好的事了？」
「湯姆，你的氣色看起來很差，我從沒見過你氣色這麼糟，完全稱不上養眼了。」
「這就是你所謂的慢慢勾引人嗎？難怪你會孤家寡人。」我笑說。
「我不是在批評你好嗎，敏感先生。」他邊說邊在莎瓦娜書桌邊的吧台上倒酒。「對了，你都還沒說，你覺得我看起來怎麼樣。」
他幫我拿來一杯白蘭地，我看著他越過房間。艾迪．德塔威是個優雅、細膩的中年男子，鬢角霜銀，梳理得服服貼貼的棕髮上有幾綹明顯的灰絲。他有一張疲憊國王的臉，嘴角和眼周的皮膚柔軟而略顯憔悴，眼白泛著血絲，還帶淡淡的黃，彷彿隔著褪色的麻布在看你。
「我以前就說過了，艾迪，我再說一遍，你是這個星球上最好看的男人。」
「你那樣說，是因為我厚顏地索求讚美。哼，我可不會難為情。」
「你看起來秀色可餐。」我說。
「也許我們合得來呢。」

「我不是那個意思，艾迪。」

「好啦好啦，不過你真的覺得我好看嗎？我沒有老那麼多，是吧？」

「每次見到你，你都這樣問我。」

「每次見到你，這都很重要，因為你很少見到我，所以絕對有資格判斷我是不是變老了。前幾天我瞧見自己的一些舊相片，還哭了。我本來很美的，年輕時我俊秀到無可挑剔。現在我刮鬍子的時候再也不開浴室的燈了，我受不了照鏡子仔細看自己的臉，太可悲了。我又開始混酒吧了。前幾天晚上，我搭訕一個可愛的年輕人，我想請他喝酒，結果他竟然對我說：『你是在跟我開玩笑嗎，老爺爺？』我錯愕極了。」

「那是他的損失。」

「比起死，我更害怕老。不過，談我談得夠多了，這回你打算在紐約待多久？」

「不知道，莎瓦娜的心理醫師要我把我家所有狗屁事全告訴她，好讓她修補一切。我很想乾脆跟她說，我老媽是瘋子，老爸是瘋子，所有溫格家的人全是瘋子，所以莎瓦娜也是瘋子。」

「你上次跟莎瓦娜說話或聯絡，是什麼時候的事？」

「三年多前了。」時間之長，令我汗顏。「她說我會害她想到路克。」

「我有件事想告訴你。我不認為莎瓦娜這次能走出來，她一定是無法承受，身心俱疲，再也不想抵抗了。」

「別這麼說，說別的都行，但我永遠不想再聽到你這樣說。」

「對不起，只是我很長一段時間都這麼覺得。」

「那放在心裡就好，拜託別說出來。」

「我實在太蠢了，就當我什麼都沒說吧。明晚我做飯給你吃。」

「太好了，但看我明早頭痛好了沒再說吧。」

艾迪離開後，我查看公寓，等待偏頭痛像月蝕的陰影，慢慢橫越腦子。還差兩小時，但我感受得到顱骨底下的壓力愈來愈大，等疼痛到達左太陽穴，我就會痛到跪地。我拿起第一顆止痛劑，用最後一口白蘭地把藥丸吞下去。我望著莎瓦娜掛在書桌上方牆壁的照片，那是我們剛上高三時，父親在他的捕蝦船船塢上拍的。路克和我對著鏡頭微笑，兩人都攬著莎瓦娜的肩。莎瓦娜笑得開懷，用天真單純的眼神抬頭望著路克。我們三個都曬得黑黑的，年輕，而且都長得好看。我們身後的船塢及沼澤再過去的地方，有母親小到幾乎看不見的身影，她在我們家的小白屋前對父親揮手。如果我們有任何人知道那一年會發生什麼事，我們就笑不出來了。可是照片能凍結時間，那三個笑呵呵的溫格家孩子將站在那艘船上，用脆弱但永存的愛緊緊相依，相濡以沫。

我從背包裡掏出皮夾，從中取出一張摺妥但破破爛爛的信，是我在指導第一場足球賽[5]後，莎瓦娜寫來的信。我凝視照片裡笑顏燦然的女孩，不知道自己究竟是在哪個時刻失去了她，放任她離我如此之遠。我到底何時背叛了那個愛笑的女孩，讓世界將她占據。那張照片刺痛我的心，我朗聲讀信。

親愛的教練：

我在想，你會教隊上的男孩什麼。你會用什麼語言，督促你心愛的球員，奔過你親自修整的草地。當我看到你和你的球隊打贏第一場球賽，所有運動的魔力像銀色的哨聲向我湧來。我無法形容你在火速給四分衛發訊息、叫暫停、在草地上和打上燈光的邊線上來回踱步時，有多麼帥氣。姊姊好愛你對球賽的狂熱，好愛你對所有球員和世上所有比賽那種溫柔而巨大無比的愛。

但有些事情，只有做姊姊的能在生活中教導你們這些當教練的。湯姆，你要教孩子這點，而且要諄諄告誡：請教導他們力行慈悲，教他們活出大我。督促他們邁向卓越、寬容，把他們放在心底，拉拔他們長大成人，但手法要輕柔如挪移雲朵的天使。讓你的精神輕輕穿透他們，一如你的靈魂穿透我的。

昨晚聽到你的聲音蓋過群眾，我哭了，我聽到你爲笨拙的擒抱，爲守備太慢的後衛加油打氣，我聽到你如樂聲的讚美。可是，湯姆，我的弟弟，我受傷的金色雄獅：請教導他們你最擅長的事吧。沒有任何詩和信件，能將你那無可言喻的天賦傳遞給這些男孩。我希望他們從你身上學會當一個最溫柔、最完美的兄弟。

莎瓦娜

讀完信，我再次望著那張照片，小心翼翼地把信收回皮夾裡。

我換了寢室床頭几上的燈泡，清掃花瓶的玻璃碎片，很快脫掉衣服，扔到床邊椅子上。我拉起被子爬上床，閉上眼睛，旋即又張開。

我又痛起來了，就像眼後有條火柱，來得又凶又猛。

我動也不動地閉起眼睛躺在黑暗中，發誓要改變自己的人生。

5 本書提及的「足球」皆指美式足球。

4

童年沒有判決書，只有後果，以及鮮明的記憶。現在我要講的，是我過去那些深受影響、記憶深刻的事。我不是史學家，比較像是個說故事的人，我會盡量把一刀未剪的恐怖年少時期呈現給你。我背叛了我們家族史的原貌，因為我把一切，甚至是悲傷，給浪漫化了。這個故事不帶浪漫色彩；只有故事本身。

我們先從一件事情說起：島上的狗群在呼叫彼此。

夜裡，爺爺聽見狗吠，覺得有些異樣。獵犬的吠叫聲涵蓋了這世界一隅小島上所有輓歌般的寂寞。島上的狗群很害怕。那天是一九四四年十月四日，晚上十點鐘，漲潮了，但要到午夜一點四十九分才會滿潮。

姊姊在河邊的白屋裡出生，母親早產了一個月，但回頭看這細節已經不重要。當時八十五歲、當了六十年產婆的莎拉．詹琴斯彎著腰，幫母親接生。科勒頓唯一的醫生班尼斯特，此刻人在查勒斯登，命在旦夕。

莎拉照料莎瓦娜的時候，沒料到會發現還有個我冒出頭。我的出現是個驚喜，出乎意料。

當時，颶風迫近梅洛斯島，爺爺拿膠帶強化窗玻璃。他走到搖籃邊垂眼看著熟睡的路克，傾耳聽狗群的呼嚎——由於風大，此時幾乎聽不見狗吠了。電力在一個多小時前便停了，我是在燭光中出世的。

莎拉把我倆清洗乾淨後，轉去照顧母親。這次分娩困難重重，產婆擔心可能有併發症。詹琴斯出生在邦威爾農場後方的小屋，生而為奴，是科勒頓郡僅存的最後一名奴隸。她的臉粗韌泛光，膚色有如拿鐵。

爺爺把莎瓦娜抱到提燈下。「啊呀，莎拉，這是個好兆頭，她是溫格家三代以來第一個出生的女孩。」

「媽媽的狀況不太好。」

「你能幫她嗎？」

「您知道我會盡力，她現在就需要看醫師。」

「風轉強了。」

「會像一八九三年那次嗎？那次太可怕了，害死好多可憐人。」

「你不怕嗎？」

「人反正遲早得死。」

「莎拉，謝謝你過來幫忙。」

「我喜歡來替我的女兒接生，不管黑人或白人，生產的時候，她們都是我的女兒，我在這附近島上可是有上千個孩子呢。」

「你記得我出生那時的情形嗎？」我爺爺問。

「你是個哭聲宏亮的小子。」

「雙胞胎，這代表什麼意思？」

「好運氣。」莎拉說著轉向我母親。「上帝對著這個多災多難的世界微笑兩次。」

屋外森林裡，狂風蹂躪樹林，雨水用新生的強大巨手刨挖大地。海浪沖過船塢，蛇群感知即將淹水，紛紛逃離巢穴，爬到樹上的高枝。一棵連根拔起的棕櫚樹像人一樣，沿著通往房子的路上滾動。島上聽不到半點鳥鳴，連蟲聲都給消滅了。

爺爺走入臥室，見到筋疲力竭的媽媽快睡著了，莎拉拿著布巾幫她擦臉。

「親愛的萊拉，你做得很好，今晚你辛苦了。」

「謝謝，爸。暴風雨如何了？」

「看起來還好。」他說謊。「你睡吧，天氣的事交給我來擔心就好。」他走回客廳，從屁股口袋裡抽出一張母親兩天前從戰爭部收到的電報。我父親在空襲德國時被槍射中，列為失蹤人員，但應該是凶多吉少。爺爺為兒子哀哭，但想起自己的責任，以及生雙胞胎是吉兆一事。

爺爺走進廚房，為自己和莎拉煮咖啡，煮好後，端了一杯給她。他感覺強風擊打房子，窗戶低沉嗡鳴，那是玻璃的垂危之歌。河面暴漲，幾乎與船塢平齊，潮水仍在強風肆虐下往內陸倒灌。一只魚鷹的巢穴從枯樹上吹落，女帽似的從院子裡掃過，河水快速地把它往上游捲去。

爺爺拿著他在我爸媽結婚時送給他們的白皮聖經，翻開光滑的紙頁，翻到舊約與新約間的段落。母親已經挑好兩個名字，一個是男生的名字，一個給女孩。爺爺拿起鋼筆，在路克的名字底邊寫下「莎瓦娜．康絲坦斯．溫格」，下方再寫上我的名字「湯姆．凱列特．溫格」。

南方低地的黑人稱這場暴風雨為「拔示巴」[6]，暴雨沿著南卡海岸奪走了二百一十七條人命。爺爺看看手表，快十一點了，他翻到《約伯記》，讀了一個鐘頭，心中想著他的兒子和妻子。我奶奶在大蕭條時期離他而去，在爺爺心裡，有些時候挺埋怨上帝。他讀著《約伯記》，稍感安慰，又為獨子哀哭起來。

爺爺起身望著外頭的河水，看到奇異的光，一種伴隨暴風雨而來的詭異光芒，但他現在看不到河了。爺爺套上靴子、雨衣、帽子，從廚房取來一盞提燈，再次察看母親、莎拉和三個寶寶，冒雨走到外頭。

一開門，門板差點從鉸鍊上被吹掀，爺爺費盡力氣才把門關上。他頂著風，跌跌撞撞越過院子，朝河流走去。一根枝條擊中他的額頭，利刃似的割了個口子。爺爺用手擋住眼睛，傾聽河邊的樹被折成兩半。距離河岸二十五碼處，水已經沒到他的膝蓋。被雨水打得什麼都看不見的爺爺，機警地跪下來嘗嘗河水，是鹹的。

---

6 thsheba：希伯來聖經故事人物，所羅門之母，在畫作中經常以浴女形象出現。

他向亞伯拉罕的神禱告，向分開紅海、用洪水毀滅世界的上帝祈求；求上主賜予他力量。

爺爺順著風把自己吹回家，到了前門，卻怎麼也打不開，因為風把門緊緊地抵住了。爺爺奔往後門，結果被爸媽臥室窗戶邊的橡樹斷枝擊倒在地，他暈頭轉向掙扎起身，後腦勺的傷口流著血，手腳並用地爬到後門。暴風雨像一座山似的壓在他身上。他打開後門，河水跟著灌進廚房。他呆呆地在廚房地板上躺了一會兒，但水面升高了。他到水槽邊洗清頭上的血跡，藉著提燈微弱的光，走向我母親的臥室，身後拖著巨大而不祥的影子。

坐在母親床邊椅子上的莎拉睡著了，爺爺輕輕把她搖醒。

他低聲說：「莎拉，河水漲了。」

同一時間，我父親躲在德國迪桑鎮附近教堂的合唱席上，看一名天主教神父做彌撒。父親的左臉麻痺，左臂發麻刺痛，血液模糊了視線。他盯著用拉丁文念彌撒祭文的神父，無知加上渾身疼痛，以為那就是德文。父親觀察神父的動作、跪拜苦像的方式，他轉身祝福三個身形佝僂、在戰爭時期跑來參加早晨彌撒的老婦時臉上的神情，高舉聖餐杯的方式——父親企圖從中評斷此人的性格。他是會幫助我的人嗎？父親心想。我用炸彈炸死他的同胞，但一個信奉上帝的人對希特勒會有什麼看法？我若請求神父幫我，他會怎麼做？父親這輩子沒上過天主教教堂，對天主教從來不了解，也沒見過半個神父。

「Agnus Dei qui tollis peccata mundi.」他聽見神父說，雖然一個字都聽不懂，但那優美的語言令他驚豔。

「Agnus Dei.」他又聽到這個詞了。

父親放下瞄準神父胸膛的槍，看著三名婦人走向前，接受聖餐儀式。他好像看到神父對每個婦人微笑，但無法確定。他的頭好痛，從來沒有這樣痛過，不知道人原來可以痛到這樣。彌撒還沒結束，父親便昏過去了，頭靠在石梯扶手上，身體塞在風琴與牆壁之間。

神父名叫岡特．柯洛斯，六十歲，慕尼黑人。一頭白髮，鼻子削尖，神經質的神色給他一種奇怪的、法官似的面容。他其實面惡心善，之所以選擇這份職業，部分原因就是覺得自己太過其貌不揚。

他原是慕尼黑第三大教區的神父，因為跟勾結納粹的主教大吵一架，主教為求自身利益，把他貶謫到巴伐利亞的鄉下。他有幾位比他更勇敢的同僚曾幫忙藏匿猶太家庭，最後死於達豪集中營。他拒絕過一戶到教堂尋求庇護的猶太家庭，那是他認為神再怎麼慈悲也不會原諒的罪行。父親所到的教堂雖非勇者的教堂，卻是個好人所在的教堂。

彌撒結束後，柯洛斯神父送三個婦人到前門，與她們在教堂階梯上閒聊了十分鐘。輔祭的男童熄去蠟燭，清洗水瓶，把身上的長袍和白色罩袍掛到神父衣櫃邊的小衣櫥裡。男孩發現神父的浴室窗戶破了，但沒注意到水槽地板邊的血跡。男孩離開教堂時，向還在教堂門口的神父報告說窗子破了。

神父看到遠方山頂覆雪的巴伐利亞阿爾卑斯山在陽光下閃閃發光。盟軍在前一天晚上轟炸了四座德國城市。

他鎖上前門，檢查聖水的高度，走到祭壇一側，在一小尊大理石雕的布拉格聖嬰像前點起一根蠟燭，祈求和平。第一滴血落在他的白色祭服上，染出深紅的血斑。第二滴落在他合十的手上。他抬頭一望，一滴血滴在臉上。

我父親恢復知覺後，看到神父站在身邊俯望打量他，掙扎於該如何做。

「Buenos días, señor.」[7]父親對德國神父說。

神父沒有回話，父親看著神父發顫的雙手。

「Bonjour, monsieur.」父親又試了一遍。

「會英文嗎？」神父問。

「美國人。」

「你不能留在這。」

「我們兩個似乎沒有太多選擇，看起來你跟我在同一條船上。」

「講慢點，我英語不好。」

「我需要你幫忙，一旦這附近的德國人發現我的飛機，他們都會來抓我。」

「我不能幫你。」

「為什麼？」

「我害怕。」

「害怕？我已經怕了一整晚。你是納粹嗎？」

「不是，我是神父，我必須舉報你。我不想，但那樣比較好，對我、你、大家都好，他們可以幫你止血。」

父親舉槍指著神父。

⚓

「暴風很強，就像一八九三那次。」莎拉．詹琴斯起身說。

「我們得到穀倉去，往高處爬。」爺爺說。

「那樣對寶寶不好，對媽媽也不好。」

「沒辦法，莎拉，我先把你弄出去。」

「你說這什麼話，我雖然老了，但還沒死。阿莫斯，寶寶我來帶。」莎拉仍保有直呼白人名字的權利，如果這孩子是由她接生的話。

---

7 西班牙語，意謂「早安，先生」。下一句外語為相同意思的法語。

爺爺抱起嬰兒床裡熟睡的我，塞到莎拉懷裡。她把披巾披到肩上，將我緊抱胸前。接著爺爺把莎瓦娜和路克放到一張棉毯上，蓋住，再覆上他的黃雨衣。

爺爺打開後門，一行人步入狂風暴雨，朝穀倉邁進。時速二百英里的強風，在暗夜裡狂嘯。莎拉一個沒站穩，或被風吹倒，整個人掃過後院，披巾船帆似的在身上鼓脹。她撞向房舍外牆時，還死命護著我。

爺爺朝她掙扎走去，一手把她攔腰抱住拉起，莎拉被弄得痛死了。爺爺抱著她一會兒，兩人渾身濕泥和雨水，然後帶著三個嚎啕大哭的嬰孩賣力走向穀倉。爺爺再次跟被風壓得死緊的倉門奮戰，用力扳開的門板打在穀倉側邊，撞碎了。

爺爺順著穀倉內沒入黑暗的梯子往上爬。他讓路克和我姊姊並肩躺到一堆芳香的乾草上。感受到穀倉裡的牲口十分驚慌，他離開乾草棚，下來接我和莎拉。

「我傷得很重，沒辦法爬。」

爺爺抱起她，她虛弱得像個孩子，爺爺爬梯子時，她痛到呻吟，我被留在穀倉地板上。風從敞開的門灌進來，爺爺讓莎拉倚坐在一大捆乾草邊，她伸手找路克和莎瓦娜，試圖把他們弄乾，可是毯子和她的衣服全濕透了。於是她解開自己的衣衫，讓寶寶緊貼袒露的胸口，把身上的暖意傳給孩子。

爺爺抱著我再度於黑暗中現身，莎拉把我放到哥哥姊姊中間。爺爺趕忙跳下梯子，再次衝進暴風裡，完全不知道該如何把我母親抬上閣樓。

爺爺一進家門，便看到水從前門灌入。他望向黑夜，看到後半生揮之不去的景象：洶湧湍急的河水衝擊我們的房子，一艘划艇被風從停靠處颳起，爺爺作夢似的看著船從黑暗中飛掃而來，颶風詭異的光打在船身，他抬起手，彷彿那樣便能把船攔住。就在船身穿破房子另一側的窗，把餐廳桌子擊個粉碎時，他閉起眼睛。一片碎玻璃刺入他的臂膀，他朝我母親的房間奔去，內心祈禱。

神父看到槍，全身顫若秋葉，閉起眼睛，雙手疊在胸口，用拉丁語為我父親祝禱。父親放下手槍，神父張開眼睛。

「神父，我沒法對你這種打扮的人開槍。」父親虛軟地說。

「你受傷嚴重嗎？」神父問。

父親笑了，然後說：「很嚴重。」

「來吧，我之後再舉報你。」

柯洛斯神父扶我父親站起，撐住他的重量，攙著他走到門邊，門就在通往俯看村子鐘塔的門廊旁。兩人費力地登上窄小的階梯，父親的血滴汙了走過的每級梯階。來到樓梯頂端的小房間，神父放下我父親，脫去染著血水的祭衣，摺起充當枕頭撐在父親頸後，然後把祭披撕成長條，緊緊包紮父親頭上的傷處。

「你血流得太多，我去拿水清理傷口。」

「Gesundheit.」[8]我父親抬頭望著神父說出僅會的德語，就又昏過去了。

當晚，父親甦醒的時候，神父正俯身幫他施臨終塗油禮。神父知道受傷的飛行員體溫飆升，傷勢嚴重。我父親左眼看不見，但他能感覺到神父用溫柔的手輕輕塗抹聖油。

「怎麼了？」

「我覺得你快死了。我會聆聽你懺悔。你是天主教徒嗎？」

「我是浸信會的。」

「噢，那麼你受過浸禮了。可是我不確定，所以幾分鐘前幫你施洗了。」

「謝謝，我是在科勒頓河受洗的。」

「啊，一整條河。」

「沒有，只是一小段河。」

「我幫你施洗了第二次。」

「無傷大雅。」

「我帶食物來了，你能吃東西嗎？」

多年後，父親仍會語帶驚異地描述德國黑麵包和那層珍貴無比的厚塗奶油的滋味，以及神父從瓶裡倒給他喝的紅酒。他會對孩子們描述口裡的麵包、奶油、紅酒，我們彷彿都陪著他又嘗了一遍，酒液如絲絨在我們的嘴裡散化開來，麵包芳香如大地，在舌上變軟融化，奶油包覆了我們的上顎，神父拉住我們的手，手上飄著臨終聖油的氣味，恐懼使得那雙柔軟而浮著青筋的手輕輕顫抖。漆黑的戶外，一名德國巡邏兵發現飛機殘骸，驚覺有個美國飛行員混入了民眾裡。他們懸賞捉拿，任何協助敵軍的人士立即處死。

「他們在找你，他們今天來過村子。」神父等我父親吃完後說。

「他們找到教堂來嗎？」

「對。我告訴他們，我若找到你，會親手殺了你。他們聽到神父說這種話都笑了。他們還會再來的——我很確定。」

「我一能動身，就會盡快離開。」

「真希望你沒來。」

「我也不想，我被擊落了。」

「哈，那麼是上帝送你來的。」

「不，神父，我想是納粹送我來的。」

「我今天幫你向上帝禱告了。」

「謝謝你。」

8　德語的「祝你健康」，通常在對方打噴嚏後說。

神父解釋：「我求祂讓你死掉，可是我覺得很羞愧，後來又祈禱你能活著。神父應該只祈求生命。我真是犯了大罪，請原諒我。」

「Gesundheit.」父親說，好希望神父能打噴嚏，就能把這個字用對了。接著他問神父：「你的英文是在哪兒學的？」

「柏林的神學院。我很喜歡美國電影。牛仔，是吧？」

「我就是個牛仔。」我父親說。

「老爸，你幹麼對他說謊？」路克會問。小時候我們一再聽到這個故事，每講到這一段，路克總是要問。「這個好人都快嚇死了，你還假裝自己是牛仔。」

父親回顧自己當時的選擇。「路克，我是這麼想的，我當時半瞎半聾，而且當地每個德國人都在追捕我這隻菜鳥。既然我跟這位碰巧喜歡牛仔的緊張神父待在一起，便當下決定犒賞他一個活生生的牛仔。他想要湯姆．馬克斯[9]，我就給他湯姆．馬克斯。」

「你加州來的嗎？」神父問。

「南卡羅萊納。」

「在西部嗎？」

「是的。」

神父讓父親躲在鐘塔，離開前說：「你先睡吧，我叫岡特・柯洛斯。」

「岡特，我叫亨利・溫格。」

神父以拉丁語為父親祝福；但老爸以為那是德文。

士兵在黑暗中搜尋時，父親睡著了。他在十月的晴麗天光中，被彌撒的鐘聲喚醒，聽著岡特・柯洛斯誦念古老悅耳的禱詞，早餐就擺在身旁的盤子上。盤子裡有張字條，寫著：「好起來。把早餐吃光，食物會讓你強壯起來。他們昨晚在史塔森附近抓到一名美國飛行員，我想你安全了。讓我們向上帝禱告你安全了。你的朋友，岡特・柯洛斯神父。」

爺爺輕輕搖著我母親。「萊拉，很抱歉吵醒你。」

「寶寶呢……我的寶寶沒事吧？」母親半夢半醒。

「親愛的，他們很好，肺活量可大了，中氣十足。」

「暴風雨呢？」

「我得把你移到別的地方，河水漲了。」

---

9 Tom Mix：美國早期西部片演員。

「我的寶寶！」她喊道。

「別擔心。我和莎拉已經把他們安置在穀倉裡了。」

「爸爸，你帶我的寶寶到外頭風雨裡？」

「我們非走不可，萊拉。」

「我太累了，爸爸，讓我睡吧。」

「我來背你。我不想弄痛你，我知道你渾身痠痛。你今晚做得很好，生了兩個健康漂亮的小溫格。」

「亨利死了，爸爸，亨利永遠看不到他們了。」萊拉說著哭了起來。

「萊拉，幫幫我，盡你所有力氣幫我。」

「亨利死了，爸爸，孩子們沒有父親了。」

「如果你不下床，他們連母親都沒了。他只是可能死亡，還沒確定。亨利是大河的孩子，沒有那麼容易死。」

爺爺伸手到母親背後，把她從床上抱起帶出房間，每走一步，母親都痛得要命。爺爺穿過後門，踩入及膝的滾滾流水裡，被風雨襲擊得差點跌倒。他緩步移動，戰戰兢兢，踩穩後才又踏出一步。雨水狂虐，刺在他臉上，他想到約瑟帶著馬利亞和小耶穌，在希律王處死嬰孩期間，抵達埃及。爺爺邊掙扎涉過暴漲的河水，想著約瑟真是個強壯的男子，而且堅信上帝。但約瑟絕不會比阿莫斯．溫格更強壯，而且世上絕找不到比阿莫斯更愛上帝的人。我母親像個孩子緊緊地抱住爺爺，爺爺單手抱住她，往梯子上攀爬，母親痛得呻吟。待兩人來到莎拉和寶寶身邊，爺爺拿來裹在母親身上的毯子已浸透血。

母親的大出血花了一個多小時才止住，爺爺這輩子從來搞不清楚當時出血的原因，以及他在止血過程扮演了什麼角色。爺爺扯下襯衫，緊緊按到母親雙腿間，鮮血隨著母親心搏節奏從他指間噴出。莎拉在爺爺後方忙著照顧三個嚎啕大哭的寶寶，每次挪動身體就痛到哀哼。

眼看著母親愈來愈虛弱，爺爺確信她就快死了。但爺爺根本不敢多想，他知道河水失控地漫過穀倉，聽到底下的牲畜驚惶不已，惡魔般的狂風呼嘯吹過。他覺得穀倉裡的每根釘子都已繃到極限，彷彿木樁突然活了過來，隨著河水流過枯死已久的根系與莖脈而脹大。他從穀倉的舊木條上感受到每顆穀粒都在震動。水淹到畜欄門口，騾子開始踹門。阿莫斯繼續用原本潔白的襯衫奮力抵住我母親的身軀，緊壓要命的血崩，因為他實在想不出別的辦法了。他看到自己從河裡帶回來的小船浮起來，漂往穀倉後方。

午夜兩點鐘，爺爺心想，這時應該要退潮了，他無法理解河水為何遲遲不退。潮汐是河邊生活最一成不變的日常，爺爺不明白它為何偏偏挑這種時刻來背叛自己和他的家人。外頭的狂風以兩百英里的時速蹂躪島上的林木。橡木從地面連根抽起，猶如小孩拔掉生日蛋糕上的蠟燭。小樹像葉子在空中飛掠，爺爺聽著強風猶如火車進山洞強灌進穀倉內，心想，啊，原來退潮是給強風攔住了。他知道連月亮的引力都抵不過這場暴風雨，颶風吹經之處，所有日常法則全部失效。

爺爺心想，水退不了，只能違反意願地往上漲。

他鬆開壓在襯衣上的力道，看到血已止住，差點哭了出來。我母親昏迷在自己的血泊中，莎拉和三個寶寶筋疲力竭地靜靜躺著。爺爺在閣樓上搜尋，找到一塊塗著油、覆著乾草的油布，用油布蓋住我母親，拿更多乾草擺到油布上。

爺爺爬下梯子躍入水中，游向畜欄，奮力撬開門欄，放牲畜自由。他把小船綁到梯子上，畜群急於逃生，爺爺差點被一頭倉惶逃離穀倉的母牛頂傷。

他回到閣樓上，三個寶寶像蒼白的薪柴整齊地排放在莎拉的胸口，她用兩條黝黑的臂膀抱著孩子。爺爺彎身檢視我母親是否還活著：她在呼吸，儘管脈搏十分微弱。

筋疲力盡的爺爺倒下了，他聆聽暴風之音，嗚咽彷若人聲。他想到兒子亨利，想到兒子在墜毀的機身下遭火紋身而扭動。他想像兒子的靈魂擺脫肉體，牛犢般在上帝輕柔的嘆息中，強健有力地飄向光明的天堂，獲得安息。

「我已經付出所有了，上主。我再也給不出任何東西了。」爺爺對著狂風說。

力氣耗盡的爺爺撐著不肯睡去，撐著撐著卻睡著了。

他在陽光與鳥鳴中醒來，往下一瞧，看到小船躺在泥濘的穀倉地板上。我哭醒了，母親聽到我的哭聲，跟著張開眼睛，同時本能地分泌乳汁。

莎拉．詹琴斯死了，爺爺得用力才掰得開她的手臂，她始終環抱著幫忙搶救下來的三個白人小孩。我來到人世間的第一個夜晚，終於結束了。

我父親在鐘塔裡住了三個星期，聆聽塔樓底下德國村莊的日常。神父每晚來看他，幫他換繃帶，教他說德文，帶來最新的戰況。神父送來香腸、一條條麵包、大罐濃味酸菜、一瓶瓶的酒，以及父親所喝過最美味的啤酒。最初幾天，父親痛得難受，就在他以為自己會死掉的那個晚上，神父用笨拙柔軟的雙手照料父親，幫他度過漫漫長夜，然後他慢慢強壯起來。

一開始，神父因為害怕，只敢在夜裡探訪。他心中盤踞著納粹用靴子踹開門的畫面，知道我父親那張雀斑橫布的天真面容很可能把想像的畫面變為真實。父親的出現，給神父帶來道德上的夢魘，對他的勇氣極具考驗。神父覺得自己天生只有兔子的靈魂，卻被迫表現出獅子的膽識。他們相處一個星期後，神父告訴我父親，他的到來逼迫神父以神職的神性凌駕心中的人性。

隨著父親逐漸康復，神父夜間到訪的時間也延長了。神父總覺得夜晚特別難熬，神職工作帶來的孤寂感有時令人難以承受，他渴望村民之間那種輕鬆單純的友誼。

神父在日落後到訪，常常在午夜過後才離開父親身側。岡特·柯洛斯在我父親身上，找到一個完美的朋友：受了傷的俘虜，隨時有空。

「你為什麼當神父？」有天晚上我父親問。

「一次大戰的時候，在法國的戰壕裡，我對上帝發誓，如果讓我活下來，我就去當神父，就這樣。」

「你不會想要組個家庭，娶個老婆嗎？」

「我長得那麼醜。」神父簡單答道。「我年輕的時候，根本不敢跟年輕女生說話。」

「我有個兒子，取名叫路克。」

「很好，那很好……我常想，我的兒子會長什麼樣子。有時我會夢到自己沒生過的兒女。」

「你愛過女人嗎？」我父親問。

「愛過一次。在慕尼黑，我愛上一位非常美麗的女子，她丈夫是銀行家。很好的女人，我覺得她很喜歡我，但只把我視為朋友。她是個善良的女人，可是有很多煩惱。她來找我尋求建議，所以我便給她建議。後來我愛上她了，我能感受到心中的愛意。我想她也愛我，但僅限於友情。我告訴她，絕不能離開她丈夫，因為那是上帝的旨意。可是丈夫會打她，後來女人離開她丈夫，回漢堡的娘家了。她來道別的時候，親吻我的臉頰。我想過好幾次，去漢堡找她，覺得自己愛她勝過愛上帝，但最後什麼都沒做。」

「你幹麼不去漢堡敲她家門？」

「因為我懼怕上帝。」

「聽著，岡特，上帝會理解的。祂為你打造那麼美麗的女人，一定有祂的理由，說不定祂花很多時間打造她。她的身材好嗎？」

「拜託，我是神父，不會注意那種事。」

「最好是。」

「她有善良的靈魂，我希望來世能遇見她。」

「我很高興你沒跟著那女人去漢堡。」

「你覺得那是一種罪嗎？」

「不，否則在我需要你的時候，你就不會在這兒了。」

「唉，你為什麼偏偏選中我的教堂？我實在不需要這個考驗。」

「你真的救了我這個老牛仔的命。」我父親從枕上轉過頭，直視神父。「等戰爭過後，我希望你來找我。」

「唉，這場戰爭永遠不會結束，希特勒瘋了。我每天都在祈禱，希望上帝能把希特勒變成好人，上帝壓根沒把我的祈求放在眼裡。」

「巧婦難為無米之炊。」

「我不懂。」

「這是諺語。」

「我拚命祈禱，但希特勒還是我行我素。」

父親離開鐘塔的那個晚上，在德國可見滿月。他的左臂已慢慢恢復知覺，雖然臉還有部分麻痺。神父帶了衣服讓他穿上路，一起吃最後一頓飯，感動且滿懷感激的父親很想對老人道謝，卻說不出話，兩人幾乎默默地吃完那餐飯。

飯後，我父親研究神父安排的逃亡路線，標注很可能遇上納粹巡邏的地點，以及能從哪個地方進入瑞士。

「亨利，我弄了一把鋤頭給你帶著。」

「要鋤頭做什麼？」

「萬一被人瞧見，對方會以為你是農夫。你若累了，可以睡到穀倉裡，你千萬要躲好。我把食物裝在這個袋子裡，但撐不了太久。你現在就得走了。」

「你一直對我這麼好。」父親說，對老人的愛溢於言表。

「因為你需要幫助。」

「但你不是非幫不可，我不知道該如何謝你。」

「我很高興你來，讓我有機會好好做個神父。上帝第一次考驗我的時候，我沒做出神父該做的事。」

「什麼第一次？」

「早你很久之前，有個家庭需要我。他們是猶太人，我跟那家的父親相當熟，他是個好人，在鄰鎮經商，有三個孩子，全是女兒，還有個賢淑的妻子，挺胖就是了。一天晚上，男人跑來找我，說：『神父，請幫我們躲起來，別讓納粹找到。』我拒絕藏匿猶太人，已經夠糟了，又因為太害怕，竟然還向納粹舉報他們。他們死在達豪集中營。我試著為費雪一家的事贖罪，祈求上帝清除費雪家染在我手上的血。可是沒辦法，連上帝都沒有那種本事，連上帝都無法原諒我的罪行。我躲不開費雪一家人的眼神，我佈道的時候，總感覺他們凝望我，嘲笑我。他們太清楚岡特．柯洛斯的真面目。若非當初我把費雪家交給納粹，便不會讓你留下來了。我無法承受再有另一雙眼睛跟著我，我害怕很多事，非常多事。」

「岡特，我為費雪家的事感到遺憾，這表示我也欠他們一份恩情。戰爭結束後，我會回來看你，到時我們便能一起去慕尼黑喝啤酒、追女人了。」

「唉呀，我是神父，不追女人。但願上帝安然把你送回家。我會天天為你禱告，在心裡陪伴你，思念你。亨利．溫格，你快走吧，很晚了。」

「神父，我走之前想做件事。」

「什麼事，亨利？」

「在彌撒 Agnus Dei[10] 那部分結束後，你知道那一段吧？我聽到你每天早上都對那三個到教堂的婦人說。鐘敲完後，你會餵她們吃一種東西。我第一天早上就看到了。」

「是聖餐禮，我餵她們基督的聖體與聖血。」

---

10 Agnus Dei：《羔羊頌》，天主教會彌撒儀式的一部分，在分餅禮時吟唱或誦念的祈禱文。

「我希望在離開前，你能餵我聖餐。」

「不行，亨利，這是不可能的。你必須是天主教徒，我才能餵你聖餐。」

「那我就當天主教徒吧。現在就讓我成為教徒，也許能為我帶來好運。」我父親堅持。

「沒那麼容易，你還得讀經。成為天主教徒之前要學的東西很多。」

「我以後再學，我保證一定會。現在沒時間了，這是戰爭時期，你都幫我施過受洗禮，施過臨終塗油了，餵點聖餐有什麼關係。」

「這不合常規。」神父茫然地撫著下巴說。「可是規矩都是人訂的。首先，我得先聽你懺悔。」

「好吧。什麼意思？」

「你必須把你所有罪行告訴我，從小到大，做過的一切壞事。」

「我辦不到，太多了。」

「那就告訴我，你為自己的罪行懺悔，那就夠了。」

柯洛斯神父開始朗聲為悔罪者祈禱，免除我父親所有的罪惡，月亮像淨化過的靈魂，發出皎潔的光芒，籠罩俯瞰迪桑鎮的大鐘下的兩人。

他們步下通往教堂內部的階梯，神父走到祭壇上，拿把小鑰匙打開神龕，取出一只金聖杯，在苦像前跪下來。被殘酷地釘在十字架上的基督雕像，俯視著我父親的身影，亨利．溫格跪在石造教堂冰冷的陰影中，為自己的活路祈禱。神父轉身面對他。

「亨利，現在你是天主教徒了。」

「我會努力當個好天主教徒，岡特。」

「你得讓你的孩子成為天主教徒。」

「我會的。那就是耶穌的聖血與聖體嗎？」

「我必須先為它祝聖。」

「你得『Agnus Dei』它嗎？」

神父以不再有人使用的拉丁語為我父親祝聖，然後轉向世上最新進的羅馬天主教徒，就此永遠改變了我們家族的歷史。

神父跪到我父親身側，兩人一起祈禱。在月光下，在戰火和命運的洗禮下，在靈魂迫切、神祕而不可言喻的吶喊中，神父和戰士都有了變化。

父親起身後轉向岡特·柯洛斯，擁住他，把他緊抱在懷裡。

「謝謝你，岡特。謝謝你的大恩大德。」

「真希望費雪一家也能對我說同樣的話。亨利，我又成為不折不扣的神父了。」

「戰爭過後，我會來找你。」

「我會很高興，真的會很高興。」

父親遲疑了一會兒，拿起鋤頭和袋子，又停下來，再次抱住神父。

岡特望著我父親的眼睛說：「上帝送一個兒子到我家住了三個星期，我會想念你的，亨利·溫格，我會想念你。」

於是亨利．溫格從門廊的側門潛入月光下，溜進德國鄉間。他回頭對著門口的神父揮手，神父正在為他祝禱。無罪一身輕的父親轉過身，朝瑞士踏出第一步。

整整兩個星期，我父親穿過巴伐利亞的山林，沿萊希河清澈的河水，靠著研究星群的位置導引自己，盡可能利用柯洛斯神父給的地圖標示進程。德國天空的星子竟與科勒頓空中閃爍的一模一樣，令他感到不可思議。他可以直接仰望夜空，便如置家鄉，天上的星光讓他覺著親切。

白日，亨利睡在穀倉樓上或蜷臥於森林裡。夜裡偷偷潛過農舍，犬隻便成了他最大的剋星。有一天晚上，他用鋤頭的刃部殺了兩條狗，然後在清澈的山澗裡把狗血洗淨。地勢愈走愈高，有一回他在白天醒來，看到阿爾卑斯山清楚明晰地聳立眼前，亨利不知道他這個外地人要如何才能找到正確的山谷和無人巡邏的岔口，去到安全的地方。身為南方人，他很少看到雪；在低地生活的人，對山裡的祕密一竅不通。他邊走邊學，一路上小心翼翼。

一天，一名農人的妻子發現他睡在他們家穀倉。農婦懷有身孕，一頭黑髮，臉蛋美麗，令他想到我母親。農婦尖叫著跑去找丈夫，我父親奔過麥田和玉米田，在山溪邊的洞穴裡躲了一天。自那日起，他便不敢再輕信農場和人類。後來他僅在覓食的時候才去農場。他摸黑擠牛奶，喝著桶子裡溫熱的奶，他偷雞蛋生吃，搜刮果園和菜田。他晝伏夜出，在陽光下會變得不耐煩，步行把他變成了夜行動物，然而等他抵達山區，在夜裡行走反而太危險，太容易迷失方向。

他無意間發現，鋤頭確實能起保護作用，給予他身分。有個在山坡上刨地的農夫在太陽剛升起時瞥見他走在小徑上。農人老遠朝他揮手，他也友善地揮手回應。這使得他變得更加大膽，開始在大白天裡走在鮮為人知杳無人跡的路徑上。有一次他很訝異，竟然有一列載著數百名德軍的敞篷車隊從他身邊快速開過，他熱情地朝士兵揮手，掛著大大的微笑，幾個士兵大概是羨慕他吧，竟也對他揮手。那把鋤頭賜予他走在路上的權利，是他的勞動產出餵養德國戰爭機器的食物，他差點就相信自己是農夫了。他繞過德國的上阿瑪高鎮，悄悄進入奧地利重兵嚴巡的邊境。

父親一直到了高地，才感到絕望。他走了一整個星期，愈爬愈高，見不到一座農場。他千辛萬苦地越過景色秀麗卻宛如噩夢的地區，越過峽谷和令人暈眩的斷崖，他察覺自己走在林線之上，迷失了方向。地圖根本沒用，星群也了無意義，山區極易迷路，動不動就走錯，遇到死路。他攀上一座山，卻發現無法從另一側下山。他折回來，爬上另一座山峰。每座山都不一樣，各具驚奇與變化。他生平第一次看到雪，他吃雪、甲蟲、蛆，夜裡拿樅樹的枝子蓋住自己免於凍斃。人怎麼可能在十月天凍死？這個卡羅萊納人自問。他在瑞士待了整整兩天，才半死不活地下了山，來到一個叫克洛斯特的瑞士村莊，以為自己要去向奧地利人投降。下山後，他高舉著雙手走入村鎮，聆聽困惑的村民對他說德語。那天晚上，他被請到克洛斯特市長家吃飯。

三天後，我母親收到父親發來的電報，說他還活著，一切安康，而且他已受洗為羅馬天主教徒。

父親回到中隊，在後續的戰爭期間又數度駕機突襲德國的領地。當他轟炸漆黑的城市，炸彈在底下爆成火球，聽到轟炸聲傳來，他會喃喃地說：「費雪，費雪，費雪，費雪。」「費雪」二字成了父親在駕機俯衝、把死亡與砲火散播在身後時發出的戰嚎，也是他作為飛行員的迷信。

戰爭結束後，父親加入占領軍，回到迪桑，想對岡特．柯洛斯致謝，並告訴他南卡羅萊納沒有牛仔。可是迪桑來了個新神父，長著馬臉的青澀神父把我父親拉到教堂後方，讓他看柯洛斯神父的墳墓。父親的飛機被射下來後兩個月，兩名英國飛行員乘降落傘安然降落在迪桑附近。德軍在搜尋時，找到我父親染血的制服，那是神父留下作為父親到訪的珍貴紀念。神父在嚴刑拷打下坦承自己曾經藏匿美國飛行員，協助逃往瑞士。德軍在鐘塔上吊死岡特．柯洛斯，懸屍一週，以警示村民。神父在遺囑中把微薄的俗世財物都留給一名住在漢堡的女子。年輕的神父表示，那實在非常怪異且悲慘，而且岡特．柯洛斯從來不是很好的神父，村子裡的人都知道。

我父親在聖嬰像前，在他的血滴在救命恩人身上的地方，點起一根蠟燭。他祈求岡特．柯洛斯和費雪一家人的靈魂能夠安息。然後他眼中含淚，起身摑了年輕神父一巴掌，警告他在提及岡特．柯洛斯時一定要心存尊敬。年輕神父逃出教堂，我父親取走聖嬰像夾到腋下，走出教堂。他現在是天主教徒了，他知道天主教徒會保存聖人的文物。

我父親的戰爭結束了。

每年我生日，母親會帶著我、莎瓦娜、路克，到鄉下凌亂的黑人小墓園裡，到莎拉·詹琴斯的埋葬之處掃墓。莎拉的故事被一再傳述，直至我熟記於心。而我父親會在同一天，把玫瑰放到岡特·柯洛斯墳上。對我們而言，這兩位英雄人物如同遠古君主的事蹟傳誦下來。可是後來我會懷疑，他們的英勇、犧牲、無私、慷慨赴義，用自己的生命換取溫格一家的生路，是不是某種荒唐的玩笑？而那個笑哏要打磨很多年後才會浮現。

我們三個溫格家的孩子待年紀稍長，便為莎拉買了一座墓碑。我跟莎莉結婚前的一年，跑了一趟歐洲，去岡特·柯洛斯的墳上掃墓。歐洲沒有一樣事物及得上我見到神父墓碑上的名字一半的感動，羅浮宮的畫作不行，壯麗的古羅馬廣場也辦不到。我去看了父親躲藏的鐘塔，拜訪父親從山區下來後收留他的克洛斯特村。我在市長家吃晚飯，試圖再次體驗父親的遭遇，或者說，我以為我做到了。其實父親沒有說出全部的故事，他略過了其中一段。

跟陸文斯汀醫生會面時，我說了這一段家族史，醫師細細聆聽，沒有打岔。

「他略過哪一段？」醫師問我。

「他略過了一個不太重要的小細節。記得我說過，有個懷孕的農婦發現他在穀倉睡覺嗎？」

「那個面容姣好、讓他想到令堂的農婦。」她答道。

「我說她尖叫著跑去找丈夫。那部分是真的，但我父親並沒有衝出去躲到河邊的洞穴，他逮住那名漂亮女子，在穀倉裡把她活活勒死。他是飛行員，在此之前從沒見過被他殺死的人的臉。他掐碎農婦的喉骨時，那個德國女人的臉離他僅有咫尺，女人在他眼前痛苦地死去。」

「你是什麼時候發現的？」

「我母親離開他的那夜，他告訴我的。我想他需要對我，以及他自己，解釋究竟是何原因把他變成一個令人畏懼的父親。那個德國女子是他的祕密，也是他的愧疚。我們家緊守住很多祕密，那些祕密差點害死我們。」

「這故事雖然精采，但我不確定跟莎瓦娜的病情有關。」

「錄音帶，手稿。她在錄音帶裡提過這件事。」

「怎麼提的，湯姆？在哪裡？她沒有提到任何跟德國、暴風雨、神父或產婆有關的事。」

「有的，至少我認為有。她提到過『雅涅絲黛』。我告訴過你雅涅絲黛的起源，說過是從哪兒來的。」

「對不起，湯姆，你沒說。」醫生困惑地皺著眉。

「醫師，我們小時候，一遍又一遍地聽著這個故事，對我們來說就像床邊故事，怎麼都聽不膩。柯洛斯神父長什麼樣子？他有鬍子嗎？莎拉·詹琴斯住在哪裡？費雪家有幾口人？我們彷彿真的能看見柯洛斯做彌撒，或我們以為看得見。可是我們小時候會把故事搞混，後來變成莎拉·詹琴斯在鐘塔餵我父親吃飯，或柯洛斯神父背著我母親涉過淹水。你曉得的，小孩子會亂編故事，把事情搞混，編成另一回事。」

「但什麼是『雅涅絲黛』？」

「這是個誤會。莎瓦娜先編出來的，我跟路克就順水推舟地接上了。莎瓦娜在錄音帶裡尖聲喊著這個詞。『雅涅絲黛』是我父親聽到神父說的第一句話。」

「我不記得了，湯姆。」

「雅涅絲黛，Agnus Dei，在彌撒唱詩席上。莎瓦娜還以為雅涅絲黛是神父愛上的女人，那個住在漢堡的女子。以為神父因為愛她至深，連做彌撒的時候也大聲喊出她的名字。[11]」

「有意思，真有意思。」陸文斯汀醫生說。

---

11 第三章中，陸文斯汀醫生從錄音帶抄下莎瓦娜說過的字句，其中有「攔下那艘船。雅涅絲黛在哪裡」，原文此處為 Agnes Day，與 Agnus Dei 音似。

5

一週後，這段在紐約的夏日時光漸漸勾勒出雛型和特質——我在這段自我反省和坦白的日子，對莎瓦娜可愛的心理醫師闡述我們悲哀苦命的家族史，她則負責修補其中一人所承接的傷害。

故事愈講愈細，隨著內容逐一揭露，我感到心中生出一股力量。我用最初幾天聆聽錄下姊姊崩潰過程的帶子，她用傷痛殘破的語言說話，我在紙上寫下她喊叫的內容，仔細研究，每天都被自己壓抑或遺忘的鮮明記憶嚇著。莎瓦娜的每句話，不管多麼怪異或不真實，均是有憑有據、環環相扣的，每一個都牽引出另一段，最後，我的腦子裡塞滿各種錯綜複雜的思緒。有些時日，我等不及要在五點鐘見到陸文斯汀醫師。

然而下意識裡，我遇見了蔓生的野果，以及整理有序的寬廣葡萄園。我試著去蕪存菁，但我很清楚，更多的真相躲藏在三葉草、芳甜的草地、野生的薄荷底下。我不希望在篩撿姊姊悲慘的過去時有所遺漏，我想找到那朵在花架上盛開、或許能抑制猛虎出匣的玫瑰。

我坐在姊姊書籍與植物環繞的客廳裡，我的敵人是「不確定」。那個夏天，我為自己設出簡單的目標：展開盛大的自我追尋之旅。我想探究是哪些事件和意外，造成我如此處處設防、普通平庸。我放緩步調，時間緩慢客氣地推移，我注意到太陽畫過曼哈頓上空，試圖把自己放到事物的匯流點上，冷靜地觀察內心的變化，就像天文學家觀察珍珠般圍繞木星的十二個小月亮[12]。

我逐漸覺得清晨的靜謐可喜。我在萬籟俱寂中寫日記，學生般一板一眼地鄭重一筆筆手寫記下。我的字每年愈寫愈小，正好反映出本人頹敗的過程。一開始，我僅聚焦莎瓦娜的經歷重點，但我不斷寫回自己身上，因為唯有透過自己的觀點才有辦法說出故事。我沒有權利或立場透過她的眼睛詮釋這個世界。我能為她做的，頂多是盡量老實地說出自己的故事。我這輩子過得異常怯懦，冷眼旁觀卻滿懷恐懼。然而對於手邊這項任務，我倒是有個優勢：莎瓦娜這輩子重要的場合，我幾乎都在場，我的聲音便是一種純然的見證，我會將它昇華為淨化之歌。

現在我有一項任務，一份工作。我想解釋，為何我的雙生姊姊要劃開自己的血管，為何她會看到可怕的景象，受充滿衝突與貶抑的童年糾纏折磨，以至於幾乎不可能與之和解。我會努力炸開回憶的堤防，記錄那些淹沒街道的洪水，那可是我唯一愛過的城鎮啊。我會告訴陸文斯汀醫師，我們如何失去科勒頓，以及城鎮的死亡如何在記憶中留下白色的花飾窗格、蛋殼

---

12 原書出版於一九八六年。此際，木星已知衛星已達九十五顆。

般閃亮的銀色記憶。如果我能鼓起勇氣說出故事的全貌，不設防，唱出那些使我們義無反顧邁向殘酷命運的黑暗聖歌，那麼我便能夠好好解釋，姊姊與人世間那場令人心碎的戰爭。

但首先，我得重新設定自己的立場，從新的角度檢視自己。我浪費了近三十七年的時間在自己的人物設定上，我因全盤接受父母對我的界定而自我苛責。他們從小就對我下定義，用他們從某種神祕象形文字翻譯而來的說法把我框住，我一輩子都在迎合那個似是而非的框架。父母把我變成連自己也不認識的陌生人，把我塑造成符合他們當時需求的形象。由於天性柔順，我任由他們把我捏塑成最乖巧的孩子。我遵循他們的願望，他們一吹哨子，我便像隻獵犬在院子裡跳舞。他們想要一個謙恭有禮的男孩，我便源源不絕地展現南方人的禮數。當他們發現莎瓦娜將永遠成為他們羞於啟齒的祕密和無可迴避的罪惡後，便希望雙胞胎中能有一人成為穩定的精神支柱，以平衡我們家的結構。他們不僅把我調教成正常人，也把我變得枯燥無味。但他們最天才的一點，就是根本不知道自己幹了什麼。我渴望父母的認可稱讚和純然無私的愛，卻在苦苦追求多年後，才發現他們根本無力給予。愛自己的孩子，就等於愛自己，這點是我父母天生與後天環境都欠缺的奢求。我必須重拾自己喪失的東西，不知何時，我跟那個充滿潛能的傢伙失去了聯繫。我必須跟那個沒有出生的男人和解，溫柔地哄拐他，讓他成熟起來。

我不斷想到莎莉和我們的孩子。我娶了自己的初吻對象，以為我跟她結婚是因為她漂亮、有智識、直爽，而且完全不像我母親。但我娶到的，是位傑出、標緻的女孩，她優秀幹練，開朗坦率，天生沒有防備心。多年下來，我卻以忽略、冷漠、背叛，把她變成我母親的翻版。由於成年後性格上的缺失，我無法單純地享有妻子或情人的陪伴，我需要有敵人在孩子的遊戲室裡哼唱大屠殺的搖籃曲，需要穿著印花洋裝的狙擊手從鐘塔上開槍射我。人家如果不跟我唱反調，我就渾身不自在。無論我再怎麼努力迎合父母對我的嚴苛要求，永遠也做不到十全十美，於是我漸漸習慣無可避免的失敗。我痛恨母親，便把母親的角色送給妻子，作為對母親的報復。我把莎莉變成更精微、狡猾版本的我母親。我的妻就如同我母親，對我略覺得丟臉與失望。我的懦弱激發她們的憤怒，我的一事無成，促成了她們的強勢與幹練。

我痛恨父親，卻藉由模仿他的人生讓自己日趨無能以發洩怨氣，也驗證了母親對我們父子的可悲預測。我覺得自己沒有變成暴力分子已經算好了，但連這種信念也崩潰了：我的暴力是隱性的。我的沉默、長時間的抽離，更是危險。我用冷冽如冬日的藍眼表現我的惡毒，用受傷的凝視把和煦宜人的午后變成冰河時期。我年屆三十七，憑著這點天生的本事，我不僅過著了無意義的生活，最後還不知不覺地把身邊的人拖下水。

因此，我把這個不請自來的自由夏天當成最後一次盡力當個男子漢的機會，是我在步入中年人的深淵與儀式前的一段空白期。我希望有意識地把它當成一段整理期，運氣好的話，會是一段療癒及重整受傷靈魂的時間。

我會透過回憶的過程努力治療自己，展現必要的力量，引導陸文斯汀醫師探索崎嶇的過往。

通常我會在第一道晨光中醒來，胡亂解釋過昨夜的夢境後，才起床、淋浴、穿衣，然後喝杯現榨柳橙汁，享受橙汁涮過舌頭的鮮爽感。我會走下公寓後方的梯子到葛洛夫街，到喜來登廣場，向連名字也不知道的小販買份《紐約時報》。這位小哥是所有亞種紐約客的代表，從事吃力不討好、看起來跟地鐵代幣一樣不起眼，卻十分重要的工作。我折回畢利科街，到法式烘焙坊買兩個可頌，老闆是里昂來的女士，對人愛理不理。我走回公寓途中就嗑掉一個，這些可頌美味極了，像小鳥一樣輕盈溫暖，撕開時猶帶著爐火的餘溫，當我坐到客廳椅上翻閱體育版時，手上還飄著美味的麵包香。我是日報體育版的終身囚徒，超愛看整潔的欄目中長長的統計數據。我最愛棒球季，因為統計分級非常嚴謹，每天都由一欄欄的分數清晰地框示出來。

讀完報紙，往旁隨意一扔，就要面對可怕的夏日早晨。失敗是我的主題。

陸文斯汀醫生辦公室的冷氣溫度總是太低。我從塵土飛揚的炎熱街道揮著大汗，灰頭土臉地進到這棟辦公大樓的人造氣候時，總忍不住發抖。櫃檯巴柏太太工作的接待廳向來比冷到接近極地氣候的候診間暖上幾度。週間我到醫生這兒自言自語時，總是見到五點鐘的陽光把她的臉分成對稱的兩半。

我一進門，巴柏太太抬起眼。「噢，溫格先生。」她檢查約診簿，「今天時程有點異動，醫師希望您見諒。」

「怎麼了?」

「緊急狀況。她有個朋友氣沖沖地打電話來,她希望您稍等一會兒,然後再跟你找個地方喝東西。」

「好啊,沒問題。我可以坐在候診間看那些過期的色情雜誌嗎?」

「我會向她轉達。」巴柏太太表示,然後溫柔地看著我問:「你還好嗎,卡羅萊納人?」

「不怎麼好,巴柏太太。」我顫著聲說,竟然這麼老實。

「以一個不怎麼好的人來看,你倒是還能笑,也挺愛講笑話的。」

「這不把你騙過去了嗎?」

她看著我說:「沒有,我一分鐘都沒信你。長久以來,我身邊都是有困擾的人,眼神總騙不了人。如果我能為你做點什麼,任何事都行,喊一聲即可。」

「巴柏太太,你能站起來一下嗎?」我說,對這位陌生人的慷慨熱心受寵若驚。

「怎麼了?」

「我想跪下來,親吻你的小屁屁。最近有人對我好一點,我就會有這種反射動作。」

「你只是擔心你姊姊。」

「沒有,一點也沒有。她只是我的擋箭牌。每當我澈底崩潰,就會拿她當藉口。我把自己的傷心事全歸咎於她,而且是用最卑劣怯懦的方式。」

「來。」她打開手提包,鬼鬼祟祟地朝醫師辦公室門口瞄一眼。「每次我跟老公過不去,或被小孩惹到抓狂，就找傑克醫師讓自己喘口氣。」

她從手提袋裡掏出半品脫傑克丹尼爾威士忌，從飲水機旁取來一只小紙杯，為我倒了一小口。

「傑克醫生一向隨時出診，包你無病一身輕。」

我一口把威士忌喝乾，感覺胃燒了起來。

「謝了，巴柏太太。」

「別告訴醫師，卡羅萊納人。」

「我一定封緊嘴巴。」我保證道。「對了，企鵝都還好吧？」

「什麼企鵝？」她狐疑地問。

「這裡冷斃了，我想醫生一定是在這裡養企鵝，要不然就是她大多數病患都是憂鬱瘋狂的愛斯基摩人。」

「你快走吧，卡羅萊納人。」巴柏太太說著揮手要我離開。「醫師喜歡冬暖夏涼，我整個夏天都得穿毛衣，等到二月外頭積雪，我巴不得穿比基尼在這間辦公室走動。」

「她是不是治好一堆瘋子，但病人卻死於肺炎？」

「滾啦。」她說完回頭打字。

我走進候診室，又發起抖來。

我拿起茶几上的一疊《建築文摘》慢慢翻閱，想到有人會在那種奢華淫逸的房裡居住、受苦、享樂，就忍不住笑出聲。我看到的每間房子都有過度裝修的問題。有個義大利建築師的圖書室是熱情澎湃的洛可可風，一看就知道，沒有人坐在那些沿牆放置的一張張光亮皮椅上讀過半本書。連書都變成家具了。裝潢師使用拆除的莊園窗戶，撬來毀損城堡大廳裡的木片。沒有什麼是出於原創，每件東西都是用拍賣行買來的戰利品拼裝的——個人的痕跡，被過度雕琢的美化與華麗給抹殺了。

「貓砂盆、幼兒護欄、垃圾桶、菸灰缸都跑哪兒去了？」我大聲說著翻過書頁，仔細看盧瓦爾河谷一棟修復的城堡照片。「面紙、衛生紙、通樂和水槽邊的牙刷呢？」

對著雜誌和報紙碎念是我的小癖好，當作一種有益心理健康的健身操。我沒有看見或聽見那名女子走進候診間，坐到門口附近。

她挺直地坐在椅上，靜止、悲傷而憔悴到幾乎只剩一縷幽魂。她是那種令我驚豔到說不出話的古典美女。絕世的美貌對女人來說，往往跟醜陋一樣會成為負擔，而且更加危險。你得需要很多運氣和骨氣才能扛得住傾城的美色，而美貌的短暫易逝則是它最狡猾的背叛。

女人在哭，卻沒掉淚，聽起來彷彿被勒著了。她的面容因費力壓抑悲傷而變形，就像歐洲到處可見、垂視死去兒子的聖母像。

我雖同處一室，對著照片念念有詞，她卻沒看向我，或意識到我在場。啊哈，紐約客，我心想。閒聊或客套都無法化解此刻的尷尬。

我回頭讀《建築文摘》，把評語往肚裡吞，默默看了幾分鐘。然後聽到她再次哭了起來，這回流了眼淚。

我尋思該如何接近她。我是否應該忽略她，管好自己的事就好？但那有違本人好管閒事、熱心助人的作風。我是該小心周到，還是開門見山地問她怎麼回事，問自己能否幫忙？

由於此姝美若天仙，無論我做什麼或說什麼，對方肯定以為我想搭訕。對一個悲傷的美女而言，那既是事實，也很危險，而我不想再增添她的戒心。於是我想乾脆直接殺過去，向她坦承自己性無能、是土耳其男童合唱團的閹伶，或是個跟碼頭工人訂了婚的同性戀。我想幫助她，不忍心看她如此悲傷。

可是我什麼都沒說，我不知道在紐約要如何主動表示關切，我對這裡很陌生，不熟悉這些美麗的玻璃谷中主宰人類行為的法則。我決定這樣對她說，否則我覺得她會以為我跟所有冷漠的人一樣，對她跟地鐵裡嘔吐的醉鬼一樣無感。我確信，我知道她若長得不好看，或平凡，甚至只算清秀，我一定會毫無猶豫地跟她說話，為她遞手帕、送上一塊披薩、買杯馬丁尼，送她花朵、卡片，或打爆虐待她的丈夫。可是我被她的傾國美貌弄得手足無措，講不出話了。我認識的每一個公認的美女，都背負著難以承受的孤寂。這是美貌的副作用，是她們必須付出的代價。

我放下雜誌，未正眼瞧她，說道：「不好意思，女士，我叫湯姆．溫格，是從南卡羅萊納來的。有什麼我能幫你的嗎？你那麼傷心，看得我很難過。」

她沒有回答，只是憤怒地搖著頭，然後哭得更凶。我的聲音似乎惹她生氣了。

「我真的很抱歉，我幫你拿杯水好嗎？」我委屈地說。
她梨花帶淚地哭喘道：「我是來看他媽的心理醫師的，不需要她的臭病人來幫我。」
「啊，您誤會了，女士，我不是陸文斯汀醫師的病人。」
「那你幹麼在她辦公室等她？這裡又不是公車站。」接著她打開手提包翻找東西，我聽到哐啷的鑰匙聲。「你能幫我拿張面紙嗎？我好像忘記帶了。」
我衝到門邊，慶幸能為她服務，不用解釋自己為何困在這裡。巴柏太太遞給我面紙，低聲說：「她心情很差。」
我回到候診間把面紙交給女人，她謝過我，然後擤了鼻子。我老覺得漂亮女生跟擤鼻涕這回事很不搭調，甚至粗俗，連她們也得做這種不雅的事！她擦乾淚水，睫毛膏在臉頰上染成東一塊西一塊的紫。她從Gucci包裡拿出一只粉盒，熟練地補妝。
「謝謝你。很抱歉我剛才那麼無禮，我這段時間很不好過。」她打起精神說。
「跟男人有關嗎？」我問。
「這一向不都跟男人有關嗎？」她酸楚地說。
「你要我去揍他一頓嗎？」我拿起最新一期的《紐約客》。
「當然不要，我很愛他。」她不悅地答道。
「問問而已，我老哥以前常幫我和我姊出頭幹架，學校裡如果有人欺負我們，路克就會問：『要我去揍他們嗎？』我們從沒要他去揍人，可是聽了心裡總是好過很多。」

她對我淺笑，但笑容逐漸轉成令人憐惜的愁容，反而使高顴的她更顯豔麗。

「我看心理醫師已經超過四年了。」她說著再次輕拭眼睛。「我甚至不確定自己喜不喜歡那個混蛋。」

「你一定買了很好的保險。我的保險不包含心理疾病，連身體疾病都不給付。」

「我沒有心理疾病，我只是很神經質，而且老是愛上渣男。」她堅稱，表情坐立不安。

「世上的渣男可多了，我努力精算過，我想大概百分之七十三的人吧，而且還在增加中。」

「你認為自己屬於哪一種？」她問。

「我嗎？我是渣男，終身會員，唯一的好處是，我不必付費，而且讓我成為主流中人。」

她的笑聲有些刺耳勉強。「你是做什麼的？」

「我是高中足球教練，或者說，本來是。」我答道。我很清楚她會有難以置信的反應，這令我感到羞愧。

「不會吧，真的嗎？」

「我是律師。」我答道，一心想火速了結這段丟臉的審問。我一向享受謊稱我代表一間大膽激進的跨國公司時，對方瞬間肅然起敬的模樣。

「你看起來不像律師。」她狐疑地看著我的卡其褲和褪色的鱷魚牌T恤Polo衫，以及上面將掉未掉的鱷魚標誌。「你的穿著也不像。你讀哪間法學院？」

「哈佛。」我謙卑地答道。「我們可以聊些法學院的事，但怕你乏味。我也可以談當一個

《法學評論》的編輯壓力有多大，還有畢業時只拿到班上第二名有多麼失望。」

「很抱歉我進來時哭了。」她把話題轉回自己身上。

「沒關係。」我答道，很高興她接受了我的身分。

「我以為你想跟我搭訕，才會那麼無禮。」

「我不太懂如何跟人搭訕。」

「可是你結婚了，你一定跟你老婆搭訕過吧。」她看著我的婚戒說。

「沒有，女士。她在一間小商城裡把我撲倒，用牙齒拉開我的拉鍊，我才知道原來她想跟我約會。我年輕時在女生面前很害羞。」

「我是陸文斯汀醫師的朋友。」女人煩亂而冷淡地撥開眼前的漂亮金髮。「我不是她的病人，我該死的心理醫師出城了，去他的。陸文斯汀醫生讓我來看她的急診。」

「她人真好。」

「她是個大好人，她跟所有人一樣有自己的問題，但她很厲害。唉，媽的，我今天真是衰爆了。」

「怎麼回事？」我問。

她古怪地看著我，冷冷地說，但我想並無惡意。「這位先生，如果我打算立遺囑，可能會給你打個電話，但我來找專業人士，是為了我的私人問題。」

「我很抱歉，我不會再多過問什麼了。」

女人又哭了，雙手摀著臉。

陸文斯汀醫師從辦公室走出來說：「摩妮克，請進來。」

摩妮克從醫生身邊走過，醫生很快地說了句：「湯姆，希望你別介意，我朋友心情很糟，結束後我請你喝東西。」

「那太好了。」

於是姊姊和我在科勒頓展開了人生，我們是暴風雨的孩子，拔示巴的雙生子。我們在生命之初的六年裡，一步都沒離開過科勒頓；但我對那段歲月毫無記憶，它們被層層疊疊、無邊無止的卡羅萊納海島畫面給掩蓋了。以下是我母親對早年的記憶：她的三個孩子努力地長高長大，她從未離開我們身邊，她親眼看我們踏出第一步，牙牙學語，對著河流歌唱，奔跑在飄著夏日香氣的草地上，拿水管互噴玩耍。

晦暗不明的幼年時期，時光緩慢推移，母親用她那對碧眼，憂慮地望著玩耍嬉戲的我。母親看我時，我便覺得是花朵在看我。她對我們怎麼都看不膩；我們說的一切，想的一切，都令她快樂，她的笑聲跟著我們的光腳丫躍過草地。母親說她是那種極愛寶寶和小孩的女人。在那歡樂而充滿陽光的六年裡，她傾心轉換自己，扮演母親的角色。最初的幾年對她而言並不容易，她理所當然地在往後我們共同生活的每一天，把當年的辛苦掛在嘴邊。可是我們是一群歡心雀躍又愛玩的金髮小孩，我們喜歡探索森林的祕密，打探母親對宇宙的觀點。那時我們並不清楚，她其實是最不快樂的女人，也不知道她很難原諒我們竟然就這樣長大了。可是相比於我們另一項不可原諒的罪行——出生於世，長大只是小事一樁。母親難以捉摸。我們出生在一個複雜、衝突不斷的痛苦家庭裡。我們是典型的南方人，每個南方人的陳規下，都埋著更深的陳規。然而即使是陳規，只要涉及孩子，便會產生強大的威力。

父親幾乎都是在天黑後才回家，通常聽到他的腳步聲在門廊響起時，我已經上床了。我開始把他跟黑暗連在一起。父親進門後，母親原本如歌的聲音便消失。父親一開門，她就變成一個不同的女人，屋裡的氣氛也隨之改變。我聽到他們吃消夜時壓低聲討論一天的事，小心翼翼地不吵醒我們。

有一次我聽到母親在哭，父親打她，可是第二天父親摸黑出門工作前，母親還吻了他的脣。

有些時日，母親一句話都不跟我們說，只是坐在門廊上望著河流，凝視科勒頓，眼神罩著一層憂鬱的認命與麻木，連我們的哭聲也無法將之驅走。她的定靜不動令我們害怕，她會用纖長的手指茫然地爬梳我們的頭髮，淚水自她眼中滑落，表情卻從來不變。這種時候，我們學會了靜靜難過。三個金髮孩子在她身邊圍成保護的小圈子。我們猜不透母親的心思，母親也不會與我們分享她的傷痛。她呈現給世人和家人的，是一種純淨、堅毅、華麗、優雅的表象，僅代表她最小、最模糊的一部分。她老是有點浮誇，因為她不肯表露自己最真實的一面。我花了一輩子研究母親，卻依然未能摸透她。對我而言，她在某些方面是個無可挑剔的母親；在某些方面，卻是個典型的災難。

我曾試圖理解女人，這份執著弄得自己躁怒狼狽。男女之間的鴻溝狡詐多變，兩性之間隔了一道山脈，而且沒有雪巴人幫忙帶路，跨越分隔男女、危險致命的神祕陡坡。既然我無法理解自己的母親，自然也沒有天分理解其他生命裡的女性。

每當母親感到悲傷或沮喪，我就怪罪自己，或覺得自己幹了十惡不赦的事。罪惡感是南方兒子的標準配備；我們一輩子對母親感到愧疚，因為我們的父親是個九流丈夫。沒有任何男孩能長久忍受母親無處安放的熱情所造成的巨大負擔。然而，也沒有幾個兒子能抗拒孤寂的母親無意間造成的誘惑。變成父親女人的純潔祕密情人，是一種禁忌的甜蜜：在父親屋中的陰影裡，成為他邪惡的對手，接受深閨怨婦溫柔的愛，是何其傲人的勝利。世間沒有比男孩愛上自己母親的形體與觸摸更情色的事。這是一種最強烈最禁忌的欲念，也是最自然但最具破壞力的。

母親來自喬治亞州北部山區。山區居民與世隔絕；而島民則是世界公民。島民總是對陌生人揮手致意，山區居民則懷疑陌生人為何而來。母親那張總是笑盈盈的天仙面容，是面向世間的明窗，但也僅是貌似而已。母親善於捕捉陌生人細膩而傷痛的經歷，也同樣擅長掩飾自己任何重要或可追溯的過往。她和我父親詭異地契合，兩人在一起的日子，是場為期三十年的戰爭，而他們唯一的戰俘就是他們的孩子。可是在我們有能力評估這場戰爭的災情之前，他們已經簽署許多條約、休戰、會議、停戰協定了。這就是我們的生活，我們的命運，我們的童年。我們盡其所能地活著，我們的島嶼十分可愛友善。

然後我們便突然被帶走了。離島後的日子，我幾乎全都記得。

一九五〇年八月，父親再度受到徵召，奉命到韓國報到，這令他相當震驚不悅。母親覺得一個女人家獨自帶著三個孩子住在梅洛斯島不安全，便接受奶奶邀請，搬到亞特蘭大，到她羅斯代爾路的房子住一年。直到那時，我才知道自己有奶奶。爸媽從未提過奶奶的名字，她像個神祕禮物出現在我們的生活裡。

我們告別了科勒頓的溫格爺爺，把白屋鎖好，驅車前往亞特蘭大，過了一年的都市童年。我在羅斯代爾路上，第一次親吻父親的母親，她引領著我們沿狹窄的車道前往她的房子。她跟一個叫「約翰．史丹諾波洛爸爸」的人同住。在大蕭條的高峰期，奶奶拋棄爺爺和兒子，到亞特蘭大找工作。她在里奇百貨公司內衣部工作，把半數月俸寄回給科勒頓的家人，寄了一年。奶奶辦完離婚後，嫁給了約翰爸爸——他在內衣部門迷了路，兩人相識一週便結婚了。奶奶告訴約翰，自己從未結過婚。我詫異地聽父親向約翰爸爸介紹，說我們是奶奶的表親。故事多年來慢慢有所演變，但演變得很慢。爸媽認為不該告訴孩子太多事，他們僅把覺得我們該知道的告訴我們。等我們來到羅斯代爾路的房子時，我們已經懂得要集體封口，話放在心裡就好。父親向我介紹奶奶托莉莎．史丹諾波洛，並命令我喊她托莉莎表姑婆。我乖巧地按父親的話做。當天晚上我要求母親說明原由，她說那不關我的事，等我長大後她再告訴我。

我們抵達時，約翰爸爸才剛從首次心臟病發復原，後來他又犯了幾次，最後死於心臟病。他有張憔悴的長臉，碩大的鼻子懸石似的貼在臉上，禿髮的頭顱看起來高貴柔軟。約翰爸爸沒有小孩，從我們一進門，他就非常疼愛我們，後來他便死於那間房裡。他超愛孩子的香氣和聲音，十分喜歡親吻我們，並以「亨利表甥」稱呼我父親。

他們的房子蓋在山丘上，那區都是這樣漂亮簡樸的房子，在亞特蘭大的「維吉尼亞高地」，可是奶奶堅稱她住在德魯伊丘——東邊數個街區外更時髦高貴的地區。房子以暗紅色磚塊砌成，顏色有若乾涸的血，城鎮整個東北區呈現出一種陰鬱荒廢的銅鏽感。奶奶的房子有尖頂和傾斜的屋頂，從街道上望去，外觀既舒適又有些陰森，屋舍向四處延伸，有許多小而幽閉的房間，每間都奇形怪狀，有可怕的角落、壁龕、小空間，以及一些可躲藏的地方。這是一間讓小孩噩夢連連的房子。

房子底下是蓋到一半的骯髒地下室，天黑後，連母親都不敢走進這個可怕而引人胡思亂想的地方。地下室的兩片水泥牆濕氣極重，滲著雨水，還有兩片用山上挖來的紅色喬治亞土砌成的牆，裸露且醜陋無比。

從街上幾乎看不到這棟房子，因為四棵巨大的橡樹枝葉，黑傘似的遮住了房屋。巨樹茂密到連大雷雨也難打濕房子。樹木與城市及鄰近地區一脈相承，亞特蘭大是個沒有破壞森林而打造出來的城市。負鼠和浣熊會在夜裡跑到房子後門，母親便拿棉花糖餵牠們。春天，空氣裡飄著剛割過的草香，沿著史蒂塢大道走過盛開的山茱萸花下，頭上的天空白得就像婚禮的禮棚。

當時我只是個單純的孩子，什麼也不懂，然而一年的時間很長，也為我們開了眼界。在亞特蘭大的一年，我見識到外頭的世界。住在那兒的第一個星期，奶奶逮到我們三個帶著繩子、水桶、幾塊雞脖子，從後門溜出去抓螃蟹。我們想找到亞特蘭大附近的海域或潮汐河。亞特蘭大這麼好玩，怎麼可能沒地方抓螃蟹？我們無法想像一個沒有島嶼的世界，或世上有哪條街不會通向大海。然而我們將永遠記得的街道——那條我們想用捕蟹的單純快樂抹去這個缺乏海洋的城市的街道——就是通往石頭山山腳的那條路。

父親出發去韓國前的那個週六，開車載著大家在黎明前離開亞特蘭大。他在黑暗中停好車，帶我們走上步道爬到石頭山頂，全家一起看太陽從東方天空升起。那是我們生平第一次見到山，更別說爬山了。我們站在山頂的花崗岩，天光灑遍喬治亞州，整個世界彷彿攤在我們底下。我們看到陽光勾勒出遠方亞特蘭大模糊的天際線，山側有刻在山壁上半完工的羅伯特·李、傑佛遜·戴維斯，及「石牆」·傑克森[13]的雕像。尚未雕刻完的騎兵策著

13 Robert E.Lee、Jefferson Davis、Stonewall Jackson 皆為美國內戰期間知名南軍將領。

馬，以永恆之姿馳過花崗岩。

母親準備了野餐的東西，把白桌布鋪到世界最大的一片花崗岩上。天氣清朗無風，桌布像郵票般貼在岩石上。山上僅有我們一家人，我們跟爸爸打鬧著玩。在石頭山頂上，第一次見識到父親真實的性格，以及他的性格如何影響了我的童年。那天我東蹦西跳，但知道家裡有事。

「你為什麼又得去打仗了，爸爸？」莎瓦娜問父親。他躺在岩床上凝望藍天，前臂的青筋像船塢上的粗繩般浮在肌肉上。

「我要是知道才怪，小天使。」父親說著把姊姊舉到空中。

路克望著周遭，說：「我想回科勒頓，這裡都沒有蝦子。」

「我只去一年，然後我們就可以回科勒頓了。」

母親擺開豐盛的火腿三明治、魔鬼蛋、馬鈴薯沙拉，孰料螞蟻大軍竟朝著食物壓境而來。

「我會想念我的寶貝們。」父親說，然後看著母親。「我每個星期都會寫信，然後用幾百萬個吻封上信封，你們男生除外。你們不會想要什麼吻吧？」

「不要！」我和路克齊聲答道。

「我要把你們訓練成戰士。就是這樣！我可不要讓兒子變成情人。」父親粗魯地拍拍我們的頭說：「答應我，我不在的時候，別讓媽媽把你們變成情人，她對你們太心軟了。別讓她幫你們打扮，帶你們去茶會。你們得答應我，我要你們每天打一個亞特蘭大的男孩。等我從韓國回來，絕不要看到你們跟大城市的男孩一樣做作，行嗎？記住了，你們是鄉下男孩，鄉下男孩是永遠的鬥士。」

母親語帶堅決地說：「不，我的兒子會成為情人，會成為最貼心的男孩。你的鬥士在那兒。」母親指向莎瓦娜說。

莎瓦娜贊同道：「沒錯，爸，我是鬥士，我隨時能打倒湯姆。路克若是只用一隻手，我也幾乎能打敗他。」

「不行，你是女孩子，女生向來就是情人。我不要你跟人打架，我要你溫柔甜美，當個爸爸的小千金。」

「我才不要溫柔甜美。」莎瓦娜說。

「你嗎？你一點都不溫柔甜美。」我說。

比我強壯敏捷的莎瓦娜出其不意地重重一拳擊在我肚子上。我哭著跑向母親，母親把我抱進懷裡。

「莎瓦娜，不許再欺負湯姆，你老愛欺負他。」母親訓誡她。

「看吧，我是鬥士。」莎瓦娜轉頭面對父親。

父親不理會莎瓦娜，逕自望著她身後的我。「湯姆，你太讓我丟臉了。被小女生打了還敢哭，噁心死了。男孩子絕對不能哭，絕對不能，不管遇到什麼事。」

「他很善感，亨利，你別再說了。」母親撫著我的頭髮說。

父親譏笑道：「哦，善感哪。我不想說出可能傷害一個如此善感的人的話。我就從來不會看到路克為這種事哭得像小嬰兒一樣，就連被我用皮帶抽，他連淚都不滴。他從一出生就是男子漢。湯姆，過來，和你姊姊幹一架，賞她個教訓。」

「他最好想都別想，否則我會再揍他一次。」莎瓦娜說，但我從她的聲音聽出，她對自己引起的事端感到歉然。

「別這樣，亨利。事情不能這樣處理。」母親說。

父親低吼：「萊拉，女的你負責養，男的我來帶。湯姆，你過來。」

我離開母親懷抱，在石頭山上走了短短幾步，卻感覺永遠走不完。我站著面對父親。

「不許再哭了，你還是嬰兒嗎！」他喝令，結果我哭得更凶。

「別這樣，亨利。」母親說。

「你最好別再哭了，否則老子讓你哭得更慘。」

「我停不住。」我抽泣說。

「爸爸，都是我不好。」莎瓦娜大聲說。

父親摑我一巴掌，我跌在地上。

「叫你別再哭了，簡直跟女孩沒兩樣！」他說著站到我上方。

我被父親打得一臉紅燙發麻，不由得把臉埋在地上，嚎啕大哭。

「亨利，不許你再動他。」我聽到母親說。

「我不聽娘們的命令，萊拉。」說著，父親轉向母親。「你是女人，一個啥都不是的女人，老子教訓兒子的時候，你他媽的把嘴巴閉緊。我不干涉你和莎瓦娜，是因為老子不在乎你怎麼帶她。可是好好把兒子帶大很重要，因為世上沒有什麼比沒把兒子教養成漢子更糟糕的。」

我抬頭看到父親晃著母親，她眼裡盡是淚水，屈辱至極。那一刻，我愛她勝過愛任何人。我看著背對我的父親，一股恨意從靈魂幽暗的門廊，在禁忌邪惡的狂喜中，尖叫著誕生了。

「放開媽媽！」路克說。

父親和我們轉向路克，看到他握著從野餐籃裡找到的一把小切肉刀。

「不行，路克，孩子，沒事的。」母親說。

路克瞪著怒火熊熊的眼睛說：「怎麼會沒事。放開媽媽，還有，不許再打弟弟了。」

父親瞪著他的長子，放聲大笑。我站起來再次奔入母親懷裡，父親的笑聲追著我越過山區。爾後一生，我都在逃離他嘲弄鄙視的笑聲，我總是逃開他，奔向溫柔接納我的地方。

「你打算用那把刀子幹啥，兒子？」父親問繞著他轉的路克說。

「求求你住手，路克。他會傷害你的。」莎瓦娜尖叫道。

「你別這樣，路克。他沒有弄痛媽媽，他只是鬧著玩的。」母親哀求。

「是啊，路克，我只是在鬧著玩而已。」父親說。

「你才不是鬧著玩，你很粗暴。」

父親命令：「把刀子給我，否則老子用皮帶抽爛你的屁股。」

「不給。你為什麼要那麼凶狠？為什麼要傷害媽媽？為什麼要打湯姆那麼乖的小孩？」

「把刀放下來，路克。」母親懇求，她丟下我，擋到父親和路克中間。

父親粗魯地一把推開她：「我不需要女人保護，他只是個七歲大的小鬼。」

「我是在保護他，以免你傷了他。」母親尖喊著，叫聲沿著山坡滾落在底下的林子裡。

「我可以奪下你的刀子，路克。」父親蹲低身子，朝他移動。

「我知道你可以。」路克說，刀子在手中閃動。「但那只是因為我還小。」

父親衝過去扣住路克的手腕一扭，直到刀子落在石上，接著慢慢解下皮帶，凶殘地揮動粗壯且滿布紅毛的手臂，鞭打路克的屁股和雙腿。媽媽、莎瓦娜和我抱在一起，害怕而心疼地哭泣。路克望著山外的亞特蘭大，忍受粗野的鞭笞與羞辱，一滴淚也沒掉。父親因羞愧與疲累，特別是疲累，最後終於收手。他把皮帶繫回，檢視他在美國的最後一天，這個毀掉的野餐場景。

路克一身傲骨地轉向父親——這是他終生不變的特質，用發顫的童音說：「我希望你死在韓國，我會祈禱你死掉。」

父親又去抽皮帶，但抽到一半便停手了。他看看路克，看看我們所有人。他說道：「嘿，各位，這有什麼好哭的？這個家裡的人連一點玩笑都不能開嗎？」

路克轉開身，我們看到他褲子上滲出的血。

第二天，父親便去韓國參戰，消失一年。他一大早叫醒我們三人，粗魯地親吻我們的臉頰。那是父親最後一次親我。路克整整一個星期無法走路，但我漸漸習慣亞特蘭大的生活，沒有父親的日子，我快活得像隻小獵犬。

夜裡，我偷偷低聲祈禱父親的飛機被射下來，我的禱告在睡夢中像防空的戰火般引爆，我在夢中看見父親置身火球，失控地從天墜落，垂危將死。這些並不是噩夢，而是一個六歲男孩突然了解原來自己生在敵人家中後，最快樂的美夢。

那日之後，我常去爬石頭山。等在山頂的，永遠是那個害怕父親接近的六歲小男孩；那個男孩，那個未曾完全長大的男人，一直活在石頭山的回憶裡。我走上山，在花崗岩裡找到那些隱形的傷口，我曾在那裡聽父親罵我像女孩。我永遠忘不了父親那天說的話，或被他甩了巴掌後臉上的感覺，或哥哥褲子滲血的畫面。我雖不了解，卻知道自己想仿效母親。從那天起，我揚棄了自己屬於父親的部分，也痛恨自己身為男性的事實。

九月，學校開學了，莎瓦娜和我一起上小學一年級，母親和奶奶步送我們到貝爾崖路的巴士站。路克讀小二，負責監督我們安全準時地上學。我們三人的白棉襯衫上都別了字條，我的字條上寫著：「嗨，我是湯姆．溫格，一年級生。如果你發現我走丟，請撥以下電話：BR3-7929 給我媽媽萊拉。她會擔心我。謝謝你，好鄰居。」

我們帶著新的午餐盒，穿著全新的涼鞋。一年級老師是位嬌小害羞的修女，長得就像小孩子，她充滿愛心地用溫柔的方式引我們進入人類知識這個教人生畏的領域。開學第一天，母親陪我們搭巴士，告訴我們，我們即將學習讀書寫字，展開心靈的第一場冒險。

直到發現母親把我留在操場、躡手躡腳地偷溜走前，我都沒哭。我看到媽媽在考特蘭大道的人行道上，望著修女指揮一年級的小朋友排隊。我四下環視，想找路克，可是他跟著其他二年級生穿過一道側門，消失不見了。

我一哭，莎瓦娜也跟著哭了，姊弟倆從一列忽然沒了母親的兒童隊伍裡脫隊。我們衝向母親，午餐盒撞在膝蓋和大腿上，哐啷地響。母親奔向我們，跪下來抱住鑽入她懷裡的孩子，三人哭成一團。我死命抱住媽媽，怕被遺棄，我永遠不想再從媽媽懷裡被拉走。

恩瑪庫拉塔修女從後面走過來，朝母親擠擠眼，領我們三人進入教室，教室裡半數的學童都在哭著要媽媽。所有母親像巨人似的沿著一排排小桌子的走道走動，彼此安慰，一邊扳開纏抱住她們雙腿的孩子手臂。滿室瀰漫傷心欲絕的氛圍，那些溫柔的婦女眼中盡是失落與悵然。修女逐一敦促她們離開。

修女拿一年級要讀的書給我和莎瓦娜，為我們介紹主人翁狄克和珍妮，彷彿他們將成為我們的鄰居，然後安排我們到一個角落，幫忙數全班午餐要吃的蘋果和柳丁。母親從門口回頭看我們一眼，神不知鬼不覺地溜走了。恩瑪庫拉塔修女用柔軟潔白的手撫著我們的頭髮和臉龐，在她的教室裡為我們創造家園以外的另一個家。那天快放學時，莎瓦娜已把整套字母牢記於心，而我才學到字母D。莎瓦娜為全班唱字母歌，善於教書但沒沒無聞的恩瑪庫拉塔修女遂賜予了這位詩人一把通往英語世界的鑰匙。莎瓦娜在首部詩集的〈恩瑪庫拉塔〉一詩中，談到那位穿著黑色聖袍、脆弱而神經質的女子，如何把教室化成天堂的一部分。多年後，恩瑪庫拉塔修女在亞特蘭大的慈恩醫院病危時，莎瓦娜特地從紐約飛過去為她朗讀這首詩，在她在世的最後一日，握著她的手。

後來我就沒再哭了，直到我在午餐盒上看到母親留下的字條。恩瑪庫拉塔修女讀給我聽：「湯姆，我好以你為榮，我愛你，好想你。媽咪。」紙條上就寫了這麼多，結果我哭倒在好心修女的懷裡，祈禱韓戰能永遠打下去。

在羅斯代爾路的家裡，約翰爸爸躺在屋子後邊寢室裡，等待臨終。母親要求我們在屋中絕對安靜，我們學會了悄聲說話，默默歡笑，當我們待在通向約翰爸爸房門的房間時，會像蟲子一樣地安靜玩耍。

我們每天放學回家，就到廚房裡吃餅乾喝牛奶，說著當天學了什麼。莎瓦娜學的東西似乎總是比路克或我多一倍，路克通常會大聲報告可怕的艾琳修女以天主教教育之名所施的最新暴行，母親會被路克的故事弄得憂心忡忡，大皺眉頭。之後她會悄悄帶我們到後邊的臥室，讓我們陪約翰爸爸半小時。

約翰爸爸用三個軟枕撐起自己的頭，他的房間總是暗幽幽的，微光襯出面龐，半闔的百葉窗在房中映出對稱的光條。房中飄著藥味和雪茄的煙氣。

他膚色蒼白，透著病色，胸部裸青無毛，彷若豬背。約翰爸爸身邊的床頭櫃上散置著許多書籍雜誌，我們進屋時，他會探身扭開燈，我們便爭先恐後爬到他床上，在他的脖子和臉上亂吻一通，母親和奶奶則在一旁警告我們小心，呵護地站在那兒看著。不過約翰爸爸的眼睛十分明亮，像獵犬一樣，他會揮手叫她們別多事，對著爬在他身上的我們笑開懷，用高挺的大鼻子蹭著我們的胳肢窩搔癢。

「孩子們，對約翰爸爸溫柔點，他有心臟病。」母親從門口喊道。

「隨他們吧，萊拉。」他撫著我們說。

「給我看你鼻子裡的銅板，約翰爸爸。」莎瓦娜要求說。

約翰爸爸誇張地舞著手，講幾句希臘語，然後從鼻子裡掏出一枚硬幣，交給莎瓦娜。

「裡面還有別的硬幣嗎？」路克望著他漆黑的大鼻孔喊聲。

約翰爸爸悲傷地說：「不知道欸，路克。我今天稍早擤鼻子的時候，硬幣噴得整個房間都是，可是你瞧這兒，我怎麼覺得我耳朵怪怪的。」

我們就會去搜他毛茸茸的大耳朵，可是什麼也沒找到。他又把那些希臘話念一遍，誇張地揮幾個手勢，大喊「變！」，然後從厚厚的耳垂後邊各掏出一枚硬幣，把錢放到我們急切的小手裡。

晚上就寢前，母親會允許我們回約翰爸爸的房間。剛洗完澡，潔淨如白雪的我們，像圍繞在新月邊的三顆明亮小衛星，環在約翰爸爸的枕邊。每晚我們輪流幫他點醫師禁止他抽的雪茄，然後他靠躺著，滿臉煙霧地講床邊故事給我們聽。

「托莉莎，我可以告訴他們那次我被兩百個突厥人逮住的事嗎？」他問站在門邊的奶奶。

「不行，別在小孩子睡覺前嚇著他們。」奶奶答道。

「求求你說土耳其人的事。」路克哀求說。

「是突厥人，不是土耳其人。」約翰爸爸糾正。

「你若講那個故事，他們一定睡不著覺。」母親說。

「拜託，媽媽，沒聽到突厥人的故事才會讓我們睡不著。」莎瓦娜說。

每天晚上，這個瘦弱憔悴的男人帶著我們踏上奇異的環球之旅。他在各地不斷遭到背信棄義的突厥兵攻擊，但他每夜都能想出擊退他們的奇招，安然返回床上的白色被單下，痛苦地慢慢死去。約翰爸爸在沒有阿加曼農[14]的士兵陪伴或代禱下，毫無榮譽地死去了，圍繞他的不是突厥兵，而是三名稚童。在他日漸衰弱的日子，最後這些故事對他至為重要，對我們也是。他的想像力在那個房間裡燃放最後的星火。他膝下無子，這些故事卻從他口中涓流而出。

母親和奶奶站在我們身後旁觀、聆聽。我並不知道約翰爸爸是誰、來自何地，或他與

14 Agamemnon：希臘邁錫尼國王，最後為妻子及其情夫所謀害。

我有什麼關係，也沒有人對我們這些小孩解釋。離開科勒頓的溫格爺爺時，大家都哭了。母親和父親鄭重地指示我們，要喊奶奶的名字，無論在任何情況下，都不能說她是我父親的母親。約翰爸爸或許是個天賦異稟的編故事高手，但他絕非奶奶的對手。

到了就寢時，我們還會多聽一個故事，然後母親便帶著我們離開約翰爸爸的房間，來到燈光昏暗的走廊，經過通往恐怖地下室的門，爬上蜿蜒的樓梯，來到二樓的大寢室，我們就住在那裡。起風時，屋外的橡樹枝便刮在窗台上。房裡有三張並排的床，莎瓦娜睡中間，兩側是她的兩個兄弟。房中唯一的燈，是一盞小小的床頭燈，把我們變成傾斜在牆上巨大妖異的陰影。

父親每週寫信來，母親在我們睡前為我們讀信。父親用軍隊式的簡短用語書寫，讀起來像軍令，描述每一次的任務，就像在談去買麵包或給車子加油之類的雜事。「我跟比爾．蘭汀一起開偵察機，我們觀察一隊士兵攀向某座山，這時我看到他們上方有些奇怪的動靜。我用無線電跟比爾說：『喂，比爾，你也看到了我瞧見的東西嗎？』我望過去，看見比爾努力掃視。錯不了，比爾也看到了。約莫在半山上，有三百名北韓正規軍正等著伏襲這群阿兵哥。於是我說：『喂，兄弟們，取消你們今天的行程。』『為什麼？』對方問我。『因為你們正走向北韓大軍的懷裡。』我說。對方聽明白了。接著比爾和我決定飛下去，毀掉那些王八蛋的整個下午。我率先行動，往他們頭上扔了幾顆汽油彈，果然引起他們的注意。我看到三十幾個人拚命想撲滅身上的火，像在清除外套上的棉絨似的，可惜那招不管用。接著比爾又扔了幾顆炸彈，底下熱鬧得像派對。我用無線電回報，整個中隊的人也飛過來支援。我們追趕那支部隊整整三天。加了油，再去尋獵，再加油，再追。最後我們找到正要渡過洛東江的餘黨，他們根本無處躲藏。河水都給染紅了，很好玩，但一點好處都沒有。這裡的人活得和畜牲一樣，他們家鄉還有更多這樣的人。告訴孩子，我非常愛他們。叫他們幫老爸祈禱，還有記得照顧他們的媽媽。」

「媽媽，約翰爸爸是誰？」某個夜晚，莎瓦娜問母親。

「他是托莉莎的丈夫，你知道的呀。」她答說。

「可是他是我們的誰？是爺爺嗎？」

「不是，你們爺爺阿莫斯住在科勒頓，你知道的。」

「可是托莉莎是我們奶奶，不是嗎？」

「我們住在這裡的時候，她是你的表姑婆，她不想讓約翰爸爸知道你們是她的孫子。」

「可是她是爸爸的媽媽，不是嗎？」

「我們住在這間房子的時候，她就是你父親的表姑。別叫我解釋，太複雜了，我自己也搞不懂。」

「她為什麼沒有跟溫格爺爺在一起？」

「他們已經很多年沒有婚姻關係了，你以後會明白的，別問這麼多，不關你的事。何況，約翰爸爸把你們當自己孫子疼愛，不是嗎？」

「是啊，媽媽，可是他是你爸爸嗎？你的爸爸媽媽呢？」路克問。
「早在你們出生前就死了。」
「他們叫什麼名字？」我問。
「湯瑪斯．川特和海倫．川特。」她答說。
「他們是怎樣的人？」莎瓦娜問。
「非常好看的人，大家都說他們長得像王子和公主。」
「他們很有錢嗎？」
「在大蕭條之前，他們原本非常富有，大蕭條時全沒了。」
「你有他們的照片嗎？」
「沒有，他們的房子失火，全燒掉了。」
「他們是被燒死的嗎？」
「是的，那場火災很可怕。」母親淡淡地說，面色凝重憂鬱。我母親是個美人胚子，也是個騙子。

我們小孩子只有一件工作。地下室裡有一排排蒙塵的梅森玻璃罐，約翰爸爸在裡頭養收集來的黑寡婦蜘蛛，那是他的嗜好，拿來賣給生物老師、昆蟲學家、動物園和附近的收藏家。約翰爸爸派我們去照顧那些小小的毒蜘蛛，牠們像黑色的珠寶在罐子裡遊走。每週兩次，我們要下去潮濕幽暗的地下室，扭開裸露在外的燈泡，餵食那些安靜的蜘蛛。約翰爸爸千叮萬囑，任何蜘蛛都「可能把我們『毒得死透』」。我們從學會走路開始就幫著餵雞餵鴨，可是餵這些小蜘蛛需要勇氣和決心，這是餵雞不需要的。快到餵食時間，我們就會聚在約翰爸爸的寢室，聽他仔細指示，然後爬下木梯子，面對這些邪惡的迷你生物。牠們動也不動地看著我們，彷彿我們是飛來的蒼蠅。

到了週六，我們會把蜘蛛罐帶上去給約翰爸爸檢查。他拿著麻布擦掉罐子上的灰塵，仔細查看，盤問我們蜘蛛的進食習性。每次出現一批新蜘蛛，他就會數著梨形的卵囊，寫到小筆記本上。他會小心翼翼地取出一隻，讓牠在餐盤上來回爬動，蜘蛛若爬到盤子邊緣，就用鑷子把牠轉向。約翰爸爸指著雌蜘蛛腹部上的紅色沙漏形斑記說：「看到沒，你們要小心的就是這裡，看到沙漏表示『我要開殺戒了』。」

「約翰爸爸，你為什麼要收藏黑寡婦？為什麼不收集金魚、郵票或漂亮的東西？」莎瓦娜有一天問。

「因為我是個賣鞋的，而且我超級會賣鞋，可是賣鞋子是世界上最普通的事，我想做點其他認識的人都不會做的事，一件特別的事。所以我就成了一個在地下室養黑寡婦的鞋商啦，這就引人注意了。」他答道。

「牠們真的會吃掉自己的丈夫嗎？」路克問。

「母蜘蛛非常嚴酷。」約翰爸爸答道，「牠們一交配完，就把老公吃掉。」

「牠們真的能讓人死掉嗎？」我問。

「我想牠們能輕易地殺死小孩子。但我不確定黑寡婦能否殺掉一個成年男性，帶我入行的傢伙被咬過幾次，他說害他病得以為自己快死了，可是他現在還好端端地四處走。」

「他是怎麼被咬的？」我問。

「黑寡婦其實很害羞，但是為了保護卵，會變得非常凶狠。那傢伙喜歡讓蜘蛛在手臂上爬來爬去。」約翰爸爸說著笑了。

「光想就覺得噁心。」莎瓦娜說。

「不過他的蜘蛛養得真是漂亮。」約翰爸爸打量著寵物說。

照顧黑寡婦能啟發幼童難能可貴的耐性與專注力。我們認真負責地研究蜘蛛的生命週期，異常熱中地照顧這種可能殺死我們的生物。我這輩子對蜘蛛與昆蟲的喜愛，就是始於把鼻子緊貼在梅森罐上，觀察黑寡婦單調而恐怖的生活。牠們一動不動地掛在從內腑吐出的織網上，懸盪著、靜止著，黑黑地掛在罐中的絲網裡。當牠們迅速移動，就是要開殺戒了。在那幾個月中，我們看著雌蜘蛛殺掉並吞噬雄蜘蛛。我們熟悉了蜘蛛的變化，摸清何時會從紅色沙漏中湧出閃閃發光、形狀不一的蛛網。我們看著卵囊孵爆出新生的小蜘蛛，牠們就像布滿罐子的棕色橙色種子。我們對蜘蛛的畏懼變成了迷戀與喜愛。蜘蛛的結構極具效率，美麗動人；牠們在網上移動時，行雲流水，灑脫明暢，是天生的好手。

屋子後邊有一大片落葉林，由低矮的石牆環隔，延伸到貝爾崖路。石牆每隔一千英尺便設有「禁止擅闖」的標誌。奶奶用神祕兮兮的語氣告訴我們，裡頭住著「非常非常有錢的人」，我們無論如何絕不能攀過石牆到那片森林禁地裡玩耍。那是可口可樂繼承者坎德勒家的土地，每次奶奶談到他們，就像在描述一群認識的貴族朋友。據奶奶的說法，坎德勒是亞特蘭大最接近皇室的家族，不許我們褻瀆石牆後方的貴族之地。

但我們每天放學就會走近那道石牆，靠近逸著香氣的深綠色禁地，聞著穿林而來的銅錢味，渴望瞥見任一個高貴迷人的家族成員。但我們畢竟是小孩，沒多久便攀越石牆，偷偷潛入森林幾步，再奔回安全的石牆外。後來，我們又往林子裡走了十步，才心慌地返回自家院子。我們一點一滴地慢慢化解這片禁林的神祕感，不久，已經比任何坎德勒家族的人更了解那片森林的範圍。我們知道藏在樹林和藤架裡的森林祕密與界線，叛逆的快感策動了我們童稚的心，把成人奇怪的規定拋諸九霄雲外。我們在林子裡拿彈弓射松鼠，從高枝上窺看坎德勒家的幸運兒。在純種馬背上沿小徑慢騎的他們，看起來嚴肅又乏味。我們還偷看園丁給杜鵑花施肥。

一個溫暖的十一月夜晚，我們溜出樓上的臥室，沿房屋這面的巨大橡樹爬下，穿過森林，一路走到坎德勒家的豪宅。我們匍匐前進，爬過厚實的草地，來到那棟奢華的都鐸式豪宅前，隔著落地玻璃門的銀光，窺看他們一家人用膳。僕人推著精緻的小推車送來餐點，坐得筆直的坎德勒一家沉悶地吃著晚餐，像在參加教會儀式。這就是他們莊嚴肅穆而平靜的基督教徒儀態。

我們敬畏地望著他們，枝狀燭台上的火焰如著火的羚羊在桌上跳動，吊燈散發柔光，氣氛沉悶低調但奢華。我們躺在剛修剪過的草地上，細細觀賞那頓緩慢進行的日常用餐。這高貴的一家沒人發出笑聲或交談，我們以為有錢人和魚一樣沉默。幾個僕人僵直造作地穿行房中，掐準用餐的節奏，往半滿的杯子裡斟酒，葬儀師似的在窗戶間飄來走去，未曾留意到我們的存在。那一刻，我們偽裝成夜獸，聞著菜肴的香氣，看神祕的坎德勒一家進行美妙的儀式，看著可口可樂家的眾王子行禮如儀。他們並不知道，我們已占有了他們的森林。

這棟莊園名為「卡蘭沃德」。

我們在卡蘭沃德的林子裡，找到能夠替代我們因韓戰而被迫離開的那座小島，在一棵大橡樹上造了間樹屋。三個孩子在南部最大的城市中央重拾中斷的鄉村童年。黃昏時，鵪鶉對我們呼喚，一棵連根拔起的白楊木下住著灰狐家族。我們來到森林回想自己的身分、所來之處，以及將來要回去哪裡。只要我們翻過石牆，進入那片禁地，亞特蘭大就變成一個完美城市。

多年後，我才意識到自己喜歡亞特蘭大，是因為那是我在人世間唯一不必與父親同住的地方。可惜後來，亞特蘭大已在想像中陰暗起來，卡蘭沃德的林子變成了令人畏懼的地方，巨人在那時闖入我們的生活，我們這群不怕蜘蛛的孩子將狠狠地學到教訓，懂得人心不古。

時值三月初，山茱萸正待綻放，破土而出的綠色騷動使大地震顫。陽光柔和，我們穿過林子想找尋箱龜。莎瓦娜最先看到他。她身子一僵，指著前方某個東西。

他站在爬滿毒藤的樹旁小解，是我見過最巨大強壯的男人，而我可是跟一群力大無窮、在科勒頓蝦船碼頭工作的男人一起長大的。此人巨樹似的從土地裡竄出來，龐然的身材粗厚結實，一對眼睛空茫無焦，臉上覆著紅鬍子，看起來很不對勁。他看我們的眼神，跟平時大人打量孩子的方式迥然不同。我們警覺到危險，那失焦的瞪視中透著瘋狂，他的眼神似乎不帶人性。巨漢拉起褲子的拉鍊，轉向我們，他幾乎有七英尺高。我們撒腿狂奔。

我跑到石牆翻過去，尖叫著奔回家裡後院，來到後邊的門廊，卻看到巨漢站在樹林邊緣觀察我們，我們攀過的石牆幾乎還不到他的腰際。母親聽到我們的叫聲，從後門出來，我們指著林子裡的男人。

「你想要什麼，先生？」母親大聲喊，向男子踏近幾步。

母親也看到他臉上的變化了，感受到他邪惡而瘋狂的眼神。

「你。」男人對著我母親說，他的聲音對一個如此粗壯的人而言異常尖刺。他看起來並不殘酷或瘋癲，但就是不像人類。

「啊？」母親問，被他的漠然嚇著了。

「我要你。」巨人說著，朝她踏出第一步。

大伙衝進屋內，母親鎖上後門。我看到男人隔著廚房窗戶盯著母親。我從來不曾見過哪個男人用如此淫穢的眼神看女人，直到見到那個陌生人凝視我母親的樣子。那是一種天生痛恨女人的眼神。

母親看到窗外的男子，便走過去拉上窗簾。

「我會回來的。」男人說。母親打電話報警時，我們都還能聽見他的笑聲。

警察抵達時，男人已經走了。警方仔細搜查林子，僅找到我們的樹屋和一道十九號鞋的腳印。母親因為我們擅闖卡蘭沃德，把我們打了一頓。

我們真心相信，巨人是被我們引來的。他是我們不聽話的後果，老天爺把他從地府裡叫出來，懲罰我們越過石牆，闖入卡蘭沃德禁地。我們以為我們褻瀆了有錢人的領地，上帝派這名巨人來處罰我們。

我們再也不敢去卡蘭沃德莊園，但巨人已經揭露了我們的重罪。他要我們贖罪，他將把卡蘭沃德引入我們家中，以高高在上的審訊者姿態，用悖情逆理的手法，懲罰犯錯的溫格家孩子。他不會直接懲罰犯錯之人，因為他太清楚如何重懲小孩。等他再次出現，他將衝著我們的母親而來。

在這個有無盡陰詭祕密的家族中，又增添了另一項祕密。我們不能把森林莽漢的事告訴約翰爸爸。「因為他心臟不好，親愛的。」奶奶對我解釋。我覺得應該立即告訴約翰爸爸，這樣才會心安，萬一巨人跑回來，我們需要有個能屠殺兩百名突厥人的人來支援。可是奶奶向我們保證，她和母親都是大人了，能夠照顧自己。

接下來的一週，大伙過得如履薄冰，但日子風平浪靜地過去了。亞特蘭大街上開滿白花花的山茱萸，嗡嗡響的蜜蜂歡天喜地穿梭於三葉草和杜鵑花間。那個星期，母親寫了封信給溫格爺爺，告知父親回國後我們返回島上的確切日期。母親請爺爺雇個黑人婦女幫忙清理房子，為我們的回鄉準備。她審慎地提到奶奶向他問好，然後叫我們在信末寫上「我愛你，爺爺」。她塡上我們家在梅洛斯島的地址，她知道爺爺檢查我們家的信箱多過檢查他自己的信箱。週五早上我們上學時，母親把信放到羅斯代爾路的郵箱裡，豎起紅色鐵旗，告知郵差來取走。我們一直等那年暑假回到島上，才知道爺爺從來沒收到那封信，那封信要十幾年後才會寄達。

週日晚上，我們在客廳看電視。母親和奶奶坐在軟厚的棕色扶手椅上，看綜藝節目蘇利文秀，我坐在母親兩腿間的地板上。路克趴著看電視，一邊寫數學作業。莎瓦娜坐在奶奶腿上，母親遞給我一碗爆米花，我抓了一大把，結果掉了兩顆在地毯上，我把爆米花撿起來吃。此時，我感覺屋中漾起恐懼的死寂，聽到莎瓦娜說了句令人背脊發涼的話：「卡蘭沃德。」

他就站在漆黑的門廊上，隔著玻璃鑲門盯著屋裡的我們。我不知道他盯了多久，可是他就像植物似的動也不動，如某種野藤，趁我們坐在客廳時蔓生而出。他緊盯我母親，是針對她來的。他的皮膚蒼白病態如雪花膏，他像一根撐住廢墟的柱子般堵在門口。

男人用一隻大手抓住門把，猛力扭轉，我們聽到金屬扭絞的聲音。母親起身對奶奶說：

「托莉莎，你慢慢走到走廊去，打電話報警。」

母親走向門邊，面朝那個陌生人。

「你想幹麼？」

「萊拉。」男人說道。聽到對方念出自己的名字，母親驚駭地倒退一步。他的聲音與他極不相配，還是非常尖銳。他衝母親露出恐怖的笑容，再次轉動門把。

此時母親看到了他的陰莖，裸露的巨大陽具從他身上豎起，紅得有如豬肉。莎瓦娜看到後放聲尖叫，我看到路克從地上起身。

「警察就快來了。」母親說。

男人突然拿磚塊擊破門上一片玻璃，長臂探過破口去抓門鎖。玻璃割傷了他，他的手腕流著血。母親抓住男子的手臂，想阻止他解開門鎖。她跟男子扭打了一會兒，可是男子反手擊打她胸口，把她擊倒在地。我聽到莎瓦娜和路克在某處大叫，可是他們似乎變得恍惚遙遠，就像在水裡頭聽到的聲音。我渾身突然沒了知覺，像上過麻藥的牙齦。男人打開一個鎖，然後奮力扭動隔開他與我們的那把鑰匙。他轉動鑰匙，發出野獸般的低鳴。路克用撥火鉗刺戳他的手腕，他吃痛嚎叫，抽回手臂。他再次試著把手探入窗口，可是路克等在那兒，這七歲孩子使出吃奶的力氣，揮動手上的撥火鉗。

我聽到身後有動靜。奶奶的拖鞋從磨亮的走廊地板滑行而來。我轉身看到她繞過角落，手裡拿著一小把左輪槍。

「路克，讓開。」她喝令道，路克蹲到地上。

托莉莎朝玻璃門開槍。

第一顆子彈穿過窗格，差點射中巨人的頭，他連忙逃跑，陰莖在他腿上彈擊。巨人竄下門廊，衝進安全的卡蘭沃德林子裡。我們聽到警笛聲從遠處的聖胡安市傳來。

奶奶從門廊上對著漆黑的夜色吼道：「敢對鄉下女孩動歪腦筋，我操你媽的要你好看。」

「別說粗話，托莉莎，孩子們在呢。」母親驚魂未定地說。

「孩子們剛剛看到一個握著陽具的傢伙想欺負他們母親，一點粗話傷不了他們。」

事情結束後，母親發現我在吃爆米花看蘇利文秀，彷彿什麼事都沒發生。可是我有兩天說不了話。事發時，約翰爸爸正在睡覺，連槍響或警察抵達都沒弄醒他。約翰爸爸奇怪我為什麼那麼安靜，母親說我「喉嚨發炎」，奶奶也附和她的謊言。她們是南方婦女，覺得有責任保護自己的男人不受危險和壞消息侵擾。我的沉默、可悲的無語，讓她們更加確信了男人脆弱怯懦的本質。

警方在羅斯代爾路上停派一輛巡邏車，守了一個星期，夜裡還派一名便衣在我們家繞巡數回。母親夜裡無法成眠，我們發現她在午夜過後察看我們，再三檢查我們臥室窗戶上的鎖。有一次醒來，我看到母親在月光襯映下凝視窗外的卡蘭沃德森林。她站在那兒，那是我第一次留意母親的身材，我懷著罪惡感，仔細觀察她柔軟而凹凸有緻的身形，欣賞她豐滿的胸部和纖腰的弧線。母親在月光掩映的院子裡，查看敵人迫近的身影。

「卡蘭沃德」四個字之於我們的意義改變了。我們學莎瓦娜的說法，開始稱巨漢為卡蘭沃德。「昨晚卡蘭沃德來過嗎？」我們會在早餐時問。「警察抓到卡蘭沃德了嗎，媽媽？」睡覺前我們會這麼問為我們朗讀的媽媽。卡蘭沃德成了世間所有邪惡事物的泛稱。當恩瑪庫拉塔修女用甜美的聲音描述地獄的恐怖景象，就像在對我和莎瓦娜解釋卡蘭沃德的邊界與周長。父親在信中寫到他的飛機遭機關槍射中，他拚老命把飛機開回基地，飛機沒了油壓和高度，機尾拖著黑煙，他深怕飛機在空中爆炸，我們便稱那場可怕的飛行經驗為「卡蘭沃德」。卡蘭沃德是一個特定的人、特定的地點，也是可怕的突發狀況，以及無可控制的命運。

警方經過兩週密集巡邏後，對母親保證那男的永遠不會再回到這間房子。

他當天晚上就回來了。

那天晚上，家裡的電話響起，我們又在看電視吃爆米花。媽媽到走廊上接電話，我們聽到她向住在隔壁的福德曼老太太打招呼。我看到母親臉色一下變得雪白，把話筒放到邊桌上，用乾澀平直的聲音說：「他在屋頂上。」

我們緩緩抬眼望向天花板，接著聽到他隱約的腳步聲沿斜頂上的木瓦走下來。

「別上樓，他有可能在屋子裡。」母親說。

母親打電話報警。

整整十分鐘，我們聽著他好整以暇地在屋頂上晃悠，他並不打算從樓上的窗子進屋。這次的來訪沒有別的意思，只是要我們好好記住他，並重新激起我們的恐懼。接著警笛聲從市區遠方響起，像救世天使的吶喊般，盤旋在亞特蘭大的上空。我們聽到他的腳步聲奔過屋頂，感覺他爬到車道邊大橡樹的枝子上。母親走到音樂室窗邊，看他下到地面。男人停下來，回頭望見窗內的母親，朝她揮揮手，笑了笑，從容不迫地奔入我們後方漆黑的森林裡。

第二天，警方帶著警犬尋遍卡蘭沃德的林子，可是到貝爾崖路就嗅不到他的氣味了。

他有兩個月未再出現。

即使他人不在，也依舊糾纏。他棲息在屋中每個凹室和陰幽的角落裡，我們每打開任何門，就料想著他躲在門後。我們害怕入夜，他沒有出現的夜晚和他現身的暗夜一樣令人心驚膽戰。屋外的樹林在我們眼裡早已失去蔥蘢茂盛的美，變得醜陋可怕。卡蘭沃德的林子成了他的領地，他安全的隱身處，也是我們恐懼的想像無限擴張的地方。他的臉若有若無地出現在每扇窗口，我們若閉上眼睛，就會看到他的臉，他像惡魔一般烙印在我們的意識中。他凶神惡煞的眼神搗碎我們的夢。母親臉上布滿懼意，白天睡覺，夜裡在房中四處走動，檢查門鎖。

我們獲得母親的許可，從地下室搬出四十罐黑寡婦，小心翼翼地放到我們樓上的寢室裡。卡蘭沃德威脅我們家期間，沒有一個孩子敢走到恐怖的地下室，因為地下室也有一道通往戶外的門，警方告訴奶奶說這是最容易潛入屋中的入口。看到我們把一罐罐的蜘蛛放在我們臥房遠處角落的書架上，一列列排成長排，奶奶鬆了口氣。聖心小學舉辦寵物日那天，我們每人便帶了一隻黑寡婦到學校，結果一致贏得最稀有寵物獎。

夜裡，燈火輝煌的屋子就像個水族館，我們在各個房間裡游移，感覺卡蘭沃德的眼睛從陰森黑暗的橡樹林打量我們。我們假設他正在觀察我們，欣賞我們；假定他無所不在，守株待兔等候最佳時機再次攻擊。我們在被圍攻的房子裡，穿游於燈光之中，枕戈待旦地等候。警察每晚到我們家查巡兩回，用手電筒搜尋樹叢和林子，還進到森林裡。可是一等警方離去，夜晚就再度落回卡蘭沃德的手裡。

就是在那一年，讀二年級的路克留級了，路克覺得丟臉死了，莎瓦娜和我卻樂壞了，因為這一來，我們回科勒頓後就能開心地進同一間教室上課。那年我掉了第一顆牙齒，莎瓦娜和我得了麻疹，一場颶風吹毀了德魯伊丘三棟房子，可是在我們的記憶裡，在我們不落痕跡的幽暗潛意識裡，那變成了卡蘭沃德之年。

就在父親自韓國歸來的前一週，我們大伙都到約翰爸爸房中向他親吻道晚安。他非常虛弱疲倦，醫生禁止他為我們講床邊故事，因此我們被帶進去對他輕聲說話。我們目睹約翰爸爸日益衰微，元氣漸失，隨著他離我們愈來愈遠，我們每天也從他身上一點一滴學到了死亡。他的眼睛已經沒了光彩，奶奶一到晚上便酗酒。

由於父親歸期將至，母親也稍微比較放心了。我們把父親奉為英雄、救世主，視他為解救我們遠離卡蘭沃德的戕害與恐懼的遊俠。我不再祈禱讓爸爸死了。我祈求他能在身邊，拯救母親。

那天晚上，母親為我們念兒童故事《鹿苑長春》，一股勁風把樹枝吹壓在房子上。我們一起念完禱詞，母親親吻我們，道晚安，熄了燈。雖然我們聽到她的腳步聲走下曲折的樓梯，但她身上的香氣仍在黑暗中逗留不去。我聽著林子裡的風聲，睡著了。

兩個鐘頭後我醒了，接著看見他的臉湊在窗上瞪我。他手指按著唇，命令我安靜。我聽見刀子割穿紗窗，有如撕裂廉價的絲布。我不敢動彈，不敢說話，一股細密、堅不可摧而令人癱瘓的恐懼鑽進我體內每個細胞。他的眼神把我盯得死牢，我像在銅頭蝮逼近時動也不動地躺著的小鳥。

接著莎瓦娜醒了，放聲尖叫。

卡蘭沃德大腳一踹，窗玻璃碎得滿地都是。

路克滾下床，高聲呼叫母親。

我沒敢動。

莎瓦娜從她那側床頭櫃抓起一把剪刀，卡蘭沃德粗壯的手臂探入窗內，沿著窗台摸向窗鎖，莎瓦娜舉起剪子刺進他的前臂。巨漢吃痛哀叫，抽回臂膀，接著用腳踹開窗框，木頭和玻璃碎片紛紛落入房裡。

他把凶惡如獅的頭顱探入房中，看到母親站在走廊看著他，便笑了。

母親渾身發顫地哀求他：「拜託你走開，拜託你，走開。」

莎瓦娜拿梳子往他臉上扔，男人狂笑，看到母親極力抑制顫抖，又笑了起來。

接著第一個罐子便在他頭頂上方的牆上炸開。

路克把第二個罐子對準卡蘭沃德的臉扔過去，沒扔中，罐子在窗台上碎炸開來。

接著男子的頭便看不見了，下一刻，他的粗腿晃入窗口，慢慢爬進來，他試著蜷身擠進窗戶破口。路克打開四個罐子，往巨漢的褲子上倒空。莎瓦娜衝向書架，取下一個罐子跑回來，對著探入的腿擲過去，罐子碎在地板上。母親尖聲叫喚奶奶，男人的另一條腿滑過窗口，他彎下身準備鑽進房間，這時第一隻黑寡婦把毒液射入他血液裡。他那聲慘嚎成了我們日後最鮮明的記憶。我們藉著走廊的光，看到他抽回兩條粗腿，一小群蜘蛛放飛似的爬進他褲子的皺褶裡。男人感覺蜘蛛爬到身上，驚駭地滾下屋頂，疼痛而行動失控。我們聽到他跌在窗外地上，尖聲慘叫，驚慌失措地在地上翻滾，用一雙大手拚命拍擊自己的腿和鼠蹊。然後他站起來，抬眼瞄向從壞掉的窗口望著他的母親，再次發出慘叫，著火似的衝進卡蘭沃德森林。

我們從來不知道他到底被多少蜘蛛咬中。第二天，警犬來了，可是到史蒂塢大道的加油站便失去他的行跡。警方搜查每間醫院，但沒有被黑寡婦咬傷的七英尺紅鬍壯漢到喬治亞的醫院看診。他謎樣的消失，就像他突然的現身一樣無解。

父親在下一個週末回來，我們在同一天離開亞特蘭大，返回島上。母親嚴禁我們向父親提起那個使我們的生活天翻地覆的男人。我們問她原因，她說甫自戰場歸國的父親有權利回到一個快樂的家庭。她憂傷地表示，父親可能會認為她做了什麼才引起卡蘭沃德的覬覦。父親常對她說，女人會被強暴皆是咎由自取。母親一派輕鬆地對我們說，男人有很多事都不懂。

我、路克、莎瓦娜在事發後的三天裡，努力地把走失的蜘蛛抓回來。我們在房裡找到半打，閣樓裡抓到兩隻，還有一隻在我的舊網球鞋裡。我們再也不敢睡在那個房間了。等我們離開後，奶奶又持續在屋中不同地點找到黑寡婦。約翰爸爸去世後，奶奶到卡蘭沃德的森林深處放生所有的蜘蛛。她或我們其中任何一人再也沒殺過半隻蜘蛛，因為蜘蛛成為我們家族史中頭號的聖物。

許多年後，我在亞特蘭大公共圖書館裡翻閱一些剪報時，看到一張照片和相關的消息：「奧提斯．米勒，三十一歲，昨夜於喬治亞州歐斯特市被補，涉嫌強暴並殺害貝絲．費曼太太，後者是當地學校老師，與丈夫分居。」

我影印了那篇報導，在上面寫下幾個字：卡蘭沃德。

6

我們行經廣場飯店大廳茂盛的棕櫚樹和一絲不苟的服務人員，走往橡木屋，挑了張隱密角落裡的桌子。五分鐘後，侍者才帶著漠然傲慢的態度來到我們桌邊，高傲地幫我們點餐，有如在發員工認股給我們。我考慮點個牛肉乾或醃豬脣之類的，但他看上去不像是有幽默感的人，於是我點了一杯馬丁尼加冰塊，附檸檬片，但我知道他送上來的馬丁尼會是帶渾圓綠橄欖的。「lemon」這個字在某些高級飯店的酒吧裡老是被解讀成「橄欖」。陸文斯汀醫師點了一杯普依富塞白酒。

酒送上來，我撈出馬丁尼裡的橄欖，放到菸灰缸中。

「你剛才說橄欖。」侍者離開時說。

「我老是犯那種錯。」我說。

「紐約的侍者是不是很惹人愛？」陸文斯汀醫生說。

「我想我比較喜歡納粹戰犯，不過我不確定，我從未遇過納粹戰犯。」我舉起手中的杯子說：「敬你，靈魂的治療師。媽啊，醫生，你怎麼能忍受在乏味的一天後跟這麼討厭的人打交道？」

她啜一口酒，口紅印在玻璃杯上，說道：「因為我總是認為自己能夠幫助他們。」

「可是你不會覺得沮喪嗎？過了一陣子後，你不會崩潰嗎？」

「他們的問題並不是我的問題，我自己的煩惱已經夠多了。」

「哈，我倒很想擁有你的煩惱。」我大笑。

「又來了，你篤信自己能夠處理我的煩惱，可是你卻應付不了自己的問題。這正是我對我職業的感受。當我六點鐘離開辦公室，便把一切拋下了。我連想都不會想起當日看到的患者，我已經學會如何區分公事跟私生活。」

「聽起來挺冷酷無情的。我沒有辦法當精神科醫生，白天聽了這類故事，整晚都無法平靜。」

「那麼你便無法幫助任何人了，你必須保持一定的距離。當然了，你教書的時候一定遇過有情緒問題的學生。」

「是的，我遇過。」我喝下一小口馬丁尼，被又酸又鹹的橄欖味嗆到皺眉。「而且我無法忍受。我可以接受成人有問題，可是看到小孩那樣，讓我揪心。尤其有個女孩，她是我高二的英文課學生，那孩子長得醜，心地卻極善良，個性逗得不得了。她成績差，滿臉粉刺，但男生似乎都挺喜歡她。那孩子有股魅力，陽光極了。有一天，她鼻青臉腫地來到學校，左眼被打到睜不開，嘴脣腫到這兒。她絕口不提發生了什麼事，其他孩子嘲笑她也不說，只是用玩笑的方式回應。我在課後留下她，問她出了什麼事。她的名字叫蘇．艾倫。其他學生一離開教室，她便哭了起來。前一晚她父親打了她和媽媽。她說她爸爸通常會打在看不到瘀青的地方，可是那天晚上他揍她們的臉。醫師，我這個身為老師的人聽著那個很棒的孩子告訴我，她父親把她的臉揍爛。我不是能保持職業距離的人。」

「你做了什麼？」

「我不確定那樣對蘇．艾倫、她家人或我是不是最好的，總之我採取了行動。」

「希望你沒有衝動行事。」

「也許你會覺得我衝動。是這樣的，蘇．艾倫的臉盤踞我心中一整天。那晚練完球後，我開車到棕櫚島，找到蘇．艾倫家的小房子。我敲門，她父親來應門，我表示想跟他談談蘇．艾倫的事。他叫我操他媽的別多管閒事，然後我聽到蘇．艾倫在屋內的哭聲。我一把推開他，走入屋裡。孩子躺在沙發上，她抬頭看著我，鮮血從她鼻子流出。孩子狼狽地說：『嗨，溫格教練，您怎麼會跑來這裡？』」

醫師打斷我：「我覺得你應該循正常管道，聯繫相關的機關單位。」

「你說的極是，醫師。所以你如此富有、受人尊敬，而我只能做穿運動衫上班的工作。」

「後來發生什麼事了？」

「我追著他滿屋子打，把他摜到牆上，抓他的頭撞地板，然後我聽到彷彿來自夢裡的聲音，蘇．艾倫扯著嗓門為我加油，另一個聲音是她母親尖叫著要我住手。等他回過神，我告訴他，他要再敢動蘇．艾倫一根寒毛，老子就回來宰了他。」

「這是我聽過最暴力的事，湯姆。」她驚愕地說。

「我會把問題帶回家，從來無法把問題留在辦公室。」我垂眼看著自己的酒。

「但我覺得你可以用更有益的方式去回應。你總是感情用事嗎？」

「蘇·艾倫死了。」我盯著醫生深棕色的眼眸說。

「怎麼死的？」

「就像許多其他女孩一樣，她選了一個像她父親的丈夫。我想我可以理解，她們會把愛與痛苦畫上等號，尋找會傷害她們的男人，自認是在尋找愛。蘇·艾倫找到了一個爛人，他在一次爭執中開槍射死了她。」

「太可怕了。」醫師倒抽口氣說。「但你明白你的作法一點幫助都沒有吧。暴力無法免除你自身的暴力行為。多悲慘的命運，好絕望。」

「今天我其實很想跟妳的朋友摩妮克說說蘇·艾倫的事，因為我很好奇，我從沒見過比摩妮克更漂亮的女人，這輩子沒見過。我總認為蘇·艾倫如此命苦，是因為她長得不美。」

「那不是真的，湯姆，其實你也清楚。」

「我不確定。我很想弄清命運是怎麼回事，為什麼有的人長得醜又苦命，有一項就夠艱難了。我想聽聽摩妮克的故事，跟蘇·艾倫的做比較，看她是否真的像表面上那樣受到那麼大的傷害。」

「摩妮克的痛苦對她而言是真實的，就像蘇·艾倫的苦對她亦然，這點我很有把握。受苦沒有專利權，人們會受到不同方式、不同理由的傷害。」

「我一定會是個蹩腳的心理醫師。」

「我同意，我想你會是個九流心理醫師。」她停頓片刻後接著表示：「你從蘇・艾倫的事那兒學到什麼，湯姆？她的故事對你的意義為何？」

我想了一會兒，努力回想死去的女孩面容，最後終於說道：「什麼都沒有。」

「一點都沒有嗎？」她詫異地說。

「醫生，那件事讓我自省了很多年，那反應出我的脾氣、我的是非觀……」

「你認為去她家痛扁她父親是對的嗎？」

「不對，但也不全然錯。」

「請說明給我聽。」

「我不知道你能不能理解，但小時候，我父親會對我們其中一個孩子施暴或直接對我母親下手。我發誓等自己有能力後，絕不讓男人凌虐妻小，因此我見識過許多不愉快甚至可怕的場面。我曾經在機場阻止一些做父親的揍孩子，幫不認識的夫妻勸架，還痛揍蘇・艾倫的父親。我自身起了一些難以解釋的變化，但我想我在改變。」

「也許是長大成熟了。」

「不，我想我變得不在乎了。」

「你有沒有打過自己的太太或孩子？」她突然急切地問。

「為什麼這樣問？」

「因為施暴的男人通常在家裡最為暴力。他們幾乎都在無力設防的人身邊特別暴力。」

「你認定我是個暴力的男人？」

「你剛剛才描述過自己施暴的經過，而且你是暴力運動項目的教練。」

「沒有。我沒辦法對內人或孩子下手，我答應自己，一絲一毫都不能像到我父親。」我晃著杯裡半融的冰塊說。

「有用嗎？」

「沒用，我幾乎怎麼看都像他，除了施暴之外。染色體對我的作用似乎非常強大。」我笑了。

「有時我覺得染色體似乎還不夠強大。」醫師說著，喝掉杯中的酒，對侍者招手。「還要再一杯嗎？」

「好啊。」

侍者走過來杵在一旁，他咬著脣，意思是準備接受點酒了。

「我要一杯馬丁尼加冰塊，一顆橄欖。」我說。

「再來一杯白酒。」醫師表示。

侍者很快地從吧台回來，我得意地注意到冰塊裡有黃色的檸檬皮在對我擠眼。

醫師臉上的線條柔和下來，把酒杯送到脣邊時，深色的眼中映出細碎的紫光。她說：

「湯姆，我今天和令堂說過話了。」

我把手抬到面前，狀似遮擋對方的揮擊。「拜託，陸文斯汀，你能不能行行好，永遠不要再提醒我有個母親。她是我們家的問題核心，你以後就會知道，她在世間唯一的任務就是散播瘋狂。她走過雜貨店的生鮮蔬果後，連抱子甘藍都會精神分裂。」

「可是你提到她的時候，聽起來很棒啊。」

我坦承道：「小時候，我覺得她是世界上最棒的女人。我並不是第一個錯看自己母親的兒子。」

「她在電話上聽起來很和善，而且相當擔憂。」

「只是做做樣子罷了。她以前在教科書上讀過，傳統上，女兒割腕，母親應該表示關切，她打電話是遵循這項研究的結果，也是一種策略，而非本能。」

醫師用她祥和卻深不可測的眼神打量我，然後說：「她告訴我，你恨她。」

「沒這回事，我只是不相信她說的任何話罷了。我觀察她很多年了，她的撒謊能耐簡直令我歎為觀止。我總是在想，她這輩子至少應該搞砸個一次，說點實話。可是我老媽是個一流的說謊家，全身覆滿了密實的橡樹葉作偽裝。她不僅擅長小謊，也會扯出顛覆國家的漫天大謊。」

陸文斯汀微笑說：「真有意思，令堂告訴我，也許你會說很多關於她的謊言。」

「老媽知道我會對你全盤托出，她知道我會把那些莎瓦娜痛苦到不想回憶，或她自己不願意承認的事情告訴你。」

「令堂說了你和莎瓦娜對她的看法，她在電話上哭了。我必須承認，那令我非常感動。」

「我母親的哭功啊，可以讓她變成尼羅河裡的鱷魚，專吃在河邊搗衣的胖子。我母親的眼淚是作戰的武器。」我警告她。

「她以子女為榮，她告訴我，她有多麼以莎瓦娜的詩人身分為傲。」

「她有跟妳說，她已經三年沒有莎瓦娜的消息了嗎？」

「沒有，她沒說。但她告訴我，你是世上最棒的高中英文老師。她說你帶過贏得州冠軍的足球隊。」

「老媽稱讚你的時候，你會想突然轉身，希望及時逮到她在你背後捅刀的一瞬。」慶幸世上有琴酒這種好東西，而且我正在喝。「醫師，她對你說完這些關於我的美言，便會緊接著告訴你我曾精神崩潰過。」

「是的，她正是那麼說。」醫師極其溫柔地看著我。

「精神崩潰。我一向喜歡這種說法，聽起來合理而安全。」

「她連一次都沒有提到路克。」陸文斯汀表示。

「她當然不會提了，那是不能說的名字，我們之後會談到她為什麼不肯提起路克。醫師，等我說這些故事的時候，請仔細思量路克是個什麼樣的人。我們成長期間，沒有人發現路克才是那個腳踏實地生活的人。他是這個家唯一重要的人。」我厭倦於討論我母親了。

「湯姆，無論以前發生什麼事，你都擺脫了。」她軟語而略帶柔情地說。

「有很長一段時間我就是南卡家中被同情的那個人。我不打算告訴你我是怎麼崩潰的，那一部分我會保留，因為我想從你這邊練習成為一個全新的男人。我努力表現迷人、聰明的樣子，也暗自希望你覺得我有點吸引力。」

她的聲音變得較為冷淡。「你為何要吸引我？我看不出那對令姊或你會有幫助。」

我哀嚎道：「你別緊張，是我詞不達意行了吧。天哪，我道歉。我看出你的神經系統豎起所有女性主義的旗幟了，我只是希望你喜歡我，因為你是個聰明美麗的女人。我已經很久不覺得自己有魅力了。」

對方再次軟化下來，我看著她嘴角放鬆下來，說：「我也是。」

我看著她，訝異她正在陳述一件痛苦的事實。酒吧後方有面大鏡子，在亮晶晶的雞尾酒杯下映出我們兩人慵懶的鏡影。

「你瞧見那面鏡子裡的自己了嗎？」我說。

「看見了。」她從我面前扭身望向酒吧。

「那並不是一張吸引人的臉。」我說著起身要走。「可是從任何角度或世上任何標準來看，都是張漂亮的臉蛋。過去幾週能盯著這張臉看，令我相當愉快。」

「我丈夫並不覺得我迷人，聽到你講這種話真好。」

「如果你丈夫不覺得你迷人，他不是同性戀就是白痴。你看起來美極了，陸文斯汀。我覺得你應該好好享受自己的美貌。我明天早上可以去見莎瓦娜嗎？」

「你改變話題了。」

「我怕你以為我在調戲你。」

「你是嗎，湯姆？」

「沒有，我只是起心動念而已，我一對女人送秋波，對方就會大笑，覺得我很可笑。」

「院方有些人認為，讓你去探望莎瓦娜，她反而不會開心。」

「那倒是真的。她看到我的臉就覺得痛苦，她看到任何溫格家的人都會。」

「他們最近才幫她調整藥劑，幻覺應該控制下來的，卻變得更為焦慮了。你何不多等些時候再去看她？我會跟她的醫療團隊討論。」

「我不會跟她說令她不開心的事。我保證只談她聽了高興的事。我會為她讀詩。」

「她和你說話了嗎？」

「沒有。她對你說很多嗎？」

「進程很慢。她告訴我，她再也不希望你去看她。」

「她真的那樣說？」

「一字不差，湯姆。我很抱歉。」

住在查勒斯登安養院的托莉莎·溫格奶奶快死了。院方說，她已經有點神智恍惚，但偶爾也有非常清醒的時刻，能夠瞥見她年邁糊塗的外表下，那光彩照人的完整人格。她大腦裡的微血管似乎緩緩乾涸，就像注入瀕臨枯竭的旱溪裡的水流。時間對她與對我們的意義不再一樣；她不再以小時和天數計算時間，她從時間之河的源頭來到了河口三角洲。有時她是個向母親討新洋娃娃的小女孩，一眨眼，又是個照護大理花的園丁，或抱怨孫子從不去探望的老奶奶。數次探訪中，她把我誤認成她的丈夫、摯友、我父親，或一個叫菲利普的羅得島農民，此人顯然當過她的情夫。我不知道自己走向坐在輪上的她時，會進入她生命之河的哪一段。最後一次見她，她朝我高舉雙臂，顫著聲說：「噢，爸比，噢，爸比。你抱我。」我小心翼翼地把她抱到腿上，感覺她全身骨頭單薄得嚇人。她把頭倚在我胸口，哭得像個八歲孩子，任她死去四十年的父親安撫著。她的體重只剩三十九公斤，她終將以所有美國老人的死亡方式死去……在屈辱、失禁、無聊、冷落中辭世。

她也有神智清明認出我的時候，我們會談笑憶往。只要我起身欲走，她卻露出恐懼和遭受背叛的眼神。她用爆滿青筋的枯手緊抓住我，懇求說：「帶我跟你一起回家，湯姆，我不想死在陌生人之間。求求你，湯姆，我知道至少你能了解。」每次我離開，就又多傷了她一些。她令我心碎。我愛她，一如我愛世上任何人，然而我不許她與我同住。我沒有勇氣餵她吃飯，幫她清理糞便、緩解她的疼痛、減輕她的孤獨與離家之苦。因為我是美國人，便任由她被家庭遺棄，走向孤獨終老。她經常求我好心憐憫她，把她殺了算了。我幾乎沒有勇氣去探視她，我在安養院的櫃檯前花很多時間跟醫師護士爭吵，我對他們大吼大叫，告訴他們這裡住了一位卓越的女士，值得他們細心照料呵護。我抱怨他們冷酷、不專業，說他們對待老人猶如對待掛在冷凍庫鐵鈎上的一塊肉。院內有個名叫薇賀米奇娜．瓊斯的五十多歲黑人女護士，首當其衝地聽我長篇抨擊。有一次她告訴我：「溫格先生，如果她真的那麼好，家人為何讓她住到這種鳥地方，任她腐爛死去？托莉莎不是一塊肉，我們也沒有那樣對待她。她只是老了，她不是自己走進這裡的，是你違背她的心意，把她拖到這裡。」

薇賀米奇娜．瓊斯有我的電話，奶奶臨終前的日子由我安排。由於缺乏勇氣與從容，她最後的日子被我弄得痛苦汙穢而難堪。每次我吻她，等於以吻掩飾背叛者的詭計。我送她去安養院時告訴她，我們要去鄉下兜風，我並沒有撒謊……兜風還沒結束。

約翰．史丹諾波洛爸爸在一九五一年末去世後，托莉莎把他安葬在亞特蘭大的橡樹墓園。奶奶賣掉羅斯代爾路的房子，展開一場為期三年環繞世界三周的旅行。亞特蘭大是她失去約翰爸爸的傷心地，她再也沒有回去過，連短暫造訪也沒有。她本能地知道，極致的幸福無法複製。她就是那種女人，曉得如何適度地關上通往過去的門。

托莉莎搭船旅遊，而且總是坐頭等艙，在那些年裡馬不停蹄地造訪四十七個國家。她寄回幾百張闡明旅遊地的明信片，那些字跡潦草到幾乎無法辨讀的明信片成了我們讀過的第一批旅遊文學。明信片右邊的角落裡，總是貼著最亮潔美麗的郵票，來自不知名國家的迷你水彩畫和地景圖，或歐洲世界級藝術品的美麗複製圖。非洲國家喜歡雨林燦爛的陽光和大草原的氣息，那兒的郵票畫著鮮豔的水果、在芒果樹上打理羽毛的鸚鵡、山魈怒氣騰騰的彩虹臉、涉過深河的象群、橫渡吉力馬扎羅山下大平原的瞪羚。奶奶不知不覺中把我們變成了熱情的集郵者，我們努力破解她在亞熱帶無風帶暴風雨裡寫下的潦草遊記，以及在世界海路航行的文字。每次奶奶寫信，都會附上幾枚當地國家的硬幣。那些堅實而充滿異國情調的錢幣，讓我們初嘗了收集錢幣的雅趣。我們把這些硬幣儲放在葡萄果醬的罐子裡，或是攤到餐桌上，放到父親為了追蹤奶奶行跡所買來的世界地圖上，跟所屬的國家配對。一旦奶奶的足跡越過某個國家邊境，我們就用淡黃色蠟筆把地圖上的國家塗上顏色。我們逐漸熟讀這些神祕之地的名稱：桑吉巴、比利時剛果、莫三比克、新加坡、果亞、柬埔寨。那些地名讀來就像我們嘴裡的煙氣，迴盪著原始而隱晦的聲響。小時候我們覺得托莉莎好勇敢，好奢侈，好幸運。查勒斯登主教幫我、莎瓦娜、路克施堅信禮的那天，奶奶的吉普車在肯亞平原上遭到一頭白犀牛攻擊。我們升三年級的那週，她寫下沙烏地阿拉伯一名通姦女子被處石刑的事。她冒著巨大的風險，精采詳實地描述這些事。她說自己在亞馬遜河上游親眼看著一群食人魚在血腥的短短幾分鐘內把一頭貘啃蝕成白骨。貘的慘叫聲在密實的叢林裡迴盪，直至食人魚吃掉牠的舌頭。奶奶還使壞地補充說，舌頭吃起來很像甜點。隨著她慢慢周遊全球，眼光練得愈來愈老辣，那些精緻駭人的細節使她的文章添香增色。她寫她在巴黎的女神遊樂廳舞台上見到的乳頭比在乳牛場裡看到的還多。她從羅馬給我們寄了張明信片，上頭畫面悚然，是骷髏教堂一側神壇上如炮彈般整齊堆疊的僧侶頭骨。她寄了好幾箱在東非海岸收集的貝殼，一顆乾扁頭顱是在巴西「為了一首歌」而向洗心革面、滿口爛牙的獵人頭士著買下的。一年耶誕節，她為我父親買了一條鹽醃的水牛舌。她買下一把眼鏡蛇弄蛇人使用的笛子寄過來，向獨眼阿拉伯人購買一片從釘死耶穌的十字架上弄來的碎片，一顆駱駝牙齒，一顆巨蝮的利牙，還買了條直接纏在野蠻人生殖器上的纏布（母親迅速將之焚毀，說是我們南卡羅萊納已經有太多細菌，不需要南非的細菌再來添亂）。托莉莎對奇怪、超現實、獨特的事物情有獨鍾。

她語帶驕傲地坦承自己在二十一個國家腹瀉。對我家奶奶來說，嚴重腹瀉是一種旅行者的勛章，代表她願意為世上更蠻荒的地帶放棄如畫的風景。她在敘利亞吃了滿滿一碗的羊眼球，說吃起來跟想像中的味道完全一樣。她是冒險家，不是老饕，但飲食選擇別具用心。她在世界不同地區吃過鱷魚尾、有毒的河豚肉（害她手指發麻）、鯊魚排、鴕鳥蛋、蝗蟲裹巧克力、鹽水鰻苗（我有好幾年以為奶奶吃的是小精靈，像醃黃瓜般醃漬保存的迷你人類）、羚羊肝、山羊鞭、煮蟒蛇。研究過奶奶的飲食後，便不難理解她為何一再腹瀉，只會懷疑她的每頓飯是如何不吐出來的。

奶奶連著三年馬不停蹄地旅行，在不尋常的地方發掘非凡的事物，在異域的地理環境中閱讀自己。後來奶奶承認，她想為快速迫近的老年儲備豐富的閃亮回憶。透過旅行，她蛻變成迥異於原本模樣的女子。奶奶在無意間以身作則，成為家族第一位旅行哲人。四處遊歷的她發現，天涯海角皆有可學之處，她敬重四隅八方，蠻荒之地尤其可佩。一九五四年夏至，一群親切友善的雪巴人帶著她步行兩週，穿越喜馬拉雅山。一天早晨，在寒冷刺骨的世界之脊頂端，她看著陽光照在聖母峰覆雪的山側上。一個月後，她在南海看到大群洄游的海蛇，踏上歸途。

奶奶疲累憔悴地抵達科勒頓，更重要的是，抵達時，她顯然身無分文。母親老是扯著嗓門計算著失去的財產，抱怨托莉莎花掉超過十萬美元。如果家人和科勒頓人訝異托莉莎竟會為了滿足對旅行的渴望而做出這種事，她跑回來定居則更是跌破所有人的眼鏡。我們沒有人知道，她早已開啟跟爺爺聯絡的管道，重燃大蕭條時代熄滅的火苗。她在遊歷期間給爺爺寫了愉快迷人而友善的信。不知是出於隱私或礙於分寸，爺爺從沒向任何人提起那些信件；在奶奶離開二十多年又返回科勒頓時，溫格爺爺是唯一沒被嚇到的人。奶奶直接殺回爺爺邦威爾街上的家，取出行李中的衣服，放進多年前被她遺棄的櫃子抽屜裡。「海鳥有時也得休息。」這是她對所有人提出的唯一解釋。尾隨她寄到科勒頓的，是十大箱充滿異國情調但毫無用處的物品。家裡堆滿來自世界各地滿足她奇思異想的詭異紀念品。爺爺家的典型南方客廳堆滿非洲面具藝品、泰國製的水泥大象，以及托莉莎從亞洲每個市集搜括來的小飾品。每件物品背後都有一則故事、一個國家、一連串的冒險，奶奶只要環視房間，便能重拾當時的過程。後來我們發現，奶奶的祕密就是，一旦旅行過，旅程便永遠不會結束，它會在最安靜的房間裡再三重播，你的心永遠無法忘懷經歷過的旅程。

父親的家，在他三十四歲時，又重新團聚。

母親樂此不疲地貶斥奶奶的一生與時代，她看所有活著的女人都不順眼，奶奶周遊列國回來更刺激她義正詞嚴、滔滔不絕的譴責。她私底下罵道：「我真搞不懂，一個女人怎麼能在大蕭條時代遺棄自己的孩子。男人遺棄孩子時有所聞，可是一個做母親的！親生的母親！你們奶奶根本悖逆天性，離經叛道，我從沒聽她說過一次或跪下來求你們父親原諒。別以為他沒受到傷害，沒受到影響。真的，他所有的問題都根結於某天醒來發現自己再也沒有母親餵養和照顧，所以他才會精神不穩，有時變得跟野獸一樣。托莉莎就這樣傻傻地把未來給揮霍光了，竟然沒有把錢存進定存，還身無分文地回到這座城鎮。我要是阿莫斯，一定把她轟出去，可是男人比女人更多愁善感。記住我說的。」

這些疑慮她只對孩子說，跟托莉莎在一起的時候，則稱讚她獨立、勇敢，全然不在乎科勒頓人對她說三道四。托莉莎根本沒把其他人的指指點點放在眼裡。她是我在成長期間唯一認識的離婚婦女，在許多方面堪稱科勒頓第一位現代女性，對自己的行為不辯解也不道歉。她回來後，謠傳她在旅途期間有其他的婚姻，跟船上的寂寞男人有一腿，韻事不斷，可是她什麼都沒說，只是單純地回到爺爺家中，再次以妻子的身分與他同住。爺爺阿莫斯對宗教的狂熱仍令她乏味，但他們之間有種無可言喻、自在友善的關係。爺爺很高興托莉莎回來，他從未對其他女人多看一眼，是那種弱水三千僅取一瓢的稀有男子。我覺得奶奶可能愛過上百個男人。隨著年事漸長、愈來愈了解她後，我認為可能真是如此。男人很難抗拒奶奶，她對每個女子都是威脅。她的魅力十分另類，難以定義，且本色天然。

現在回想起來，我認為奶奶回來是因為她已完成所有想做的事情；我還認為，她是回來拯救孫子免於受她憤怒的兒子和情緒冷淡的媳婦毒害。不管如何，奶奶提供我們危難時能夠依靠的一道聲音，一絲良知，一處投訴的地方。她了解罪惡的本質，明白最易出現的形式就是那些辨識不出來的過失。就像許多在親生孩子身上犯下不可逆之嚴重錯誤的父母。托莉莎藉由當個完美的奶奶，自我救贖。她從來不責罵、管教、反對我們，或依照我們的行為有條件地愛我們。無論我們怎麼調皮搗蛋或討人喜歡，她都疼愛我們。她從自己的錯誤中擬出單純的準則：愛不是絕望的伴娘；愛不必製造傷害。有了這份強烈的認知加持，托莉莎靜悄悄地回歸曾經遺棄的生活。每次父親揍我們，母親就會說「他是因為愛你們才動手」。每次母親用梳子、掃把、雙手打我們，就會高舉愛的大旗。我們得到的，是戰神扭曲受傷的愛。可是奶奶從她的旅行中帶回一條革命性的準則：愛不持武器，愛沒有拳頭；愛不會造成瘀傷，也不會讓人流血。一開始奶奶想抱我們、讓我們坐到她腿上時，我們三個會閃避。她會輕撫我們的頭髮和臉龐，親吻我們，直到我們像貓咪一樣地打著呼嚕。她用自編的曲子讚美我們，說我們長得漂亮，說我們好棒，以後一定會幹大事。

奶奶的歸來，強化了溫格家族本已牢不可破的母權制。溫格家族的男人一脈相承地強悍，但沒有一個比得上溫格家的女人。在她們眼裡，我們簡直不值一提。托莉莎回來後，婆媳之間的鬥爭便展開了，直到二十五年後，母親和我開著車把奶奶送進查勒斯登的養老院，才告結束。

奶奶回到了阿莫斯．溫格身邊。爺爺是我遇過最奇怪的男人，當然也是個大好人。談到爺爺就會讓人思索聖潔的含意，他以畢生之力讚美上主，但那是一首漫長而無趣的頌歌。祈禱是爺爺唯一的嗜好；偉大的上帝、三位一體，是他唯一的主題。想分析奶奶狂放不羈而相較世俗的一生，就得先諒解跟一個致力成聖的男子生活何其不易。聖人會是很棒的爺爺，卻不是稱職的丈夫。多年後，奶奶才表示，阿莫斯連和她做愛、在她體內亂搗時也不斷呻吟「感謝祢，耶穌」。奶奶說，阿莫斯一開口邀請耶穌鑽到他們床笫之間，她就無心做愛了。

年幼時，爺爺會步送我們到梅洛斯島碼頭，訴說他的精神生活史。當溫格爺爺把細長的雙腳泡到科勒頓河裡，告訴我們他年輕時上帝會現身在他面前，指示他體現上帝的每一句話，我一點也不訝異。在爺爺一生中，上帝常以這種健談而隨機的探訪榮耀他。他會寫長信給《科勒頓公報》的編輯，鉅細靡遺地寫出每次幻景發生的地點，一字不差地描述上帝心中的想法。從這些信件看來（莎瓦娜小心地保存著），上帝講話不怎麼講究拼字和文法，還很喜歡用南方土話。「上帝講話像個鄉巴佬。」路克讀完其中一封信說。事實上，上帝講話跟爺爺超像，而那些寫給科勒頓人看的亂七八糟的信件，對我的童年而言既是災難，也是種祕密的榮耀。不過阿莫斯自己也承認，上帝老是長篇大論地打斷他的日常，令他很難享有正常的生活。

莎瓦娜是第一個提出問題的。「上帝長什麼樣子，爺爺？」

我家爺爺答道：「莎瓦娜，祂是個好看的傢伙，四周老是圍著強光，所以我沒辦法看清祂。可是祂五官清秀，髮色比你想的深，還有點長，我想過也許我應該請求祂讓我幫他理髮，我不會要祂一分錢，只是稍微修剪一下，把兩側剪得順一點。」

莎瓦娜是第一個大聲說溫格爺爺是瘋子的人。

但他若瘋了，也是溫和單純的那種。在大蕭條最嚴峻的時期，上帝基本上每天都會出現在他面前，而他的家人必須、也只能夠靠河裡捕來的魚餬口。爺爺辭掉理髮師及販賣聖經的工作，他相信大蕭條是基督即將二度降臨的吉兆。他跑到各個街角傳教，對著任何聽得到他的人聲嘶力竭地宣揚怪異的信仰、不信者的萬劫不復，有時說急了，就變成可怕而晦澀難懂的語言，聽來就像備受癲癇折磨的靈魂。

溫格爺爺也是個流浪者，奶奶說他「流著吉普賽的血液」，但語帶嘲諷，因為她覺得阿莫斯的旅程缺乏想像力。他只是喜歡人在旅途的感覺，至於要去何方並不重要。上帝會無預警地召喚他，他便立即步行離開科勒頓，一走就在南方流浪數月，沿途販售聖經，幫人理髮。即使休息，爺爺也會有個奇怪的神經質動作：他的右腿發顫，左右擺動，彷彿膝蓋下有一具空轉的引擎。那條抖動的腿總是提醒我們，他可能第二天就要離開，南下佛羅里達，或朝西去密西西比，去他方傳播福音，在剛理過髮的脖子上撒滑石粉。爺爺就像在靈魂的雄雌蕊上授粉似的，對旅途中遇到的每個人傳遞上帝的訊息，用他出格、粗率的方式傳教。

他走在南方的鄉間道路，帶著一只提箱，裡頭裝滿衣服和理髮工具，還有另一只較大的提箱裝滿各種開本的聖經。最便宜的聖經是童鞋一般大的黑色小本聖經，十分實用，但字體很小，在昏暗的燈光下讀太久可能會近視。爺爺覺得有責任推銷更華麗的版本。豪華版聖經有染白的人造皮革、可當書籤的金色絲帶，裡頭的聖經故事插圖均出自「大師之手」。但這部光芒四射的版本最精采之處，是將撒勒人耶穌的話以鮮紅色墨水印製。這些最貴的聖經總是由最貧窮的家庭慷慨地以分期付款的方式搶購。爺爺路經之處的基督徒貧戶，往往得在為潔白的聖經支付月費，或把食物擺到餐桌之間，做出艱難的選擇。想想我這與上帝同在的虔誠爺爺，這項選擇的破壞力應該比想像中更強。在爺爺看來，不肯花錢買聖經，等同於重罪。可是他一旦免費幫人在聖經中填寫家族年表後，便絕不收回聖經。他認為一個家族除非能在以紅字印出耶穌之語的漂亮聖經中列出所有家族成員的名字，否則便無法真正感到安心，或成為真正的美國人。這種作法有時雖使他跟提供聖經的公司關係緊張，但爺爺拒絕從窮人家裡取回聖經，公司只得派其他人員在爺爺身後收回聖經，或去收取到期的款項。然而溫格爺爺賣出的白色聖經比任何推銷員都多，那才是真正的賺錢之道。

爺爺這個聖經銷售員在南邊的小地方成了傳奇人物。他會來到磨坊村或交岔路旁的村鎮，挨家挨戶探訪。如果某個家庭不需要聖經，家中也許會有人需要理髮。爺爺會以團體價幫一家子人理髮，他喜歡指間夾著頭髮的感覺，而且對禿髮男性總是特別有感情。他操著剃刀，在一團團的滑石粉煙塵中刷掉扭動的男女孩童頸上的落髮，一邊暢談基督生平。爺爺退休時，聖經公司送他一組鍍金髮剪和一張感謝狀，也證實了我們一直以來的猜測：阿莫斯·溫格是該公司史上挨戶銷售員中賣出最多聖經的人。公司在最後的聲明中，以驚人的詩句寫道：「阿莫斯·溫格——紅字聖經之王。」

作為負責南部五州的旅行推銷員，爺爺往往得四處託寄我父親，把他交給女傭、表親、未結婚的姑姑，或任何能找來幫忙照顧的人。我的祖父母因為截然不同的理由都無法善盡撫養獨子的職責，父親只能孤獨無援地與世界爭鬥，甚至無法達成和解。他的童年被理所當然地忽略掉了，我的祖父母是促成父親傷害自己子女的幕後黑手。

爺爺奶奶就像兩個合不來的孩子，對我而言，他們家既像庇護所，又像幼稚園。兩人彼此交談時客氣到不行，他們之間沒有真實的對話，沒有輕鬆玩笑的時刻，沒有一絲絲的調情，也不交換八卦。兩個人像是不住在一塊兒，即使奶奶已經回來了。他們對彼此的感情堪稱不食人間煙火。我不可置信地研究他們的關係，因為實在搞不懂他們的相處之道。我感受得到兩人之間的愛，但那種愛沒有火花或激情，沒有怨恨或熱度，沒有起伏擺盪，就只是一場沒有氣候變化的婚姻，安靜順服，無風無浪，攜手偕老。他們單純享受彼此陪伴的模樣，使我們父母的婚姻相形肉欲。爺爺奶奶僅花了半生的分離，便蛻化成彼此最完美的伴侶。

我想從他們身上找到解讀父親的線索，結果什麼都找不到。從他們眼中我看不見我爸的影子，兩人的結合產生某種全新而不可見的東西。我從來沒聽過托莉莎或阿莫斯拉高嗓門，他們從不打我們，稍稍糾正我們時甚至有些不好意思。可是他們生出了我父親，一個會打我、打我母親、打我哥哥和姊姊的男人，但我在爺爺奶奶家中完全找不到解釋或線索。他們的正派與冷靜自持令我困擾，看著這兩個人，我無法理解自己來自何處：有個東西遺漏、壞掉了，沒得到答案。這兩個溫柔的靈魂，不知怎地生出一個暴力的兒子，而他又生下了我。我們家都畏懼那個捕蝦人，只是從不大聲說出口。母親嚴禁我們把父親打我們的事告訴外人。她最重視她所謂的「家庭忠誠」，絕不忍受背叛或煽動叛亂的言行，不許我們批評父親，或抱怨他對待我們的方式。路克十歲前便被父親打昏過三次。路克永遠是他的第一個標的，總是先找上他。每當母親試圖為路克緩頰，也會挨揍。莎瓦娜和我則是在想把父親從母親身上拉開時被扁，不小心便產生了這種要命的循環。

我小時候一直以為父親有一天會殺了我。

偏偏我活在一個不會對小孩子做任何解釋，又一再強調忠誠有多重要的世界。我從母親身上學到，當你一輩子活在一連串可怕的謊言裡，忠誠不過是漂亮的假面罷了。我們以父親打我們的次數區分年分。挨打已經夠慘，但父親的無法預測才是更糟的。我們從來搞不清他為什麼抓狂；從來無法預料他的心何時起變化，何時會在家中放猛獸出柙。我們沒有可依循的模式、改善的方法。除了奶奶之外，我們沒有可申訴的公正法庭。我們的童年，就在等待父親的攻擊中度過。

一九五五年，他把我摜在地上三回。一九五六年，他擊倒我五次。一九五七年，老爸對我甚至更「關愛有加」。一九五八年，他又更熱情了。每年隨著我逐漸成長，他都多愛我一些。

自從在亞特蘭大的那一年，我一直祈求上帝能毀掉他。「殺死他，殺死他吧，求求祢，上帝。」我跪著悄聲說。我用禱詞把他在沼地裡淹埋到脖子，我向月亮祈禱讓海浪沒過他，看螃蟹湧到他臉上，啃蝕他的眼睛。我學會用祈禱殺人，在應該讚揚上帝時，我學會了恨。我無法控制自己的禱告方式，當我把心思轉向上帝，歹念便會泉湧而出。我雙手交疊，高歌屠城之歌，手中的玫瑰經念珠變成了絞刑具。這些年對我來說是危險而省思的。每回我殺掉一頭鹿，鹿角下的頭就會變成父親的臉；我挖出來掛到樹上的，是父親的心臟；那具內臟清除、綑綁著的軀體，是父親的屍體。我把自己變成了與自然作對的可怕罪犯。

奶奶回來後，我慢慢發現，原來父親害怕奶奶，於是我攀附在這個大蕭條時期毅然拋家棄子，且從來不會為此事向任何人道歉的女子身上。這個溫柔的女性和我那個溫和的爺爺生出了一個對兒童有害的男人。母親教我們掩飾身上的傷口，並對鏡中的血痕微笑，那是最高的忠誠形式。由於母親，我痛恨「家族忠誠」一詞，勝過任何其他詞彙。

假若父母不認可你，又善於掩飾他們的非難，你絕對不會相信自身的價值，也休想看到新的曙光。破損的童年無法修復，你最多只能希望那些爛人離你遠去。

7

我在紐約待到第二週，才培養出頭一個標準的「紐約男症候群」。每當輕鬆地在紐約閒晃，便不可避免地感到歉疚，因為宏偉的博物館、圖書館、戲劇演出、演唱會，以及各種底蘊深厚的文化活動全在對我招手。我漸漸睡不好覺，覺得好像應該去讀一讀全套普魯斯特，學個外語，自己擀麵條，或到新學院修個電影史什麼的。越過河流時，紐約這座城市總刺激沉睡已久的自我提升驅力。我永遠不覺得自己配得上紐約，但如果至少做點什麼去迎合紐約的各種高標準，一定會覺得好過些。

當我無法入眠，當午夜後的車囂太過刺耳，或往昔如橫遭劫掠的城市在錯亂的夢境中崛起，我便會從姊姊的床上起身，摸黑著衣。在紐約的第一個早晨，我曾試圖慢跑到布魯克林，卻只跑到包里街，跨過幾個渾身惡臭、臥倒街頭的流浪漢，他們睡在一排燈具店前的門廊上，這條街滿是壁式燈座與吊燈。第二天我往另一個方向跑，竟摸黑跑到了花店區，看到卡車卸下一車車芳香的蘭花、百合、玫瑰，感覺就像跑在美女手腕噴了香水的血管上。我聞過許多紐約的氣味，卻從沒聞過千百座花園匯集而成的芬芳氣息。紐約在最美的時刻，常令人有所感悟。那個夏天，我發誓在紐約時要敞開胸懷，擁抱這樣的時刻。

我列下一份返回南卡之前想做的事：在五十分鐘內跑完六英里；在老姊的書房裡找出十本沒讀過的好書，一一讀完；增加字彙量；學會打出均勻綿密的白奶油醬；到 Lutèce、四季飯店、La Grenouille、La Côte Basque、La Tulipe 這些餐廳各用一次餐；看紐約大都會和亞蘭特大勇士隊比賽，看洋基隊與波士頓紅襪隊對決；看三場舞台劇、五部外國電影；每天寫日記，每週寫三天信回家；早晨醒後，要做五十個伏地挺身和仰臥起坐；對陸文斯汀醫師說出我們家族所有故事，協助她拯救姊姊的命。

那個夏天，我不時在清單上添加事項。我的任務很簡單：爬梳艱辛而模糊的過去。我想找回那個在卡羅萊納海島上長大，活力充沛、野心勃勃的男孩，重新發現那個在漁獲滿滿的漁網打開後，能說出倒在父親捕蝦船甲板上的每一種生物的男孩。運氣好的話，希望回家的時候已把身材練好。我的體態實在令人汗顏，但我是個經驗豐富的教練，知道如何調整狀態，懂得在頹廢多年後如何鍛鍊體魄。

自從上次探望莎瓦娜，向陸文斯汀醫師談到我被撤銷的探視權後，又過了一週。醫師安排我在週二下午會面，但見面時，她似乎有些心不在焉又不耐煩。當她在我們一小時會談的最後十分鐘內第三度瞥向手表，我幾乎要動氣了。

醫師起身，表示今天的會談結束。將近七點鐘。她示意要我多留一會兒，走到桌邊打電話。

「哈囉，親愛的，抱歉沒能早點打給你，我這邊耽擱了。你能做晚飯嗎？」她的語氣輕快。疲倦使她的表情變得細膩而放鬆，雖已中年，但她容光煥發，若非眼周和唇邊的細紋——她的笑紋似乎與生俱來，而非與時間拉鋸的刻痕——很可能被誤認為少女。她的黑髮撥向一側，講電話時邊用一種緊張但可愛的動作把一頭秀髮從眼上撥開。

「很遺憾你的排練不順利。好啊，當然，我理解。貝納德明天晚上會回家吃飯，如果你不在，他一定會失望。好吧，我晚點再跟你說，再見。」

她轉身露出受傷或失望的表情，但很快恢復自持，對我微微一笑，查看起約診簿，看下回能把我塞在哪個時段。

「我什麼時候能看我姊姊？我來紐約，是因為覺得姊姊如果知道家人就在附近，對她有幫助。我覺得我有權利見她。」

醫師沒有抬眼，她說：「我明天兩點鐘的約診取消了，你能來嗎？」

「你沒有回答我的問題，陸文斯汀。我覺得我能幫助莎瓦娜，她得知道我還在紐約，而且我是到這裡幫她的。」

「很抱歉，湯姆。我已經告訴過你，醫療團隊發現你的探視會極度刺激莎瓦娜。還有，你也知道，是莎瓦娜親口要求暫時不要你去看她的。」

「她解釋過原因嗎？」

「有的，湯姆。她解釋過了。」陸文斯汀直視我說。

「能麻煩你告訴我嗎？」

「莎瓦娜是我的患者，病人對我說的話都須保密。我希望你能信任我和她的醫療團隊。」

陸文斯汀解釋道。

「你能別再稱呼其他那些混蛋『她的醫療團隊』了嗎？聽起來像是叫她去紐約巨人隊試球。」

「你希望我怎麼稱呼他們呢？你想怎麼叫，我就怎麼稱呼。」

「叫他們『那群貝勒維的混蛋』，去他的醫療團隊。有個精神科醫生每週見她一次，給她開的鎮定劑藥量都夠一條藍鯨用了。還有個無精打采的紅髮住院醫生，和那幾個粗手大腳、健身狂、零幽默的一線護士，我是不是還見到一個咧嘴傻笑，鼓勵莎瓦娜縫製隔熱墊的活動治療師？醫療團隊個屁！這個全美團隊裡還有誰？噢，對了，還有看護人員，那些笨蛋的智商跟水的冰點一樣低，還有那些聘來專門毆打瘋子的假釋犯。你為何不讓莎瓦娜離開那種地方，讓她住到中產階級瘋子可以去練乒乓球的時髦鄉村俱樂部裡？」

「因為莎瓦娜還會危害自己和其他人。」陸文斯汀說著又坐回椅子上。「她會在貝勒維住到她不再傷害自己，情況夠穩定後……」

「你的意思是給她打足量的藥劑。」我的嗓門比意料中大。「你是指，托拉靈、施他寧、阿丹錠、奮乃靜或看這個月流行什麼藥，穩定個鬼。我姊姊又不是天殺的陀螺儀，她是詩人，血液裡的藥物要是比她腦子裡的白血球還多，她根本沒法寫詩。」

「如果莎瓦娜自殺死亡，你認為她還能寫出多少詩？」陸文斯汀生氣地問。

「這個問題不公平。」我低頭說。

「錯了，湯姆。這問題非常公平，而且重要。莎瓦娜割腕後，我第一次看見她的時候，我非常感激『那群貝勒維的混蛋』，因為無論我用什麼方法治療莎瓦娜，都沒有用。莎瓦娜跟你一樣害怕，不信任藥物，不許我開出能抑制她自殺意圖的藥單。我很慶幸她能住在一間若病患拒絕配合、就能強制用藥的醫院，因為我希望她能活著度過這一關。我才不在乎用的是藥、巫術、臨終塗油禮還是塔羅牌！我要她活著。」

「你沒有權利不讓我探望姊姊。」

「我就有。」她答道。

「那我究竟來這裡幹什麼？有什麼意義？我為什麼要幫你解讀莎瓦娜最瘋狂、被選為瘋人院統帥時所錄下的錄音帶？我甚至不確定她胡言亂語的時候在講些什麼。我聽得懂其中一些話，但我不知道那些話對她的意義是否跟我相同。我覺得你治療的人反而是我，我對童年的可怕看法怎麼可能幫得到莎瓦娜？當個溫格家的兒子很恐怖，當女兒則更難以想像。讓莎瓦娜把所有的故事告訴你，放我回家，回我所屬的地方炸魚吧。」

陸文斯汀柔聲說：「湯姆，你不是我的病患。我想盡一切辦法幫助你姊姊，你對我的重要性，僅在於讓我了解她的過去。她的狀況還是很危險，我不曾看過任何病人如此絕望，我需要你繼續幫我了解莎瓦娜。我們不必喜歡彼此，這不重要。我們希望你姊姊能擁有正常的生活。」

「你會因此賺多少錢？」我問。

「錢對我來說不重要，我這麼做是為了藝術。」

「噢，當然，一個不在乎錢的心理醫師，就像一個不在乎體脂的相撲選手。」我大笑道。

「你儘管嘲笑我吧，我半點也不在乎。你甚至能洞察本人的動機，認為我是自負作祟，以為自己能重建詩人破碎的心，讓她恢復完整。我打心底確實希望辦得到。」

「而被你的魔法治癒的莎瓦娜，將源源不絕地寫出詩作，頌揚你這位心理醫師，以神奇的力量驅走霸占她脆弱靈魂的惡魔。」

「你說的對，如果我救得了她，能提供她再次寫作的動力，將會是大功一件。可惜你不明白，我在知道自己會成為莎瓦娜的醫師之前，早就愛上她的詩作了，至今依然。你只要去讀她的詩，湯姆……」

「什麼東西啊？」我吼著從椅子上跳起來，憤怒地朝陸文斯汀走過去。「只要讀我姊姊的詩？醫師，我說過我是教練，但沒說我是猩猩。還有，你八成忘了，本人可悲的履歷裡頭還有另一個小細項——我是英文老師，陸文斯汀，我是個優秀的英文老師。我有通天的本領，讓發呆的南方蠢蛋愛上他們天生只懂得破壞的語言。女士，在你和無可救藥的精神病患談話之前，我早就在讀莎瓦娜的詩了。」

「抱歉，湯姆。我道歉。但我不認為你是為了詩的主題而讀的，她的作品關乎女性，也專屬女性。」

「才不是。他媽的，那些詩才不是。為什麼這裡的人都該死地那麼愚蠢？為什麼每個人對她的詩作都講同樣的話？簡直把她的作品變廉價了，把任何作品都降格了。」我疲倦地嘆道。

「你不認為她的詩主要是寫給女性讀的嗎？」她問。

「不，她是為所有人寫的，為情感豐富的男女而寫的。她的詩是為了啟迪，甚至為了讓人驚奇而存在，讀者不必抱持特定立場才能了解或欣賞。她的詩最美妙的地方，不在於政治正確，那只是平凡的枝節，會減損她的詩性，有時甚至顯得陳腐無奇。這裡有千千萬萬擁有同樣主張的憤怒女性，但唯有莎瓦娜能用語言把那些想法化成飛升的小鳥，或像受傷天使的頌歌。」

「你應該不懂女性主義者的觀點吧。」陸文斯汀不客氣地說。

我猛然抬眼看她，她的表情矯柔造作過了頭。

「醫師，你問我，我是不是女性主義者。」

她笑了，嘲諷地問：「你是女性主義者嗎，湯姆？」

「是的。」

「是嗎？」她說完哈哈笑了起來，這好像是好勝堅定的陸文斯汀醫師提問以來，第一次發自肺腑地笑。

「你笑什麼？」

「我怎麼也沒料到你會給出這種答案。」

「因為我是南方白人男性等等之類的嗎？」

「是的，南方白人男性等等之類的。」她認真說。

「去你媽的。」我冷冷地說。

「我就知道你是沙豬。」她答道。

「是你的女性主義患者莎瓦娜教我這麼說的，她告訴我，別理會女性主義者、種族歧視者或第三世界的人，或講話晦澀難懂的蒙昧主義者，或馴獸師，或獨臂雜耍演員——她說，如果我認為他們錯了，就信任自己的直覺，隨便怎麼罵他們都行。」

「那很好，以一個教練來說，很先進。」

「請問芳名，醫師？我來這裡快三星期了，連你的名字還不知道。」我打量她說。

「那不重要，我的病人不會直呼我的名字。」

「我他媽的又不是你的病人，我老姊才是。我是她的腦殘弟弟，我想用你的名字稱呼你。我在紐約除了幾個莎瓦娜的朋友，半個人都不認識，我突然覺得非常孤單。在我覺得姊姊最需要我陪伴的時候，卻不被允許去探望她。既然你喊我湯姆，我也想喊你的名字。」

「我想維持明確的醫病關係。」她答道。我覺得這個不通風的無菌診間令我窒息，受不了屋中過量的粉彩與低調的高級品味。「你雖然不是我的病人，但你到這裡是為了協助我醫治其中一位病人。我希望你稱呼我醫師，因為在診間，這樣的稱呼最令我自在。我害怕讓你這樣的男人靠得太近，湯姆，我希望保持公事公辦。」

「好吧，醫師。我同意。不過我希望你別再叫我湯姆，我要你也用職銜稱呼我。」我感到惱怒且煩厭透了。

「什麼職銜？」她問。

「我希望你喊我教練。」

「女性主義教練。」

「是的，女性主義教練。」

「有一部分的你是不是痛恨女人？」她靠向我問。「骨子裡痛恨女人？」

「對。」我回瞪她那瞅著我的黑眼眸說。

「你知道自己為什麼恨女人嗎？」她再次擺出冷靜自若的專業態度，悍然扮演她的角色。

「知道，我太清楚自己為什麼恨女人了，我是被女人養大的。現在問我下一個問題，下一個合乎邏輯的問題。」

「我不明白你的意思。」

「問我恨不恨男人，這位紐約的女性主義醫師。問我恨不恨他媽的男人。」

「你恨男人嗎？」

「恨，我恨男人，因為我是被男人養大的。」

我們就這樣僵持對峙了一陣子，我渾身顫抖，漫天的悲傷再次駐進我心底。無力與被棄的絕望灼痛了我，我心中有個東西就快死在這個房間了，但我無能為力。

「我叫蘇珊。」她靜靜地說。

「謝謝你，醫生。」我感激到幾乎喘著聲說。「我不會喊你的名字，我只是需要知道而已。」我看到她眼神緩和下來，我們倆收斂原先的劍拔弩張。她的脾氣來得急去得也快，沒有要進一步製造傷害的意思。醫師以優雅縝密的態度搶救我們這場危險的意志角力，讓我取得不影響大局的小勝利。她這種出於自願的讓步，對我來說非常重要。

「謝謝你，陸文斯汀。剛才的情況你處理得很漂亮，我不介意當混蛋，但我討厭變成『男性』混蛋。」

「你為什麼留在南方，湯姆？」過了片刻她問。

「我應該離開那裡。但是我沒有勇氣。因為我的童年過得很糟，我以為若留在南方，把成年生活過得有滋有味，便能修復童年的不快。我去過一些地方，但感覺都不對，沒有一個地方能讓我安心待下。所以，像個混蛋一樣，我留在南卡羅萊納了，不過主要不是缺乏勇氣，而是欠缺想像力。」

「然後呢？」

「然後每過一年，我就多流失一些兒時的獨特。我不去想太多、質疑太多，我什麼都不敢要，不敢冒險，連熱情都快磨光了。我曾經夢想成為了不起的人，可是現在，我只敢希望自己能努力做回平庸的我。」

「聽起來像是絕望的人生。」

我反對道：「不，我覺得聽起來不過是平凡的人生。我害你留晚了，有可能讓我請你吃頓飯，為我的無禮道歉嗎？」

「外子本來要跟我一起用餐，可是他的排練不順利。」

「莎瓦娜出版第一本書的時候，我曾經帶她和路克去一個地方。」

「去哪裡？」

「Coach House，馬車房[15]。」

「哈哈，是故意的嗎？」她大笑。

「不是故意的。莎瓦娜以為是在開玩笑，還向我解釋這個再明顯不過的雙關語。但我是因為讀過一篇報導，說那是一間道地的紐約餐廳。」我坦承。

「我該回家了，我兒子明天會從學校回來。」

「永遠別拒絕免費的食物和酒，觸楣頭，還會壞了品味。」

「好吧。管他的，這是兩週以來我丈夫第四次放我鴿子了。不過你得答應我一件事。」

「任何事都行。」

「吃飯時，你得再灌我迷湯，說你覺得我很漂亮。你大概沒想到，自從那次你在廣場說

---

15 coach 也有教練之意。

過那些話後，我多常想起。」

我伸出臂膀：「敢問美麗的蘇珊・陸文斯汀，願意陪溫格教練去道地的紐約餐廳吃飯嗎？」

「好的。美麗的蘇珊・陸文斯汀非常樂意。」她回答。

直到一九五三年，我們家都還是科勒頓唯一的天主教家庭。父親戰時的信仰轉換是他畢生重要的精神冒險，是在教義纏亂的信仰之海上，一場危險而令人振奮的航行。母親二話不說地跟著改信，跟父親一樣，把德國的獲救當成上帝顯靈、依然插手人類日常的鐵證。母親天生就是如此天真，以為自己改信天主教後，社會聲望就會自動升級。可惜她將緩慢且痛苦地發現，在美國南方，沒有什麼比羅馬天主教更奇怪陌生的東西。

爸媽一派無知地宣揚他們的信仰，對支持羅馬教廷的龐大複雜結構毫無所悉。他們零碎地學習天主教神學，一次一則信條，而且就像多數改信天主教的人一樣，嚴謹而固執地努力想成為大西洋沿岸第一批虔誠的天主教徒。儘管囫圇吞棗地嚥下全部教條，在天主教過度成熟的神學面紗和華麗外表掩飾下，他們骨子裡依舊是頑固的浸信會教徒。他們的靈魂就像習慣了本土莊稼的夏日田地，突然被要求生出神奇而不自然的蔬果，他們對教會的規定和更模糊的枝節頂多一知半解。

多年來，母親每晚飯後會讀聖經給我們聽，她用悅耳的聲音，一口氣以琶音來回讀著英王欽定版聖經。直到我十歲左右，母親才發現，她的新教堂禁讀伊莉莎白女王時代後的散文式聖歌，要求信眾讀較無趣的杜埃版經文[16]。母親根本不知道有這些規定，但她很快便適應了。我們的青少年末期，耳邊總是《天主教聖經》冗長呆板的經文，連母親流水般悅耳的聲音也無法從杜埃版中擠出一絲音律。經文讀起來總是有些不順，就像音準沒有調校的吉他。我們雖然犧牲了詩性，卻因為糾正神學上的謬誤而獲得補償。母親甚至表示她更喜愛杜埃版聖經，她第一次隨意翻開，開始讀《申命記》時，便知道這才是貨真價實的經文。

爸媽似乎是美國唯一把教宗對節育的看法認真聽進去的天主教徒，這對他們造成許多不便。兩人的婚姻雖吵鬧不休，性生活卻相當健康活躍——如果母親的懷孕次數算是一種指標的話。後來我發現，他倆十分用心地使用安全期避孕法，每晚查看日曆，討論要不要做愛（他們對於性的用語總是純真而曖昧）。一九五〇年代，靠安全期避孕法產下的小孩子也許比隨機做愛生出來的更多。莎瓦娜對這種事比兄弟懂得還早，後來她給母親冠上「大姨媽夫人」的稱號。母親聽到後，覺得這個綽號很不雅，不過倒是挺貼切，且頗具風格。

從一九五二到一九五六，連著四年，母親都在懷孕。每個孩子都足月，但每個孩子都死

---

16 Douay-Rheims Version：由英國天主教學者翻譯的聖經譯本，十七世紀初，該譯本的《舊約全書》在法國杜埃城出版，因而得名。

產。我們把那些還看不見、說不了話的小小孩埋到房子後方的橡樹林裡。母親在床上哭泣，我們做了簡陋的木十字架，把孩子的名字刻在上頭。父親從來不參與這些小小的葬禮，也從來不談自己喪子後有何感覺。他會在廚房水槽的水龍頭下草草地為他們做浸信禮，然後用塑膠袋包好放到凍箱，直到母親康復，從醫院回來。

「這個是蘿絲．埃斯特。」一九五六年夏天，我們從廚房餐桌默默望著，爸爸說：「我想，她在捕蝦船上反正也沒太大用處。」

「我在捕蝦船上是好幫手。」莎瓦娜說，悲傷地盯著死去的孩子。

「你在船上根本沒屁用，你只會剝蝦頭而已。」爸爸回道。

然後他以聖父、聖子、聖靈之名，為細瘦的蘿絲．埃斯特施洗，他的聲音平板，無悲亦無憐，有若餐前的感恩禱詞。他走到後邊門廊，把小小的女嬰放入乾淨的塑膠袋裡，擺到凍箱內一箱箱的凍蝦和魚上。

「我都沒機會跟妹妹打招呼。」莎瓦娜跟著他走到後門廊說。

父親掀開凍箱的蓋子說道：「現在你有機會了。來說聲嗨，或隨便說什麼，反正都無所謂了。蘿絲．埃斯特只不過是一坨死肉罷了，裡頭什麼都沒有。你聽見了嗎？她就像五磅重的死蝦子，沒必要打招呼，也沒必要道別，這只是一坨等你母親回家之後要埋進土裡的東西。」

翌日早晨，父親出門上捕蝦船去，我在床上醒來，聽到不知是什麼小動物在黑暗中嚎叫。我分辨不出是野貓爬到屋子底下生小貓了，或是什麼聲音。我下床穿好衣服，沒叫醒路克，逕自走到客廳，結果聽到聲音傳自莎瓦娜的臥房。我在敲門前，聆聽姊姊極力抑制的哭聲，那凶惡的靈魂撕裂之聲成為後來她時瘋時醒的標記。我滿懷恐懼，悄悄走入她房間，見到她胸前緊抱著某個東西。她的哭聲如此悽楚，我幾乎不敢驚擾，可是她的悲哭中有種滌淨而原始的特質，令我無法置之不理。我讓她轉過身來，困惑地，或者說是出於手足的心疼，把她的手臂鬆開，露出冰涼不動的蘿絲．埃斯特。

「讓我抱著她，湯姆，她本來會變成我們的妹妹，可是卻沒有人停下來好好愛她一下，我只想跟她說一會兒話，得讓她知道，不是全世界的人都跟他們一樣。」莎瓦娜哭道。

「這樣不太好，莎瓦娜。你什麼也沒法對她說，爸媽要是知道你把她從凍箱裡抱出來，一定會打你，何況你有可能害她在埋葬前腐爛掉。」我壓低聲說。

「我有些事想告訴她。」莎瓦娜從我手裡搶回小小的嬰孩，再次緊抱在懷裡。「我可以告訴她很多事，我剛告訴她，我們本來可以好好照顧她，不會讓他們用任何方式傷害她。我們會保護她，不受他們傷害。湯姆，你對她說，她需要知道。」

「莎瓦娜，你不能講這種話，上帝什麼都聽得見，這樣數落自己爸媽是有罪的。」

「她是第四個死掉的孩子了呀，你不覺得這是上帝的暗示嗎？我覺得這些可憐的小寶寶選擇死掉，一定是因為聽說這屋子裡的情況後，跟上帝說『不要，這絕對不是我要的』。他們不知道你、我、路克都是好人。」

「媽媽說我們不乖。她每天都這麼說，她說我們一年一年愈變愈壞。爸爸說媽媽會失去寶寶就是因為我們不乖，害媽媽一直操心。」

「媽媽什麼事都怪我們。可是你知道我怎麼想嗎？我認為蘿絲．埃斯特這幾個孩子是幸運的，他們比我們聰明，知道爸媽很凶。他們也許只是覺得時間快到了，就在媽媽肚子裡自殺了。我真希望你跟我都有那麼聰明。」

「讓我把蘿絲．埃斯特放回凍箱吧，我覺得把寶寶從凍箱裡拿出來很不好。」

「我只是在安慰她而已，她永遠看不到這個漂亮的世界了。」

「她到天堂去了，爸爸幫她施洗了。」

「其他幾個寶寶叫什麼名字？我老是忘記。」

「大衛．塔克、羅伯．米德頓、露絲．法蘭西斯，還有現在的蘿絲．埃斯特。」

「如果他們全都活著，我們就會有個大家庭了。」

「可是他們沒活下來，他們全都在天上保佑我們，媽媽是那麼說的。」

「他們的保佑很遜。」莎瓦娜苦澀地說。

「太陽就快出來了，莎瓦娜，房子裡會有蘿絲．埃斯特的味道，到時可就麻煩了。」

「我陪她睡了一整夜，她的手和腳好漂亮……是我見過最小的手指和腳趾頭。我想了一夜，如果能有個小妹妹，不知有多好。如果爸媽想傷害她，我一定宰了他們。」

「爸媽會很愛她的，就像他們愛我們一樣。」我擔心道。

莎瓦娜仰頭大笑：「爸媽才不愛我們，湯姆，你到現在還不明白嗎？」

「你怎麼能講這種話，你連想都不該想。他們當然愛我們，我們是他們的孩子啊。」

「他們恨我們。」莎瓦娜的眼神在蒼淡的光線下透著絕望與敏銳。「還不明顯嗎。」

她捧起小小的屍體，溫柔地親吻那尚未長出頭髮的頭部。

「所以才說，蘿絲·埃斯特是幸運的孩子。我哭是因為我羨慕她，我希望自己能跟她和其他孩子在一起。」

我從姊姊懷裡接過發青的屍體，輕手輕腳地走到後門廊。太陽升起了，我用塑膠袋把小妹包回去，把她再度放回魚蝦之中。

回到屋裡，我聽到莎瓦娜用一種我認不出的聲音自語，可是我沒有再去打擾她，逕自去生了爐火，在鑄鐵鍋裡放六條培根。今天早上輪到我做早飯，母親當天下午會從醫院返家。

當天稍晚，父親從河上回家之前，我們把蘿絲·埃斯特埋到地裡。爺爺奶奶去醫院載母親，我們放學回到家，母親正躺在床上。她拒絕讓爺爺奶奶陪伴，說需要時間獨處。

路克和我負責挖墳，莎瓦娜拿母親從醫院帶回來的乾淨白毛毯裹住凍過兩次的屍體。母親一直待在房裡，等路克去接她，才重重倚著路克來到後院加入葬禮；她每一步走得顫顫巍巍，痛苦萬分。她坐到莎瓦娜從屋裡搬出的餐椅上，那張慟失愛女的蒼白臉孔就像十字架底下飽受折磨、心煩意亂地看著兒子受難死亡的聖母。悲慟把她的嘴變成一道痛苦細薄的地平線。我們回到家後，母親一個字都沒對我們說，也不許我們傾訴有多難過。母親坐下，對路克點點頭，我們才開始。

莎瓦娜把蘿絲・埃斯特擺到小木盒裡，那是我們為了安葬她而做的。盒子比大型鳥屋長不了多少，小小的嬰孩看起來就像隻沒有羽毛、尚未進化的鳥類。我們用釘子把盒子釘上，我把小小的棺材放到母親腿上，她望著盒子哀哭，輕輕抱起盒子吻遍，抬眼望向天空，突然發出無助而憤怒的尖嚎。「主啊，我絕不原諒祢，這是不對的！我不可能容許。我在這棵樹下已經埋葬四個孩子了，我絕不會再給祢另一個。祢聽見了嗎？主啊，我對祢的聖意再也不感興趣了。祢休想再奪走我另一個孩子，休想！」

然後她垂下眼說：「兒子們，帶著你們的姊妹，大家跟著我祈禱。我們給天堂送去了另一位天使，蘿絲・埃斯特，去到主的懷裡吧，請看顧這個會愛護你、保護你不受傷害的家庭。你將成為上帝的小天使，跟著你的兄弟姊妹，繼續保佑這個家。現在已經有四個溫格家的天使了，應該足以保佑任何家庭。如果還不夠，願主幫助我們所有人。但這完全取決於主，而不是我。祂對人世的期望，對我們這些崇拜祂的人而言是個謎。噢，上帝，噢，上帝，噢，上帝，祢去死吧。」

雖然我們能用拉丁語念悔罪經，相信靈魂轉化與輪迴，但我們全有了一種未被同化的異樣感，比起虔誠的教義，我們對狂喜和瘋狂的反應更加強烈。天主教的靈魂是地中海式、華麗的巴洛克風格，難以在蠻荒的美國南方茁壯扎根。

「至少你們可以為妹妹祈禱。跪下來吧，我會叫你們進屋裡吃飯。」

「媽，暴風雨快來了。」我聽見路克說。

「你竟然連為妹妹的靈魂祈禱都不肯。」母親用憔悴疲累的聲音說。

我們跪下來垂著頭，閉上眼睛，媽媽則蹣跚回到屋裡。風刮起樹上的青苔，烏雲從北方翻滾而至。我拚命為蘿絲．埃斯特幼小的靈魂祈禱，以為靈魂是烤鬆餅一樣輕淡芳香的東西。她的靈魂從墳裡飄起，升入島嶼上方的雲雨雷電之中。突來的閃電把她往上拉升，雷鳴讚頌我們悲苦生命中那最年幼脆弱的一位。雨勢滂沱，我們望向屋子，等待母親的叫喚。

我聽到莎瓦娜再度開口：「蘿絲．埃斯特，你是個幸運兒，你運氣真好，不必跟他們住在一起。」

「如果雷劈中這棵樹，她就得幫我們大伙埋葬了。」路克說。

「我們得好好禱告。」我說。

「如果上帝希望我們在雨中禱告，就不會要我們蓋教堂。」路克說。

「他們兩個都瘋了。」莎瓦娜說，雙手仍交疊在胸前。「他們兩個都瘋了，上主，祢得幫助我們離開這裡。」

「莎瓦娜，閉嘴，上帝不想聽這種話。」我說。

「或許祂不想聽，但我還是要說。祂讓我們跟他們待在一起，所以上帝一定知道他們是瘋子。」

「他們不是瘋子，他們是我們的爸媽，而且我們很愛他們。」

「湯姆，我一直在觀察其他人的爸媽，我研究過的。沒有人像他們那樣，他們就是很奇怪。」

「是啊，有誰會在暴風雨裡幫死掉的寶寶祈禱？」路克說。

「我們希望蘿絲．埃斯特能上天堂。」我爭論道。

「呿，給我一個好理由。為何蘿絲．埃斯特現在不在天堂？把蘿絲．埃斯特送去地獄，算哪門子上帝？」莎瓦娜說。

「那又不關我們的事。」我虔誠地說。

「才怪。如果不關我們的事，我們幹麼在這裡忍受暴風雨？這可憐的孩子剛出生就死了，在水槽裡受洗，還跟幾百磅的蝦子和西班牙鯖魚凍在一起。湯姆．溫格，你告訴我，那可憐的孩子究竟做了什麼要去地獄受苦？」

「那是上帝的事，跟我們完全無關。」

「我的妹妹就是我的事！尤其我還得在暴風雨裡為她禱告！」莎瓦娜說，她雨水打濕的髮色變深還黏在一塊兒。

雨勢變得更大了。我發著抖，擦掉眼上的雨水，轉身望向家中。母親是不是不曉得在下雨呢？隔著豪雨，幾乎看不到屋子，於是我再次轉向那座孤苦伶仃的小墳墓。

「媽媽為什麼老是懷孕？」我沒來由地問，不期望有什麼回應。

莎瓦娜的手握成祈禱狀，嘆口氣，用誇張的語氣說：「因為她和老爸老是在性交。」

「別講粗話。」路克邊祈禱邊警告，他是唯一專心讓小妹靈魂安息的人。

「真的嗎？」這是我第一次聽到這個奇妙而怪異的詞。

「是啊，他們就是那樣。」莎瓦娜斬釘截鐵地說。「我噁心到快吐了。路克全知道，他只是害羞，不想談罷了。」

「我哪害羞了？我只是照媽媽交代的專心禱告罷了。」

「路克，你跟湯姆別再用『咱』了，你們兩個講話跟鄉巴佬一樣。」

「我們本來就是鄉巴佬，你也是鄉巴佬。」路克答說。

「你才是！媽偷偷告訴我，我們是最高等的南方貴族後代。」莎瓦娜說。

「屁啦。」路克說。

「我絕對不是鄉巴佬。」莎瓦娜說，在濕滑的泥地上挪挪膝蓋。「媽說我身上有種貴氣。」

「最好是。你昨晚睡在蘿絲．埃斯特旁邊的時候，可真的是貴氣逼人。」我咯咯笑道。

「什麼？」路克問。

莎瓦娜在雨幕中，用困惑又不置可否的眼神瞪我，彷彿沒聽懂。「你在說什麼？」

「我說，我看到你昨天晚上把自己跟從凍箱裡抱出來的死嬰包在一起。」

「我才沒有。」她嚴肅地說，然後對驚駭的路克聳聳肩：「有誰會幹那種怪事？我最怕死掉的寶寶。」

「我明明看見了，莎瓦娜。是我把她放回凍箱裡的。」

「你一定是在作夢。」路克說。

「這種夢哪是作得出來的？告訴他，莎瓦娜，你告訴路克，那不是作夢。」

「我覺得聽起來挺像噩夢，我不知道你在說什麼。」

我正想回答，卻聽到父親的卡車從土路上開往屋子。我們三人全垂下頭，再度虔誠地為剛剛升格的溫格天使盡心禱告。父親把車子停到我們後方，我們聽見雨刷啪啪地把雨水往兩側刷開。父親默默看了我們幾分鐘，才大惑不解地問：「你們幾個白痴是他媽的腦子壞了嗎？」

「媽媽叫我們為蘿絲．埃斯特禱告。我們正在幫她祈禱。爸，我們今天把她安葬了。」路克解釋。

「你們不快去躲雨，恐怕不要多久我們也得把你們三個埋到同一棵樹下！幾個孩子都死了還不夠？她想把活著的也害死？快滾回屋裡去。」

「如果我們太早進去，媽媽會生氣。」我說。

「你們在這裡跪多久了？」

「我想大概有一小時。」路克說。

「我的天啊，有關宗教的事，別聽你們媽媽的，她小時候為了證明自己愛上帝，常去撿響尾蛇。我已經幫蘿絲．埃斯特施洗了，她現在去的地方比我們任何人好太多了。你們給我立刻滾進屋裡，媽媽我來處理。醫院說她現在有產後憂鬱，失去孩子的婦女會有這種狀況。接下來幾個星期，你們要對媽媽特別好，送她花，讓她覺得自己很特別。」

「你送她花了嗎，爸爸？」莎瓦娜問。

「我差點送了，至少我想過。」他答道，把卡車開進穀倉。

我們渾身濕透，哆哆嗦嗦地站起來。莎瓦娜說：「他人可真好，他的寶寶死了，結果他竟然連花都沒送給自己老婆。」

「至少他想過。」路克說。

「是啊，他差點就送了。」我又說。

我們走進屋裡，強忍不該有的笑聲，那是不幸的孩子苦中作樂時的拙劣幽默，忍抑住的苦笑。那陣笑聲結束了我們在小妹墓前的禱告，支撐著我們走回屋子和父母身邊，離開那座溫格寶寶們長眠的小花園。後來母親在每座墳上栽種玫瑰，那些玫瑰長得豔麗動人，彷若偷走了寶寶們心臟的豐潤色澤與美。母親稱他們為「花園天使」，天使們每年春天都以玫瑰訴說心語。

那天晚上，母親並未離開臥房，我們做了花生果醬三明治當晚餐。三個孩子精心準備所謂的大餐——炸蝦和玉米棒——用托盤送到母親床邊，外加一束野花。但母親哭個不停，僅吃了一隻蝦，玉米碰都沒碰。父親坐在客廳裡讀過期的《南方漁人》，他憤憤地翻著雜誌，偶爾回頭看看妻子哭倒的房間，眼睛在燈光下閃著光，像抹了凡士林似的變柔了。父親是那種不懂表現一絲溫柔的男人，他的情緒有如雲朵遮去的險峻山脈。當我思忖他內心的感受，試圖想像何者對他來說才是真實而重要的，卻只能看到綿延無盡的寒冰。

「湯姆，進去叫你媽媽別再哭了，又不是世界末日。」父親發現我在看他時說。

「她在為寶寶難過。」

「我知道她在難過什麼，可是再怎麼哭，孩子也回不來了。去房裡，讓媽媽開心點，這是你們小孩子的工作。」

我躡手躡腳走進母親的臥室，她仰躺著輕聲哭泣，淚水滾落臉頰。我害怕靠近她，便站在門邊，不知道該怎麼辦。媽媽用我見過最悲慟的表情望著我，眼神頹敗絕望。

「媽媽，爸想知道你是不是需要什麼。」我低聲說。

「我聽見他說的了。過來，湯姆，躺到我旁邊。」母親哭著說。

我爬上床躺到她身邊，母親把頭靠在我肩上痛哭。她的指甲陷入我的手臂裡，淚水沾濕我的臉。面對這突如其來熱情無比的親密，我只敢動也不動地躺著。母親的身體壓在我身上，我感覺到她乳汁飽漲的胸部，那無處可用的乳房緊貼著我。母親親吻我的脖子和嘴，拉下我的襯衫，吻著我的胸膛。我沒敢亂動，卻對客廳裡的動靜極其警惕。

「我只有你了，湯姆。我沒有別人了，一切都靠你了。」她在我耳邊激動道。

「你有我們，媽媽。」我小聲地說。

「不，你不明白，我已經一無所有了。嫁給一無所有的人，就什麼都沒了。你知道這裡的人怎麼看我們嗎？」
「他們挺喜歡我們的啊，媽媽，大家都很喜歡你，爸爸又很會捕蝦。」
「他們覺得我們是狗屎。你知道狗屎是什麼吧？你父親老愛這麼說，他們認為我們是河上的狗屎，低等人。我們得讓他們瞧瞧，湯姆，你得給家裡爭口氣。路克辦不到，因為他太笨了，莎瓦娜辦不到，因為她只是個女孩。」
「路克不笨。」
「他在學校表現得跟智障一樣，醫生認為是因為他出生的時候，醫院用了夾鉗的關係。所以，就靠你跟我能讓其他人看看我們的硬底子了。」
「什麼硬底子，媽媽？」
「我們比任何人都強。」
「沒錯，媽媽，我們很強。」
「可是我們得秀給他們看，我想讓這個家人丁興旺，我想生八九個被我養得又聰明又令我驕傲的孩子，假以時日，我們就會稱霸這個城鎮。我要讓莎瓦娜嫁給郡內最有錢的男孩。我不知道該拿路克怎麼辦，也許當個副警長吧。可是你，湯姆，你是我未來的希望。」
「我會好好努力，媽媽，我向你保證。」
「答應我，絕對不能變成你父親那樣。」
「我答應你，媽媽。」

「說出來，對我說。」

「我絕對不會變成像父親那樣。」

「答應我，你會樣樣得第一。」

「我會樣樣得第一，媽媽。」

「當個最棒的。」

「我會當最棒的。」

「我不會死在這種房子裡的，湯姆，我向你保證。這件事除了我，沒有別的人知道，其實我是個非常棒的女人，你是我第一個說這件事的人。你相信嗎？」

「相信，媽媽。」

「我會證明給每個人瞧，包括你父親在內。」

「是的，媽媽。」

「你不會讓任何人傷害我，是吧，湯姆？無論我做什麼，我都能指望你，是嗎？」

「是的，媽媽。」我又說了一遍，她用既憔悴又熱烈的眼神緊瞅著我。

「你是我唯一能夠信任的人。我在這島上如此與世隔絕，如此孤獨，可是你父親這個人不對勁，他會傷害我們的。」她悄聲說。

「為什麼？」

「他病了，湯姆，他很病態。」

「那我們應該告訴別人。」

「不行，我們要忠誠，對家庭忠誠是最最重要的事。我們必須等待適當的時機，我們必須為他禱告，祈求他的善良會擊敗他的邪惡。」

「我會禱告，我答應一定禱告。我現在能回客廳了嗎？」

「可以，湯姆。謝謝你進來看我。我必須告訴你另外一件事，寶貝，一件重要的事，非常重要。我愛你比愛他們任何人都多，比他們加起來都多。我知道你對我也有同樣的感覺。」

「可是路克和莎瓦娜也一樣愛你……」

「不。」母親厲聲說，再次把我拉向她。「莎瓦娜是個討厭的孩子，她從出生就討人厭，她不乖，不聽話。路克笨得跟山羊一樣，你是我唯一在乎的。這是我們的祕密。湯姆，你和媽媽可以分享祕密，是吧？」

「是的，媽媽。」我說著走向門口。「你如果想要什麼，喊我一聲，我會去幫你拿。」

「我知道你會，寶貝，打你出生的那夜起，我一向都知道。」

我踉蹌地走出房間，心情沉重到不行，幾乎無法忍受哥哥姊姊看到我從母親臥房出來時困惑的眼神。母親沒頭沒腦的赤裸告白令我驚駭萬分，不知這與她失去孩子有無關係。她用痛苦誠實的證詞縛住我，帶我進入她的祕密，使我不情不願地成為她討厭路克和莎瓦娜的共犯。她讓我困在無解的兩難裡：同意成為她最信任的同黨，便等於背叛世上我最愛的兄姊。母親的直截了當與迫切，她的唇留在我喉頭胸膛上的印記，都觸犯了我所理解的禮教，然而在我們的母親失去孩子、處於半瘋狂的狀態時，能成為她欽定的人選，卻充滿了誘惑。我視母親的選擇為一種象徵與光榮，證實了自己的特殊與卓越。透過不容於世的告白，母親確保我將死守祕密。我若向父親坦認母親在房裡對我吐露的，他肯定半個字都不信。我也不忍心傷害哥哥姊姊，告訴他們母親死也不肯與他們聯盟。她要找的是戰友，而非親族。我雖然不清楚母親會用什麼手法，卻知道向來被我單純視為母親的這名女子，打算在未來某個時刻，對某種無可名狀的結構發動攻擊。以前，我只覺得母親美麗而難以接近，可是現在，我意識到，母親那對最漂亮的藍眼眸後藏著某種不滿，甚至狡猾。我走出母親房間的那一刻，也流失了一些童真。我走向其他家人，心中盤繞著成人的恐懼：母親已經厭倦河濱之屋的孤離與犧牲了。那晚之後，我花費許多時間研究這個長期被我低估的女子，幾乎每天都要重新評估她，也慢慢懂得害怕她沒有說出來的事。那晚，她駐進了我的意識裡，年少的我，第一次感覺自己充滿生氣與覺知。

許多年後，我把母親那晚在臥房裡說的話告訴了路克和莎瓦娜，我以為他們知道母親暗自將我收編、成為她對抗家人和科勒頓的同伙後，會勃然大怒。可是他們對於母親那番背信棄義的耳語竟然不生氣，反而被逗樂了。聽我說出這個害我極為羞愧與罪惡的往事後，他倆狂笑不已。母親雖是謀略新手，卻天生懂得駕馭其中的訣竅與戰略。她在蘿絲・埃斯特下葬的當週，分別把莎瓦娜和路克帶到一旁，讓他們參與最私密的交心，就像待我一樣。母親對他們說出同樣的話，說其他人不可信任，要他們發誓守密，認真保證陪伴她度過任何考驗、衝突或狂風暴雨。母親告訴他們（我們互相比對過），我膽小怕事，意志不堅，遇到大難時難以信賴。她徵召莎瓦娜，因為莎瓦娜是女生，能理解身為女性所遭受的困難與不公；而路克強壯堅毅，是完美的戰士，她需要路克代她求情，捍衛她。母親信誓旦旦地說需要我們，害我們全都上鈎了。我們沒有拒絕的空間，也不可能洩漏祕密。母親的全心信賴令我們受寵若驚。她藉由分化我們，溫柔而固若金湯地控制了我們的生活。

等到我跟路克、莎瓦娜交換祕密時，母親已經證明自己是科勒頓有史以來最可畏的女人。

當晚我們上床時，天空仍下著雨。父親熄掉屋裡的燈火，睡前到紗門外的門廊上抽菸斗。家裡若沒有母親四處張羅，老爸跟我們在一起時老是不太自在。那晚，他好幾次被一些芝麻蒜皮的小事惹毛，對我們大吼大叫。他藏不住情緒，狂潮來襲時，我們會本能地察覺到，避開他。他是天生的暴君，不懂謀略。他既殘暴又不擅長家庭關係，在自己家裡永遠是個陌生人。他把我們這些子女當成過客般的外籍勞工。在我認識的人當中，父親是唯一一個覺得童年可恥，應該快點長大擺脫它的。若不是父親如此暴力，如此難以捉摸，他的懶散和虛張聲勢的怪癖應該還滿可愛的。我覺得父親愛我們，可是沒有比那更奇怪或異常的愛了。他認為摑耳光是一種愛的舉動，他自己小時候爹不管娘不疼，父母都沒有打過他。他除了罵我們，從不注意我們；除非生氣，也從不碰我們。晚上當家人圍聚在身邊，父親便像被困住了。他教我如何成為一個自討孤寂的人。我一出生，便是父親家中的囚徒；及至長大，才跨過他走出家門，展開自己的成年生活。

同一天晚上，莎瓦娜要我進她房間聊天，雨水敲在銅色的屋頂上，發出甜美的樂聲。我坐到她床邊地板，兩人看著閃過島嶼竄向北方的電光。

「湯姆，我若認真問你一個問題，你會回答我嗎？」她悄聲說。

「當然。」

「你不能笑我或作弄我，這件事太重要了。」

「好。」

「今天早上，你真的發現我在床上抱著蘿絲・埃斯特嗎？」

「當然，結果你卻對路克撒謊。」我懊惱地說。

「我沒有撒謊，湯姆，我根本想不起來。」她的面容在黑暗中陰鬱著。

「我進來的時候，你就抱著她。若是爸爸發現，一定宰了你。」

「你在院子裡那樣說，我還以為你瘋了。」她說。

「哈，誰才瘋了？」

「我一直到今晚上了床，才相信你的話。」

「什麼改變了你的想法？」我問。

「床上有一塊地方濕濕的。」

「寶寶本來在凍箱裡，我進來的時候，她有點解凍了。」

「湯姆，我一點都不記得了，好可怕。」

「沒關係，我不會跟任何人講。」

「事情發生後，我有很多事都不記得了，可是我必須假裝自己記得所有的事，弄得我好混亂。」

「還有別的什麼事？」

「記得我們在亞特蘭大石頭山、我打你的那次嗎？」

「當然記得，你那天壞透了。」

「我一點都不記得了，那一整天對我來說是空白的，就像從來沒發生過一樣。還有那個巨人，當他進到我們房間，路克和我扔出那些蜘蛛罐子……」

「我知道，結果我只會躺在床上，什麼也沒做。」

「那天晚上的事我完全想不起來，聽別人說了之後，才知道出過事。」

「你是說真的嗎？」

「湯姆，我需要你幫我記住事情，有時候我記不了。我遺失太多日子了，那比世上任何事情都更教我害怕。我試過告訴媽媽，但她只是哈哈笑，說是我不夠專心。」

「沒問題，我會很樂意告訴你，可是你不能說我撒謊。每次我告訴你發生什麼，你也不能嘲笑我。今天我講你和蘿絲．埃斯特的事的時候，路克根本把我當笨蛋。」

「我本來也不相信你，一直到我摸到床上這片濕濕的地方，而且我的睡衣也濕了。我為什麼會做那種事？」

「因為你很難過寶寶死了，怕她孤單，你沒有要傷害她的意思。你對人很關心，媽媽說你太敏感了，因為你是女生，而那會給你的人生帶來許多痛苦。」

「我覺得自己有毛病。」她拉住我的手，望著河上的暴風雨說。「我有很嚴重的毛病。」

「才沒有，你很棒，你是我的雙胞胎，我們倆一模一樣。」

「不！不是的！湯姆，你得當那個記事的雙胞胎，其他由我來做，我答應你。不過，你得告訴我發生什麼。我開始寫日記了，你把發生的事告訴我，我把它們寫下來。」

於是莎瓦娜開始寫作，用自己的日常點滴塡滿學校的小記事本。這些早期的書寫中並無任何悖逆或可擔憂之處，生動而充滿童真。她寫下跟自己最喜愛的洋娃娃以及幻想玩伴間的對話。即使是在當時，莎瓦娜的內心生活已遠比外在生活重要。

那一年，母親要我們學習守護天使禱詞。跟信仰有關的事，我們全靠反覆背誦學來，禱詞也不例外。我們在同一年背下了痛悔經與望德經，可是母親從來沒有辦法好好地向我們解釋這些守護天使是誰，祂們就這樣無名無姓地坐在我們的右肩上，每當我們不小心做了惹上帝不高興的事，就會對我們碎念。祂們從我們一出生就被派來固守在我們肩胛上方，直到我們死亡，像錙銖必較的會計師，監視我們的罪行。撒旦的使者負責在我們的左肩上使壞，以平衡我們的守護天使。這個生成六翼天使模樣的惡魔，想引誘我們走向永劫不復的地獄。

這種二元性造成許多神學上的混淆，但莎瓦娜歡迎這兩位隱形同伴加入她的生活，她稱好天使為愛瑞莎，壞天使叫諾頓。

可是莎瓦娜把媽媽說的「守護」（guardian）聽錯了，她在寫下愛瑞莎和諾頓時，形容祂們是她的「花園」天使（garden）。我們家四周有許許多多的「花園天使」，杜鵑花魂似的在我們上方盤旋，還有未出生的溫格家孩子就聚在玫瑰荊棘下。花園天使背負著神聖的任務，要愛護保衛我們的房子。祂們在樹林裡做晚禱，照看我們，這不是出於上帝的命令，而是因為祂們珍愛我們，忍不住要這麼做。莎瓦娜甚至徵召諾頓作為這支沉默部隊裡的步兵，在河上的風中巡行。即使是黑暗天使，也會被熱情的莎瓦娜帶好。莎瓦娜從來不相信諾頓是撒旦的使者，說祂只是長老會的人罷了。

可是在莎瓦娜一字不漏地寫下爸媽吵架的內容、筆記本被媽媽扔進柴爐燒掉時，花園天使們並沒有出手干預。盛怒的母親一頁頁燒掉莎瓦娜一整年的日記，莎瓦娜在一旁哭求母親住手。這孩子的文字化作島嶼上方的煙霧，句子生了翅膀，然後變成碳黑的碎片，飄落在河上。母親尖聲吼著，要莎瓦娜再也不許寫關於家裡的一字半句。

第二週，退潮時，我見到莎瓦娜跪在一片露出的河口沙洲上，用食指在沙上狂亂地寫著。我在岸上觀察她半小時，等她寫完，潮水已經變了方向，慢慢淹沒她的文字。

莎瓦娜站起來回頭望著屋子，發現我正看著她。

「我的日記。」她開心地大聲喊道。

馬車房餐廳井然文雅，讓人賓至如歸。馬車房改建成的屋子總是令人回想起曾經餵養過的筋疲力竭的良駒。餐廳的配置十分雅致，不流於浮誇。我從未見過馬車房改裝的住家或餐廳有失敗之作，位於韋弗利廣場一百一十號的這間更是其中翹楚，建築外貌深得我心，裡頭飄逸著美食的香味，侍者看上去相當幹練，萬一他們從廚房跑出去，卻發現自己穿越到過去二輪馬車在格林威治村滿街亂跑的年代，好像也能搞定那些馬。這是我在紐約唯一不在莎瓦娜指導下找到的餐廳。路克和我在《捕蝦人的女兒》出版當天，帶莎瓦娜到這兒吃晚飯。侍者為我們送上可口的餐點，路克和我一再向我們的姊妹敬酒，並要她為侍者和餐廳老闆里昂·萊尼德斯簽書。離開前，萊尼德斯先生請我們每人喝一杯白蘭地。記憶裡的那一夜，乘載所有喜慶的榮光，豐美的佳肴，以及我們三人手勾手時自然流露的愛。那個完美無瑕、興高采烈的夜晚，常駐我心。在那些悲傷、痛苦、被浪擲的歲月裡，當我的人生分崩離析，哥哥從河邊消失，姊姊不敢在身邊擺刀子時，我經常想起那一夜，把它從黑暗中打撈出來，讓自己的舌頭嘗到香檳的快樂滋味，讓眼中注入歡笑。那是我們三人最後一次快樂地在一起。

九點半，我來到與蘇珊・陸文斯汀約好的馬車房餐廳，外頭下著雨。餐廳領班帶我到樓上舒適的桌子，上方的紅磚牆掛了幾幅老舊得挺有味道的素人畫。我點了杯曼哈頓調酒，以示對這座島的敬意——嘗到恐怖的味道後，才想起自己為什麼從來不喜歡這款雞尾酒。侍者很能理解，便為我送來一杯馬丁尼，幫我清洗味覺。

我獨自看著其他客人矯揉造作地點餐，在晦暗陰鬱的燭光下交談。我逕自喝著酒，以外來者的姿態，抱著驗證的心情，探觸這座城市罕見且誘人的朦朧，感覺與自己的心靈相依。一間好的餐廳能把我從荒蕪的狹隘與單薄的經驗中釋放出來，而這兩者正是鄉下人的死穴。我可以在這張完美的桌布上買下今晚自己在這座城市的一個小角落，點一桌終生回憶的美食。我喝著馬丁尼，想到此時此刻所有在曼哈頓精心準備的佳肴。來到馬車房餐廳，我與這座城市廣納百川、首屈一指的美食便有了聯繫。我雖然經常嗆爆紐約市，但有時候，這座撲朔迷離不可逾越的城市確實能用佳釀美食把我變成世間最快樂的人。我還在研究無可挑剔的開胃菜單時，陸文斯汀悄悄走近。我還沒抬頭看到她的臉，便先聞到她身上的香水，與桌上的鮮花淡香融合為一。

她有一張每次看都略感不同的臉，雖然每種模樣都美麗，感覺卻不像屬於同一個人，而是屬於各地的美女。她只要換個髮型，看起來便不大一樣。她的美難以捕捉，無以名狀，我想她一定不太上相。她穿了一襲白色低領洋裝，這是我頭一回留意到老姊的心理醫師有副魔鬼的身材。她把黑髮盤高，長長的金耳環在顴骨邊晃蕩，脖子上還戴了條寬版金項鍊。

「陸文斯汀，你今晚看起來很危險。」

她笑開懷地說：「這件洋裝是我去年買給自己的禮物，我一直不太有勇氣穿，外子覺得我穿白色太小女孩了。」

我欣賞地打量後說：「你穿白衣服看起來並不像小女孩。」

「這裡有什麼好吃的，湯姆？」她問，但我的稱讚令她微笑。「我快餓壞了。」

「這裡什麼都好吃。」此時，侍者為我們送來一瓶冰鎮夏布利酒，這是我預先點好，請他們等客人到了就上。「這兒的黑豆湯很有名，但我更喜歡龍蝦濃湯，星鱸煮得很好，所有紅肉的擺盤和調味都無可挑剔。開胃菜好吃，尤其是辣根醬煙燻鱒魚。甜點也沒話說。」

「你怎麼這麼懂？」

我對她舉杯：「原因有二。我母親是優秀的南方廚子，她覺得若能學會法國菜，便能提升她的社會地位。她的社會地位雖然不怎麼牢靠，但她醬汁做得一絕。還有，莎莉讀醫學院的時候，我被迫學著做菜，沒想到竟然愛上了。」

「要不是我請得起廚子，我家人一定死於營養不良。對我來說，進廚房就像做苦工。這酒真好喝。」

「那是因為它非常昂貴，這頓飯我用美國運通卡付的，帳單會寄去我南卡的家，由我老婆付錢。」

「你到紐約後，還有沒有你太太的消息？」

「沒，我和三個孩子通過好幾次電話，可是她從來不在家。」

「你不想她嗎？」她問，我看到自己的酒杯上映著她項上的金鍊。

「不想。我這兩三年一直是很爛的丈夫，我很高興能離開她和孩子一陣子，試圖振作自己，讓自己像個男人。」

「湯姆，每次你一談到私人問題，就好像有意拉開我們的距離。有時你似乎非常願意敞開自己，但那只是假象。」

「我是美國男人啊，敞開自己並不是我的職責。」我笑說。

「那美國男人的職責究竟是什麼？」

「討人厭、難搞、霸道、固執，還有遲鈍。」

「你一定會很訝異，我的男性病患和女性病患的觀點有多麼不同。他們好像在談完全不同國家的人。」

「女人只有一項不可饒恕的罪過。沒有哪個丈夫會原諒老婆嫁給自己。美國男性極度缺乏安全感，如果女人犯了愛上他的錯，他一定會讓女人為自己的缺乏品味吃足苦頭。我不認為男人能原諒女人只愛他，從此專一。」

「你不是說莎莉有外遇嗎？」

「是啊。好笑的是，這是一年多來我頭一次正視我老婆。唯有她不再愛我了，我才明白自己多愛她。」

「你對她說你愛她了嗎？」她喝著酒問。
「我這個做丈夫的當然沒有講。」
「我問的是嚴肅的問題，你為什麼要開玩笑？你老是用笑話岔開嚴肅的問題。」
「我一想到莎莉就覺得痛苦，只要談到她，我幾乎無法呼吸。當我的世界潰堤，笑是唯一奏效的策略。」
「我覺得淚水遠比玩笑更有用。」她說。
「對我而言，淚水只有在煽情時刻才蹦得出來。我看奧運會哭，聽到國歌會哭，在所有婚禮和畢業典禮上也會哭。」
「你說的這些是感傷，我講的是悲哀與痛苦。」她打斷我。
「南方人並不認為感傷是種性格缺失。南方人什麼奇奇怪怪的事都能感動落淚，這使南方人更加團結，也使他們在東北人眼中顯得可笑。我覺得這關乎氣候，而非性格。悲痛一詞在南方鮮少使用，唯有不張揚的悲傷才能獲得認可。」
她探過桌面說：「莎瓦娜描述悲傷的時候，從不詞窮。她的詩作散放著強烈而極具感染力的痛楚，精采至極。她的詩裡不帶一絲的感傷，但她也是南方人。」
「可是她住在瘋人院，醫生。而我正在馬車房餐廳跟她的心理醫師喝夏布利酒。莎瓦娜因為缺乏感傷，付出了慘痛的代價。」
幸好侍者過來點菜了，我看出自己痛批老姊的瘋病時，把陸文斯汀惹毛了。可是對於為什麼南方能同時孕育出才華洋溢的自殺詩人，以及詩人雙胞弟弟這種頹廢的球隊教練，她那種無法自拔的好奇心實在令人難安。有時她用熱切的眼神打量我，宛如地質學家在片麻岩的光澤中尋找金礦的痕跡。我懷疑陸文斯汀沒有把莎瓦娜的狀況全部告訴我。我覺得不許我探望姊姊實在奇怪，但似乎又無可避免，彷彿莎瓦娜早在住院前便預先禁止我去陪她。每次我跟醫師談到對家裡的記憶，總會期待她說「莎瓦娜記得的也是這樣」或「這真的有助於我了解莎瓦娜的話」，可是我覺得自己像對著一個不許我進入卻又沒有回音的山洞大喊。我的責任是配合醫生的提問，提出我對姊姊的痛苦嘶喊的詮釋。我得不到確證，我的老實作答收不到掌聲，說謊也不會挨罵。蘇珊．陸文斯汀只肯對我提出下一個問題，再由我據以作答。我莫名其妙地變成家庭記憶的資料庫，在這裡，回憶是痛苦而致命的。我唯一的解釋：姊姊的瘋狂僅是一場莫名的破壞後自然的反應。

我把注意力轉移到菜單上，先點前菜，兩隻奶油檸檬炒軟殼蟹佐酸豆白醬。陸文斯汀點了煙燻鱒魚當開胃菜，主菜是煮星鱸。菜單上每道主菜我都想吃，但最後點了小牛胸腺佐紅酒羊肚菌醬。

「小牛胸腺？」陸文斯汀挑著眉問。

「這是我家大事記的一部分。錄音帶裡約略提過。有一次我母親做了這道菜，結果造成父母間的小磨擦。」

「你提到令堂時，總是既敬畏又不滿。這讓我很困惑。」

「我覺得談到家母時，要這樣才能取得平衡。她是個令人讚賞的美女，窮其一生都在尋找真正的自我。以她高超的殺人手法，應該能為自己謀到一份磨斷頭台的工作，否則簡直太埋沒才華了。」我答道。

「莎瓦娜對令堂的看法，也和你一樣誇張嗎？」陸文斯汀試圖用每個問題攻城掠地，害我備感壓力。

「你應該比我更清楚。」我說。侍者送上開胃菜。「她是你的病人，我相信她對這件事有強烈的感觸。」

「湯姆，莎瓦娜在意圖自殺前兩個月，才到我這裡來。在我們短暫兩個月的相處裡，有些事情我不能告訴你，但我會找時間試著說給你聽。我得獲得莎瓦娜的首肯，但以她現在的狀況，很難取得她同意。」

「所以你根本不了解莎瓦娜吧？」

「是的，湯姆，我真的不了解她。可是我一直不斷有意外的發現，我知道我直覺地請你留在紐約，是正確的。」她答道。

「這些故事由莎瓦娜來說，會講得比我好。」

「可是她有辦法建議到餐廳吃到這麼棒的菜嗎？」陸文斯汀說著咬了一口煙燻鱒魚蘸辣根醬。

「沒辦法。莎瓦娜是那種靠沙拉、豆腐、減肥飲料過日子的紐約厭食女。只要是看不出卡路里有多少，或有點動物性油脂的東西，她都不碰。跟莎瓦娜吃飯是一種苦行，不是享樂。」

「她跟我有一次比對過節食方式，她可以毫無困難地一天跳過兩餐，而我過去十年買下了美國每一本節食書……」

「為什麼？」我嚼著奶油濃重的軟殼蟹腳邊問。

「我先生覺得我太胖了。」她的坦白裡有真實的痛苦。

我笑了笑，繼續吃我的螃蟹，侍者回來再幫我們倒酒。

「你笑什麼，湯姆？」

我望著對面的她說：「你先生又錯了。你不像小女孩，也不胖，你和你丈夫都沒能好好享受事實，實在應該汗顏。」

她話鋒一轉，改談自己的童年，不過知道我在稱讚她，很是開心。她談到她母親的冷漠與吝於表達，說她不記得這輩子曾得過母親一次讚賞。於是她為父親的讚美而活，雖然可貴，代價也極高。他是那種管教嚴厲，絕不容許女兒稍露性感的父親。陸文斯汀在青春期前一直是父親最疼愛的孩子，然後他便拋下她，改疼弟弟了。雖然她父母都以女兒讀醫學院為榮，可是當她決定專攻精神病學，兩人都嚇壞了，但她認為自己失敗而缺乏愛的童年有助於了解那些前來找她看診、童年不堪回首的病人。她對於那些未能從養育者身上獲得適度關愛的疲累靈魂，天生抱持同情。如果悲憫與治療無法奏效，她還可以讓病人去當地的藥局拿藥。身為精神病學家，她覺得自己像個無所不能的父親，但她這個做父親的，絕對會原諒女兒轉變成女人。精神病學的力量令她害怕又著迷：醫病間難以抗拒的嚴肅關係、關係的細膩變化，以及醫生有責任抱持謙卑與信任的態度進入這場脆弱的從屬關係裡。

我們邊聊邊吃，陸文斯汀逐漸放鬆表情，慢慢拋開辦公室裡冷硬的專業態度。她談到父母，聲音變得格外溫柔可愛，我能想像，在紐約被生活逼得透不過氣時，能被如此溫暖寬容的眼神注視著，是何其美好的事。她的專業態度只是一種門面，專門對付我和她父親這種抱持無聊優越感的男人。談到原本對她寵溺有加後又置之不理的父親，她形容成是自己獨特的經驗，然而她的話外之音，那種自慘痛經驗獲得的智慧，卻點出她父親的故事是世上最古老而傷人的故事。這令我想到生命中所有的女性：我母親、姊姊、妻子、女兒，以及在她們最需要我時，我如何刻意抽離愛意，背叛她們每一個人。聆聽蘇珊父親的事，便忍不住想到自己給家中女眷造成的傷害，羞愧極了。我心情好的時候，愛意便源源流出，好比從竊來的蜂窩流出的明亮蜜汁。一旦難過徬徨，則絕然抽身，自我封閉，讓試圖碰觸我的女人——所有女眷——害怕而後退，因為我會一再傷害她們，不許她們愛我，因為我知道自己的愛已腐爛。我是那種慢慢把女人折磨至死的男人，我的愛就像破壞靈魂軟組織的壞疽。姊姊企圖自殺，拒絕見我，老婆找到愛她的男人，三個女兒對我毫無所悉，母親則知道得太多。「改變一切吧」，我如此對自己說。當我坐在那兒聆聽蘇珊．陸文斯汀說話，她被酒氣和餐廳寧靜的氣氛哄得十分放鬆，我告訴自己：「改變自己的一切，脫胎換骨。」

主菜上來了，美味至極。小牛胸腺濃郁滑潤，黑乎乎的羊肚菌吃起來彷若黑色燻肉。我聽到蘇珊嘗到鱸魚後發出的讚歎，白色柔亮的魚肉自魚骨脫落。我脣齒留香，感激上帝能有廚藝如此精湛的廚子和百看不厭的美女。我望著蘇珊吃飯，喝著在廣袤古老的法國田園上為我們釀的醇酒。為了向那些偉大的田園致意，我又點了一瓶。

蘇珊告訴我，她前晚夢見我們在暴風雪中巧遇，為了躲避風雪，我們跑到洛克菲勒中心，搭電梯到大樓頂端，在彩虹餐廳喝酒，看著紐約市轉成雪白，暴風雪加劇，跳了支慢舞，直到再也看不見雪中的城市。

「這夢好美，陸文斯汀。我從來記不起一絲夢的細節，那些細節會令我醒來，我知道內容一定很可怕，可是我連一個畫面都想不起來。」

「那麼你便錯失人生中美好而重要的一部分了。我總認為夢是潛意識的情書與恐嚇信，記住自己的夢，是一種紀律。」

「我不需要恐嚇信，我寫給自己的已經一大堆了。」

「可是你出現在我的夢裡，是不是很神奇？我才認識你沒多久。」

「我很高興你不是在噩夢裡見到我。」

她笑了。「我可以保證，不是噩夢。對了，湯姆，你喜歡聽演奏會嗎？」

「當然，現代樂除外。現代樂在我聽來有如鱒魚在海水裡放屁。當然啦，莎瓦娜很愛。」

「你覺得為何她如此能接納現代文化，你卻這麼排拒？我必須承認，每次你看紐約不順眼，扮老土大肆批評的時候，我就有些反感。你太聰明了，鄉巴佬的角色扮得不太入味。」

「我很抱歉，陸文斯汀。我比任何人更厭煩扮演唱衰紐約或文化盲的角色，我只希望別把討厭紐約變成一種陳腔爛調，而是湯姆．溫格自創的新守則。」

「每次我聽到像你這樣的人說出痛恨紐約的話，就會本能地認為你們反猶太。」

「麻煩你解釋一下，反猶跟討厭紐約之間有何關聯？我來自南卡的科勒頓，有時不太明白這些差異。」

「紐約的猶太人，比以色列還多。」她說。

「說不定這裡的阿爾巴尼亞人比阿爾巴尼亞多，海地人比海地多，愛爾蘭人比愛爾蘭多。甚至紐約的南方人也比喬治亞州的多。我不喜歡紐約，因為我覺得它太大，太不親切了。你一向這麼疑神疑鬼嗎？」

「是的，我總是發現多疑是一種很棒的守備。」

「這下子你明白我到紐約的時候為什麼會覺得自己很南方了吧。你在認識我和莎瓦娜之前，對南方有何想法？」

「跟現在一樣，我覺得那是國內最落後、保守、危險的地方。」

「但你喜歡南方嗎？」

她開懷大笑，但我接著說：「為什麼史上有些時期，恨猶太人或美國人或黑人或吉普賽人都沒關係。每個世代，總有個群體會被歧視，你若不恨他們，甚至會遭受懷疑。我從小被教育要恨共產黨，我雖然從沒見過共產黨人，但我痛恨那些王八蛋。我成長期間痛恨黑人，是因為我所在的世界深信黑人比白人低等。來到紐約是個有趣的經驗，因為我的南方白人身分而遭到歧視，這感覺很刺激、新鮮，但也很怪異。我能理解你的多疑論。」

「湯姆，我問你喜不喜歡演奏會，是因為我丈夫下個月要開演奏會。我有張票要送你，希望你能以我嘉賓的身分出席。」

「我很樂意去，如果你保證他不會演奏任何現代樂。」

「大多是巴洛克時期的曲子。」

「他叫啥名字？」

「赫伯．伍德夫。」

「就是那位赫伯．伍德夫？」我訝異地問。

「就是唯一的那位。」

「你嫁給赫伯．伍德夫？媽呀，陸文斯汀，你每晚都跟世界級名人睡在一起！」

「恐怕不是每一晚，赫伯一年有一半以上的時間都在巡演。很多人邀請他，尤其是歐洲。」

「我家裡有他的錄音帶，至少有兩三卷，莎莉和我喝酒的時候就會聽帶子。太棒了，我得打電話向莎莉吹噓一番。他是猶太人嗎？」

「不是，為什麼這樣問？」

「我還以為猶太人跟天主教徒一樣。老爸聽到我不是娶天主教徒，簡直像逮到我在神壇的小瓶子裡撒尿。」

陸文斯汀神情認真地說：「家父是我認識的猶太人中，被同化得最澈底的。我們家從來不上猶太教堂，不過逾越節，而且每年十二月都會擺耶誕樹。直到我嫁給基督徒，我才明白他其實很重視自己的宗教。我還以為他會在我婚禮當天幫我坐七[17]呢。」

「什麼是坐七？」

「就是為死者念經。」

「可是他一定很驕傲自己有個國際聞名的女婿。」

「那我就無從得知了。他從未原諒我，從沒見過自己的孫子。」

「難怪，我原本以為你是改信猶太教的長老會教徒。你為何不冠夫姓？」

「我選擇不那麼做。」她斷然地終止話題。

「你兒子多大了？」我也轉移話題。

「我就是想跟你談這件事，所以我很高興今天能一起用餐。」

「跟你兒子有關？」我不解地問。

「我家兒子對運動極感興趣。」

「你在說笑吧？」

「為什麼這樣講？」她掩不住語氣中的不悅。

「我只是詫異罷了，我不覺得你們會鼓勵他朝這方面發展。」

「他父親很震驚。我兒子柏納德在菲利普．埃斯特高中[18]就讀，今年高一。我們最近收到學校的年鑑，他父親看到一張柏納德參加高一足球隊的照片。我們從不允許他參加要碰撞身體的運動，怕傷到他的手。我們希望柏納德能專心上小提琴課，所以才會擔心。」
「哈，難怪你們會那麼震驚。」我忍不住喝倒彩。
她微笑道：「這並不好笑，最令人難過的是，柏納德對我們撒謊，或至少他連提都沒提。他還參加了籃球初級隊，表現顯然還不錯。」
「你們何不乾脆讓他兼顧球隊跟音樂課？」
「我先生希望柏納德當個純粹的音樂家。」
「他琴拉得好嗎？」
「是的，拉得很不錯，但算不上天才。你可以想像跟隨赫伯·伍德夫的腳步有多麼困難。我總認為應該讓柏納德演奏不同的樂器，才不至於有那麼可怕的比較的壓力。赫伯才十九歲就贏得國際大賽了。」
「我幹教練，這種情形看多了。我沒法告訴你，有多少孩子跑來入隊，是因為他們的父親想藉著孩子重溫自己的青春。孩子沒打出名堂，是很傷心的。」
「你是指父親還是兒子？」她委屈而急切地問。

17 shiva：猶太喪禮，要守喪七天。
18 Phillips Exeter：美國頂尖私立高中。

「兒子。誰在乎那些父親？他們早該料想到。」

「我不認為赫伯是這樣，我只是覺得，在他的想像中，任何其他樂器都不存在。他太愛小提琴，無法想像有人不愛，尤其是跟他親近的人，特別是他唯一的兒子。」

「他們父子相處如何？」陸文斯汀的臉色一沉，眼中掠過一抹情緒。她字字思索，我能感覺她的沉重心情。

「柏納德非常敬重父親，以他和他的成就為榮。」

「他們會打成一片嗎？一起去打球？在公園玩接球？在客廳玩摔跤之類的？」

她大笑，卻笑得緊繃。談到兒子，就觸中她的心事。

「我無法想像赫伯在客廳地板上玩摔跤，他非常嚴肅，一絲不苟。何況那樣可能會傷到手，他的手就是他的命。」

「可是他風趣嗎？你這才是我要問的。」

她思索良久後，僅表示：「不，我不會用風趣來形容赫伯，總之，對十幾歲的少年來說，他不風趣。我想，等柏納德長大成人，會更懂得欣賞赫伯。」

「柏納德是怎樣的孩子？」

我再次看到她眼神一凜，對與家庭相關的詢問露出防禦的神色。這位心理醫師寧可在診間聆聽別人的苦痛，也不願多談自身的壓抑與煩惱。她臉色蒼白，把頭仰靠到身後的磚牆上，看來就像寶石浮雕上以黑瑪瑙為背景、側著臉的優雅長頸仕女。

她長嘆。「很難形容。他是個迷人的男孩，卻認為自己很醜。他長得很高，比他父親高出許多。他有雙大腳和鬈曲的黑髮。柏納德不多話，尤其是和大人相處的時候。他成績並不出彩，我們用盡人脈，才把他送進埃斯特高中。我們讓他做過測驗，他分數很高，但很懶散。我覺得他很享受用爛成績來折磨父母。我還能說什麼呢？每個人的青春期都很難熬。」

「他是不是一團糟？」

「沒有。」她立即駁道。「他沒有一團糟，他是個完全正常的青少年，只不過父母親都是專業人士。赫伯和我也許有錯，我們沒有在他成長期間多陪伴他，這點我承認，不會諉過。」

「你幹麼跟我說這些？」

她傾身越過桌子說：「我在想，既然你有這麼多空閒的時間，不妨每週來指導柏納德兩次。」

「這是幾個月以來，第一次有人賞我工作。」

「你願意嗎？」

「你跟柏納德談過了嗎？」

「我為什麼要跟他談？」

「也許他並不想找教練，何況先問一聲比較禮貌。你何不叫赫伯到中央公園，陪柏納德做揮棒練習，甚至打打籃球。」

她聽了咯咯笑。「赫伯根本看不起運動。事實上，他要是知道我想幫兒子找教練，一定氣死。不過柏納德告訴我，無論我們怎麼想，他明年反正都要打球。還有，我覺得你應該對柏納德有些幫助，我想他會喜歡你的，因為你是他理想中的父親，擅長運動，風趣，又沒大沒小。而且我敢打賭，你一定不會拉小提琴。」

「你又沒聽過本人的錄音帶，那些大師根本不是溫格家的對手。你又給我套刻板印象了。」

「你不也給我套了刻板印象。」她不悅地說。

「我沒有。」

「你有，承認吧，你心裡正在想，這個專治心理疾病的陸文斯汀竟然養不出一個快樂的兒子。」

「是啊，我確實是這麼想。心理醫師不懂得帶孩子，一定有理由，我知道很無聊，但確實是個問題，不是嗎？」我坦白說。

「柏納德不一樣。」她堅決表示。「他只是害羞而已，等長大了就會克服所有這些問題。心理學家為何跟他們的子女處不來——我向你保證，並不是所有人都這樣——原因就是他們太清楚不快樂的童年後果有多麼嚴重。這些知識害得這些父母不知所措，連最小的錯也不敢犯。一開始關切過頭，後來就乾脆不管。好了，關於你的報酬呢？」

「錢嗎？錢的事就甭操心了。」

「不行，我堅持公私分明。你可有收費標準？」

「收費標準？你在開玩笑吧。」

「我堅持比照專業行情。你一小時收費多少？」

她從皮包裡拿出一本筆記，用細細的都彭鋼筆寫著。

「你一小時賺多少？」

「這有何關係？」她從筆記上抬起眼說。

「有關係的，醫生。既然你想比照專業，我也想配合你。我不知道紐約客的收入多少，所以需要一些數字參考。」

「我一小時收費七十五美元。」

「好，我接受。」我咧嘴笑說。

「我可沒有同意付你這個數。」

「醫生，因為你是我們家的朋友，我算你優惠價，一小時六十元，不必謝了。」

「練球的鐘點費應該沒法跟心理治療的相比吧。」她說得淡定，但我不喜歡她說「練球」二字時的鄙夷語氣。

「哦，是嗎，為什麼不能相比？有何不同？」

「你不了解上醫學院有多貴。」

「我了解，內人上醫學院是我付的。」

「你們當教練的最高薪是多少？」

「本人的稅前年薪是一萬七美元。」我答道。

「這樣一小時是多少？」

「以一年三百六十五天為例，我教書兼教練九個月，暑假會當棒球教練，一天大概就是四十六塊錢，再除以一天十小時。」

她把數字寫到筆記本上，然後抬眼宣布說：「算起來是四美元六美分一個鐘點。我付一小時五美元。」

「真慷慨。」

「這是你收過的最高薪了。」

「噢，真羞辱人，還一波接一波。」我呻吟著環顧餐廳。「一個教練跟心理醫師單挑，結果竟然在延長賽輸掉了七十大洋。」

「就這麼說定了。」她說著啪一聲合上筆記本。

「不行。既然我在這片戰場上遭到屠殺，我想贏回一點尊嚴。我想免費訓練柏納德。我終究沒法靠當教練餬口。告訴他，我們從後天開始訓練。現在咱們來點個好吃的甜點吧。」

「我已經吃太多了。」

「別擔心發胖，吃完飯，我們會設法弄個搶匪來，讓他一路把你追到中央公園，這是飽食紐約大餐後燃燒卡路里的絕佳辦法。」

「這倒提醒我，記得你在我辦公室遇到的摩妮克嗎？你為何說你是企業律師？她進我辦公室後提到的。」

「我原本說我是教練，但她不信。而且她很漂亮，我想給她好印象，還有，我當時很孤單，想繼續和她搭話。」

「你覺得她漂亮？」

「我覺得她是我見過最美的女人。」

「這很奇怪。那是她第二次歇斯底里，失控地跑到我辦公室。她跟一個在所羅門兄弟投資銀行工作的銀行家搞外遇——至少她是那麼說的。」

「她的心理醫師出城了。紐約有人不看心理醫師嗎？還是他們把不看心理醫師的人都送到紐澤西了？」

「她在我先生的樂團裡吹長笛。你下個月會再看到她。」

「慘了，她一定會問我律師的事。我幫你點杯白蘭地吧。你說的對，我們可以略過甜點。」

白蘭地送來後，我們再次相互敬酒，酒香勾起我的回憶，想起最後一次，我和老哥老姊一起坐在這家餐廳的情景。我們喝著餐廳老闆招待的白蘭地，莎瓦娜拿出四首正在寫的詩，大聲為路克和我朗誦。她打算用連串的詩作寫一部自傳，她為我們朗讀科勒頓的白海豚、爺爺年度的耶穌受難日步行，以及班吉·華盛頓的第一場足球賽。她的文句酣暢熱情，像從芬芳的果園摘桃子般，輕易地營造出鮮活的畫面。她的詩作如鮮甜的果子，而那天夜裡，我們用白蘭地增添了果子的香氣。

「你在想什麼？」陸文斯汀問。

「在想我、路克、莎瓦娜當年在這家餐廳的事。當時我們好快樂啊。」
「後來發生什麼事了？」
「大自然痛恨虛空，但更痛恨純然的快樂。蘇珊，記得我說過我曾經精神崩潰嗎？」
「當然記得。」她輕聲說。
「那不是崩潰，而是過度悲傷，使我幾乎無法行動或言語，我不覺得當時有精神疾病，現在也不那麼認為。我有兩年的時間，抱持這份悲痛過日子，我痛失親人，無法接受撫慰。我指導三種運動項目，一天教五堂英文課，靠工作撐住自己。後來我再也承受不住這份悲傷。有一天我在課堂上朗讀狄蘭．湯馬斯的〈蕨丘之屋〉[19]，被詩句感動到熱淚盈眶。那首詩好美，每次讀都令我感動不已，可是那回不一樣，我哭到停不下來。學生不知所措，我也慌了手腳，但我就是止不住。」
「而你當時不認為算是某種崩潰嗎？」她柔聲說。
「不認為。我以為是巨慟的正常反應，背負那樣沉重的悲傷如此之久而不哭，才是不正常的。一星期後，我走在沙灘上，經過一個長得像我哥的人，我又崩潰了，坐在岩石上望著查勒斯登港抽噎了一個多小時。接著我想起本來要去做一件事，我忘了某件重要的事，但我不知道是什麼。當晚莎莉在沙灘上找到凍得渾身哆嗦的我。」
「你忘了什麼？」
「一場比賽。我忘記我的球隊那晚要比賽，忘記我帶領、訓練、指導的球隊有一場球賽。」

「所以他們就把你解雇了？」

「是的，他們就把我解雇了。於是我待在家裡，拒絕接受任何人幫助。我任由悲傷占據，澈底霸占。一個月後，我老婆和母親要我簽一些文件，送我到醫學院的十樓，接受了幾次電擊治療。」

「這些你都不必告訴我的，湯姆。」

「既然我要訓練柏納德，就應該讓你知道，你請的是個瑕疵品。」

「你是好教練嗎？」

「我是個很棒的教練。」

「那麼我很幸運，你能在我人生這個時候走入我的生活。謝謝你告訴我這些事，我很高興你是在這裡告訴我，而不是在我辦公室裡。我覺得你和我會成為好朋友。」

「有些莎瓦娜的事你沒有告訴我，是吧？」

「我有很多關於莎瓦娜的事都沒告訴你。我沒告訴你的事還多著呢。我剛才提到摩妮克，你稱讚她漂亮，差點沒把我氣死。」

---

19 Dylan Thomas：威爾斯詩人，作家。〈Fern Hill〉這首詩與童年回憶有關，並傷感逝去的快樂日子無法返還。

「為什麼？」

「我覺得她跟我丈夫有染。」

「你為什麼這樣覺得？」

「因為我很了解我先生。我不懂摩妮克幹麼一直跑來找我幫忙，不知道她是出於殘酷，或僅是好奇。她老是要我發誓別告訴赫伯。」

「我很遺憾，但也許這只是你的想像。」

「我不這麼認為。」

「陸文斯汀，我見過你，也見過摩妮克。摩妮克很漂亮，但性格不太好，而且有些刻薄。你今晚穿得如此美麗，我發現你有世界級的好身材。我覺得你有點嚴肅，但我喜歡與你相處。摩妮克和你沒得比，親愛的。」

「不能叫親愛的，湯姆。別忘了，我是女性主義者。」她笑道。

「摩妮克和你沒得比，女性主義者。」

「謝啦，教練。」

「你想去彩虹餐廳跳舞嗎？」

「今晚不行，不過這個夏天，你可以再問我一次。」

「你保證會穿那件洋裝嗎？」

「我得回家了，而且得快。」

「你很安全的，我做過電擊治療。」我從桌邊起身。「走吧，我去付帳，然後幫你攔一輛可怕但鮮豔的紐約計程車。」

「今晚很愉快。」蘇珊・陸文斯汀說。我在細雨中，在韋弗利廣場為她打開計程車門。她在我脣上輕啄一下，我目送計程車消失在夜雨裡。

8

托莉莎奶奶出其不意地回家後不到幾週，便跑去向溫托普．奧雷崔買一副自用的棺材。我們發現她喜歡去科勒頓墓園對死者說話。她跟多數南方人一樣，有自己敬拜先人的方式，墓園簡樸私密的環境令她愉悅。她覺得死亡是一道環繞在神祕大地上黑暗隱形的經線。她自己的死亡，帶給她快樂驚奇的巨大遐想。

由於奶奶不會固定上教堂，也未公開承認自己信仰上帝，因此更能接納異地的靈魂觀，世界觀也更為豐饒。她總是天真地相信星座運勢，按星星的排列位置和黃道的隱晦暗示盤算生活。好奇的她會尋求算命師的建議，相信水晶球明亮的能量、茶渣圖案的隱喻、澈底洗過牌的塔羅牌指示，以及任何其他南方小鎮中啟人疑竇、離經叛道的事物。有個法國馬賽的吉普賽人曾幫她看手相，研究她粗短分叉的生命線，預言她活不過六十歲。她回到科勒頓落腳時，剛滿五十六。她每天看易經，爺爺認為那根本是邪書。她相信通靈板上亂七八糟的指示——無論那些指示多麼隱晦難解。她的信仰，是未經消化的真理問答。她向靈媒、巫醫、算命師求教，這些人是她那活潑無憂的靈魂的氣象播報員，她是我見過最虔誠的基督徒。

奶奶對吉普賽人的死亡宣判深信不疑，她開始為自己的死做準備，彷彿前往一個邊界封鎖觀光客已久的美妙國家。她購買棺材、安排後事的時候，堅持要三個孫子陪伴。一向好為人師的奶奶要我們學習無懼於死亡，她開心地談論即將買下的棺材，像在累人的旅程尾聲確認旅館的訂房。

「這只是生命的最後階段，我想，也是最有意思的階段。」奶奶說。我們沿著潮汐街散步，祖孫經過一間間店鋪，沿路向鄰居及陌生人打招呼問好。

「可是你那麼健康，托莉莎。」路克抬眼望著陽光裡的奶奶。「我聽爸爸說，你以後會在我們所有人的墳上撒尿。」

「路克，你爸爸是個大老粗，拜託你別學捕蝦人說話。」奶奶答道，直直往前走，驕傲得像根桅桿。「我活不過六十歲。幫我看手相的可不是一般的吉普賽人，而是『吉普賽之后』。我這個人只看專科大夫，一輩子沒看過普通醫生。」

「媽媽跟我們說，讓吉普賽人算命是一種罪。」莎瓦娜拉著奶奶的手說。

「你媽這輩子只去過兩個州，不像我見過那麼多世面。」托莉莎哼道。

「吉普賽人說過你會怎麼死嗎？」我打量她，擔心奶奶猝死大街。

「心臟衰竭。」奶奶傲然表示，像是剛剛為最疼愛的孩子取了名字。「我會像石頭一樣地倒下來。」

「你會像禪宗佛教徒那樣安葬嗎？」莎瓦娜問。

「那太不切實際了。」她邊說邊溫和地對五金行的傑森·福德罕點頭。「我希望你爺爺能送我到亞特蘭大，讓我裸身躺在石頭山上，讓兀鷹吞食我的肉體。但他嚇壞了。人家印度就是這麼做的，我不確定喬治亞州的兀鷹夠不夠多。」

「這是我聽過最恐怖的事。」路克一臉崇拜地看著托莉莎。

「我討厭用平凡的手法做事，孩子們，但我能怎麼辦？每個社會都有自己的習俗。」

「你是不是不怕死？」我問。

「湯姆，咱們總有一天都得死，我只是運氣好，能張羅自己的喪事，免得家人到時驚惶失措。我希望把一切準備周齊。」

「你打算買哪種棺材？」莎瓦娜問。

「松木的。我不需要奢華的棺材，蟲子愈快吃掉我愈好。面對現實吧，蟲子就是靠這個活命的，我對牠們要怎麼餬口沒意見。」

「蟲蟲要怎麼吃你？牠們又沒有牙齒。」一行人經過韋恩·范德的理髮店時，路克問。

「得等你在土裡變得軟爛一點才能吃。」托莉莎解釋，聲音高了一個調。這種恐怖的細節讓她興奮激昂。「葬儀師會把你的血放光，讓你乾得像玉米棒，再幫你灌滿防腐劑，防止你腐爛過快。」

「他們幹麼不把血留在你體內？」莎瓦娜嚇得瞪大了眼。

「這樣會爛太快。」

「可是都把你埋到土裡了，你本來就會在土裡發爛啊。」我說。

「他們不希望死人在葬禮上發臭。你們有沒有聞過發臭的屍體？」

「聞起來是什麼樣子？」路克問。

「像一百磅臭掉的蝦子。」

「有那麼臭啊？」

「比那更糟糕，光想就想吐。」

我們來到貝特里路和潮汐街的交岔口，停在科勒頓唯二兩個紅綠燈的其中一個前。港口的帆船隨風傾擺，船帆在陽光照射下薄若紙張。一艘五十英尺長的遊艇在河裡轉彎，船笛長鳴四聲，對控橋員打訊號。戴著棒球帽和白手套的福魯特先生正在十字路口指揮交通，我們等著他允許我們過街。福魯特先生根本不管燈號是紅是綠，全憑直覺和內心的平衡感指揮他小世界裡的交通。

奇妙、怪誕、機警的福魯特先生，是個高大的黑人，長手長腳，年齡不詳，他似乎把科勒頓當成自己的責任。時至今日，我還是不清楚福魯特先生究竟是智力不足，是傻子，或只是個在家鄉口齒不清地對鄰居傳播福音喜樂的無害的瘋子。我不知道他的真實姓名、他有什麼家人，或他晚上住哪兒。我知道他是本地人，他在潮汐街上指揮交通，沒有人質疑他。

新來的副警長曾試圖教福魯特先生辨識紅綠燈，可是他拒絕重新安排自己多年來完美執行的事項。他不僅監控此地來來往往的車流，也使得在本地人良知邊緣中茁長的邪念稍稍模糊起來。一個社區是否人道，就看它如何包容像福魯特先生這樣的人。科勒頓順勢和諧地接納了福魯特先生和他的作法。他隨性而為，覺得有需要就去做，還很有風格。「這就是南方人的作風，是好的那一種行事之道。」奶奶說。

「嘿，寶貝。」福魯特先生看到我們便喊。「嘿，寶貝。」我們也喊了回去。福魯特先生脖子上戴了一只銀哨子，臉上笑意盈盈。他吹著哨子，誇張揮動一對優雅的長臂。他轉身舞向一輛駛過來的車子，左手在削瘦的腕上豎成直角。車子停下來了，福魯特先生要我們過街，他的哨聲與奶奶的腳步完美同步。福魯特先生是天生的交通指揮家，科勒頓所有遊行也都由他帶領，無論婚喪喜慶。那是他在科勒頓上的兩項職責，而他都極其勝任。爺爺總是告訴我們，福魯特先生做得不輸他見過的任何人。

我出生時，科勒頓住了一萬個死氣沉沉的人，每過一年，人口便減少一些。科勒頓奠基在耶馬西印第安人的土地上，被視為一種顯赫的標誌——因為地球上連一個耶馬西族人也不剩了。「耶馬西」一詞閃爍著滅絕的黑暗光澤。殖民者與原住民之間的最後一役，戰場就在我們梅洛斯島的北端。科勒頓的民兵在夜裡對耶馬西族發動奇襲，趁其睡夢之際盡數屠殺，再放出狗群到林中追殺倖存者，像逐鹿般地追趕他們。破曉時，民兵把族人逼至河邊沙地，把他們趕入河裡，用利劍和火繩槍圍殺，婦孺無一倖免。有一次我們找尋箭頭時找到了一小顆頭骨。我從草叢裡撿起頭骨，一顆火繩槍彈在腦殼裡啷噹作響，然後從口裡掉了出來。

我們經過潮汐街邊一排漂亮的白色華廈，行經那棟將製造出我們這個時代最危險夢想的房子。我們朝里斯．紐布里揮手，他站在自家門廊上，望著外邊的河流。里斯是科勒頓最有權勢的人，他是傑出的律師，郡上唯一的一家銀行就是他開的，他擁有郡裡大片土地，還是議會主席。我們向他致意，他是我們的未來，是最神奇的夢想家；但其實我們只是傻呼呼地對溫格家的衰落揮手微笑。

葬儀師溫托普．奧雷崔在潮汐街尾執業，他在那棟維多利亞式大房子的前廳等著。他穿了一襲黑西裝，雙手交握在肚皮上，擺出虔敬的模樣。他身材高瘦，膚色像桌上擺的過期羊乳起司。葬儀社的氣味像枯萎的花朵和未獲應允的祈禱。他祝我們平安，語氣虛矯毫無感情，你會知道他只有在死人面前才會真正舒坦。他看上去像是為了掌握這份工作的細膩之處，親自死過二、三回了。溫托普．奧雷崔的臉，長得就像從沒吸飽血的倒楣吸血鬼。

「我就開門見山地說了，溫托普。我過完六十歲生日後，大概就要死了，我不希望成為家人的負擔，我想挑一口你們家最便宜的棺材，我不要你強迫推銷那種百萬名棺。」奶奶鄭重表示。

奧雷崔先生一臉受傷與不悅，卻溫和地說：「噢，托莉莎，托莉莎，托莉莎。我只會為你做最好的著想，絕不會說服任何人做任何事。我只負責解答你的疑問，為你服務。不過托莉莎，我怎麼不覺得你病了，你看起來像能長命百歲呢。」

「沒有比長命百歲更慘的事了。」她答道，窺望右邊房中一具躺在開敞棺木裡的屍體。「那是強尼．葛林帝嗎？」

「是的，他昨天早晨去世了。」

「你動作倒挺快。」

「我盡力就是了。」奧雷崔先生謙遜地欠身說。「他是個好基督徒，能為他安葬，是我的榮幸。」

「強尼是史上最混帳的王八蛋。」奶奶說著走向棺材，垂眼看著強尼．葛林帝蠟黃僵死的臉。

我們三人擠到棺材邊，打量屍體的面容。

「他看起來像睡著了，不是嗎？」奧雷崔先生驕傲地說。

「沒，他看起來死得很透。」奶奶答道。

「才不，托莉莎。」奧雷崔先生不悅地說。「我覺得他看起來就像能起身指揮約翰．菲利普．蘇薩的行軍進行曲呢。瞧他表情多麼生動，淡淡的笑容，你不曉得，要在癌症死者臉上擠出一絲笑意有多難。我的意思是，任何人都能在屍體臉上弄出假笑，但藝術家才能讓笑容顯得自然。」

托莉莎命令道：「你最好寫下來：我掛點時，臉上不要有笑容。親友來瞻仰遺容的時候，我才不要笑得跟貓一樣醜。還有，我要你用我自己的化妝品，不要你那種廉價品。」

「我用的可是最高級的化妝品。」他挺直了身子反駁。

「我要死得美美的。」托莉莎不理他。

「我會把你打理得明豔動人。」他再度謙遜地垂下頭。

「可憐的強尼．葛林帝。」托莉莎用詭異的溫柔凝望他的屍體。「孩子們，你們知道嗎，我記得強尼出生的那一天，是在他媽媽哈格街的家裡。當時我才八歲，但記憶深刻得像十五分鐘前發生的事。人生就是這點奇怪，我依然覺得自己是一個困在老皮囊裡的八歲女孩。強尼打出生就醜得和麝鼠一樣。」

「他一生過得很完滿。」奧雷崔先生語帶莊重表示，聲音嚴肅得像管風琴上的D大調。

「他這輩子沒幹過一樁有意思的事，溫托普。帶我看看你放棺材樣品的房間。」

「我有一副超級適合你的棺材。」奧雷崔先生說著，帶我們走上曲折的階梯。我們經過右邊一間萬教同流的小禮拜堂，進入擺滿各種形狀尺寸的棺材室。奧雷崔先生直接走向房中央的桃花心木棺材，愛惜地輕拍：「托莉莎，你不必再多看了，這是唯一一副適合你這種身分地位的女士的棺材。」

「松木棺具在哪兒？」托莉莎問，掃視房間。「我不想成為家人的負擔。」

「沒問題的，我們有很寬裕的分期方案，一個月僅須付幾塊錢，等你奔赴黃泉之日，你的家人一分錢都不必付。」

托莉莎用精明的眼神打量棺材良久，撫摸襯在棺材內裡的繡絲。我朝一副棺材走過去，那副的棺材蓋底，以絲布繡著耶穌和使徒的最後晚餐圖。

「湯姆，你看的那副棺材可是上上之選哪。你會發現圖裡沒有猶大，能跟耶穌還有他親信的使徒一起入葬是很棒的，製造商很聰明，好基督徒的安葬之所不該有猶大。」奧雷崔先生說。

「我覺得看起來超棒的。」我說。

「好俗氣。」莎瓦娜低聲說。

「我比較喜歡這副『禱告的手』。」路克在房間另一頭說。

奧雷崔先生開心地說：「衛理教派的人似乎比較喜歡那副，不過那副其實不限宗教，祈禱的手也可以是佛教徒或穆斯林的手。你明白我的意思嗎？托莉莎一向簡約雅致，但我認為她不會介意最後的安息處有裝飾圖樣。請容我如此讚美你，托莉莎。」

「我不需要誇讚，溫托普。你給我看的第一副棺材要價多少？」奶奶說。

「通常大約一千美元，但因為你是我們家族友人，我算你八百二十五美元十六美分就好了，稅外加。」他壓低聲禱告似的說。

「我會考慮看看。你能讓我和孫子獨處一會兒，想想看嗎？這似乎是個重要決定，我想私下與他們討論。」

「當然，我完全理解，本來我也想這麼提議。我就在樓下辦公室，你離開前過來一下即可。如果這裡沒有你看得上眼的，我還有特別的郵購型錄，裡頭列有所有美國製的棺材。」

「你們這個樓層最便宜的是哪一副？」

溫托普．奧雷崔輕哼一聲，像在清出鼻孔裡的髒東西。他僵著背，走到房中一處陰暗的角落，不甚歡喜地摸著一小副槍管色的簡陋棺材。「這口粗糙的棺材二百美元，可是我絕對不能讓你這樣有頭有臉的女士葬在這種東西裡。只有身分不明的流浪漢和低下的黑人才會用這口棺材。你不會想讓人瞧見你用這種東西，害家人沒面子吧。」

奧雷崔看奶奶的那副眼神，彷彿聽到她建議用雞屎幫她掩埋到脖子。奧雷崔深深一鞠躬後離開，讓我們私下商議。

我們一聽到他走下樓梯，奶奶就說：「想到那個食屍鬼在我死後會看到光溜溜的我，我就想吐。」

「太噁心了，托莉莎。我們不會允許的，我一眼都不准他瞄。」莎瓦娜說。

「他切開死人的血管把血放淨前，得先脫光死人的衣服。反正到時候對我來說已經沒差了。我只是希望能由溫托普．奧雷崔以外的人來做。你們聽到他的語氣了，往裡頭添點醋，就可以直接淋上凱撒沙拉了。要是跟他爭，他會鬱悶好幾天的。來，誰來拿一下。」

奶奶從包包裡掏出一台小相機交給路克。「這是幹麼用的？」路克問。

奶奶把一張直背椅挪到奧雷崔建議的第一副棺材邊，小心翼翼地脫掉鞋子，快手快腳地爬上去。我們一旁看著，我一句話都沒說。她爬進棺材裡，像坐進火車頭等艙一樣，躺下後，來回扭動身體調整位置，動動腳趾，試著伸展身體，然後閉上眼睛，動也不動。

「我不喜歡底下彈簧的感覺。」她終於說道，眼睛依然緊閉。

「這又不是床墊，本來就不該像旅館的床。」莎瓦娜說。
「你又怎會知道這應該是什麼感覺了？這玩意兒得花我好大一筆錢，至少得讓我躺了舒服吧。何況我會在裡頭躺上好一陣子。」托莉莎說。
「快點從棺材裡出來啦。」我哀求著跑到窗邊把風。「被人瞧見，就全都完了。」
「我看起來如何？」奶奶困惑地問。
「什麼叫『我看起來如何』？你看起來好極了。」莎瓦娜答道。
「我的意思是，我在棺材裡看起來如何？」她說，眼睛還是沒張開。「這件衣服和棺材顏色搭嗎？還是我應該穿去年復活節在香港穿的紫衣服？」
「去年復活節我們又不在香港。」路克說。
「也對。嗯，我想這一件比較端莊。我最討厭人死後看起來不夠莊重，路克，幫我拍幾張快照。」
「我不能這麼做，這樣不好。」
「除非看到我躺在裡面是什麼樣子，否則我絕不會買這副棺材。你不會要我不試穿就把衣服買下吧？」
路克拍了幾張照，朝我們聳聳肩，又從不同角度取景。
「布朗鑫太太要上樓來了，奶奶，拜託你出來吧。」我低聲叫。
「誰管那個老巫婆怎麼想。她是我同學，當年她不值一提，現在還是。孩子們，聽我說，等我大限到來，可要幫我好好打點髮型。我要妮麗．雷．巴金斯幫我梳頭，**千萬不要**，我再強調一次，**不要威瑪．哈奇斯**，她只配打掃頭髮，不配梳頭。告訴妮麗，我要弄成我最近讀到的那種誇張的法國新髮型，有點炫的那種。就算老娘掛了，我也要成為全郡的話題。還有……有人記筆記嗎？應該要有人寫下來，你們小孩子一定記不全……我想把頭髮染成紅色。」

「紅色！」莎瓦娜訝異地大叫。「你染紅頭髮看起來會很可笑，很不自然！」

奶奶仍閉著眼，頭部舒服地安躺在緞枕上，平靜地說：「我小時候是紅頭髮。我以前有一頭美麗的紅髮，不像住在波恩橋路的泰莉佛，她的是噁心的黃銅色。我留了一束自己十五歲時的頭髮，染色能配得上。妮麗擅長調色，威瑪連復活節彩蛋都搞不定。何況，莎瓦娜，誰想當個自然的死人？拜託，我只是想給自己的葬禮注入一點活力。」

「葬禮不該有什麼活力。」莎瓦娜反駁。「好啦，拜託你在奧雷崔先生回來前，從棺材裡出來吧。」

「我的嘴看起來怎麼樣？我的嘴要弄成這個樣子。再幫我的嘴巴拍張照，路克。別忘了，我不要奧雷崔那個混球在我臉上擠笑，他幫死人擠笑可是出了名的，就是那種快樂升天與主同在之類的狗屁。我想要莊嚴肅穆的樣子，像氣度不凡的皇后。」

「什麼叫氣度不凡的皇后？」我問。

「我也不太清楚，可是聽起來是我嚮往的。等回家後，我再翻字典查一查。親愛的莎瓦娜，麻煩把我包裡的粉餅盒給我，我想檢查我的妝容。」

莎瓦娜把手探進大包包裡，撈出一只金色的小粉餅盒，交給躺倒的奶奶。她打開盒子，用小小的圓鏡打量臉龐，在鼻子臉頰上撲了些粉，才滿意地關上盒子，交給莎瓦娜，再次閉上眼睛。

「完美，我的妝容很完美，正是我要的樣子。路克，再拍一張照，我就是要用這種色號的口紅。奧雷崔只用那種塗消防車的玩意，應該只准他幫黑鬼上妝……」

「有人來了。」我指著門口叫。「奶奶，求求你快從棺材裡出來。」

「湯姆，你歇斯底里的時候一點都不可愛。」

「你不該叫人家黑鬼，很不友善。」莎瓦娜罵道。

「你說的對，小公主，我不會再那麼說了。」

「有人來了，求你出來。」路克在托莉莎耳邊低語。

「嘻嘻嘻，那更好，剛好可以試試。」奶奶咯咯笑道。

露比·布朗鑫一陣風似的進來，想打聽什麼又故作莊重，她的灰髮一絲不苟地往後梳，一對眸子像葡萄乾嵌在鬆垂的肉上。她胖碩高壯，小孩子一見便覺得畏懼。此人在科勒頓頗具「分量」，她站在門口緊緊瞅住我們，那是討厭小孩的老人才會有的詭異眼神。她在郡內的聲名，部分得自她對其他居民的健康狀況窮追猛問的好奇，她經常出沒於醫院與葬儀社。人們實在應該禁止她出現在火災現場。她家裡和車裡都裝了警用無線電，連最可怕的車禍現場也能看到她在殘骸邊探頭探腦。

她衝進來問：「你們幾個孩子在這裡幹什麼？你們家很多年都沒出事了。」

我們還來不及回答，她已瞥見雙手疊放在腹部、安詳躺臥在棺裡的托莉莎。

「事情一定發生得很突然，我竟然沒聽說。」布朗鑫太太說。

她不理我們，快速穿過房間，站到棺木旁端詳奶奶。

「瞧瞧可憐的溫托普・奧雷崔在她臉上整出的蠢笑。」她用骨瘦蒼白的食指對著路克比畫。「全郡的人下葬的時候都是咧嘴笑的，除了這點，溫托普算是幹得不錯。托莉莎看起來很自然吧？幾乎像還活著。」

「是的，夫人。」路克說。

「她是怎麼死的？」

「我不太確定，夫人。」路克答道，語氣哀切，還望向我們求援。莎瓦娜和我雙雙搖頭，表示我們不打算整她。莎瓦娜走到窗邊看著外頭的河流，雙肩發顫，就快憋不住了。我則是嚇到無法領略這個荒謬狀況的趣味。

「你說不知道是什麼意思？是心臟病嗎？還是她在非洲得了什麼癌症？還是她的肝？我猜一定是她的肝臟，她喝酒喝得可凶了，我敢打賭你們都沒人知道。她在大蕭條期間離開你們爺爺，她離開那天我記得清清楚楚，我還送了一鍋菜到你們爺爺家，她對全能的上帝可有得解釋了。葬禮什麼時候舉行？」

「我不清楚，夫人。」路克說。

「你不知道你親奶奶何時下葬？」布朗鑫太太問。

「不知道，夫人。」路克說。

「她什麼時候死的？」

「求求你了，夫人。我太難過了，不想談這事。」路克說著，突然用手摀住自己的臉，肩膀因憋笑而顫抖。

布朗鑫太太好心地說：「別難過了，孩子。死亡是很自然的事，黑衣馬車夫總有一天會來載我們所有人，送我們回到審判椅上。我們只能做好準備，等待召喚。我知道你很難過，因為你大概覺得你家奶奶此刻正在地獄受火刑，但那是她的選擇，她選擇過罪惡的生活，這對大家來說是個好例子，教我們要好好在人世間生活。我給你們一人一片口香糖吧。」她從皮夾裡拿出一包開過的黃箭口香糖，俐落地抽出三片。

「嚼口香糖有助於忍哭，而且會讓你們口氣清香。現在的孩子老有口臭，你們知道為什麼嗎？因為他們媽媽沒教他們刷舌頭。我知道，你們會覺得我瘋了，可是我母親教我，勤刷牙，也得好好刷舌頭。」

布朗鑫太太發口香糖給路克時，奶奶伸手抓住她的手腕阻止她。托莉莎直挺挺地從棺材裡坐起來，接過口香糖，拆開包裝放入自己嘴裡，然後躺回棺材裡慢慢咀嚼。

房裡一片死寂，接著露比·布朗鑫發出尖叫，奪門而出，腳步聲像是三階併作一階地往下奔去。

奶奶兩手往棺側一撐，手腳俐落地從棺材裡跳出來。她把鞋子套回腳上，露出邪惡的笑容悄聲說：「我知道從後邊出去的路。」

樓下的布朗鑫太太十足歇斯底里，我們聽到她試圖對溫托普．奧雷崔解釋剛才的情形，但她嚇得口齒不清。我們跟隨奶奶走下後頭的窄梯，穿過太平間後邊一方磚牆圍成的小花園。等我們安全逃離，四個人趴在草地上尖聲狂笑，直到肚子痛。奶奶笑得把腿蹬在空中，連內褲都露出來了。莎瓦娜和我在彼此懷裡打滾，把嘴巴按在對方肩上，努力悶住笑聲。只有路克笑到失聲，但他顫得像隻渾身濕透的小狗。

托莉莎的笑聲傳遍大街，她樂聲般的笑聲如同喉中發出的鈴聲，引人注意。她的笑聲像激烈熱情的浪潮，從腳趾湧向嘴巴。

笑聲間歇時，我們聽到她哀求說：「拜託別再讓我笑了，拜託讓我停一停。」

等到我終於能回答，我問：「為什麼？」

她又忍不住地大笑幾聲，笑完了才喘著氣說：「每次我笑這麼凶，就會尿褲子。」

我一聽這話便笑不出來了，可是路克和莎瓦娜卻笑得更厲害。

「拜託你，托莉莎，千萬別尿褲子，你是我奶奶啊。」我說，可是我嚴肅的哀求語氣害她又笑了起來。她像受傷的蟲子，在頭頂上擺動一雙細瘦的腿，白色的小內褲在陽光下閃閃發光。

「把你的腿放下來，托莉莎，我都看到你底下了。」我求道。

「我要去尿尿，我快尿出來了。唉唷喂呀，忍不住了。」托莉莎尖聲喊道，哈哈笑著站起來。

她跑到杜鵑花叢後拉下褲子，失控地瘋狂大笑，淚水直流，嘩嘩地往杜鵑花上撒尿。

「噢，天啊，奶奶在城中心給植物澆水了。」我大叫。

「小聲點，孩子。」重新控制呼吸後，奶奶說：「你小聲點，把內褲遞給我。」

她穿回底褲，從杜鵑花叢後走出來，再次恢復迷人的女性特質與貴氣。我們還能聽到露比・布朗鑫的尖叫聲從太平間和維多利亞式的大走廊上一陣陣地傳出來。

我們再次集結，手勾著手走回潮汐街，遵從福魯特先生的指揮，再次過街。

9

春天時，母親會在髮上簪梔子花，當她到我們房間親吻道晚安，我們會看到宛若從國王花房裡偷來的，白珠寶般光豔明麗的花朵。等花叢裡的梔子花枯萎落地，僅餘空中留下的一抹殘香，我們知道不久玫瑰就要開了。我們依照母親髮上日日更迭的花園為春夏作記。對我而言，女人簪花扶鬢的動作，有說不出的韻味和雅致。我用風情萬種的動作，彌補我缺失母愛的悲傷與遺憾。我從母親這個天真迷人的習慣裡，學到第一個畢生難忘的教訓，從而了解到我們這個南部小地方扭曲而殘酷的階級觀。日後我還會看到很多，但沒有一回像首次如此傷人，令我如此記憶鮮明。

母親到科勒頓購物時，總戴著梔子花。她雖然很少買太多東西，卻喜愛逛街的過程與客套，喜歡在櫃檯邊與人閒話家常，和老闆開心聊八卦，享受鄰近商街的熱鬧熙攘。母親進市區的日子總是精心打扮，走在潮汐街上的萊拉．溫格是科勒頓最美麗的女人，她自己也清楚。看母親的步態，看男人見她走來時殷勤有禮的眼神，實在是一大享受。母親經過時，女人看她的眼光還多了層別的意思。母親經過店家前面，稍事停留，欣賞櫥窗上自己的映影，享受她行經後引起的騷動，我看到科勒頓的女人一臉不以為然。母親的步態渾然天成，她僅展現美好的一面。她頭戴梔子花，帶著精心的妝容，在一九五五年的五月，走入莎拉．柏司頓的衣服店，對伊莎貝爾．紐布里和蒂娜．白蘭奇道「早安」，兩位女士正在為科勒頓聯盟的年度春季球賽挑衣服。紐布里太太和白蘭奇太太客氣地回應母親的寒暄，母親從架子上取下一件她負擔不起的衣服，走到店後的試衣間，路克和我在福德曼五金行裡看釣竿。母親站在試衣間裡，聽到伊莎貝爾．紐布里對朋友說：「如果萊拉嘴裡銜著玫瑰，像佛朗明哥舞者一樣彈著手指出席盛會，我也不會太訝異。她就是愛作怪。我真想拔下她頭上的花，教她如何好好打點自己的指甲。」

兩人說那些話時，莎瓦娜正陪著母親在試衣間，伊莎貝爾．紐布里沒瞧見她們走回來。母親笑了笑，手指抵住嘴脣示意，轉頭看鏡子裡的自己，抬手取下髮上的梔子花，丟到垃圾桶，又打量自己的指甲。母女倆在試衣間待了一個鐘頭，假裝考慮是否要買下那件她永遠買不起的衣服。從那天起，我們便再也沒見過母親在髮上插過一朵花了，在我們漫長的童年裡，也未見她受邀參加過一場晚宴。我想念那些梔子花，還有她經過身邊時留下的甜香。母親散發的迷人香氣，令蜜蜂和崇拜她的兒子迷醉。如今，只要一聞到梔子花香，我便像年幼時那樣想起母親，而每思及女人的指甲，便不免恨起伊莎貝爾．紐布里，恨她偷走了母親髮上的花朵。

⚓

溫格家有兩種人：寬恕型的，以爺爺為表率。爺爺窮其一生致力免除鄰人的罪和對他的侵擾；另一種類型的溫格族人，可以記仇一個世紀或更久，迄今為止，這類族人占大多數，他們對傷害與不公銘記於心，跟這些姓溫格的結下梁子，保證幾個世代後仍會有溫格族人前來尋仇。溫格家的人把怨氣傳給孩子，這些爭執與萌生的世代仇恨，就像損壞的傳家寶般注入我們的血液。我屬於第二類型的溫格人。

父親掌著捕蝦船船舵，叮囑我們：「你們要是沒法撂倒學校裡的敵人，就等個二十年，再去揍他老婆和孩子。」

「要積極面對，是吧，爸比？」莎瓦娜會重述母親的老話。

「得讓他們知道後果，莎瓦娜。萬一他們不明白，有時就得當面給他們教訓。」父親答道。

「媽媽不許我們打架。」我說。

「哈，你媽呀，那娘們才是咱家真正的狠角色，你若一個不留神，她會挖出你的心，在你面前吃給你看。」父親吼道。

老爸說這話時，語氣充滿欣賞。

「購衣慘案」一年多後，梔子花的議題才又被提起。我從學校餐廳走去自己的置物櫃時，看到陶德．紐布里和三個朋友指著我的腳。陶德是伊莎貝爾和里斯．紐布里的獨生子，有獨子特有的驕氣，關於他的一切，似乎都被無限放大，變得無比重要。陶德站在一群古怪但伶牙俐齒的男孩中間：狄奇．狄更斯和法雷．布萊索都是銀行員之子，父親皆受雇於里斯．紐布里；馬文．葛朗特的父親則是該銀行的律師。我從小就認識這一票人。

「鞋子挺漂亮的嘛，溫格。」我從他們身邊經過時，陶德說。其他人跟著哄笑。

我垂眼看著今早穿上的球鞋，鞋子既不新也不舊，只是很破罷了。

「很高興你喜歡，陶德。」我說，其他三個男生笑得更厲害了。

「看起來好像從死掉的黑鬼腳上偷來的。我從這兒就聞到臭味了，你都沒有樂福鞋嗎？」陶德說。

「有啊，但鞋子放在家裡。」我答道。

「是要留著春耕時穿嗎？老實承認吧，你這輩子根本沒有過便鞋。」他問我。

「我爸爸說你們家連燉湯的帶骨肉都買不起，又怎麼買得起樂福鞋？」法雷．布萊索說。

「鞋子放在家裡，我爸媽不許小孩穿樂福鞋上學。」我答道。

「你說謊，溫格。我這輩子沒遇過一個不撒謊的河邊窮鬼。前幾天我聽我媽說，溫格家的人是世上最低等的白人，我挺同意我媽媽的看法。」陶德說。

他從皮夾裡掏出一張五元鈔票，扔到地上。

「拿去，溫格，五塊錢沒法幫你買雙新的樂福鞋，不過你家裡已經有一雙了，不是嗎？騙子，去買雙新球鞋，免得我到處聞到你的臭腳。」

我蹲下來撿起五元鈔票，朝陶德．紐布里一遞，說：「不必了，多謝，陶德，把錢收回錢包裡，我不需要你的錢。」

「我只是想當個好基督徒，只是想讓窮人有衣服穿。」

「請你把錢收回去，放進你的皮夾裡，我很客氣地請求你。」

「被河邊的窮鬼碰過之後就不行了，上頭已經有你的細菌啦。」陶德說，一幫人大笑起鬨。

「你若不收回皮夾裡，我就讓你把錢吞回去。」我看著陶德．紐布里的反應，第一次明白原來自己個頭很大。

「你打不過我們四個人。」陶德自信滿滿地說。

「我可以。」我反駁道。

我揍了陶德，往他臉上送去三記老拳，拳拳見血，讓他閉上狗嘴。陶德沿著牆壁滑倒，坐在地上大哭，不可置信地望著他的朋友。

「揍他呀，他打我。」陶德大喊，但其他三個男孩卻從我們身邊逃開。

「把錢吞下去，陶德，否則我再揍你。」

「你不能逼我，河邊的流氓！」他大喊，我再次痛扁他。老師從後面抓住我時，陶德正在吞紙鈔，老師把我送進校長辦公室。

打架的消息傳到學生耳中，走廊上群情沸騰。陶德的血染在我的白T恤上，我就這麼挺著確鑿的罪證，站在卡爾登．羅伊校長面前。

羅伊先生以前是大學運動員，精瘦，金髮，通常十分和善，可是被惹毛了也會大發脾氣。他是那種少數以校為家的教育家，不允許學生在學校打架鬧事。我這輩子從沒給校長惹過麻煩。

「好吧，湯姆，告訴我出了什麼事。」老師走後，校長平和地說。

「陶德拿我的鞋子生事。」我垂眼看著地板說。

「所以你就打他了？」

「不是的，先生。他罵我家人是河邊的人渣，丟給我五塊錢叫我去買新鞋。」

「然後你就揍他了。」

「是的，先生，然後我就揍他了。」

門邊一陣喧鬧，接著陶德．紐布里衝入房裡，手上拿了條染血的手帕按住自己的嘴唇。

「你最好痛打他一頓，羅伊先生，把他往死裡打。我剛才打電話給我爸爸，他打算叫警察來。」

「發生什麼事了，陶德？我不記得請了你到我辦公室來。」羅伊先生問。

「我站在自己的置物櫃旁邊，忙我自己的事，結果這傢伙就從後面撲過來了。我有三個證人能證實我的話。」

「你對湯姆說了什麼？」羅伊先生問，一對棕眼看不出情緒。

「我一句話都沒對他說，我幹麼跟他講話？溫格，希望你會喜歡感化院。」

辦公室的電話響了，羅伊先生拿起話筒，眼睛仍盯著陶德。是教育局長打來的，我聽到羅伊先生說：「是的，埃瑪先生，我知道這事，兩個男孩現在都在我辦公室。不，紐布里先生若想見我，可以請他到我辦公室來。這是學校的事務，我不需要到他辦公室討論。是的，先生，我會處理，謝謝您來電。」

「讓你學個教訓，別惹姓紐布里的，我保證讓你牢記。」陶德對我說。

「閉嘴，陶德。」羅伊先生說。

「羅伊先生，你最好別這樣跟我說話，我父親會不高興。」

「我叫你閉嘴，陶德。」他重申道。「你去上下一堂課，我自會處置溫格先生。」

「你會把他痛扁一頓嗎？」陶德問，還拿著手帕壓住嘴唇。

「會的，我會把他痛扁一頓。」羅伊先生說著，拿起書桌上的板子。陶德對我笑了笑，離開房間。

羅伊先生揮著板子走向我，他要我站好，彎下身，讓我扶住膝蓋。他把板子往後一揚，作勢要把我打成兩半，接著只輕敲了一下我的屁股，溫柔得有若主教輕撫虔誠孩子的面頰。

「湯姆，如果你在我的學校裡再跟人打架，我保證會打爛你的屁股。還有，如果你再跟陶德．紐布里打架，而沒能讓他澈底閉嘴，我一定把你往死裡打。明白了嗎？」

「明白了，先生。」

「好啦，現在我要拿板子打這本地理書，每次我一打，你就叫一聲，要叫得跟真的一樣，因為我會告訴里斯．紐布里，說你的屁股被我打開花了。」

他拿著板子痛擊書本，我則發出慘叫。那天，在羅伊先生的辦公室裡，我決定將來到學校教書。

當天放學回到家，母親已等著我。我見過她生氣，但從未見她如此失控。我才從後門進去，她便開始抽我耳光，路克和莎瓦娜試著把她從我身邊拉開。

「你這個下流的小王八蛋，你想找人打架是吧。」她尖聲罵著連發出手，我躲到爐子和冰箱間的角落裡。「你來找我打呀。你如果想跟其他人一樣，我就用待他們的方式對你。你想丟我跟家裡的臉是嗎？我是怎麼教你的，你給我耍流氓？」

「對不起，媽媽。」我哭著用臂膀護住自己的臉。

「別打了，他已經被校長揍過了。」莎瓦娜大叫著想抓住母親的手。

「我要打死他。」

「住手，媽媽。立刻住手，他打紐布里家的孩子又沒錯。」路克喝道。

「如果我放任小孩變成流氓，人家會怎麼想我？好人家的孩子再也不會跟你們來往了！」

「媽媽，紐布里侮辱我們家，所以湯姆才會揍他。換是我也會打他。」路克解釋。

「他說我們家什麼了？」母親停下揮到半空中的手問。

「他罵我們是下流人。」我卸下防禦說。

她重重甩我一巴掌，我再次舉臂防護。

「然後你就證實他的話了，你這個笨蛋！我可憐、愚蠢、低劣的兒子。不理會他才是上上之策，才能證實你是更好的人……有教養，有家教。你在我的調教下，一直是個無可挑剔的紳士。」

「噢，母親。你又把話講得像婦聯會的主席了。」莎瓦娜說。

「必須努力昂頭挺胸走在大街上的人是我！現在大家都知道我教出了一個流氓，而不是個有教養的少年。」

「難道你希望目中無人的小紐布里把你的家人踩在腳下嗎？」莎瓦娜問。

母親氣得大吼：「人們有權利發表自己的意見。我相信憲法第四條修正案或之類的規定，那是所有美國人應有的權利，他怎麼想，跟我們一點關係也沒有。我們應該抬頭挺胸，讓他們瞧瞧我們不在乎他們的看法，不屑與他們計較。」

「我在乎他們的看法。」我說。

她又賞我一掌，尖著嗓子吼道：「那你最好更在乎我的看法，因為我要教你如何做人處事，否則你乾脆死了算了！我不許你學你父親，我不允許！聽見了嗎？」

「你現在的樣子就跟父親一樣。」莎瓦娜說，屋中一片死寂，母親轉向她唯一的女兒。

「我用我僅知的方法做事，莎瓦娜，我打湯姆，是因為我知道我兒子有走上歧途的風險，我知道你們所有人的風險。我若不好好管教你們，指引你們，逼你們發揮極限，這個惡劣的地方和凶惡的世界就會把你們生吞活剝。你們以為我沒從咱們的失敗中學到教訓嗎？瞧瞧我。我是什麼？我什麼都不是，一文不名。一個一無所有的捕蝦人的妻子，住在島上的一棟小房子裡。你以為我不知道人家怎麼想我、怎麼看我嗎？但我不會讓他們稱心如意。」

「媽媽，你太過在乎了，你拚命想成為別人。」莎瓦娜說。

「我不許你用拳頭解決問題，那是被你父親帶壞的。」

「湯姆只是要讓大家明白，要嘲笑溫格家很容易，但相當不智。大家覺得溫格家的人沒用無所謂，可是他們到處亂說話可不成。」路克說。

「打架剛好證實了他們的看法，紳士不會打架。」

「媽媽，湯姆是在捍衛**你的**榮譽，他知道你很重視別人的看法，但爸爸不在乎，我們也不在乎。」路克解釋說。

「我在乎。」我說。

媽媽又轉頭面對我：「你若在乎，就跟我去紐布里家，親自向陶德道歉，然後向他母親道歉。她今天打電話給我，用最不堪的話指責我們。」

「所以你才會那麼生氣。所以才把湯姆往死裡打，就為了伊莎貝爾・紐布里。」莎瓦娜說。

「我才不向他道歉，媽媽，你絕對沒辦法逼我向那個混蛋道歉，天塌了也不成。」我說。

紐布里家位於潮汐街一處水櫟環繞的小丘上，就在十一棟維護良好的華宅中央，美國內戰之前，豪宅裡住著大農場的權貴人士，南北戰爭澈底終結了支持那些權貴的系統。內戰爆發前，一幫分離主義者在這房子裡開祕密會議，討論成立邦聯[20]，會議的主持者正是伊莎貝爾・紐布里的曾祖父羅伯特・萊特利爾，後來死於圖里芬尼之役的炮火下。內戰期間，科勒頓在皇家港灣海戰後落入聯邦軍手裡。聯邦軍徵用這棟宅邸作為醫院，受傷的士兵等待截肢期間，把自己的名字刻在大理石壁爐架和木地板上。那些受盡折磨、滿身繃帶的傷者，那些未上麻藥、在一個陌生而充滿敵意的土地上等候手術刀的人所遺留下的塗鴉，讓這棟豪宅顯得格外重要。紐布里家的扇形窗門背後融合了痛苦與歷史，那些不知名人士在大理石和木頭上胡亂刻下的痕跡，使陶德・紐布里童年所住的這棟宅第，變得與眾不同，永垂不朽。

我們穿過前院，來到前門，母親又低聲叮囑我，在貴婦面前奴顏婢膝的要領。

「你就對她說，你非常抱歉，很後悔會發生這種事。你告訴她，你對自己的行為愧疚不已，昨晚甚至還失眠。」

「我睡得跟寶寶一樣香甜，連想都沒想這事。」我說。

---

20 Confederacy：美國內戰中，南部各州組成的聯盟，對抗北部各州。

「閉嘴，我在告訴你該說什麼，你給我看好聽好就對了。如果你真的很乖，說不定她會讓你看看她家那個刻滿可憐北方男孩名字的壁爐架。北佬一進到好房子就淨幹那種事，在房子裡亂刻字，因為他們太沒教養了。南方人絕不會那樣。」

我們走上房子的前階，母親輕叩著橡木門上閃亮的黃銅環，聽起來像船錨敲在沉船上的聲音。我站在門廊的陽光裡，清著嗓子，撥弄皮帶，不安地換著腳步。我相信自己有過更不自在的時候，但一時間想不起來。我聽到輕盈的腳步聲朝門邊走來，伊莎貝爾．紐布里來到我們面前。

我從未見過像伊莎貝爾．紐布里這樣令人不寒而慄的人，她雙脣蒼薄無色，嘴巴寫滿清楚的非難，漂亮的尖鼻算是五官中比較好看的。她站在房子陰影處優雅地抽動鼻子，彷彿受不了我身上的氣味。她有一頭金髮，但顯然染過。

然而最引我注意，令我屏息的，是那對閃著藍晶色的冰冷眼神，她的眼周布滿皺紋，直射向太陽穴，彷若兒童繪畫裡的陽光。她額頭上有三道平行深刻的皺紋，一皺眉，皺紋就跟著擠動。她一生中的每道傷口與悲哀都寫在臉上，就像那些害怕手術的北方士兵，留下走過的刻痕。伊莎貝爾．紐布里比我母親小一歲，那是我第一次明白，人類老化的速度並不相同。我母親隨著年齡增加而益發美麗，我還以為所有女人都這樣。我無言而慚愧地站在那兒，本能地明白伊莎貝爾．紐布里為什麼不喜歡我母親了，那跟母親是否姓溫格無關。時間殘酷地早早在伊莎貝爾身上落下抹不去的痕跡，她身上透著病氣，由心開始腐壞，滲到眼中。

「什麼事？」她終於說。

「伊莎貝爾，犬子有事要對你說。」母親表示，語氣滿是期望與懊悔，好像打傷陶德・紐布里的人是她。

「是的，夫人，紐布里太太。昨天的事我真的很抱歉，我想向陶德和您，還有紐布里先生道歉。整件事都得怪我，我為發生的事負全部責任。」我說。

「伊莎貝爾，他都快擔心死了，我可以作證，他昨晚一刻都沒休息，事實上，他半夜把我叫醒，說想今天過來，表達歉意。」

「真感人啊。」紐布里太太答道。

「紐布里太太，請問陶德在家嗎？可以的話，我想跟他說說話。」

「我不確定他想不想跟你說話，請在這裡稍待，我去問他。」

她關上門，母親和我站在門廊上，緊張地面面相覷。

「這風景真不錯。」母親終於說道，走向其中一道欄杆，隔著棕櫚樹的窄葉望向海灣。「我總是夢想住在這種房子。你爸爸第一次帶我到科勒頓的時候，答應我等他發達了，一定買下其中一棟豪宅給我。」說完母親頓了一下，然後表示：「這裡的蝦子不夠多，買不了這種房子。」

「她可真好，把我們晾在屋外。」我憤憤地說。

「噢，那個呀，無所謂啦，我們不請自來，她一時忘了禮數。」

「她明明是故意的。」

「你難道不會想在夜裡坐到這些柳條編的椅子上喝冰茶，對著經過的人揮手嗎？」

「我想回家。」

「等你向陶德道完歉，才能回家，你動手打人，我還是覺得很丟臉。」

門又開了，幽靈般站在陰影裡的紐布里太太冷著臉走入天光中，母親和我轉身面對她。

「我兒子沒有什麼話要對你說，孩子。」她說「孩子」二字時，一點也不親切。「他希望你離開。」

「伊莎貝爾，湯姆若能見到令公子，只要一下子就好，我相信他們一定能夠言歸於好，成為朋友。」

「朋友？我才不許陶德跟這種人來往。」

「可是伊莎貝爾，你跟我是朋友，我們認識那麼久了。前陣子我才跟亨利聊起在家長會上聽你說到的事，我們都笑了。」母親接著說。

「萊拉，我們確實認識，畢竟這是個小地方，每個人我都認識，但並非人人都是我的朋友。我倒是想告訴你，如果這個小惡霸再敢動我們家陶德一根寒毛，我就報警。再見，你知道怎麼出去吧？」

「知道。」我聽到母親說，接著聽她聲音硬起來。「我們知道怎麼出去，因為我們從未被邀請進屋。再見，伊莎貝爾，謝謝你撥冗。」

我跟著媽媽走下門廊和台階，聽到她含混地對自己喃喃發誓些什麼。她快步走在兩片整齊草地間的人行道上。母親天生走路慢條斯理，一旦腳步加速，就看得出她多生氣。母親左轉走向市區，差點撞到街上的里斯．紐布里先生。

「唉唷，萊拉，我可沒聽見消防鈴響。」他說。

「噢，哈囉，里斯。」她狼狽地說。

「什麼風把你吹來的？」紐布里先生瞥見我跟在母親身後，心情差了起來。

「里斯，我們兩家的孩子昨天起了一點小爭執，你大概也聽說了。」

「是啊，當然聽說了。」紐布里先生冷冷地打量我。

「呃，我帶湯姆上這裡道歉，是他想來的，我覺得他欠令公子一個道歉。」

「萊拉，你真好。」他的目光調回我母親身上，神色柔和了許多，但我瞥見那凜然的眼光中有一抹憤怒。「男孩子有時候難免起爭執，這樣才顯得出男子本色。」

「我無法忍受那種行為，我不許我兒子跟人打架。昨晚校長打電話來後，我把湯姆狠狠揍了一頓。」

他再次看著我，打量我良久，彷彿這輩子第一次見到我，彷彿我突然值得他留意。

「道歉是勇敢的行為，孩子。我自己就不善於道歉。」

「你兒子也是。」我說。

「這話什麼意思？」

「他不肯下來接受我道歉，叫我們離開你們家。」

「請跟我來。」他說著轉身走上他家步道，兩步併做一步地跳上台階。

他沒等我們，逕自沒入屋裡。我們在階梯平台上猶豫不前，然後小心翼翼走了幾步，進到前廳，等待傳喚。有張東方地毯從前廳一路鋪到房屋後方彎弧的桃花心木階梯邊。

母親指著地毯說：「東方的，這來自東方。」

又指著上方的吊燈悄聲說：「英格蘭，那是英格蘭製的，我記得在春季巡屋展時見過。」

「我們的家為什麼沒被列入巡屋展裡？」我低聲回道，想開開玩笑。

「因為我們住在垃圾場。」母親低聲說。

「我們幹麼這麼小聲說話？」

「因為進到里斯．紐布里家作客，這才是有禮的舉止。」

「我們是他家的客人嗎？」

「當然是了，他邀我們過來，真是太好了。」

我們聽到後門重重甩上，然後看紐布里先生從房子後方走進前廳。

「伊莎貝爾得出門買點東西，她說請把這兒當自己家。我帶湯姆去見犬子，你何不喝點酒櫃裡的東西？」

他讓母親勾著臂膀，帶她穿過客廳，進到華麗的嵌板小室，裡頭皮椅油亮，房中聞似皮革廠。

他對我母親微笑道：「想喝什麼，萊拉？你喜歡喝什麼，夫人？」

「一點酒就行了，里斯，這房間好美。」

他為我母親倒了杯酒，帶她坐到壁爐邊的椅子上。

「請自便，我們去去就回。」紐布里先生說，聲音膩到能擰出油。「我們男人要到樓上的書房開個會。」

「真是太感謝了，里斯，你有心處理，實在太好了。」

「我喜歡有勇氣的男孩，我自己不是一向都這樣的麼？」他說完大笑。「來吧，湯姆。」

我跟他走上樓梯，看見他襪子頂端肉呼呼的白腿，他個頭很壯，但肉很鬆垮。

我們來到他的書房，牆上擺滿一排排的皮裝書。他要我坐到一張面對他書桌的椅子上，然後去找他兒子。我細看書背的書名：薩克萊作品集、狄更斯作品集、查爾斯．蘭姆作品集，以及莎士比亞。陶德跟著他父親進屋時，我沒有抬眼看。紐布里先生要陶德坐到我邊上的椅子，然後繞過書桌，坐到他那張大椅子裡。他從雪茄盒裡取出一根雪茄，用牙齒咬掉一端，從外套口袋掏出金色打火機把菸點上。

「你是不是有話想對我兒子說。」他對我表示。

看到陶德腫脹的臉，我嚇了一跳。他雙唇瘀腫，右眼下方有嚴重瘀傷，我這才明白他為什麼不想面對我。

「陶德，我來跟你道歉，我為自己的行為感到非常抱歉，以後我再也不會那樣了，希望我們能握握手，言歸於好。」

「我絕對不會跟你握手。」陶德說，瞪著他父親。

「你為什麼要打我兒子，溫格？」紐布里先生問，朝我噴了口青煙。

陶德插話說：「爸爸，他跟他哥哥在學校操場襲擊我，我只是剛好經過，我在忙自己的事，他哥哥就從後頭撲過來，這傢伙就揍我的臉。」

「你哥哥為何不跟著一起過來道歉？我一向討厭二打一。」紐布里先生說。

「你為什麼撒謊，陶德？」我不可置信。「你明知道當時路克根本不在附近。何況，路克壓根不需要我，他一個人就能把你活吞了，你很清楚的。」

「你對我說的是實話嗎，兒子？」紐布里先生問陶德。

「爸爸，如果你想相信那個下三濫，而不信我，就隨你了，我才不在乎。」

「紐布里先生，他昨天罵我家人是垃圾，是下三濫。」我直視他說。

「你說了人家家人的壞話嗎？」

陶德的眼神在屋裡亂飄，然後表示：「我只是把實際情況告訴他而已，我是開玩笑的。」

「你有罵他家人是垃圾嗎？」

「我說過類似的話，但我記不清了。」

紐布里先生用凌厲審問的眼神看著我，接著說道：「然後你便不高興，在你哥哥的幫助下，一起打了我兒子。」

「我哥哥跟這件事沒關係。」

「溫格，你是個不要臉的騙子。」陶德從椅子上站起來說。

「紐布里先生，我打陶德並不需要我哥哥幫忙。陶德弱得跟水一樣。」我投訴道。

紐布里先生瞪著我，同時問陶德：「你為何罵他家人是垃圾，兒子？」

「因為他們就是垃圾！溫格一家向來就是本地的白人垃圾！」陶德對我尖聲罵道。

「所以您的兒子才會挨揍，紐布里先生，他不懂得閉緊他的嘴。」我憤憤地說。

「他在這裡不需要閉嘴，這裡是他家。」紐布里先生說。

「我不喜歡你把我家弄臭。」陶德說。

「把聲音壓低，兒子，溫格太太在樓下呢。」紐布里先生警告，接著對我說：「湯姆，你覺得你們家如何？我很好奇，真的非常好奇。」

「我以我們家為榮。」

「可是為什麼？你有什麼可引以為榮的？你母親是個好女人，也許脾氣有點差，但她非常努力。可是還有別的嗎？你爺爺腦子有問題，奶奶算得上是婊子，但還是把兩個浪子拐上結婚聖壇了。你爸爸幹什麼都失敗，我甚至認識你曾祖父呢，他是個會把老婆打到半死的酒鬼。我不明白你幹麼那麼生陶德的氣，他不過是說出實話罷了。你何不乾脆承認你們家連狗屎都不如？真正的男子漢會面對現實，認清真相。」

我啞口無言地看著他，他叼著雪茄衝我笑。

「湯姆，就算你沒辦法承認，我也要你明白一件事。你再敢碰我兒子一下，敢動他一根寒毛，你就等著讓河裡的螃蟹幫你收屍。我老婆想把你交給警方，可是我不喜歡那樣辦事，我按自己的法子，照自己的時機做事。我會報仇的，你連是我在背地裡搞你都不會知道。可是你會明白的，你夠聰明，因為我要你從這次經驗學到教訓。姓溫格的休想動紐布里家的人，這是本地的規矩。你之前不明白，但現在懂了。你聽明白了嗎，湯姆？」

「是的，先生。」

「很好，孩子。好啦，陶德，我要你跟湯姆握手。」

「我才不想跟他握手。」

「起來，我叫你跟他握手。」他父親命令道。「不過在你們握手之前，我要你甩他耳光，重重給他一巴掌。」

陶德不敢置信地望著父親，我看他都快哭了。這房裡有兩個快哭出來的男孩。

「我做不到，爸爸，他會在學校揍我。」

「他永遠不敢再碰你了，我保證。」

「我辦不到，爸爸，求你了，我沒辦法摑別人耳光。」

「你給我打。照照鏡子，瞧他對你幹了什麼。生氣啊，兒子，看他是怎麼羞辱你的，然後打他那張醜臉。紐布里家的人不會輕易放過那種人，他就坐在那兒，兒子，他希望你打他。他今天到這兒，就是讓你能和他打平。他在求饒，因為他知道跟紐布里家的人結仇是件蠢事。」

「我不打，我才不要打，爸爸，你為什麼老要把事情弄得更糟？你為什麼總是這樣？」

紐布里先生站起來，在菸灰缸裡捻熄雪茄，繞過書桌，走過兒子身邊，站著面對我。我垂下頭，專心看地毯上的花紋。

「抬起頭，湯姆。」

我抬起眼，接著他重重朝我臉上甩了一掌。

我哭了起來，聽見陶德也跟著哭了，接著紐布里先生垂眼低聲對我說：「絕對不可以跟任何人說我打你，我這麼做是為你好。如果你敢跟任何人說，我就把你們一家趕出這裡。還有，拜託你，孩子，別再傻到跟紐布里家的人過不去。好了，你們兩人握手當個朋友，我真的很希望你們成為朋友。湯姆，你先待在樓上，等心情平復後去洗把臉，然後下樓。我會跟你漂亮的母親談談。」

陶德．紐布里和我哭著握手，他父親離開房間。

我知道自己必須下樓面對母親的質問，我被人澈底羞辱，但我不想也讓母親受罪。我從這種粗暴的方式中似乎發現了權貴人士如何鞏固地位的手法。我走到書房外的浴室，擦乾眼淚，把臉洗淨。我任水嘩啦啦地流了一陣子，小心翼翼地在浴室地板上到處撒尿，心想：我，湯姆．溫格，是個徹頭徹尾不知悔改的下三濫。等我走出浴室，陶德還在哭，他仰頭靠在皮椅上，淚水撲簌簌地流下腫脹的面頰。

「請別告訴任何人，湯姆，我求你了，拜託別告訴學校裡任何人，他們已經夠討厭我了。」

「如果你不那麼混帳，沒有人會討厭你。」

「會的，他們會的，因為他是我父親，每個人都恨他。你難道看不出來，我沒辦法阻止他打你嗎？」

「我知道，那不是你的錯。」

「他老是幹那種事，我只能忍。」

「你為什麼跟他說路克幫了我？」

「我非那麼說不可。他可以理解我被兩個人揍倒，可是他若知道只有你一個人，一定會逼我再去學校找你單挑。他生氣時好嚇人。」

「我父親也是。」

「可是你父親不會恨你，我父親從我出生那天起就討厭我。」

「為什麼？」

「因為我長得不好看，我不強壯，因為我一點也不像他。」

「我會很高興自己一點也不像他。」

「他是南卡羅萊納最顯貴的人。」陶德反駁道。

「那又如何？你自己都說了，沒有人喜歡他。」

「他說，如果人們畏懼你，你就能控制他們。」

「所以他才能獨自坐在這間大房子裡，掌摑惹他孩子的小孩。你家有錢有勢有基底，我替你高興，但我一點也不想當你。」

「我不該那樣罵你家人。」

「是的，你不該那麼說。」我同意道。

「他們沒有那麼垃圾，科勒頓有幾十個更垃圾的人家，甚至好幾百戶。」

「多謝你啊，臭胖子。」我又生氣了。

「我不是那個意思，我太不會說話了。我想說的是，你隨時可以到我家來，我集郵，家裡還有撞球台，我們放學後可以一起玩。」

「我再也不想到這房子來了。」

「我可以帶你看看那些可憐的北佬把名字刻在哪兒。」

「就算你帶我看薛曼將軍在哪兒拉屎，我也不在乎；我才不要待在這棟房子裡。」

「也許哪天我可以去你家。」

「你連我住在哪裡都不曉得。」

「我知道的，你住在梅洛斯島。」他說著起身走到本郡的大地圖旁，航海圖上以小小的數字列出了所有河川溪流的深度。

我看著地圖，研究我們島嶼的輪廓，那是一片不規則的綠鑽，四周藍海環繞。

「我們島上為什麼釘了紅色圖釘？」我問。整張地圖用圖釘釘出了一個不規則的方陣。

「噢，那個呀。爸爸在他打算買下的地點全釘上紅圖釘，綠圖釘則是他擁有的地產。」

「整個郡都是他的了。他為什麼要我們家的島？」

「買地是他的嗜好，他說土地即財富。」

「我可以向你保證，他休想得到那片土地。」

「如果他非要不可，就一定弄得到手。他向來說到做到。」陶德簡白地說。

「你想來就來吧，反正我攔不了你。」

「但你不是真心想要我去，對吧？」

「是。我得去找我母親了。」

「你知道我有哪一點搞不懂嗎？湯姆，我不懂為什麼學校同學那麼喜歡你，卻不喜歡我。」

「答案很簡單，根本不是啥祕密，因為我比你友善多了。我會跟人打招呼，不管他們的爸爸是幹什麼營生的。這點你從來做不到，你不對任何人說嗨。」

「我不習慣隨便跟人打招呼。」

「無所謂。那麼大家把你當混蛋，你就別生氣。」

「我送你下樓。」

母親坐在小房間裡，紐布里先生不管說什麼，她都咯咯地笑。她優雅地交疊著雙腿，啜飲一杯酒。紐布里先生用莊重精確的手勢強調他的話時，顯得十分友好而迷人。我在等他談話結束的期間，仔細記下他的特徵。他跟他太太一樣有對藍眼，但藍眼中帶著綠斑；當他看著從後院潑入房中的陽光，綠斑似乎就會跟著變色。他的手掌不大，粗短，沒有長繭，所有動作都帶著慵懶的味道，彷彿神經系統蒙了一層絲布。他的聲音低沉黏軟，說話相當自戀，母親當然是對他澈底折服的。

「萊拉，所以我跟州長說，『費里茲，你知道邊喝酒邊談這件事是沒有用的，你下個禮拜到科勒頓，咱們在我的辦公室碰面，把這件事情搞定』，星期一早上，他就到這兒了，手裡拿著帽子。我非常尊敬我們的州長——事實上，我是他選委會的一員——但我認為生意歸生意。」

「我太贊同了，里斯，我從不認為友誼應該影響生意。」母親熱切地說。

紐布里先生抬眼看到站在門口的陶德和我，揮手要我們進房間。他還沒開口，我便聽到母親看到陶德的臉時發出的驚呼。

「噢，陶德，親愛的，你的臉。」她離開椅子，愛憐地撫摸他的臉。「我真的好抱歉，希望湯姆告訴過你，他昨晚被我狠狠抽了一頓。噢，陶德，可憐的孩子。」

「沒事，溫格太太，是我自己活該。」陶德說，我聽完鬆了口大氣。

「你們倆可有好好談一談？」紐布里先生鐵著臉問。

「有的，先生。」我回答。

「萊拉，如果你們有任何問題，請儘管來找我。」紐布里先生說著從椅子上站起來，送我們到前門。「畢竟遠親不如近鄰。」

到了前門，紐布里先生攬住我的肩膀，陪我走下台階，他用力捏住我的左肩，作為警告。「真正的男子漢才會勇於道歉，湯姆，我很欣賞你過來釐清事況，此事我不會再提一個字了，我知道你也不會。花一整天的時間，多了解你一些，非常值得。我向來喜歡年輕人，年輕人是未來，沒錯，是本郡的未來。」

「再見，湯姆。跟你聊天很開心。」陶德站在他父親背後說。

「再見，陶德。」

「下回見，里斯。拜拜，親愛的陶德。」我母親說。

走了半條街後，喝了小酒、加上在紐布里家受款待了半小時而有些微醺的母親表示：「我向來都跟人說嘛，最成功的男人，也都是最好的人。」

「湯姆，你為何要跟我說這件事？」陸文斯汀醫生問。我在她辦公室已經講了快一個小時。「此事跟莎瓦娜似乎無關，而是關於你如何成為今日的樣子。為什麼要提這件事？紐布里先生打你的時候，莎瓦娜甚至不在場。」

「這件事我只對莎瓦娜說過，我沒有告訴爸爸或路克，因為我覺得他們可能會去街上堵紐布里，打斷他的狗腿。當天晚上我就告訴莎瓦娜了，我們熬到很晚，想弄清楚這件事情的意義。」

「但這件事情並未直接影響到她。我的意思是，她當然能感同身受，覺得受到傷害與羞辱，但對她的一生似乎沒有任何直接的衝擊。」

「在某方面而言，這件事在她的過往裡很重要。你現在看不出來，但我快要講到重點了，我已經盡量說快了。我試著略過只影響到我的部分，可是現在看來，一切似乎息息相關。有很多片段，前所未有地在我心中拼湊起來。」

「可是你沒有對我說清楚，你一想通之間的關聯就得立即告訴我。我知道令堂對她的社會地位精心算計，對莎瓦娜影響甚鉅。這點你說得非常詳細了，可是莎瓦娜與紐布里家可有任何關係？」

「我母親給你寫過信嗎？」

「有的，在我們第一次通話之後。」

「你手邊有那封信嗎？」

她走到書桌邊的檔案櫃，拿出一封信走回來。我認得母親在信封上的字跡。

「信在這裡，信裡寫的都是對莎瓦娜的支持。」

「我母親很會寫信，她是個好作家。莎瓦娜的天分不是平空而來的。你注意到寄件地址了嗎？」

「在查勒斯登。」她拿起信封說。

「你還注意到什麼？」

「不是吧！」她驚駭地說。

「正是。」我說。

10

我在中央公園，看一頭北極熊默默忍受六月底的悶熱天氣。公園南側鱗次櫛比的大片高樓在我身後遮出長長的陰影，雖說蔽去了動物園裡大多的陽光，卻無法真正為北極熊消暑解熱。一隻鴿子在荷蘭雪梨酒店和動物園之間的氣流中遨翔，沒有瞧見張著羽翼、伸長利爪，往下俯衝兩百英尺的飛鷹。老鷹擊斷鴿子的背部，細小的羽毛落在狒狒的籠子上邊。鴿子也許以為，住在紐約市，至少能避開老鷹，就像我一樣，可惜紐約是個充滿驚奇的地方。穿越動物園時，我總覺得會有神奇的動物從陰暗的牢籠深處瞪著我——某種適合這個城市的動物，比如在老舊的鐵欄上打磨螺旋角的獨角獸，或朝著飛散在人行道上的報紙噴火的龍。然而我只看到用蹄子怯怯扒土的黃鹿，以及在漂亮毛皮上搔著曼哈頓蝨子的豹貓。

我從動物園直接穿越公園，走向跟蘇珊·陸文斯汀家公子會面的地方。我不斷抬眼尋找另一隻老鷹，卻只能看到擠簇在公園四周的高樓大廈。

柏納德·伍德夫站在中央公園西側、他父母公寓附近的一棵小橡樹下等我。我朝他走過去，看出他遺傳到母親靈秀漂亮的長相，只是鼻子更高挺些。他比我預期中高大，一雙手纖長細緻，站著不動時，手指幾乎都能碰著膝蓋了。他有一頭豐密鬈曲的漂亮黑髮，襯托瘦削的臉龐，可是這孩子的態度讓我立即擔心起來。柏納德臉上寫著傲慢，唇下繃著青少年的不平——年輕男孩在軟弱無力時常用虛張聲勢和冷笑掩飾自己的心虛。柏納德擺出一副故作硬漢、經過槍林彈雨洗禮的曼哈頓男孩、街頭小子之姿，來面對我。我們都還沒說話，我這個在一代又一代男孩中身經百戰的老教練，已經從他的黑眸底下看出敵意，聽到他反抗世界的隱隱雷聲。

「嗨，柏納德！」我大喊一聲，示意我要走近。「我是湯姆．溫格。」

他沒吭半個字，卻抬起眼，用百無聊賴而狐疑的眼光打量我。

「嗯，我也猜是你。」等我走近時他說。

「你好嗎？」我伸出手。

「還行。」他望著車陣後方應道，把我的手當空氣。

「天氣不錯，挺適合打球，是吧？」

「還可以。」語氣滿是敵意，意思是告訴我，第一次碰面不打算給我好臉色。

「你在這裡等很久了嗎？」

「等夠久了。」像是對車陣說的，不是對我。

「我迷路了。我在中央公園老是迷路，這裡比我記憶中的大。」我坦承道。

「沒人要你來。」他瞥我一眼說。

「錯了，小伙子。」我沉聲說，受夠他的愛理不理。「你母親要我來的。」

「她老是逼我做我不想做的事。」

「是嗎？」

「是的，沒錯。」

「你不想要我教你打球。」

「咦，你很快就抓到重點了嘛。況且我學校裡已經有教練了。」

「你去年下場打過任何球賽嗎？」我問，看得出他聽到我語氣中的質疑。

「我只是高一生。」

「你去年下場打過任何球賽嗎？」我把問題重複一遍。

「沒有。你在哪裡當教練？」

「南卡羅萊納。」

「呦，了不起。」他大笑。

「不，沒什麼了不起。」我的聲音差點凍在喉頭裡。「不過我向你保證，我指導過的球隊，能打敗埃斯特高中史上任何隊伍，把他們趕到大西洋裡。」

「你怎麼知道。」他輕蔑地問。

「因為我不指導那種因為爸媽不想他們在家裡亂晃而被送去讀寄宿學校的富家少爺。」

「那又怎樣？」

我看得出自己戳中他的痛處了，但我不打算輕易放過他。「我的學生沒有人拉小提琴，他們會把拉小提琴的小鬼生吞活剝。」

「是啊，但我敢打賭，他們也沒有一個人會被逼著拉小提琴。」他答道。

「我不打算逼你跟我學足球，我不想把時間浪費在傲慢、自以為是的小鬼身上。我只指導真正愛足球的孩子，不教被媽媽逼著學的屁孩。」

「我媽媽連我去年開始打球都不知道。」

「你去年稱不上打過球，柏納德。」我很驚訝這孩子一直不願意直視我。「你自己說了，你連一場球賽也沒打進去。」

「你不懂，那是因為我進度落後，我從沒讀過有足球隊的學校。」他抱怨。

「你打哪個位置？」我問。

「四分衛。」

「我也是四分衛。」我答說。

「所以呢？」他一臉不屑，右半邊臉都變形了。「我來這裡是要告訴你，我不需要你。」

我拋給他一個橫向傳球，他接得挺好。我跑出十碼，對他說：「把球傳給我。」他傳球精確，但不是很穩，球的弧度不錯，很輕巧。我接住球，一言不發地轉身步離中央公園。我知道他還盯著我。

「喂，你要去哪裡？」

「回家。」我頭也不回地說，我聽到他跑過來追到我身後。

「為什麼？」

「因為你不配，小鬼，去拉你的小提琴，哄你爸媽開心吧。還有，我無法忍受你的態度。如果連我都受不了，你要如何帶領球隊？如何從一個愛發牢騷又只會自憐的臭小鬼變成一個四分衛？」我尖刻地說。

「聽我說，剛才那是我六個月以來傳的第一顆球。」

本人目前沒有同情他或原諒他的心情，便答：「看起來倒像是你這輩子傳的第一顆球。」

「把球扔回來，我再試一遍。」他的聲音第一次有了變化，我停下來看著他。

「我們先談一談。」

「你想談什麼？」

「你的嘴是其中一項。」

「你想要我怎樣？」

「把嘴閉上，小伙子。」我冷冷地說。「柏納德，我不在乎你是不是喜歡我。這位同學，我也不確定自己會不會教你打球，可是我講話的時候，你得直視我的眼睛。就這樣，一點也不難。下次我伸手跟你握手，你敢假裝沒看到，我就打斷你手上每根骨頭。還有，跟我講話要放尊重，好好說。好了，現在……我要你告訴我，你幹麼拿這個世界出氣？你告訴我的，我保證一個字都不會告訴你媽，但你是個討人厭的混蛋，我想幫你釐清原因。」

他呼吸粗重，渾身哆嗦，十分不安。

「你去死。」他的聲音帶著哭腔。

「我同意，跟你扯上關係的時候，就已經死過一回了。」

「我根本沒有問題。」他極力控制自己的聲音。

「那你就錯了。」我使出殺手鐧，我討厭我那愈來愈冷漠凶惡的語氣。「你是我這輩子見過最不快樂的小鬼。我能看透你一些事，而我才認識你五分鐘。你在這個天殺的世界裡半個朋友也沒有。孩子，埃斯特高中的冬天很寂寞吧？他們欺負你嗎？還是嘲笑你？我知道他們排擠你，可是他們是不是同時也把你的生活變成活生生的噩夢了？他們會揍你嗎？你看，我太了解男生了，我知道他們如何對待一個格格不入的人。你的朋友叫什麼名字？告訴我他叫什麼名字。」

孩子哭了，雖然拚命忍，淚水卻潰堤而出。他雙肩顫抖，嗚嗚哭泣，雙手摀住自己的臉，淚水從指縫間流出，滴在草地上。

接著他抬起頭，望著自己淚濕的雙手。「我哭了，你害我哭了。」他詫異地說。

「我欺負你呢，柏納德。我希望你哭，看看你心裡可還有一丁點人性。」

「你就是這樣教球的嗎？」他苦澀地問。

「像你這種小鬼嗎？是啊，我就是這樣教的。」

「我不喜歡。」

「我一點也不在乎，小子。」

「我媽說你人很好，她說謊。」
「我對好人非常好，對喜歡我的人很好。」
「我要把你說的話都告訴她。告訴她你如何對待我，所有的一切。」他威脅道。
「我的膝蓋突然發軟囉，小朋友。」
「她認為大人應該以成人的方式對待小孩。」
「是嗎？」
「是。她絕對不會喜歡這樣，我向你打包票。」柏納德說，還是無法控制自己的呼吸。
「咱們去見她吧。現在就走。」
「她在工作，正在看診。」
「那又如何，我們可以找她中間休息十分鐘的時候，你就可以把我說的一切都告訴她了，然後我再解釋原因。」我堅持。
「她工作的時候不喜歡浪費時間。」
「我也不喜歡。小鬼頭，你剛剛浪費掉我一堆時間。」
「你叫這工作？」他又一臉鄙夷。
「我稱這個叫辛苦錢。」我再度揚聲說。「這是一種殘酷罕見的處罰，一種折磨，我討厭跟你這種小鬼在一起。」
「誰要求你這麼做了？」他嗆道。

「令堂大人。所以咱們去她辦公室把這件事情搞定。」

「不要，那樣只會給我惹麻煩。」

「不會的，柏納德。她只會像對待大人那樣地跟你說話。」我忍不住嘲弄他。

「哼，那好，我會告訴我父親，讓你們兩個都有麻煩。」

「你沒法給我惹麻煩的，柏納德。」

「哦，是嗎。你知道我父親是誰嗎？」他指著我說。

「不知道，他是誰？」

「他是赫伯．伍德夫。」

「你們同姓啊？」我真是受夠柏納德了。

「你知道他是誰嗎？他是世界上最有名的小提琴家！」柏納德對我吼道。

「哇，我一向『最怕』小提琴家了。」

「他認識一些很有權勢的人，位高權重的人，先生。」柏納德說，聲音如此憋屈可悲，感覺又要哭了。

「會很辛苦嗎，柏納德？當個混蛋會很辛苦嗎？每次我遇到爛人，就想問這個問題，可惜我從來沒有機會問。」我厭倦地說。

他誇張怪異地把雙手往空中一揮說：「你是那樣看我的，呃？你又不了解我，你不可能跟人聊個十五分鐘就了解他。」

「你又錯了，柏納德，有時只要半分鐘，你就能把一個人摸透。」

他轉身像是要離開，接著停下腳步，呼吸再次變得困難起來。「我寧願你不去找我母親談。」他低聲說。

「好吧。」我答道。

「你的意思是，你不會去說？」他轉身面對我。

「我不說。這要求很合理，而且你問得挺客氣，我想獎勵良好的行為。」

「你見到她之後，會怎麼對她說？」

「令公子非常自然地就決定繼續練小提琴，不練球了。」

他的眼神再度飄回地面，用球鞋踢著泥土。

「我去年沒打過球。」

「你母親說你父親看到了你跟球隊的照片。」

「我是器材管理員，我想入隊，可是沒成功。教練第一天就叫我們做擒抱，可是我這輩子沒擒抱過任何人，大伙都在笑我。」

「你記得誰笑你嗎？」

「當然記得，怎麼了？」

「因為，如果讓我指導你，我們會讓那些小伙子笑不出來……我會教你狠狠地擒抱，一旦被你撲倒，他們會以為自己給大車撞了。不過你為什麼要把參加球隊的事情告訴你爸？」

「我想讓他以為我在隊上。」

「為什麼？」

「不知道。因為我知道他一定會不高興。他痛恨運動，我對運動感興趣，會把他氣到半死。」

「你對運動並不感興趣，柏納德，你這個下午已經向我證明了。」

「你不太喜歡我，是不是？」他半哀求半哀怨地說。

「柏納德，我一點也不喜歡你，我不喜歡你對待我的方式，不喜歡你的態度。你是個無禮又不快樂的混蛋，我不知道足球能否幫你一把，因為這種球類運動唯一的好處，唯一的優點，就是打起來趣味無窮，如此而已。除此之外，足球是項愚蠢無用的運動。你這輩子好像沒有過半點樂趣，不過對我而言，更重要的是，我覺得指導你不好玩。我喜歡足球，並且認真對待，足球對我是件快樂的事，我不想被你破壞這種樂趣。」

「我父親逼我每天練兩個鐘頭的小提琴。」他激動地說。

「柏納德，我向你保證，我寧願會拉小提琴，而不是打球。如果我會拉小提琴，我一定練到優美至極，悅耳到林子裡的鳥兒都飛出來。」

「你會彈奏任何樂器嗎？」

「不會。你知道我能幹什麼嗎？我還能把球擲到四十碼外，那能使我成為各種晚宴的熱門人物。好了，柏納德，我得走了，很高興認識你，很遺憾咱倆合不來，我很喜歡令堂，我保證不會對她提發生的事。」

我離開這個鬱鬱寡歡的小鬼，打算穿過公園到第五大道。我走了二十碼，右手拿著球，享受握球時指節扣緊縫帶的感覺。柏納德沒有說再見，什麼都沒說——直到我聽見他在後邊喊我。

「溫格教練。」

我很久沒被人喊教練了，聽到後詫異又感動。我回過身，看到柏納德半抬著手，用悲傷懇求的姿勢，發顫而高揚撕裂的聲音，努力想友好地擠出話來。

「教我。」他說，又掉淚了。「請你指導我，我希望他們別再嘲笑我了。」

我轉身向他大步走回去，以柏納德．伍德夫這輩子所不知道的嶄新方式向他走去。我以導師和教練的身分回到他身邊。

「我們會讓他們血濺沙場。我向你保證，他們會先嘲笑你，然後死得很慘。你得答應我幾件事。」我對孩子說。

「什麼事？」他狐疑地問。

「你得閉上嘴，柏納德。你講話讓我很不爽。」

他倒抽口氣：「哦，好啦。」

「正確的回答方式是：『是，先生。』咱們得遵守一定的規矩與形式，我們在這個球場碰面的時候，你可以稱我教練或先生，隨你喜歡。無論任何情況，都不得遲到，我叫你做什麼就做什麼，而且要做得帶勁。我會立刻讓你調整體重，每天把你操到人仰馬翻，我對你的家庭生活、音樂課、性生活、青春痘或任何其他事情都不感興趣。我不會成為你的朋友或試圖要你欣賞我。我會教你如何看起來像個足球員，動起來像個足球員。我會教你阻截、擒抱、棄踢、奔跑、傳球的技巧，我會把你訓練得很好。你的體格不錯，很不錯，我會讓你變得強壯，把你鍛鍊到你所想像不到的強悍，因為你要阻截和擒抱的對象是我。」

「可是你比我魁梧多了。」

「閉嘴，柏納德。」

「是，先生。」他答道。

「還有，柏納德，等我讓你練跑練到倒下，讓你舉重到無法動彈，逼你做伏地挺身做到滿口草皮，練擒抱練到雙手抽筋後，你的三流人生將會發生前所未有的變化。」

「什麼變化，先生？」

「你會愛死我。」

11

我的母親一直孜孜不倦地創造自己，從未終了；她總是處在未完成的狀態。母親口中的童年往事全是謊言，她用虛構者輕率叛逆的態度解讀自己的身世。她從不會被難堪的真相嚇倒，任由謊言也成為孩子身分認同的重要部分。

她在我童年的每一天都展現不同的樣貌，兒時的我從來搞不清她的真實面目，而我身為男性，也從來不曾從她身上獲得明確的訊息。我像個地理學家，終生探索母親的性格，卻怎麼樣也解決不了地球極點或熱帶區上的不規則地形。母親前一刻還微笑淺露，讓我想到廣告上羞怯的天使；下一刻，同樣的笑臉卻令我想到海鰻的藏身處和恐怖分子的藏身處。我從來搞不懂這個女子。

母親私下訂定了一大套未經測試的行為規範，這些法則完備了她狡猾的騙術。科勒頓每個人都低估了萊拉．溫格的力量，包括她自己在內。我花了三十年，才了解這個把我養大的女子是天生武藝高強的戰士。她的子女在後來討論母親的各項天賦時，列出一份她游刃有餘的職業清單。我們認為，她可以是喜瑪拉雅山某個神祕國家的公主、刺殺內閣小官員的刺客、表演吞火的魔術師、AT&T 電信公司老闆的老婆、把聖人頭顱獻給國王的肚皮舞孃。有一次我問路克，覺不覺得母親漂亮，他提醒我，母親美到足以把亞特蘭大的殺人巨漢從林子裡引誘出來，讓邪惡的卡蘭沃德對她痴迷不已。

「所以那證明她很漂亮嗎？」我問。

「對我來說那就是證明。」路克說。

萊拉．溫格悲慘的童年，在喬治亞山區度過，父親是酒鬼，脾氣暴烈，在她十二歲生日時死於肝硬化；母親在紡織廠上夜班，在她十六歲時因棉肺症去世。喪母之後，她搭巴士到亞特蘭大，在帝國飯店租了間房，到戴維森百貨公司當見習生。兩個月後，她遇到我父親，犯了少女會犯的錯，愛上這個來自南卡羅萊納、花言巧語的飛行員。我父親以南方土地大亨之姿出現，說自己是個對「漁業」感興趣的大農場紳士，壓根不提自己是捕蝦人，直到兩人回到梅洛斯島。

但我母親當時便已經開始篡改自己的人生。她告訴科勒頓的人，說她父親原是喬治亞州達洛尼佳的成功銀行家，可惜被大蕭條擊垮。她以堅強的意志，把素樸的母親——那位照片上頂著一張苦情大餅臉、貌似豬排的女子——說成與社會名流來往的優雅貴婦。多年後，母親仍會喘聲地急於強調是「社會名流」。她用她的聲音營造出一批少數的精英權貴，他們漫步在高爾夫球場的綠地，慵懶地坐在寶藍色泳池邊，男士在一片暮光中輕聲細語，戴著白手套的侍者送上水果冰沙。我們雖為捕蝦人和織工之後，但我們也拿母親的白日夢和謊言為自己編造不實的形象。莎瓦娜是我們家族的第一位詩人，但萊拉．溫格絕對是第一個善於杜撰故事的人。

至於子女，母親矛盾地把我們視作她的同謀與敵人。她是我所知的母親裡，唯一把自己遇人不淑一事怪罪到孩子頭上的。她把我們的出生看作是對她犯下的罪行。母親絕少抱怨命苦，因為她不願承認，除了少數幾次情急了，才會坦承她的不悅。她有張洋洋灑灑的樂觀詞彙表，在公開場合表現得過度歡樂，愉快過頭。我們到學齡時，母親志願參與科勒頓所有的慈善工作。她慢慢變成郡內居民眼中緊要關頭能夠倚重的人。外人覺得她人美性善又勤快，老爸根本無法與她匹配。萊拉．溫格集各項優點於一身，跟陸軍元帥一樣厲害。

我從父親身上遺傳到幽默感、能吃苦、健壯的體魄、壞脾氣、對海洋的熱愛，以及一事無成的傾向。

母親賦予我更黑暗而有用的天分：對語言的喜愛、撒謊不會懊悔、殺手的本能、熱愛教學、瘋狂、浪漫的狂熱性格。

我、莎瓦娜、路克全都程度不一地承襲了這些基因，後來母親在一次痛苦的哭喊中總結道：「路克是極端分子，湯姆是失敗者，莎瓦娜是瘋子！」

那時母親已經被科勒頓，以及這個未能理解她恥於僅扮演捕蝦人之妻的家，給澈底擊垮了。

成長期間，我心中滿是對母親的同情，以及對父親的無言憤怒。事情不必非得如此，亨利・溫格根本配不上她。父親脾氣差，力氣大，滿腦子一夕致富的爛點子，還有一雙鐵拳，但母親有她自己的盤算。她對我們所有人證明了，沒有什麼比一個慢慢浮現的單純夢想更強大，更壓制不了。她希望成為受重視、有地位的女子。她在科勒頓的低下身分已經坐實了，但她拒絕接受這種痛苦的社會現實。一九五七年，母親想方設法要爭取到進入科勒頓婦聯會的提名，一場殊死之爭於焉展開。

一八四二年，伊莎貝爾・紐布里的曾祖母創立了科勒頓婦聯會。婦聯會在章程中明定成立宗旨，意在發起科勒頓全體公民之善行與義舉。婦聯會成員來自最好的家庭，而且總是納入科勒頓郡內最傑出的婦女。正是這項最後的附帶條件，使我母親樂觀地懷抱期望，希望自己有一天能獲選為正式會員。一開始的激勵，不久後變成了難以平息的渴求。母親提名會員一事，遭委員會一致否決，伊莎貝爾・紐布里做出的尖酸總結最後傳到母親耳裡：「萊拉・溫格根本不是當婦聯會會員的料。」

不是當婦聯會會員的料。母親聽到這句刻薄的結語，想必大受打擊。這種南方小鎮式的冷血批判，如此率直毫不修飾。母親盡心盡職，從不抱怨；她僅是埋頭工作，希望藉此說服婦聯會的會員，她的加入對婦聯會必然大有益處。母親直到一九五九年，才第一次真正逮到機會，說服科勒頓婦聯會的成員相信她的價值。

當年的四月，婦聯會在週報上刊登全版廣告，邀請郡內所有婦女投稿食譜，投稿內容可能納入收錄南方最佳食譜的食譜書裡。母親視之為絕佳良機，打算以她的廚藝讓食譜書委員會留下深刻印象，其中包括一大幫詆毀她的人。母親從櫥子裡翻出所有過期的《美食》雜誌——托莉莎在一九五七年幫她訂閱的。正是這本雜誌引領她進入烹飪的世界，使她成為科勒頓最厲害的廚子之一。

母親不僅閱讀雜誌，還澈底研究。她向來擅長南方料理，連鬆餅、一小把豆子、現宰炸雞都做得別具風味。她甚至能把油脂烹調得芳香可口。母親在細讀《美食》雜誌的過程中，領悟到食物的配置備辦是一種有力的社會階級表徵，她發現有一種比南方菜更高級的美食後，便全心展開另一場自我提升的漫長計畫，進一步推開了她與父親的距離，也使我們更加愛慕她。亨利．溫格是個愛吃肉和馬鈴薯的男人，他認為母親的法式蛋黃醬破壞了牛排的美味。

「媽的，萊拉，這醬汁裡面摻了酒。」一晚母親準備了紅酒燉雞，父親如此抱怨。「酒不能倒在雞肉上，得往喉嚨裡頭灌。」

「這只是試作而已，亨利。我不知道自己該遞交一疊食譜，還是只交一個就好。吃起來怎麼樣？」

「吃起來像喝醉酒的雞。」

「很好吃，媽媽。」路克說，戰線從此拉開。

母親耗費數月的時間，孜孜不倦地研究那幾本被奶油沾潤到垂軟的雜誌，用她漂亮的字跡勤奮寫筆記，並拿晚餐即興發揮與實驗。她研讀自己收集的大量食譜，微調並改善，藉助一道菜的食材，提升另一道的口感或濃度。她慢慢覺得可以研發自己的菜色，發揮想像力和對食材特性有限但敏銳的知識，做出令人驚豔的原創美食。爐子上的四個爐嘴時時燃著，廚房悶熱已極，藍色的火焰慢慢燉著棕色和乳白的高湯，然後母親再把高湯變成明亮柔滑、油畫顏料般依附在刀子上的醬汁。整個四月和五月，湯鍋裡飄著碎骨、牛骨髓、家禽的香氣，母親用茂密花園裡摘來的香草與蔬菜調味。食材氣味濃縮成深色的香水，如絲布般裹在舌頭上。我一回到家，鼻子裡便滿是香味，家裡有褐色皮革般的棕高湯，淺淡好看的白高湯，以及用滿鍋鱒魚頭熬成的魚高湯，聞起來就像可以吃的沼澤。

六月，我們在捕蝦船上工作一整天，筋疲力竭、渾身曬傷、飢腸轆轆地回家時，一下卡車，菜香便撲鼻而至，我乾渴犯鹹的嘴巴便如溪河般口涎直流；進家門的路上濃香四溢，難以言喻。廚房裡的母親揮汗如雨，唱著山歌，開心地沉浸在自己的廚藝中。那是我這輩子吃得最好的時期，那個夏天我抽高三英寸，增加了十磅肌肉，這一切都拜賜於母親不是科勒頓婦聯會會員的可悲事實。

六月末，母親千辛萬苦準備了她所謂的「夏季驚喜特餐」。她特別情商超市的屠夫幫她留下平時丟棄不用、不適合給人吃的邊肉和下水。溫格家族成了科勒頓第一批品嘗用《美食》雜誌食譜烹調的小牛胸腺的居民。

老爸坐到桌首，我和路克沖完澡，換好衣服，也跟著上桌。莎瓦娜從廚房端出小牛胸腺，笑嘻嘻地把菜舀到爸爸的餐盤裡。老爸厭煩地瞪著菜，拿叉子戳。母親走進餐廳，坐到桌子另一端。看表情，父親似乎想解讀這個犧牲性命的動物內臟中隱含什麼祕密。媽媽容光煥發，桌上還擺了新鮮的玫瑰。

「這玩意兒究竟是什麼，萊拉？」父親問。

「是用鮮奶油和白酒煮成的小牛胸腺，是非常特別的溫格法式醬。」她自豪地回答。

「我覺得看起像印度女人的陰門。」父親說。

「你怎麼可以在餐桌上、在孩子面前講這種話。這裡又不是捕蝦船，我不許餐桌上出現這種髒字，更何況你一口都還沒吃，怎麼知道喜不喜歡。」她很受傷地說。

「這不是牛肉，萊拉，我才不在乎法國佬的書怎麼寫，老子一輩子都在吃牛，這跟牛肉根本沾不上邊。這不是牛排或牛腱或牛尾或牛五花。」

母親憤怒地說：「蠢蛋！我嫁了一個不折不扣的蠢蛋。這些是母牛的胸腺！」

「親愛的，可以吃丁骨牛排的話，我才不要吃什麼牛睪丸。我要求的不多，我已經連吃三個月這種垃圾，我受夠了。」

「這是牛睪丸嗎，媽媽？」路克翻著盤裡的小牛胸腺問。

「當然不是，路克．溫格，你也給我好好說話。胸腺是牛的其他部位。」

「是哪裡？」我問。

「我也不確定，反正離牛的生殖器官很遠很遠，這點我滿確定的。」母親說。

「男人工作了一天，為什麼不能吃點紅肉？」父親放下叉子問。「我就那麼點要求，就算是一片炸魚或一堆蝦子和肉醬都行。我們吃的是連黑鬼或狗都不會碰的東西。吉普呢？過來，來這兒，吉普。」

吉普在牠的椅子上睡覺，牠抬起善良又灰斑點點的頭，重重跳下地板。這是牠在世的最後一個夏天。牠小心翼翼地走向父親，狗兒的眼睛混濁，有白內障，又因為長了致命的心絲蟲而身體顫抖。

「過來，吉普，過來這邊。媽的，臭狗，還不快扭著你的黑屁股過來這裡。」父親不耐煩地喊。

「看得出來吉普很聰明，牠一向討厭老爸發火。」莎瓦娜說。

吉普在離我父親五英尺處停住，等待進一步的動靜。老爸是吉普在世上唯一不怎麼喜歡的人類。

「喂，吉普，笨狗，過來吃盤牛胸腺。」

父親把他的餐盤放到地上，吉普緩緩朝牛胸腺走過去，鄙夷地嗅了嗅，舔掉一點奶醬，然後轉身走回自己的椅子。

「我花了一整天準備這頓飯。」母親說。

「瞧見沒，活生生的鐵證，叫老子吃連狗都不想碰的食物。老子一大早五點起來，辛辛苦苦捕蝦，跟碼頭的黑鬼一樣從早忙到晚，結果回家竟然給我吃這種連世界上最蠢的狗都不想碰的食物。」父親嚷嚷道。

「親愛的，你把這當成一場食物的冒險吧，只是一場冒險而已。我希望孩子們能品嘗各種不同的食物，我是在拓展他們的視野。這是一道典型的法國菜，是我從《美食》雜誌上看來的經典菜色。」母親用受傷挫敗的語氣說。

父親吼道：「法國菜！老子是法國人嗎？我痛恨他媽的法國人，你聽過他們說話嗎？天哪，萊拉，簡直像屁眼裡塞了二十磅的起司。我是美國人，一個單純、粗魯，努力想賺點錢的美國人。我喜歡美國食物，牛排、馬鈴薯、蝦子、秋葵、玉米之類的東西。我不喜歡蝸牛或魚子醬或蛙肝或蜻蜓睪丸或任何其他法國佬愛吃的破玩意兒！我不要什麼食物冒險，甜心，我只想吃東西，不是故意想讓你難過。」

路克已津津有味地吃起小牛胸腺了。

「我覺得這道菜非常好吃，媽媽。老實說，這是我吃過最好吃的菜。」路克說。

我小心地吃了一小口，沒想到竟然相當美味。

「好吃，媽媽，真的太好吃了。」我說

「太好吃了，媽媽。」莎瓦娜也表示同意。「爸爸，你別緊張，我待會兒就幫你炸魚。」

「那隻蠢狗不肯吃。」大家齊心反對，使老爸備感壓力。

「牠啥都不吃，除了罐頭。」路克解釋說。

「吉普只吃罐頭食物，其他什麼都不吃。」母親糾正他，再次露出笑容。「要養成使用正確文法的習慣。」

「你何不給老爸一罐狗食？」莎瓦娜建議。

「讓他跟吉普一起搶。」我說。

在那一刻，就算母親讓我們吃白酒燉馬糞，我們也會稱讚馬糞的口感和美味。這是一種複雜而不成文的倫理體系，每次父親對母親做這種不必要的精神折磨，我們便會不假思索地團結起來維護母親。無論多麼言之成理，亨利．溫格永遠擺脫不了跋扈的惡霸形象。這令他既感孤立又憤怒，然而那是命定的事。他把一切看在眼裡，他的子女開心地吃著那些新鮮腺體，藉此違抗他這個一家之主。

「好吧，你讓孩子們全部反對我，我好像變成唯一的大壞蛋了。」

「你客氣點就好了，爸爸，這頓飯媽媽煮得很辛苦。」路克柔聲說。

「喂，大嘴巴，老子辛苦工作，就為了讓你娘把這堆狗屎端上桌嗎？掙錢養家裡那麼多張嘴的人是我，不是他媽的煮牛胸腺的人！老子想發牢騷，也是我掙來的權利。」

「閉嘴。」

「爸爸，請你好好說話。你不欺負人的時候，真的很好。」莎瓦娜用平靜但嚴肅的語氣說。

「我有權利發表自己的意見。」她吃著飯答。「這裡是美國，我是美國公民，你沒有權利叫我閉嘴。」

「我說『閉嘴』。」他重申道。

「你真是好漢，英勇的好漢。」母親極不識相地插嘴嘲弄。

「你去給我煮點像樣的食物，現在就去，老子工作一整天了，有權利吃點東西。」爸爸喝令道。

「放輕鬆，爸爸。」路克用痛苦的語氣試圖調解。

爸爸重重甩了路克一巴掌，路克吃驚地瞪著父親，然後朝自己的盤子垂下頭。

「去給我弄點肉來。任何肉都行，我得教教全家人，對工作的人放尊重點。」

「你還好嗎，路克？」母親問。

「沒事，媽媽。我很好。」

「還有一些剩下的肉末馬鈴薯和米飯，我去熱一熱。」她說。

「我來幫你，媽媽。」莎瓦娜說。

我把椅子往後一推說：「我也去。」

唯有路克留在餐廳陪父親。

我躲到廚房裡，長久的經驗教我在父親發脾氣準備打人時，溜之大吉。

「你能切顆洋蔥嗎，湯姆？」母親問。

「沒問題。」

「還有莎瓦娜，你能把米飯加熱嗎？飯放在冰箱底處，蓋了蓋子的盤子裡。」

「對不起，媽媽。」莎瓦娜打開冰箱門說。

「對不起什麼，沒什麼好道歉的，這是我選擇的人生，我活該。」她說。

母親在食物櫃裡翻找罐頭，然後拿了一罐狗罐頭出來。她不理會我們不可置信的眼神，逕自打開，用奶油爆炒洋蔥。

「湯姆，麻煩你再切一顆洋蔥。」她說，廚房裡充斥著洋蔥的香氣。「順便幫我剝幾顆大蒜。」等洋蔥和大蒜被奶油炒得近乎透明，母親把狗罐頭舀入炒鍋裡，奮力混合。她在肉上撒鹽和胡椒，加幾滴酸醋和辣醬，再加一杯番茄醬，又放了一把切細的韭菜，加入隔夜的米飯，炒到滋滋作響。母親把這鍋製品美美地擺到乾淨的盤子上，用蔥花和新鮮荷蘭芹點綴。她驕傲地端著盤子來到餐廳，誇張勝利地端到父親面前。

吉普再次醒來，重重跳到地板上，走向我父親。

「瞧，連笨狗都知道什麼東西好吃。」

父親拿來一個麵包盤，舀了一些給吉普，然後把盤子放到地上。吉普狼吞虎嚥一番後，回到自己的椅子上，發出心滿意足的呼聲。

「國王的試菜員。」莎瓦娜說著，繼續吃自己的晚餐。

恢復權威的父親吃著那坨東西，滿意地表示：「這才叫食物嘛，萊拉，簡單，但是好吃。我是個單純的人，我並不以此為恥。但我知道什麼東西對我好，什麼對我不好。這才叫正餐，謝謝你費心準備。」

「不客氣，我很樂意，親愛的。」母親酸他說。

「我討厭咱們老在吃飯時吵架。每次我坐在這個餐桌，就覺得自己要降落在諾曼第海灘了。」路克說。

「這是家庭生活的樂趣之一，路克，你應該要習慣了。你吃點豆子長力氣，接著嘴上就挨揍了。」莎瓦娜說。

「你說夠了沒，小姐。」母親警告。

「這是在鍛鍊你的性格，路克。」毫不知情的父親往嘴裡送了一叉子的狗食，滿嘴食物地說話。「我真希望我犯錯的時候，我父親會抽我屁股，而不是逼我去讀十頁聖經。」

「聖經幫助你父親取得今天的成就。」母親苦澀地說。

「很抱歉我不是什麼心臟外科大夫或白領銀行家，萊拉，但你也不該再以我是捕蝦人為恥了吧。」

「我只是覺得你連最好的捕蝦人都算不上，很丟臉。河上有十個捕蝦人，半數是黑人，人家捕的蝦子都比你多。」

「可是他們沒有我的生意頭腦，他們的腦袋想不出賺錢的點子。」

「你賠的錢比有些人一輩子賺的還多。」

「那是因為我的點子總是超前他們的時代，這點連你也必須承認吧。我比一般人有創意，我只需要借點錢，得到一點運氣。」

「你是個天生的失敗者，而且你聞起來跟蝦子一樣臭。」母親冷酷地說。

「我是靠捕蝦維生的，身上自然會有蝦味。」父親的聲音聽來已疲倦。

「如果你在胸口抹一點蒜，聞起來就像蒜頭蝦了。」她說。

「我喜歡鮮蝦的氣味。」路克說。

「謝謝，路克。」父親說。

「哈，你喜歡跟兩百二十磅重的蝦子一起睡覺嗎？」母親對路克說。

「明白我在說什麼了吧，每件事都能吵。」路克表示。

「我很難把老爸想像成蝦子。」莎瓦娜看著難過地吃著狗食的父親。

「我們為什麼不能像電視上的家庭一樣，開心地笑著聊白天的的事？老爸，電視裡的爸爸總是穿著外套打著領帶吃飯。」路克說。

「你能想像我穿外套打領帶，在暴風雨裡撒網嗎？更何況，電視裡的都不是真正的爸爸，他們是好萊塢的奶油小生。」

「可是他們總是開開心心地吃飯。」路克堅持說。

「你要是有幾百萬放在保險箱裡，也會開心。」老爸吃完飯，滿足地打著飽嗝說。「好了，老子爽了，萊拉，只要記住一點，你是在幫美國人煮飯，不是法國佬。」

「我就算做油炸石頭，你也會當成黑豬肉吞下去。但我也是在努力教育孩子認識世界，同時提升自己。我在尋找一份能讓投我反對票的婦聯會會員留下深刻印象的食譜，因此我會繼續用食物實驗，直到做出一道原創菜，讓所有會員明白，我將是她們組織的助力。」

老爸直視老媽，說出從未在我們餐桌上出現的話：「寶貝，你到現在還不明白嗎？她們永遠不會讓你進科勒頓婦聯會，她們組織婦聯會，就是為了把你這種人排除在外。你就算煮遍所有法國菜和義大利菜，她們還是不會讓你入會。這話由我來說，比聽她們說來得好，你必須面對事實。」

「別寄食譜給她們了。求求你，媽媽，爸爸說的對。」我說。

莎瓦娜輕聲說：「媽，你幹麼寄食譜給那些女士，幫她們忙？她們只想著傷害你。」

「唯有你容許別人傷害你，你才會難過。」母親傲然地說。「我知道我跟婦聯會任何人一樣優秀，她們心底也都很明白。我默默用自己的方式貢獻，不輸她們任何人。可是羅馬不是一天造成的，她們擁有我從來不曾擁有的優勢，我會澈底利用手邊的資源，總有一天我會進婦聯會，這點絕無疑慮。」

「你為什麼想加入，媽媽？我才不會想參加一個不想要我的團體。」莎瓦娜問。

「她們想要我的，只是她們還不知道罷了。」

父親從桌邊起身說：「你他媽的一絲進科勒頓婦聯會的機會都沒有，而且是因為我的關係，不是因為你，親愛的。」

「是的，我知道。」母親不理會父親罕有的客氣。「你真的算不上所謂的助力。」

母親在剩下的夏季，致力研究南方的土產食材。她的專注力驚人，令人讚歎。她用十種不同的方式烹煮雞肉，在她精心的調製下，每道雞肉都像一種新的家禽。每次父親一抱怨，母親就餵他吃狗食和米飯，可是就連狗食的味道也與時俱進。母親料理的神奇豬肉永遠改變了我對豬肉的觀感。她若能出版窯烤食譜，必可提升我們所認知的南方生活，可惜烤肉與她的過去息息相關，她覺得烤肉過於簡易乏味，而將之淘汰。我們會爭論該挑哪份食譜送去給科勒頓婦聯會。母親做的鮮蝦慕斯，是我吃過最美味的菜肴。莎瓦娜喜歡母親用捕蝦船當日捕撈的魚獲做成的馬賽魚湯，父親還是最愛老媽的炸雞。那是我們家最快樂的一個夏季，即使是吉普死去時，也帶著一絲甜蜜，我們釋然地哭著，埋葬狗兒時感到一股靜謐的美。吉普在牠的椅子上安逝，我們幫牠做了棺材，放上從小狗到老狗與我們全家人的照片。牠一直陪伴我們，代表我們最美好的一面，代表我們不求報答、不帶期許去愛的一面。我們把狗兒葬在死去的弟弟妹妹旁邊，還埋了兩個狗罐頭，給牠帶在路上吃，順便讓那些侵擾牠骸骨的人知道，吉普曾被一個深深愛著牠的家庭悉心照顧。

埋葬吉普的隔天，路克在週日晚餐前在碼頭捕獲一條十二磅重的馬鮫魚。媽媽在魚肚子裡塡入蝦子、淡菜、干貝，與酒、鮮奶油、一把隨機選用的香草一起烤。大伙開吃時，白色的魚肉輕輕從骨頭上脫落，蝦貝爆出了酒莊、牧場、海洋的完美滋味。我們吃魚之前的兩小時，這條魚才在科勒頓河裡進食，路克在魚肚中找到一整條蝦，這是魚兒上鉤前不久剛吞進去的。路克把那條蝦子洗乾淨，媽媽把蝦子混入塡料中，作為幸運的表徵。

「就是這道，一定會選這道菜。」我說。

「我不確定，我也很喜歡炸魚。」父親說。

「就算到高級餐聽，也吃不到這麼棒的菜。」路克說。

「你怎麼知道？你又沒去過高級餐廳，你只去過賣玉米餅的地方。」莎瓦娜嘲笑道。

「有點太濃。」母親緩緩地嚼著。「太膩太濃了，而且有點普通。我今天讀到，簡單是優雅的要件。不過我覺得太過簡單也會是個問題。」

「是啊，老爸就是一個例子。」莎瓦娜說。

「哈，簡單嗎，意思一定是，我是南部最他媽的優雅的人。」我父親開心地說。

「才不，我相信一定不是那個意思。」母親答道。

「你今天有找到任何更好的食譜嗎，媽媽？」我問。

「我找到一份那不勒斯湯的食譜，但要放豬肺、豬心、豬氣管，所以我決定不煮了。」

「很好，光聽你描述，我就想吐。」老爸滿嘴魚肉地說。

「好噁。」莎瓦娜說。

「我覺得一定很好吃，只是想起來很噁心而已。我想，第一個吃蝸牛的人，八成也會有些反感。」母親答道。

「他一定吐了。」爸爸說。

八月初，母親得意地宣布，她終於找到完美的食譜。她把路克在冬季獵殺的八隻野鴨解凍，用棄置的鴨骨和黑得像巧克力的部位熬高湯，做出充滿野味與陽光但稍顯濃烈的湯頭。她用些許紅酒和白蘭地壓制野味，然後讓湯靜置一小時，思考她對野鴨掌握的一切。母親用蕪菁、洋蔥、酸蘋果、藤架上採來的黃綠色大葡萄燉煮鴨肉，思索如何平衡其中的比例，做出完美的菜。我們坐下來吃飯時，能感受到母親的憂慮，她擔心葡萄用得不好。她沒有參考任何烹飪書籍，沒有在《美食》雜誌的引導下大膽地投入未知，她僅以食物櫃裡找到的食材做菜，完全憑靠自己。

我對蕪菁較有疑慮，但母親保證，野鴨是她所知唯一不會被蕪菁搶去味道的肉品。我根本不在乎，我只是討厭蕪菁罷了。可是蕪菁的苦味被水果壓制住了，蕪菁也完美地中和掉葡萄的甜膩。鴨肉的色澤豔如野玫瑰，連我父親都不再抱怨每晚吃不到油炸食物，大口默默吃著。這是母親自創的菜肴，堪稱人間珍饈。吃完飯後，大伙起立為她鼓掌，這是她這個夏季獲得的第七次起立鼓掌。

母親曲膝行禮，對我們送上飛吻，眼中散放出罕見的愉悅光芒。她一反常態，熱情地繞著桌子親吻我們每一個人，甚至還吻了爸爸，他們兩人開始往客廳跳華爾滋。母親咯咯笑著，哼唱兩人在亞特蘭大甜蜜約會時的曲子。母親在父親懷中看來好輕鬆，好自然，我第一次發現他們倆在一起是如此好看。那是個奢華得有若輓歌的夏季，全家幸福快樂。母親像靈感四射的魔術師，在廚房爐子邊工作，父親勤奮捕蝦，塡滿船上的貨艙。我們家開始有了家的感覺，我畢生渴望的穩定感。那是個被太陽曬黑的快樂夏季，爸媽可愛迷人，而我在海上捕了一整天的蝦子後，吃得如國王一樣豐盛。

晚飯後，母親自顧自地笑著把烹飪書委員會的地址寫到信封上。家裡門戶敞開，清涼的河風灌入房內。我看著母親舔妥一枚郵票，貼到信封的角落。接著我發現莎瓦娜悲傷地望著母親，姊姊抬眼望向我，兩人四目交接的一瞬，雙胞胎之間有了心電感應，我們感覺母親將再度受害，卻無能為力。

我們在一週之內便收到答案。我們知道回信送來了，因為那天晚上我們開車回到家時，廚房裡沒有飄出香氣。屋子裡空空蕩蕩，我和路克跑到後院，發現莎瓦娜正在安慰母親。母親接到信後，自己一個人跑到葡萄架旁哭泣，莎瓦娜把信遞給我和路克。

親愛的溫格太太：

委員會與我由衷感謝您的投稿，交出「溫格家野鴨 Canard Sauvage de Casa de Wingo」這道家傳食譜，可惜我們全體一致希望，這部烹飪書能夠代表最佳的本地菜色，因此無法容納一些優秀廚師所提供的外國菜肴。非常感謝您的體諒與時間。

伊莎貝爾．紐布里　敬上

P.S. 萊拉，你一定得告訴我，這份食譜是從哪本書裡抄來的，看起來美味極了。

我氣炸了：「告訴她，你是從《美國毒蕈指南》抄來的，你很樂意在她下次午茶時做給她吃。」

「真是夠了，我要把她兒子揍到屁滾尿流。」路克說。

「拜託，別這樣。」母親含淚說，「沒有必要那麼粗魯，而且她兒子跟此事無關。其實沒什麼，真的。我相信她們只是想在書中收進特定的名字與特定的家族，我很高興自己有機會被納入考量。我能寄食譜過去，已經很榮幸了，我不會讓這種小事絆住的。我自尊心太強了，不會讓她們看到我傷心。你們會覺得這道菜名奇怪嗎？我擔心這菜名有點太浮誇。」

「我根本看不懂菜名。」還在讀信的路克說。「我還以為你在鴨子上面動了什麼手腳。」

「我以為法文會讓這道菜聽起來更優雅。」母親擦乾眼淚說。

「對一道美食來說，那是個完美的名稱。」莎瓦娜表示。

「我認為她們若肯給這道菜一個機會，一定會喜歡的，你不覺得嗎，親愛的？」

「我會把這道菜放到她們很難吃得到的地方。」我老姊說。

「莎瓦娜打算把鴨子塞到她們的肥臀裡，媽媽。」路克開心地解釋說。

「也許她們知道我的孩子都很粗魯。」母親說著從長椅上站起來，「也許她們覺得，如果我沒辦法管好自己的孩子，便不配加入婦聯會。」

路克過去扶她起身，他輕吻媽媽的臉頰，母親在他懷裡就像童裝店裡的人型模特兒。

路克說：「媽媽，很遺憾她們傷了你的心，我受不了看你哭，如果她們再敢傷害你，我就在她們開會的時候殺進去踹她們的屁股，逼她們吃野鴨配蕪菁和葡萄，直到她們飛往南邊過冬。」

「那不過是個俱樂部。」母親整理身上的衣服，路克小心翼翼地在草地上攙扶她。「你們幾個孩子竟比我還生氣，我只是想為你們開路，讓你們能比我以前過得好。我哭是因為覺得菜名沒有取好，感覺就是怪怪的。我一直到伊莎貝爾．紐布里在信中寫出整道菜的名稱，才意會到菜名對她來說好像是個大笑話。Casa 是法文的房子，對嗎？」

「是的。」我們齊聲答道，雖然我們沒有人懂法文。

那天晚上，我們在黑夜中醒著，聆聽北風呼嘯，河浪擊打海牆，在巨大的風浪聲下，聽見母親在房中哭泣，以及父親試圖安撫她的粗啞嗓音。晚餐後，母親發現她應該用 chez（在）這個法文字，她什麼羞辱都能承受，就是無法接受這種顯示她教育不足的錯誤。

「拜託誰能告訴我，媽媽為什麼這麼想擠進科勒頓婦聯會？」我問。

「她不喜歡她的身分。」莎瓦娜答說。

「她這些念頭是從哪裡來的？我就是搞不懂，它們是打哪兒來的？」路克問。

「慢慢形成的。」莎瓦娜解釋。

「媽的，她明年要擔任花園俱樂部的主席，我還以為那樣她就開心了。」路克表示。

「花園俱樂部誰都能參加，你只要是個會埋種子的白人就行了。不，媽媽必須得到她得不到的東西，那是她唯一在乎的事。」莎瓦娜說。

接著我們家就遇到淡季了，在這個要命的季節，河水背叛了我們，也背叛所有靠海為生的查勒斯登人。淡季始於一月。我們在吃完鴨子後六個月，感到前所未有的酷寒。我們這輩子第一次在白天看到雪，足足有四英寸深，白雪覆蓋了整座島嶼，島中央的黑水塘也凍住了。沼地凍到邊緣上，四處覓食的兔子和田鼠輕易地成為獵鷹的目標。天色慘灰一整個星期，白天氣溫低達華氏十度左右。水管結凍爆開了，家裡兩週無水可用。島上的電線被覆冰的樹枝弄斷了，害我們陷於漆黑中，靠煤油燈的微光度日。家裡生著火，我們去採集木柴回家後，母親把我們的鞋子放到柴爐上把雪融掉。家裡有種歡樂及賺到假期的氣氛，學校停了五天課，全州連一輛鏟雪車都沒有，科勒頓郡也沒有半架雪橇。我們在前院打了生平第一場雪仗，做了第一個雪人。

患關節炎的老黑人克連・羅賓遜曝屍於離我們家不到三英里的地方。在冰雪消融之前，冰風暴籠罩了南方，我們這才領教到冰雪的厲害。夜裡我們聽到冰雪壓斷樹枝的恐怖折裂聲，枝椏像折斷的健康骨頭，硬生生被粗暴地弄斷。我們不知道樹林能被透明的寒冰摧毀，不知道它們遭受一整個冬季的肆虐後，會在幽靈般的斷裂巨響中全面被掃倒。大西洋的水溫降到華氏四十五度以下，父親將於春季捕抓的蝦子一一死亡。蝦子大批凍死的消息，直等到三月所有科勒頓捕蝦人的網子都撈不到蝦子後，才報導出來。蝦子並未回到無數淺灘中的水灣和小溪裡，牠們似乎僅單獨或兩兩成對地出現，抱蛋的母蝦把蛋產在沼地裡，牠們身上背負著繁衍物種的重責大任，拚命游往要產卵的溪流。那一年，銀行收回了十七艘捕蝦船，在拍賣會上出售。父親經過兩週不眠不休的捕蝦後，僅撈獲四十磅鮮蝦。海裡空無一物，魚和海鳥的舉止變得異常，潮浪裡的食物不足，根本吃不飽。這是近代以來，蝦子在科勒頓家庭的餐桌上首次成為昂貴的美饌。

五月，父親頭一次繳不出捕蝦船的貸款，第二天，父親跑到南邊喬治亞州的水域捕蝦，但網中所獲極少，連燃料費的本錢都不夠。他繼續南行，跟其他捕蝦人聊天，聽到謠傳，說佛羅里達礁群島和墨西哥灣的蝦獲量很可觀。結果警方在聖奧古斯汀逮到他在冰風暴後封鎖禁捕的河道中撈蝦。那是狗急跳牆的一場賭注，警方扣押了父親的捕蝦船，罰鍰五百美元。他跑到十七號公路邊的傳動器鋪子當修車工，耗時六個月才付清罰款，取回捕蝦船，返回卡羅萊納的水域。父親打電話給母親，說得靠我們設法支付船貸。

我、路克、莎瓦娜開始一早五點起床，到河裡設置連串的捕蟹籠。我們倒出籠裡的青蟹，填滿船身中央的大桶子，用新鮮的胭脂魚和雜魚作為捕籠的誘餌。一開始我們只有二十個籠子，到了夏末，我們已能沿著二十英里的溪河撈起五十只籠子了。由於我們是河上的新手，必須尊重捕蟹商的權利，因此我們把籠子設在遠離科勒頓的河渠裡。我們的範圍很遠，廣布郡內，我們的鐵絲籠就是我們經過的痕跡。我們把白色浮標綁在繩子上，把放了餌的捕籠拖到潮汐中。你可以在科勒頓郡最荒蕪淒涼的地帶跟著我們從一個浮標移往下一個浮標。一開始我們速度很慢，動作笨拙，廢招又多，隨著漸漸嫻熟，掌握到工作的節奏，從最初的錯誤中培養出專業的技能。我們第一個月得花十分鐘才能清空一籠的螃蟹，再裝上餌，等下一波的浪潮。可是到了第二個月，同樣的準備工作，每籠只花不到兩分鐘的時間，這是把捕蟹技巧磨到純熟完美的過程。我們調整動作，學習優雅有效地做出精準動作，發現捕蟹如同其他事情，有自身的美感和舞動的節奏。我們第一個月的收入打平，因為所有利潤都拿去買新的籠子。第二個月，我們付掉了父親捕蝦船的費用。我們一趟趟帶著蟹獲去秤重，年紀大的捕蟹人一路看著我們進步。一開始，他們還嘲笑我們，拿我們開玩笑，到了八月，我們已贏得他們的情誼。他們會聚攏過來，讚美莎瓦娜粗糙生繭的手，給出一些很棒的建議，教我們竅門。等我們掌握基本功後，他們就只是默默地欣賞了。我們生於河邊，他們也期許我們能擅長河邊之子的天職。

可是無論我們在水上多麼努力工作，還是無法減輕母親的憂懼。我們沒有足夠的錢支付各種帳單。九月，電力公司切斷島上的供電。母親的面容在煤油的柔光下顯得脆弱而憂心。接著，她也無力支付捕蝦船的保險金了，電話也斷話了。我因為長褲變得過短，在學校受到訕笑。母親努力到科勒頓每家店鋪裡找工作，可是沒有職缺。我每晚放學後到小溪邊撒網，捕東西當晚餐吃。我們為了餐桌上能有肉吃，在非獵季獵鹿，連母鹿和小鹿都不放過。母親的沉默與顯而易見的恐慌逼得我們不擇手段。她不許我們把家中的慘況告訴任何人，連爺爺奶奶都不讓說。她寧折不屈的自尊心，使她死都不肯向鄰居求援。母親硬生生地切斷與其他人的往來，她付不出雜貨店或五金行的錢，便乾脆不再進市區。她變得內向封閉，愈來愈沉默煩憂。她憤憤不平地栽植花園，家中氣氛如履薄冰。我們等待轉運，等待蝦子回到河裡，捕網裡能再次飽脹撈獲的大量白蝦。可是我們的父親還在努力掙錢，想贖回他閒置在佛羅里達的捕蝦船。

感恩節前一天，我們聽到島嶼彼端的堤道上傳來車聲，十分鐘後，車子停到我們家院子，四個精心打扮的婦女朝我們家走來。我打開門，見到科勒頓婦聯會的四位成員，貝蒂娜·波特、瑪莎·朗德、西瑪·萊特，以及伊莎貝爾·紐布里。紐布里太太問能否與我母親一談。

母親來到門邊，見到是她們，眼神一凜，在圍巾上把手抹乾，請她們進屋。

「我們不能久留，萊拉，我們還有三隻火雞要趕在天黑前送完。」伊莎貝爾·紐布里柔聲說。

「我不懂這是什麼意思。」母親表示。四位女士不安地在客廳裡坐下來，眼睛在房中亂瞟。

「萊拉，你一定聽說過，在感恩節送火雞給郡裡的窮苦人家，是本聯會的宗旨之一吧。我們希望能確保你和你的家人在過節期間有火雞吃。」貝蒂娜·波特說。

「你們一定是誤會了，貝蒂娜，我們家過得很好。」

「你能開個燈嗎，萊拉？光線這麼暗，實在看不清楚。」紐布里太太問。

「謝謝你們想到我們，各位女士。」母親極力按捺脾氣說，「可是科勒頓有很多比我們更需要各位愛心的家庭。」

「請別把這件事看成施捨，萊拉，把這當作是擔心的朋友對你的善意。」西瑪．萊特說。

「請別這樣對我，我拜託你們。」我聽到母親說。

「想想你的孩子和感恩節，萊拉，別只顧到自己。」波特太太說。

接著我聽到路克的聲音，他怒到聲音都發顫，快要殺人了。路克從廚房吼著衝出來說：

「滾出我母親的房子。」

「這年輕人太沒禮貌了。」瑪莎．朗德說，我和莎瓦娜從匿身的臥房裡跑出來。

「這種光線，我看不清你孩子的臉。」伊莎貝爾．紐布里又說了一遍，「請幫我們開燈。」

「我兒子請你離開，伊莎貝爾。」

「等我們把火雞給你後，自然會走。」貝蒂娜．波特堅持。

「那就在你們離開時，把火雞放在院子裡，我晚點叫兒子去拿。」母親勉強維持鎮定地說。

「你弄得我們很難辦事。」朗德太太說。

「你們弄得我更難辦事，瑪莎。」母親答道，四人起身離去。

她們把冷凍火雞留在草地上，我們聽著她們開車離開院子。

母親噙著憤怒的淚水，走到客廳的槍架拿槍。她抓起一把子彈塡入槍膛，把其他子彈塞進圍兜的口袋，走到院子，站在那兒，盯著瞧不起人的科勒頓婦聯會硬要施捨給她的火雞。

「她們就是在等這種事發生，她們就是在等這一刻。」母親把槍舉到肩高，開出第一槍，火雞彈過草地；第二槍，火雞被轟成千百個碎片。

「我要你們牢牢記住，孩子們，她們全都是這個樣，一個都不例外。」

母親放下槍走回屋裡，我不記得那年的感恩節吃什麼了。

⚓

十二月底，父親從佛羅里達返家後，有一頭赤蠵龜被沖到我們碼頭附近的沼地上。發現時，海龜已經死了，爸爸叫我和路克把屍體移走，免得腐爛，把院子弄得臭氣衝天。那天早餐，莎瓦娜才為大家朗讀社交欄上的消息：里斯和伊莎貝爾·紐布里帶著兒子陶德到加勒比海巴貝多度寒假。路克把海龜與巴貝多聯想起來，他和我把赤蠵龜抬到波士頓威拿船上。那晚睡覺前，路克把他的計畫告訴我和莎瓦娜。

我們凌晨三點起床，從臥室窗口溜出家門，悄然無聲地來到碼頭，路克等我們漂離家四分之一英里後，才扭開引擎。他把船駛入大渠道，朝河對面的科勒頓燈火駛去。路克催動油門，船身飛掠一波波的浪潮，我們哈哈笑著穿過橋下，可是等接近潮汐街尾的平台，便安靜下來。路克切掉引擎，船漂一百碼來到岸邊，我跳下船，把船綁到社區的碼頭上。我們從船上搬下海龜，時不時地停下來歇息，穿越黑暗空無的街道，朝紐布里家走去。我們走過薩凡納和查勒斯登街之間最美的那排房子邊的茂密橡樹，遠處傳來狗吠，我的手被赤蠵龜背上的藤壺劃傷了，空氣寒涼，耶誕樹的彩燈在一些窗中閃爍。

我們來到紐布里家，把海龜擺到後院裡，路克四處打繞，試著開窗。他攀上一根圓柱，發現二樓浴室窗戶開著。我和莎瓦娜聽到後門打開，看見路克對我們揮手。我們再次抬起海龜，盡速爬上後方樓梯，直搗主臥，路克已經細心地掀開里斯和伊莎貝爾夫婦巨大四柱床上的被子。我們把海龜放到床單上，頭擺到枕上，蓋好毯子。莎瓦娜把暖氣爐開到最強，路克找來一頂紐布里太太的睡帽，靈巧地戴在海龜的大頭上，房間聞起來像裝了一整船的蝦子。赤蠵龜已經開始腐爛了，我們回到床上時，母親剛好喊我們吃早飯。

紐布里一家從巴貝多度完年假回來後，有六個月無法住在家裡，後來他們再也不敢去巴貝多了。海龜在極端悶熱的臥室裡腐爛得太駭人了。那張四柱床和床墊後來全燒掉了，整整一個月，進到臥房的女僕沒有人不吐。里斯．紐布里懸賞一千元給提供消息的人，捉拿把海龜放到他床上的人。《科勒頓公報》有篇社論批評這種罪行。母親讀到那篇社論時，不曾如此開心過。

第二年母親生日，莎瓦娜為她買了一本科勒頓婦聯會的烹飪書，那是我們三人合送的禮物。母親捧著書，我看到她眼中露出之前受傷而失望的神情。這份禮物令她困擾，我知道她在想，我們是不是在取笑她。

「翻開書的後頁，媽媽。路克、湯姆和我為你寫了一份食譜。」莎瓦娜說。

莎瓦娜在最後一頁寫下整份的 Canard Sauvage Chez Wingo，溫格之家野鴨食譜。她在對開頁上寫的，則是我們自己發明的食譜：

〔紐布里之家赤蠵龜〕

取一隻成熟的赤蠵龜，選擇一個月黑風高的夜晚，趁父母睡著時，帶著海龜渡河。小心別讓任何人瞧見。找到一扇敞開的窗，打開後門的鎖，把海龜放到四柱床上，然後把暖氣爐扭到最高溫，讓海龜燉煮至熟，通常要兩週。配上烤吐司丁和一杯烈紅酒。祝你們的母親生日快樂，告訴她，你們愛她，然後，勿忘火雞。

愛你的，莎瓦娜、路克、湯姆

我永遠相信那份食譜是我姊姊第一首名副其實的詩作。一開始母親還罵我們，吼說她教我們要當誠實守法的公民，不是偷偷摸摸的闖入者，威脅要去向里斯．紐布里告發，領一千塊錢賞金，還叫我們去跟警長自首，說我們再次害家裡蒙羞，讓她成了科勒頓的笑柄。她不再罵我們後，把食譜又讀了一遍，接著咯咯笑得跟小學生一樣，一發不可收拾。母親將我們三人一把攬住，緊緊抱著，然後用憤怒而激動的聲音悄聲說：「我的孩子真了不起，萊拉．溫格也許什麼都不是，但老天在上，她的孩子真的惹不得。」

12

正值煩惱少年時的柏納德·伍德夫，把足球變成教練的快樂遊戲。他是那種沒自信、易受傷，需要贏得同儕一點讚美的男孩。他渴望成為運動員，無論我怎麼操練他，他都嫌不夠。他有一些格外艱難的訓練，就是要學會讓教練喜歡他，並用他不屈不撓的熱情贏得教練的尊重。我告訴柏納德，教練是一種單純的動物，他們希望所有學員在球場上瘋得像得了狂犬病的動物，但在學校走廊上，得是謙謙君子。教練在球場上看重的是勇往直前的意志；下了球場，他們欣賞的是安靜有禮。教練希望你攻擊抱著球的人，但要幫忙把對方抬下球場，然後用正確的文法，在醫院為他寫一封祝他康復的信。我告訴柏納德，如果你不是偉大的球員，就假裝你是。偉大的運動員不需要當演員，其他人才需要，我跟柏納德碰面的第一週就這樣告訴他，我教他如何練就運動員的行為與思想。

我教他球賽的基本規則，從零開始引導，逐步傾囊相授我所知的足球的一切。第一天，我們先從三點式站位做起，練習從這個站位採低姿攻擊一小時。我示範正確的擲球方式，如何轉臂，要退多少步到口袋區的保護範圍，傳球時要如何步向接球員，以及如何在傳球防守線潰散時護住球。我花許多時間訓練他熟悉場上每個位置，進攻與防守都教。姊姊依然拒絕見我，我手上有大把時間。能再次教球，感覺真棒，我很開心：柏納德腳程頗快，傳球也不錯，他亟需一位教練引導，正如我迫切地需要球隊。

我教他遇到比他速度更快的防守後衛時，如何繞過對方，以及如何避開衝過來的防守線衛。我們慢慢一項一項每天練習，直到他在場上的動作近乎本能。

他每早八點與我碰面；我從格林威治村慢跑到公園時，他總是等在那兒了。每天的練習會以一連串的衝刺跑作結，比賽四十碼衝刺。第一天跑十次，我贏了其中六回。同一週的星期五，柏納德贏七次。練習結束後，我會給他買罐可樂，然後送他回家，在上小提琴課前先淋浴。我這個教練要求他澈底服從規矩，渴望打球的柏納德意外自己竟然很喜歡這樣。第一週結束，柏納德已經把自己視為足球員了。我把他訓練成自己不曾想像的樣子。他對我的回報，就是讓我重拾教練的身分。他的嘴還是很賤，而且太愛發問，花很多時間才學會球賽的基本規則，但他不斷努力，且熱情十足。他令我振奮，也使我再次明白自己何以喜歡教導孩子學習這項自己從小玩到大的球賽基礎。如果有個男孩滿懷渴望地跑來找我，說他想學足球，我就能把他教到出乎意料地好。我可以點燃那孩子心中的火，讓其他男孩痛恨在同一個球場上見到他。我可以預知，那些此時在紐波特和威徹斯特睡大覺的埃斯特高中男孩，在接下來的秋季會受傷了，因為柏納德．伍德夫的夏天都在中央公園練球。

我花上十天，拚命為柏納德和自己健身。然後我跑去找他母親討論買球衣的事。

現在每次去蘇珊．陸文斯汀的辦公室，我就會思索她兒子有哪些特徵像她。柏納德遺傳了母親的長腿、豐脣、眼神豐富的黑眸，以及鮮果般柔嫩的膚色，雖然老是皺著臉，但是個非常英俊的男孩。我們每天早上第一項練習，就是讓他練習對我微笑。微笑對他來說，就像難受的熱身操，那是練球時他唯一討厭的事。

我在紐約已經待了四週，莎莉連一次電話都沒打，也沒寫過一封信來。我打算大興土木地粉刷莎瓦娜的公寓。我已經寫完一本日記，開始寫第二本。每個星期，我寫信到貝勒維給莎瓦娜，連同其他寄到她公寓的信件一起放進包裹寄過去。我在早上運動、指導柏納德；下午走到上城區他母親的辦公室，繼續把姊姊錄音帶上的尖叫聲與她的童年做串連。我從姊姊的三千本藏書中讀到一些好書。我慢慢重整自己殘破的生活秩序，這是我一年來，首度夢見自己又開始教書了。我在教室教托爾斯泰，班上全是愛我的學生，我告訴他們，托爾斯泰之所以偉大，是因為他充滿熱情。不知道為什麼，談及心愛的書我就顯得特別有活力？那些書榮耀了我，也改變了我。那些最偉大的作家彷彿與我同席，用他們的聲音告訴我該知道的世間一切。夢醒後，意識到自己在愛上一本新書後，沒有教室能讓我走進去分享。我需要學生來完滿我自己。我再次提筆寫信，向查勒斯登每一間高中申請教職。我在教書時很快樂，但現在，我只是一個被解雇的老師罷了。

跟蘇珊談完我母親費盡力氣仍未能加入科勒頓婦聯會後，她瞄了一眼手表。

「今天的時間到了。」她說著頓了一下，「湯姆，你知道整件事哪一點最奇怪嗎？那就是，你們家怎麼會訂《美食》雜誌？」

「你得牢記一點：我奶奶環遊了世界三年，學到一堆怪事。她幫莎瓦娜訂《紐約客》才更奇怪哩。誰能想到，莎瓦娜長大後竟然會進了紐約最惡名昭彰的精神病院裡。」

「你一直寫信給莎瓦娜。」蘇珊說。

「沒錯，陸文斯汀。」她告誡的語氣聽得我很不爽。「她是我姊姊，我們家的人想對人表示關注與祝福時，一向習慣寫信。」

「那些信會干擾她。她昨天收到令堂的信，結果醫院只得給她鎮定劑。」

「可以理解。讀我母親的信，罪惡感會從你的指縫間滲出來，反之，本人的信則四平八穩。我經驗老道，不會觸怒敏感的瘋子，即使他們跟我是親戚。」

「莎瓦娜不是瘋子，她只是受到太大的刺激。」

「我剛才是在開玩笑。」

「一點都不好笑。」

「我承認這不是頂級幽默，可是天啊，跟一個幽默感被手術切掉的人開玩笑，也太難了吧。」

「大部分的事都不會讓我覺得好笑，我辦不到。」

「你可以的，蘇珊。」我反駁道。「既然咱倆每天坐在一起，你可以趁機改改脾氣。」

「而你，南卡來的湯姆．溫格，認為你能讓我的脾氣變好？」她答道，語氣盡是嘲諷。

「我不想理會對本人故鄉的嘲弄，只想講重點：陸文斯汀，我是個逗趣的人，有時我講笑話或妙語如珠的時候，你不妨做出一種叫做『微笑』的簡單回應。我不要求你哈哈大笑，你除了這點之外，還算挺完美的。」

「柏納德告訴我，你逼他每天練習微笑。」說完，她微微一笑。

「你現在幹麼微笑？」

「因為他抱怨這件事。因為你要求他在碰足球之前，先咧嘴笑二十五次，害他覺得自己很白痴。」

「他笑起來帥炸了。他皺眉的時候，簡直像個殺人犯。」

「你希望我們在談話之前，我也笑二十五次嗎？」她逗我。

「你笑起來很好看。」

「我不笑的話，看起來是什麼樣子？」

「美死了。可是我希望你和柏納德能更懂得享受。對了，蘇珊，哪天赫伯出城時，你能不能邀我到你家吃晚餐？」

「為什麼？」她問，看得出對我的提議感到困擾。

「因為赫伯並不知道他兒子打四分衛，我猜你也不想讓他知道。」

「他明晚在波士頓有演奏會。你能來嗎？」

「我來做一頓好吃的，我們會吃得跟皇族一樣。」

「我能問你一個問題嗎？」

「吃什麼菜嗎？」

「不，是關於我兒子的。他有打球的天分嗎？」

「有的，我真的很訝異，柏納德打得一點都不差。」

「你為什麼那麼訝異？」

「因為他不是在『貝爾·布萊恩特』[21]家長大的，對吧？」

「誰是貝爾·布萊恩特？」她問。

「你是在開玩笑嗎？」我不可置信。「還是整人遊戲？算了，我道歉。南卡人不認識貝爾·布萊恩特，就像你先生不知道小提琴家曼紐因是何人也。貝爾·布萊恩特是最有名的足球校隊教練。」

「爭球線是什麼東西？」她問。

「你為什麼想知道？」

「我試著跟柏納德聊他的新嗜好，他卻覺得我是格林威治村的白痴。他現在除了足球，別的都不談，什麼扇型進攻模式、強力進攻、空檔短傳、轉身接球，滿口外星話。」

「這些術語你倒是記得挺清楚嘛，醫生。」

21　指 Paul William "Bear" Bryant，美國史上最富盛名的大學足球校隊教練，一九五八～八二年間帶領阿拉巴馬大學校隊創下史上最多奪冠紀錄，在美國幾乎無人不曉。

「他真的有必要舉重健身嗎？」

「有。都是訓練的一部分。」

「你覺得柏納德怎麼樣？我想聽實話。」她說，聲音沙啞，有些緊張。

「要多誠實？」

「盡可能誠實，但別惹我生氣。」她說。我還以為她會笑出來，但她沒笑。

「他是個好孩子，蘇珊。」

「你可以再誠實一點，你應該知道我沒有那麼脆弱。」

「他不快樂。」我說，她的臉色一黯。「他似乎非常不快樂，但原因我不清楚。他的悲傷在某方面會觸動我，也許是因為能呼應我的悲傷，也許是因為我能幫他找到解決的出口，卻根本看不到自己的。」

「他把你第一天說的話都告訴我了。我很生你的氣，他告訴我，你害他哭了兩次。」

「他很不尊重人。一個對我連基本尊重都沒有的孩子，我教不動。我要求他有禮貌，我保證不會造成永久傷害。」

「他做了三年的心理治療。」蘇珊低聲說。

「效果顯然不大，醫生。柏納德有一些問題，一看就知道他乏人關心，他這輩子從來不被認可，有時連呼吸都覺得痛。」

「我知道，我以為他去讀寄宿學校或許有幫助，也許有機會讓他交些朋友。你知道麼，他從來沒跟任何朋友在外過夜過？他打出生就是個難照顧的小孩，不像我在公園裡見到的那些會撒嬌又可愛的寶寶。他有些心緒，我一輩子也碰觸不到，例如心底深處的寂寞。」

「他的寂寞是因為你或赫伯？」

「我。」

「打球的人不可能覺得寂寞。或許柏納德正是因此受到吸引。我知道你不喜歡他打球，可是足球觸動了你兒子內心深處最美的地方，那是他自己的球賽，他在沒有父母的允許之下，選擇了足球。我覺得柏納德不快樂，這是大實話，不過這孩子在做各種練習或練長傳的時候，比在泥裡打滾的小豬還要快樂。」

「湯姆，我這輩子沒看過半場足球賽。」

「你他媽的啥都沒錯失，陸文斯汀。」

「而且我未來也沒打算要看。」她又說。

「要打賭嗎？我敢打賭你和赫伯明年會去埃斯特高中看柏納德打球。」

她大聲哀嚎：「是在我離婚前還是離婚後？」

我伸手把她的皮包從桌子後方的書架上拿過來，放到房中央，示意她站起來，讓她站到皮包一側，我則站到她正對面。

「現在聽著，蘇珊。」我指著皮包說，蹲身做出三點式站姿。「這個皮包就是足球，你是防守方，而我是進攻方。我要搶這顆球，然後把球送到你們後方的達陣區裡，你得努力攔阻我。你們的球隊，必須在球的那一側列隊擋球，直到我的隊伍移動球。我這一隊，則會一直排在球的這一側，直到球傳出去。」

「湯姆，這好麻煩哦。」她說，卻大笑起來。

「陸文斯汀，不許再打斷教練說話，否則罰你到中央公園蓄水池跑圈。場上只要是球所在的位置，都叫爭球線，明白了嗎？」

「你說的事我一件都聽不懂。」她回答。

「陸文斯汀，連爭球線都不懂，你還算是美國人嗎？」

「也許是你教得不太好。」

「有可能，但我還是知道一些事的，明天晚上在大驚喜結束後，你仔細看柏納德的眼睛。」

「什麼驚喜？」她問。

「那是所有運動員的神聖之夜。明天晚上我會頒球衣給進入球隊的男孩，柏納德已經有進校隊的資格了。要我拿一本足球規則的書給你嗎？」

「拜託不要。」她踏向前說，我站起身，她輕輕搭了一下我的手臂。

「越位。」我說，感覺體內有股騷動，像一頭瀕臨滅亡的野獸，擺脫辛苦漫長的冬眠。

13

我的人生，一直到我鼓足力氣原諒為我漫長童年帶來無盡恐懼的父親之後，才真真正正展開。竊盜不是十惡不赦的大罪，除非偷走的是你的童年。我可以確切地告訴你，他是個可怕又具破壞力的父親，但我絕未料到，自己有一天竟然會對這個男人產生無盡的同情與不知所措的愛，這將是我一生中最難解的謎題。父親的拳頭，就是他統御掌權的船艦，但他的眼睛卻是為人父的眼眸，即使雙手不聽使喚，眼中卻總散放著愛我的慈光。他天生不懂如何適度地關愛家人，沒有一絲人父的慈藹。我們把他的愛之歌誤聽成戰曲，他試圖和解，卻被我們解讀成激烈消耗戰中假意的暫時停火。他缺乏手腕與溫柔，所有通往他心靈的港灣與通路，都被他破壞掉了。只有當他被世界擊倒，我才有辦法抬手撫摸父親的臉，而不會被他揍到滿面是血。我十八歲時，就對警察國家的一切瞭若指掌，一直等我離開父親的家之後，才脫離長久以來的困境。

我的長女珍妮佛出生時，莎瓦娜從紐約飛來照料出院後的莎莉。我們喝白蘭地慶祝孩子平安健康，莎瓦娜用哀傷的口吻問我說：「你愛爸爸嗎？」

我過了好一會兒才有辦法回答：「是的，我愛他，我愛那個混蛋。你愛他嗎？」

她也花了一點時間才答道：「愛。最奇怪的就是這點，我也愛他，我真的不懂為什麼。」

「也許是腦子受傷吧。」我打趣。

「也許只是理解他無法違逆自己的本性吧。我們愛他，也是出於本性，一樣是無能為力的事。」

「不，我覺得純粹就是腦子受傷。」我說。

亨利．溫格身材高大，氣色紅潤，走進任何地方，都帶著難以忽略的氣勢。他自認白手起家，是鐵錚錚的南方漢子，缺乏反省力可能賦予的深度與清明。亨利橫衝直撞地來到這個充滿險阻、瘋狂而激烈的世界，在坎坷的人生路上，頂著難以拂逆的強風，逆向而行。他像一股自然的蠻力，不像個父親，每當他進入我童年所住的老家，總像是蒲福氏風級警示上的颶風襲來。

由於欠缺衡量痛恨父親的量表，我學會以沉默和逃避應付他。我從母親的頑抗中記取教訓，用受傷孩子叛逆而記恨的眼光偷偷地檢視他，學習如何發出致命的一擊。我透過望遠鏡的準星研究他，瞄準他的心臟。我對人類的愛的認識，最早得自於父母；對他們而言，愛是剝奪與折磨。我的童年混亂、艱險，布滿各種警訊。

失敗似乎只會令父親愈挫愈勇。姊姊說他有「土手指」——我不記得老姊何時發明這個詞彙，應該是高中時期吧，當時她很愛講髒話，覺得能更清楚明白地表達她的意見與想法。每年秋天捕蝦季結束後，老爸便會把全副心神轉移到其他更具創意的賺錢方法上。他腦子裡裝滿各種一夕致富但難以實踐的妄想。他有源源不絕的計畫、藍圖、方案，他向三個孩子保證，等我們高中畢業，家裡就會成為百萬富翁。他一生深信那些精采創新的點子會讓我們過上無法想像的富貴人生。他具有美國企業界罕見的才華：他從來不曾從自己的錯誤中學到一點長進。每次失敗——而且不下數十次——只會更令他相信，他的時機就快來了，他坎坷的學商歷程就快結束了。他一而再、再而三地告訴我們，他缺的只是運氣。

可是當拂曉的柔光遍灑水面，絞盤在沉重的魚網下發出呻吟，站在船舵後方的父親卻能完美無誤地主宰周遭的環境。河上拚搏的歲月在他身上烙下了刻痕，他看起來永遠比實際年齡老十歲。他那張風吹日曬的臉龐每年都會鬆弛一些，卡羅萊納正午的太陽使他的眼袋愈來愈垂腫。他的皮膚粗硬如皮革，下巴上的鬍碴彷彿能拿來畫火柴。他雙手粗糙，手掌長滿一層層牛皮紙色的老繭。他是個勤奮而備受尊敬的捕蝦人，可惜天分並非海陸兩用，一到陸上，便不靈光了。父親從很早以前就念說想離開河域，捕蝦向來是他「短期」的工作。爸媽都不承認捕蝦是一種美好的生活方式，他們跟捕蝦圈保持距離，斷絕同業間會自然形成的團體關係。當然了，捕蝦人和他們的妻子，對於母親悉心培養日益提升的品味來說，實在太過平庸。我父母沒有親密的朋友，兩人一生都在等待幸運翻轉的時機，彷彿運氣是美好的潮流，總有一天會淹漫上來，把我們島上的沼地變成聖土，用彩色油膏般的美好命運為我們施洗。亨利．溫格堅信自己是商業天才，從來沒有一個男人對自己的認知會嚴重失準到造成自己或家人如此漫長而不必要的痛苦。

父親不在水上的日子，會把絕妙點子打成一手爛牌，而且絲毫不費吹灰之力。幾乎每個人都承認，他有些方案可能成功：他發明了剝蝦頭、清洗螃蟹、除去魚內臟的機器，而且這些機器並非完全無用，但也不具備強大功能，只是一堆奇形怪狀，在屋後打造的小工坊裡哐啷亂響的機器。

父親最棒與最失算的點子，都是他駕著船，在晨光熹微中穿越沼地的河道時，隨意發想出來的。他坐在船舵後，聆聽嗡嗡響的柴油引擎，駛過通往主河道的細小渠流。沼澤雖廣，卻隱不可見，他會在大西洋的朝陽喚醒鳥兒之前，這段美妙的破曉時刻，在幽暗的駕駛艙裡進行大量的獨白。捕蝦人極少帶孩子同行，但父親會盡可能從母親身邊帶走三個孩子，我認為他帶著我們，是為了減輕捕蝦生活的寂苦。

在夏日清晨繁星未退的昏矇中，父親輕輕喚醒我們，大伙悄悄穿衣，輕踏著露水深重的院子離開家門。我們坐在皮卡貨車後方，聽清晨的收音機，父親把車開上通往島嶼彼端木橋的泥土路。大伙吸著沼地的空氣，聽電台主持人播報天氣，以及從哈特拉斯角到聖奧古斯汀的小船警報，聽取風向和風速，以及方圓百里內所有捕蝦人需要知道的精確數字。每天早晨，父親開五英里路抵達捕蝦碼頭時，我都能感受到早起者才有的飽滿活力。父親的貨車出現時，為父親工作十五年的副手里斯特．懷海特正忙著把五百磅的冰塊倒進貨艙裡。魚網如神父的深袍掛在豎起的支架上，從停車場到碼頭，我們一路聞著柴油味、船上的煮咖啡香，和新鮮海產的濃烈氣味。我們經過在廉價燈具下亮著閃閃銀光的巨秤，等我們帶回當日的漁獲，黑人婦女便會等在這裡，用迅捷的速度剝去蝦頭。魚蝦的鮮味總令我覺得登船的這段路就像走在水底下，我用皮膚上的毛細孔呼吸潔淨的鹹水。身為捕蝦人的兒女，我們只是另一種形態的南方海洋生物罷了。

等父親一聲令下，我們便會聽到引擎響動，大伙鬆開繫繩，躍到船上，父親把船駛往群島水域的海聲與渠道中。我們會經過右手邊依然沉睡的科勒頓、沿潮汐街而列的豪宅及商店，接著父親拉響船笛，向大橋管理員示意，請他開橋，讓萊拉小姐號傲然地緩緩航向大海。父親這艘五十八英尺長的漂亮大船，吃水異常地淺。他要三個孩子從小牢記這艘船的重要數據，才讓我們正式成為船上的一員。捕蝦業向來推崇數祕術，捕蝦人討論船的時候，會來來回回說著各種晦澀難懂的數字，以定義他們可貴的技能。父親的主引擎是波士頓埃利思·柴默公司製的6-DAMR-844 Buda。引擎在每分鐘轉速二千一百圈下，能達一百八十八匹馬力。他的減速齒輪是3.88:1 Capitol，黃銅製的船軸轉動四十四乘三十六英寸的聯邦牌四葉螺旋槳。艙底的主排水泵是一又四分之一英寸的賈伯斯柯。甲板室裡有四十二英寸的瑪堤牌船舵、里奇羅盤、馬麥克節流閥和離合器，以及鐵洋牌自動駕駛。有班笛克斯DR16型的測深記錄器、皮爾斯辛普森大西洋七〇型的無線電。萊拉小姐號的甲板上放了一架史特勞斯堡515 1/2 T型起重機、威奇威爾電纜、沃爾馬尼拉纜繩。船錨是六十五磅重的丹佛斯，船笛是三十二伏特的史巴頓。在捕蝦人的語言裡，還有其他廠牌名稱表示特定的資訊：油城牌黃銅滑車、蘇雷第海洋電池、道奇軸承台、提肯軸承以及上百種其他名稱。捕蝦如同其他職業，需要用自己的行話精確溝通。對我來說，這套語言如母親的奶水般令人安心，也是我童年在船上的背景音樂。

這一切意謂著，如果穩妥地操作父親的船，便能捕到豐碩的蝦獲。

星光下，我們在無數個明媚的清晨圍聚在父親身邊。小時候，他會讓我們其中一人坐到他的大腿上，讓我們掌舵，然後輕輕壓住舵，矯正我們的失誤。

「我覺得我們應該稍微偏右一點，寶貝。」他輕聲對莎瓦娜說。

「湯姆，你最好牢記，干德角過去會有沙洲。就是這樣，這樣就對了。」

但大多時候，他會自言自語著生意、政治、夢想，以及幻滅。由於我們都是安靜的孩子，加上不信任回到陸地上就變了樣的父親，我們對父親的認識，多半來自聆聽他對黑夜和河流所說的話，得自他對著其他航向蝦群游聚的捕蝦船燈所發的喃喃自語。我們慢慢駛向堰洲島，父親的聲音在清晨顯得活力無限。捕蝦季的每一天，他都重複前一日的樣態；明天總是反映今日的辛勞；昨天向來是上千個未來之日的演練，在演練中展現他捕蝦的絕技。

「好了，孩子聽著。」某個漫長的捕蝦季早晨，父親說。「我是船長，是萊拉小姐號的船長與大副，這艘五十八英尺長的捕蝦船，有南卡羅萊納州核發的證照，可捕撈從大海灘到道夫斯基島之間的蝦子。今天我們要去蓋奇島燈塔東邊的海域，把網設在離溫沃瑪莉號殘船右舷側一英里半、十五英尺深的地方。昨天我們撈到兩百磅三十到五十的白蝦。我說『三十到五十』是指什麼意思，莎瓦娜？」

「意思就是，每一磅有三十到五十隻蝦子，爸爸。」

「好孩子。風會從北風以八十英里時速吹來，小船警報影響範圍南往喬治亞州布倫瑞克，北至德拉瓦州的威明頓。昨天股市跌了五點，交易量正常，因為投資人有些疑慮。昨天里斯．紐布里以每英畝五百元的價格向克羅維斯主教買下兩百英畝的農地，我按現價估算一下，梅洛斯島大約值五十萬元。那個混蛋去年出價兩萬五想買下整座島，我跟他說簡直侮辱人。沒錯，老子就是這麼說的。他以為我亨利．溫格不懂房地產。我有本州最棒的一片地，老子清楚得很，你們母親也是。老子比紐布里和其他混蛋懂得多了，開那種價簡直就是詐欺。我對咱家的地是有規畫的，孩子們，有長遠的大計畫，只要我一搞到動工的錢，就會付諸實行。先別跟你們母親說，但我打算在咱家附近搞個栗鼠養殖場。美國有一堆靠栗鼠發財的笨蛋，這種穩賺不賠的生意，我絕對不能放過。我去紐約跟那些大皮貨商談生意的時候，你們幾個小鬼可以輪流幫忙餵栗鼠，然後我就一路笑到銀行啦。你們覺得如何，很聰明吧？沒錯。我也考慮養貂，可是栗鼠的成本效益更高，我都做過功課了。是的，如果不做功課，就無法跟那些大老闆做生意。你們母親嘲笑我啊，孩子們，我承認，我是犯過一些錯，但那都是因爲時機沒掐準。點子本身絕對是一流的，你們幾個小鬼跟著我就對了，我比一般人有遠見多了，幾乎是罪過。老子腦裡有源源不絕的點子，有熊熊燃燒的各種方案，有時候我會在半夜醒來寫下這些想法。嘿，你們喜歡馬戲團嗎？」

「我們從沒看過馬戲團。」路克說。

「好，咱們第一件事就是去看馬戲，非去不可。下回有馬戲班到查勒斯登或薩凡納附近，咱們就坐上皮卡，搞個前排的座位。你們只見過小鎮的小型遊樂會，但我們會補看的。我喜歡巴氏馬戲團，貨真價實的馬戲表演。我要開栗鼠場的事別對任何人提，我要是能籌到一點儲備金，一定親手搞定，我受夠了讓別的混蛋拿我的點子去賺大錢了。路克，小心看好，前面有浮標。經過浮標的時候，以四十五度角切過河面，駛向北極星，好孩子。你真是天生好手，兒子。前面有塊岩石，文家老頭的船幾年前就在那兒擱淺。有一次滿潮，我在這條溪裡撈到兩百磅蝦子，不過這條溪通常蝦子不多。我從來搞不懂，為什麼有的溪，每年的蝦產都比別的溪更多，但事情就是這樣。蝦子挺有趣的，跟人一樣，天生有自己的好惡。」

父親又自顧自地長篇大論，他那鬆散、音高八度的獨白，並無特定的發話對象。這些晨間致詞如此流暢而辯才無礙，我能想像，即使三個孩子不在舵手室裡，他也會照講不誤。這是他的私語，對宇宙的沉思，他關心的不是他安靜體貼的孩子，而是獵戶座上的星群。父親在船上說話時，我們大概就跟大地和靜物一樣，是沒有生命的聽眾。船下的廚房飄來早餐的香味，陣陣濃香穿透父親的聲音。里斯特・懷海特做著飯，咖啡、培根、鬆餅的味道如隱形的水袖般，包圍了船身。我們近距離經過主峽灣入口，大伙擺桌準備吃早飯，河岸上的人尚在睡夢中，窗戶敞著。引擎在我們底下喃喃輕語，船身的木架輕輕震唱，破曉前的河面如黑豹般漆黑，潮水對小鎮淺唱頌歌，堂皇地載著我們航向世上最美群島外的碎波。父親在這裡最為自在放鬆，我們只有在河上，才能安全地與他相處。父親在捕蝦船上從不打我們，我們在船上是工人，是漁網的好兄弟，他尊重我們，如同敬重所有以海為生的漁人。

然而父親優異的捕蝦表現，卻沒有一件母親看得上眼。在她眼中，父親脆弱、無助、尖銳。他奮力想成為母親企盼的那種男人，渴求母親的尊重，但他的努力只會弄巧成拙，顯得可悲，無能為力。兩人的婚姻吵吵鬧鬧，波折重重。父親用捕蝦的成就，金援他災難性的生意投資。銀行家在他背後嘲弄他，父親成了郡內的笑柄：他的三個孩子在學校聽到各種訕笑，妻子則是在科勒頓的大街上聽到的。

可是河上的亨利．溫格能與地球和諧共處，蝦群似乎也都開心地游入他的網裡。他每一季都捕獲大量蝦子，謹慎詳細地記錄收穫。他可以看著日誌告訴你，每一磅蝦子是從科勒頓哪一處水域撈上來的、當時的潮汐與天候，就像他說的，「什麼都記下了」。他對河域的狀況倒背如流，引以為樂。當他在河上，漁網裡鼓盈著蝦獲時，我可以信任他。然而他也是在同一片水域裡，籌畫出那些不斷使他擺盪於毀滅或暴富之間的方案。

「我打算明年種西瓜。」有天晚飯時，父親說。

「不要，拜託不要，亨利。」母親說，「如果你跑去種西瓜，科勒頓就會下暴風雪或淹水或鬧蝗災。拜託千萬別種任何東西！想個別的敗光家產的辦法吧。你是我認識的人裡頭，唯一連葛藤都種不起來的人。」

「你說的對，萊拉，你跟以前一樣，說的完全正確。我比較適合當行政官僚，而不是農夫。正正經經做生意或按經濟原理做事更適合我，而不是從事農業。我想我其實一直都知道，可是看到那些種番茄發大財的傢伙，我也想下海撈一把。」

「別再下任何海了，亨利，我們把多的錢拿去投資像南加州電力瓦斯公司這種績優股吧。」

「我今天在查勒斯登買了一架電影攝影機。」

「天哪，為什麼？」

「未來是電影的天下。」父親眼神炯亮地答道。

母親尖叫起來，老爸鎮定地拿出新的手持攝影機，插上插頭，打開聚光燈，完整拍下母親怒斥的過程，供後人餘興。多年來，父親不辭辛勞地拿著攝影機拍攝，攝下婚禮、施洗禮、家庭團聚。他在地方報上登廣告，用了「溫格專業影片」的荒謬標誌。他在電影事業上面賠掉的錢，比任何其他事業都少。從那攝影機光圈看到的父親，是個十足快樂又十足可笑的人。

父親對自己的信念充滿勇氣，莎瓦娜發現，父親這種無法控制的怪癖就是他最大的缺點。

於是父親繼續在河上風風火火地從事不怎麼愛的工作，一邊徒勞地沉迷於不賺錢的事業。我們長大後，才知道他還有其他失敗的計畫。他是邁特海灘迷你高爾夫球場的隱名合夥人，但球場才開一季就關門大吉。他投資過墨西哥餅攤，交給一個滿口破英文、不太會做餅的純正墨西哥人經營。父母親會為了錢和錢的去向大吵特吵。母親笑話他、對他尖吼、罵他、誘導他、哀求他，但全都無效，父親不會輕易受到母親的約束或限制。母親總是先誘以警示，等勸說無效後，便高嚷著說，他若繼續不分青紅皂白地亂花家裡的錢，一定會完蛋。兩人的爭執與衝突扭曲了家中原有的安詳和樂。由於他倆吵架頻繁，我們並不清楚母親究竟在什麼時間點，把不悅與怨怒化成對父親的恨，但她從很早就有了無能為力的怨氣，經過多年無效的溝通後，她懷著復仇的苦澀心情，伺機而動。亨利．溫格認為，女人根本不該談論生意上的事。南方的男人分兩類：聽老婆話的，跟不聽老婆話的；我父親是對老婆充耳不聞的黑帶高手。

⚓

如果你生在一個父親既愛你又虐你、且對這樣的矛盾行為毫無自知的家庭，為求自保，你會牢記他的習性，摸熟他的脾氣。我對父親最明顯的缺點做出總結，我很早就知道他既可笑又成不了大器。若非他如此殘酷，我想亨利．溫格的孩子應該會喜歡他，而這份喜愛，足以彌補他所有生意上的失敗。可惜他在我年幼時，把自己拱成家裡的土皇帝，女人和孩子最好都得敬畏他。他的方式一向嚴厲，但又不一致。他用焦土政策管教子女，馴服他意志頑強的妻子。

莎瓦娜在早期的一首詩中，稱他是「暴雨之王，風之至尊」。她到紐約之後，總是笑說，她和兄弟是被閃電戰風格的父親帶大的。他閃避所有可愛的事物，討厭美食，彷彿那是一種會破壞所有重要基本信念的放蕩。

母親含淚說，父親缺的只是腦袋。

某年耶誕節，母親發現父親還剩下三千盒耶誕卡沒有賣掉，這是他跟代銷員買來的。父親僅在查勒斯登挨家挨戶地賣掉七十五盒。莎瓦娜在關上的門後，低聲對我說：「土手指。」

「這跟希臘神話中的金手指麥達司國王恰恰相反。老爸無論碰到什麼，都會變成糞土。」莎瓦娜說。

「他甚至沒告訴媽媽，他還另外買了好幾千盒復活節卡片。我在穀倉裡找到的。」路克表示。

「他老是賠掉一大筆錢。」莎瓦娜說。

「你們看過他賣的那些耶誕卡嗎？」路克在他床上問。

「沒。」

「耶穌、瑪利、約瑟夫、牧羊人、智者、天使，所有人——全部都是黑人。」

「啊？」

「真的。老爸只賣卡片給黑人家庭，他聽說這種卡片在北部賣得很火，所以想跟風在南部賣。」

「可憐的老爸，蠢斃了。」我說。

「知道我們的身上流著他的血，真是受不了，超丟臉！」莎瓦娜說。

「他靠任何東西賺過錢嗎？」

「捕蝦，他是世上最厲害的捕蝦人，可惜對他們兩人來說，還不夠滿意。」路克說。

「如果他能滿足，就不會有任何土手指的事了。」莎瓦娜說。

「隨便你怎麼嘲笑他吧，莎瓦娜。可是永遠別忘了，我們父親把魚網丟入水裡，就變成點石成金的麥達司了。」路克說。

我想，如果父親沒有買下那間加油站，我們沒去看科勒頓有史以來第一次到訪的巡演馬戲班，爸媽的婚姻應有可能照常維繫下去。如果父親懂得控制衝動，不再做那些浮誇無謂的事，兩人的婚姻就算不幸福，應該不至於無法挽回。父親最異想天開的決定，都不會徵詢母親的建議。他把他的商業冒險當成祕密行動，他像拒絕與本部聯繫的情報員，在敵對的環境中任意行動。每件交易都是為了賺回他失去的榮耀與資金，他從不喪志，總是能重新啟動夢想，發揮各種異想天開的即興創作。對父親而言，經商是他的病症，也是他的庇護所，是一種無可救藥的病，賭博與自毀的形式。我想，就算有人給他一百萬，他也會想出一千種辦法，賠光每一毛錢。這不是父親最要命的缺點——真的，父親至少有十幾個要命的缺陷——但這絕對是他最誇張，且最讓全家惶惶難安的缺點。他對自己的信念執著到無法動搖，母親為了保護自己和我們，在處理財務上變得非常狡猾，面對父親亦十分陰詭。這種畢生的閃躲和爾虞我詐，毀去他們原本就脆弱的愛。兩人都變得善於扼殺對方最美的優點，就某方面而言，他們的婚姻具備典型的美式婚姻特質：以戀人為始，最終卻成為彼此最危險、仇視的敵人。在戀人時期，他們生下孩子；變成敵人時，他們培育出心靈受創、受到危害的子女。

父親一如既往，等晚餐時才宣布已買下科勒頓橋附近那間關閉已久的埃索加油站，他相信母親在用餐時應該能夠保持風度。

「我有個大好消息。」父親說，但語氣帶著不確定與罕見的不安。「尤其對男孩子們來說。」

「我們女生聽了可真興奮。」莎瓦娜安靜地喝著湯說。

「什麼消息，爸爸？你幫我買新的捕手手套了嗎？」路克問。

「不是，你的舊手套還好好的。我們以前打球要克難多了，才不會每年吵著買新手套。」

「路克的手已經塞不進手套了，爸，我的也是，他那個手套從小聯盟戴到現在。」我說。

「我今天給咱們家買下了一樁小生意。」他的眼神迴避著母親，「我一向相信，多元化是成功的關鍵。這一季的蝦量爆少，我覺得我們需要一點能應急的東西。」

「這回又是什麼，亨利？」母親極力忍抑說，「你這次又對我們幹了什麼好事？你什麼時候才會學乖？才覺得夠了？我們的定存裡連一毛錢都沒了，你竟然還想買任何東西？」

「銀行不就是用來貸款的嘛，親愛的，那是他們的工作。」

「他們只借錢給有錢的人，那才是他們真正的工作。你拿什麼抵押？亨利？你不會又把捕蝦船拿去借貸了吧?」母親嗆道。

他坦承說:「沒有。我上一次的貸款還沒付清,我得發揮一點創意才能把這次生意談成,他們稱之為創意融資。」

「誰說的?」

「那些大男生說的。」

「咱們基本上是窮光蛋,所以一定他媽的非常有創意,亨利。」母親的嘴在臉上抿成一條細線,像水果上劃了一刀。「你沒把島嶼拿去抵押吧?告訴我,你沒有把我們家唯一實在的東西拿去貸款,告訴我,你沒把我們和孩子們的未來拿去抵押,你應該不至於那麼笨吧!」

「我沒有把『整座』島拿去貸款。只有靠近橋那邊的四十英畝地。那邊地那麼濕,連臭菘都種不起來。我覺得我處理得還不錯,而且也該是幹點別的事的時候了。現在我有自己的加油站,甚至能幫自己的捕蝦船加油了。」

「你要怎麼把捕蝦船開過三百碼長草漫生的沼地,去加油站加油?」母親大發雷霆。「我受不了了,亨利,我絕對無法忍受這件事,三個孩子很快就要上大學了!」

「大學?我從來沒讀過大學,如果他們真的那麼想上大學,就讓他們離家自己去賺學費。」

「我們的孩子會去讀大學,我們從他們還小的時候,就一直在付那些保單,至少我會讓他們把書讀完。他們將擁有我們沒有過的機會,亨利,我不會讓他們像我們一樣困住,我們剛結婚那時就討論過這件事了,而且你百分之百贊成。」

「我把保單拿去變現了，買加油站，他們要求現金。不過如果孩子們真的想上大學，我會賺到足夠的錢給他們買座大學。」父親說。

「你賣掉孩子們的教育費，去買加油站？亨利．溫格，你賣掉他們的土地和未來，好讓你能去加油？」母親震驚地問。

「兩個兒子暑假可以去加油站工作，朗尼．威亭頓答應我會負責經營，我們正在招人。萊拉，兩個兒子將來能接管加油站。」

「你以為我希望湯姆和路克靠幫人加油維生嗎？」

「我不介意幫人加油，媽媽。」路克說。

「我對你的安排遠超過那樣，路克。對你們三個都是。」

「她只希望她的寶貝兒子能去加高級汽油。」父親冷笑道。「反正你再罵也沒有用，溫格的埃索加油站在週二過後一星期就要盛大開張，到時候會非常熱鬧，氣球、免費可樂、彩帶、煙火，我還從巡迴馬戲班裡請了小丑來逗小孩子。」

「你根本不需要請小丑，亨利，你已經有那個買加油站的小丑了。」

「萊拉，你老是缺乏遠見。如果我娶的是相信我的女人，誰知道我會多麼有成就。」父親受傷地說。

「我知道，亨利，我非常清楚，你半件事也成就不了。」母親說著從桌邊起身，快速走回她的臥房，重重把門甩上。

母親離開後，父親環視我們說：「都沒有人要恭喜我嗎？這可是溫格家族史裡的重大時刻。」

「恭喜你，爸爸。」莎瓦娜說著舉起牛奶杯作勢敬酒。

「這是天賜的良機，是我一直在等待的大好機會，別被你們媽媽搞得不開心，其實她是很高興的，只是她向來不善於表達內心的感受。」

莎瓦娜說：「這次她似乎挺能表達真實的感受，爸爸。她覺得你又要賠錢了。」

「不，錯了，這回我可嗅到大錢了，亨利．溫格就要轉運啦，你們等著瞧吧，這間加油站會大發利市，你們媽媽會穿上貂皮，掛上垂到腳踝的珍珠鍊子。她不懂，人必須冒險，我是這個家裡的冒險者，就像客船上的賭徒，一般人想都不敢想的事，我會去大膽嘗試。」

父親買下的埃索加油站，正對著河對岸富格森的海灣加油站，那是科勒頓郡迄今經營最成功的加油站。父親買下埃索之前，已經有三個人在那個角落開過加油站，都失敗了。除了地點這種神祕難解的理由外，實在說不出道理，為什麼大家只把車子開到海灣加油站，而不進埃索加油站。所有的小城鎮中，都有所謂的好地點和爛地點，那是一種玄學，而非地理學。街上某個角落似乎比另一個角落更適合開加油站，而我父親買下的加油站，地點感覺就是不優。父親相信憑藉自己的天賦和表演技巧，必能成功，不會像之前的人那樣慘敗收場。

他確實很懂得把場面搞得熱鬧非凡，溫格的埃索加油站風光開幕，把半數郡民都吸引到他的小角落裡了。他說服樂團指揮，在正午時分領著高中學校樂隊，直接行軍到潮汐街，由旋舞著指揮棒的鼓手隊長帶隊。福魯特先生扭著身體，誇張即興地舞動，並配合他的哨聲仰頭直望向太陽，然後往前彎折下身子，直到鼻尖幾乎碰到自己的鞋帶。樂隊轉進加油站時，父親釋出三百顆充了氮氣的氣球，氣球直直竄入空中，像迷路的花朵般飄在上方。他送棒棒糖和泡泡糖給小朋友，屋頂的煙火筒跟著釋放，煙花紛紛落在地面上。馬戲班的小丑遲到了，但父親驚喜地發現他是個侏儒。喝醉酒的小丑試著在我們家皮卡後斗表演雜耍扔瓶子，結果打破十幾個可樂瓶。科勒頓郡長布基・懷特斯剪彩時，熱情洋溢地發表演說，暢談為科勒頓郡招來新工業的重要性。醉酒的小丑大聲喊道：那應該不難，因為科勒頓郡從來沒吸引過任何老的工業。眾人為小丑鼓掌，他在貨車駕駛艙上方回以漂亮的倒立動作。義勇消防署的人開著新的消防車來了，父親免費幫他們加滿油，因為亨利・溫格希望他們知道，他有多麼感激義勇消防保護科勒頓的房產。《科勒頓公報》的記者訪問我父親，拍了一張小丑騎在他肩上的照片。高中樂隊演奏連串愛國歌曲，國歌響起時，父親在加油站頂端升起一面美國國旗。那天快結束時，旗子被沒點好的煙火筒燒著，起火了，最後被義消給澆滅了。

那天晚上，全家為了慶祝溫格埃索加油站開幕式大成功，跑去看馬戲。雖然母親拒絕參加開幕活動及看馬戲，但我從未見過父親心情如此沸騰。他的身手若是夠敏捷，一定會一路後空翻到馬戲場。他的步態帶著一股新鮮的輕快與得意，在人群中隨著慶祝的樂聲昂首闊步。在馬戲篷外，父親用棒球擲倒沉重的保齡球瓶，最後替母親贏到一隻泰迪熊。我和路克拿著廉價的籃球，對著傾斜的鐵圈投罰球，父親還幫忙鼓掌。

我們去看怪物秀，驚奇地望著長了鬍子的女人把菸草汁吐到沙士罐裡。路克跟一個百歲嬰兒握手，我們聽連體雙胞胎唱〈耶穌是我們的好朋友〉。看到郡內的惡霸阿圖斯．洛思堤被戴著拳擊手套的袋鼠打昏，大家齊聲叫好。

馬戲班主思米堤．史密斯上前與我父親談話。馬戲團抵達科勒頓的那個早晨，他們在捕蝦碼頭便見過面，思米堤買下當天父親所有的漁獲，去餵五隻馬戲班裡的明星海豹。他說他們班子有東南岸最棒的海豹秀，以及世上最爛的老虎和大象秀。思米堤解釋說，班子裡的大象太老，老虎又太年輕。那天下午，侏儒醉倒在皮卡車斗，父親說，沒有什麼比馬戲班裡只有一個小丑更慘的事。不過我們看到小丑在主帳篷的入口招呼群眾，他雖然還有些搖晃，但是做倒立時，還過得去。

我們拉走父親，坐到最頂排的座台上。穿金色亮片衣服的女人騎著大象在圓場裡走繞，年邁的大象渾身皺紋，跪膝鞠躬時，得由女人、小丑、思米堤三人幫忙扶著站起來。大象看起來疲累虛弱到快掛了。小丑在空中拋擲兩顆球，莎瓦娜說，兩顆球連她也能耍。

「不知道他大象願意賣多少錢？對加油站一定是大加分。」我聽到父親說。

「是啊，大象可以用鼻子幫忙加高級汽油。」路克說。

聚光燈射在戴著高帽穿俗豔紅色燕尾服的思米堤身上，他對著音效不良的麥克風說話，麥克風的回音聽來像有四個人同時在規勸觀眾；他的話像海浪般疊蓋著。

「各位先生女士，現在要進場的是關在籠裡的孟加拉虎，凱撒。凱撒殺了三位邦主和十三個——十三個動作緩慢的村民後，從老家印度被帶走。凱撒是我們馬戲班這個大家庭新進的成員，牠在人群面前相當暴躁，接下來的表演中，請各位務必絕對安靜。凱撒在南卡羅萊納的埃肯市外弄傷了我們先前的馴獸師，我只好被迫介入，因為各位先生女士，你們也知道，表演不能停。」

大象也許老了，袋鼠或許有點髒，但老虎卻年輕氣盛。牠盯著拿著鞭子和椅子步入大籠子裡的表演大師思米堤。老虎渾身散發凶惡的氣息，沒有歷經多年束縛和在強光下表演多年的馬戲班動物特有的溫馴與和善。老虎打量的眼光充滿野性。思米堤在老虎耳朵上方揮鞭，命令牠繞著圓場。老虎不肯動彈，只是一心一意地瞪著思米堤，搞得觀眾緊張兮兮。鞭子又是啪的一響，思米堤再次朗聲呼喝，壓過觀眾的竊語。老虎離開棲座，頗不情願地繞著籠子，不滿地齜牙低吼。思米堤把帽子扔到老虎身邊，大吼：「拿過來。」老虎撲到帽子上，把帽子往空中一甩，帽子尚未落地便已被虎爪撕成碎片。鞭子抽在老虎肩上，思米堤把這隻猛獸趕到角落，生氣地彎身檢視帽子的殘片，帽子現在看起來就像炸開的輪胎碎片。思米堤顯然無法接受帽子被毀，一人一獸之間，互懷怨懟，表演反而變得不太重要了。

思米堤點燃火圈，一再鞭擊老虎，逼牠越過燃燒的火圈，老虎的皮毛在火焰紅光的照映下，閃閃發亮。觀眾歡聲叫好，思米堤大汗淋漓地舉著椅子朝凱撒逼近，鞭子在老虎黃色的眼前咻咻揮響，他大聲發出另一道命令，但凱撒直直朝他走過去，伸張出利爪，劃著空中。思米堤往後退開，一路被大貓逼到場子邊，老虎頻頻揮動前爪，惹得觀眾驚呼連連。思米堤後退著逃跑，人獸之間只隔著一張椅子，眼看他的腦袋瓜就要掉了。說時遲那時快，兩名雜役拿著長竿子衝到籠子邊，擋掉老虎狂暴的攻擊，思米堤趁隙逃出籠門。凱撒咬住其中一根竿子，咬成兩半，然後傲然地回到籠子中央，用君王般的姿態坐了下來。思米堤懊惱地舉鞭擊打籠子，觀眾站起來為桀驁不馴的大貓鼓掌。凱撒滾著身子，妖嬈地伸展黑金相間的身子。聽到海豹嗷嗷叫著進入中央表演圈時，牠忍不住抬眼。燈光變換，老虎沒入黑暗裡。

活潑熱情的海豹似乎是天生的表演家，牠們蹦進燈光下，用亮晶晶的黑鼻子頂著黃色的大球。思米堤已經恢復鎮定，像絲綢的織工般嫻熟地指揮表演。每演完一個項目，便扔條魚給海豹，牠們動作流暢地接住魚吞下去。牠們的頭靈活可愛又光滑，還興高采烈地拍著前鰭。

「那些海豹吃的就是我捕的魚，孩子。我捕的魚呀。我覺得他們應該告訴觀眾。」我父親說。

五隻海豹名叫：三寶、特洛伊的海倫、尼布甲尼撒二世、埃及豔后、納舒瓦。三寶顯然是這些滑不溜丟表演節目裡的台柱，牠們的動作像與海豚交配過的水獺，有種可愛的稚拙。五隻海豹輪番用烏黑的鼻子頂轉一顆球，把球高高拋入空中，球再精準地落到另一頭海豹的鼻尖上，由這頭海豹重複同樣的動作，再把球彈入燈光之下。埃及豔后終於犯了失誤，大球滾入黑暗裡，沒能得到賞魚的牠十分鬱悶。接著海豹群表演打保齡球和棒球，然後三寶站上小舞台，用一排喇叭吹奏南方民謠〈狄克西〉，其他海豹跟著合叫，觀眾也唱和起來。我們才唱到「別看啊，別看」，卻聽到場圈後的黑暗處，傳出凱撒關在籠子裡的吼聲。歌曲結束後，聚光燈從海豹身上移開，我們看到老虎的臉緊貼著鐵欄，兩隻有力的前爪伸出籠外，憤恨地對著海豹咆哮。三寶不理會老虎，重新吹奏刺耳的〈狄克西〉。還在指揮海豹的思米堤離開中央表演圈，鞭打老虎凶惡的頭部，直到老虎呲著牙縮退身子，不再吸引眾人注意。

「牠若不是討厭海豹，就是嫌喇叭太刺耳。」父親說。

「也許只是討厭聽〈狄克西〉罷了。」莎瓦娜說。

結尾收場時，海豹圍成一個大圓圈，又開始拋球了，這回牠們把球扔到二十英尺高，每隻海豹努力把球彈得愈來愈高，每拋一次球，圈子就拓得愈大。每次球快要拋離邊界太遠，就有一頭海豹衝過去神準地接住，然後花一點時間把球控穩，再重新朝圓圈另一端彈出一個高高的拋物線。結果埃及豔后又失誤了，因此結束了這次的表演：納舒瓦把球高高一拋，差點碰到掛在屋頂支架上的高空鞦韆；埃及豔后沒接穩，球從牠的鼻子上滑開，滾入黑暗中。三寶像個熱中球賽的中外野手，追著球沒入黑暗裡。思米堤吹響哨子，要海豹全員集合，鞠躬謝幕。

我們在鼓掌聲中聽到三寶淒厲的叫聲，燈光轉向下舞台的表演圈，剛好照到老虎貼著鐵欄舉起三寶，一口咬斷牠的頭，思米堤在鬼氣森森的陰影中揮鞭抽打老虎。座上的孩子紛紛奔逃，全體觀眾呻吟著看到老虎把三寶放到地上，利爪用力一揮，掏出海豹的內臟。三寶滑亮的腸子從體內流出來，虎爪上沾滿了豔紅的鮮血。群眾崩潰而歇斯底里地逃向出口，母親忙著摀住孩子的雙眼，老虎在三百名學童面前吃起海豹來了。

當天晚上，父親買下了老虎凱撒。

當我們用貨車載著巨大的虎籠回到家，我以為母親會從槍盒裡取出獵槍，一併射死父親和凱撒。母親朝老爸尖叫時，凱撒還在啃食吃了一半的海豹。母親的殺氣勝過怒意。當晚表演結束後，思米堤打算殺掉凱撒，可是我父親出面表示願意帶走凱撒。有人忘了在表演前餵食這頭老虎，因此父親請求思米堤放過老虎一命，說老虎只是本能反應罷了。父親開了一張二百美元的支票給思米堤，讓思米堤把鞭子、虎籠、火圈統統給他。三寶一直是動物表演的靈魂主角，也是唯一能用喇叭表演〈狄克西〉的海豹，思米堤歇斯底里地解釋，其他海豹只會拋球跟吃梭魚而已。小丑諷刺思米堤是馴獸高手，思米堤二話不說地把侏儒掛到他拖車裡的衣帽架上。小丑的酸言酸語更點出了買下凱撒的不切實際。我們站在黑漆漆的戶外，看著老虎吞下硬從籠外拖進籠裡的海豹內臟。路克推測，三寶可能是有史以來第一隻被老虎吞下肚的海豹。

「野地裡的海豹根本不用擔心有老虎。」路克解釋，大伙看著老虎，老爸則跟思米堤在一旁還價。「老虎對海豹不是什麼大麻煩。」

「不知道消息會不會傳到世界所有海豹的耳裡。演奏〈狄克西〉喇叭曲的時候，小心隔牆有虎。演化應該就是這麼一回事吧？」莎瓦娜沉思說。

我敬畏地說：「那麼大的東西，我一定會格外小心。老爸到底為什麼要一頭孟加拉虎？」

「吉普死了之後，我們家就一直沒寵物。你也知道，老爸這人重感情。」莎瓦娜說。

母親老遠地打量老虎說道：「你又來了，亨利。我們會再次成為科勒頓的笑柄。我要那頭老虎在天亮之前消失，我不想小話又傳出去，說我嫁給南卡最笨的傻子。」

「我不能就這樣把老虎放了，萊拉，牠會吃掉那些嘲笑咱們的善良家庭。牠在籠子裡吃的那頭海豹，就是牠剛剛咬死的，所以我才能用這麼低的價錢買下。」

「我看我是無法期待你會放過這種大好機會的，是吧？」

「這是一種宣傳手法，是為了我的加油站。我一聽到海豹的慘叫聲，就想到了，我靈光一現：這絕對能吸引顧客上門。」父親得意地說。

「爸爸會教老虎吹奏〈狄克西〉。」莎瓦娜說。

「不對，他會每天晚上扔一頭活海豹給老虎，讓客人打賭誰會贏。」路克笑彎了腰。

「如果你們幾個再耍嘴皮，對父親沒半點尊敬，我就拿你們餵老虎。老子今天心情好，不想生氣，明白了沒？如果你們肯好好地聽，我就教教你們現代世界是怎麼辦事的。我們剛買下一間埃索加油站，對不對？」

「對。」路克說。

「埃索在全世界打廣告，對嗎？到這邊聽得懂嗎？他們花了數百萬為自己的商品打廣告，讓明明也可以去殼牌、德士古或海灣公司加油的傻子，樂呵呵地把車子開進埃索加油站。目前還懂嗎？」

「是的，先生。」

「好了，孩子。他們這陣子強打的廣告是什麼？」他興奮地拉高嗓門問。「他們在自由世界每架電視和收音機上面播放，讓人們去購買埃索牌汽油，而不買其他家垃圾油，把大批付錢的客人拐進埃索加油站，跪求購買高級汽油，因為觀眾已經被精采的廣告澈底洗腦了。想到是什麼廣告了嗎，想到了嗎？」

「噢，天啊。」莎瓦娜近乎歇斯底里地說。「我懂了，我懂了。」

「懂什麼，莎瓦娜？」母親不耐煩地問。

「媽媽，『買了埃索油，油箱裡就像添了一頭老虎』。」

「沒錯。」父親歡呼道。「在這個國家，唯一會弄來一頭真的老虎坐在加油槍旁邊的埃索加油站老闆是誰？溫格的加油站！就是本人，亨利．他媽的天才．溫格，本人在下是也。」

亨利．他媽的天才．溫格的加油站，持續營運了六個月。老爸對老虎的看法證實是對的。他把虎籠子放到木橋邊的角落，開車的人加油時，便看著老虎踱步低吼。小孩子會央求爸媽帶他們來看老虎，即使他們不需要加油。凱撒對孩子跟對海豹一樣感興趣，最初大家很擔心凱撒會把郡內的學齡前幼兒當午餐吃，可是老虎激發了科勒頓母親們少有的警覺心。慵懶和凶惡是凱撒的兩大狀態，但凱撒一看見小孩總是獸性大發，牠會在籠子裡衝撞，伸長爪子揮舞，把一群小孩和媽媽嚇得連連後退，尖叫不絕，過癮至極。父親覺得凱撒像隻得了狂犬病的狂犬，只是比狂犬重四百多磅罷了。

老爸很樂於把餵養凱撒的頭疼問題丟給兩個兒子。我以前對老虎從來沒有偏見，直到我發現凱撒會像吞雞脖子一樣地把我吞掉。餵食期間，要接近凱撒的籠子並不容易。從一開始，凱撒和我的關係就特別直接，單純地互相嫌惡。凱撒後來喜歡路克，甚至讓他探手到鐵欄裡幫忙搔背，可是他們的關係進展很慢，老虎剛到加油站的第一個月，全然不是那回事。路克會示意，要我走到籠子前方，我輕聲哄著老虎，凱撒則揮著尖利的爪子，企圖撕扯下我的頭。本人在冒生命危險時，路克偷偷溜到籠子後方，把裝滿雞脖子和貓咪乾飼料的車輪蓋推進欄杆裡。凱撒一聽到路克的聲音，便以我在動物世界中不曾見過的急速，用最難以預料的動作，從我這端的籠子衝向路克，想狂暴地撕爛路克。路克從鐵欄邊跌開，往後摔在地上。

「湯姆，你不能讓牠閒著！」路克會說。

「你要我怎麼辦，讓牠嚼我的拳頭嗎？」

「用口哨吹〈狄克西〉。」路克拍掉背上的碎石子說，「做什麼都行。」

「我不希望讓牠用任何方式把我跟海豹聯想一起。」

路克會站在籠子附近，看凱撒咔嗞咔嗞嚼著雞脖子，彷彿用舌頭融化奶油。

「牠是動物王國裡的王子，世界上最漂亮的動物。」

我抱怨：「埃索為什麼不能想出別的廣告詞？例如，『油箱裡就像添了一隻孔雀魚』，或

『添了一隻倉鼠』。」

「因為那些動物太無趣，不像凱撒。牠不會輕易認輸，我喜歡，好喜歡。牠讓你得努力爭取。」

⚓

富格森的海灣加油站展開科勒頓郡有史以來最激烈的一場汽油戰。他把每加侖的油價降一毛錢，父親被逼得沒辦法，只能跟進。他徒勞地想盡一切辦法繼續營運加油站，但謠傳富格森找到了有錢的金主。等到銀行終於收回我們的加油站，油價已經從一加侖三毛錢跌到一毛錢了。老爸試著把老虎納入可支配資產中，可是銀行拒絕。溫格家再次出現激烈爭吵，難過而無止境的爭吵。爸爸勉強付掉島上的貸款，但也失去了一切。家裡再度陷入財務困境。不過爸爸又以歷年來最豐收的蝦獲讓大家渡過難關。父親失去加油站不久，里斯・紐布里便開著凱迪拉克到島上，說要用五萬美元買下這座島，而且還不許提任何問題。父親拒絕了。一週之後，老爸發現，原來油價爭霸期間默默在背後當富格森的金主、確保他能打贏的人，就是紐布里。

「他以為他能得到我的島。他為了達到目的，毀了我的生意。」父親說。

於是父親返回河域，母親變得更加沉默怨恨，而溫格家則成了科勒頓郡唯一有會跳火圈的寵物虎的家庭。

小時候，每當爸媽在家安然共處，我就會仔細打量。私心裡，我很想知道他們如何維持婚姻，是什麼邪惡或善良的力量讓他們彼此相守，而他們之間詭異又熾熱的愛情表相下，藏著何種溫柔或火爆的元素。因為兩人即使在最糟糕最危險的時刻，仍能使我感受到他們之間的烈愛。那是一種我只能領會卻無法言說的感覺。我不懂母親在父親身上看到什麼，或她在父親家中為何既是統馭者又是囚徒。他們的交流令人費解困惑，我從未釐清他們狂亂的關係。父親顯然愛著母親，但我不懂一個男人為何非得虐待他最愛的人不可。母親似乎經常鄙視父親的一切，但有時他們會奇異地對上眼，露出充滿激情與渴求彼此的眼神，讓我這個意外撞見的人臉紅心跳。我不知道自己會如何愛一名女子，我快樂而憂懼地想像，在天涯某處，有個愛笑愛唱歌的女孩有一天會成為我的妻子。我腦海中有她跳舞玩耍和逗弄我的模樣，為驚奇的那天做著準備。不知我們何時會相遇，喜悅地彼此相許道：「我願意與你永遠相守。」我會在這唱歌的女孩的一生中，注入多少我父親的成分和母親的元素？我，湯姆．溫格，暴風之子，又會在多少日子之後，讓她永遠失去歡笑，不再歌唱？我會花多久時間，讓這個愛笑的女孩停止跳舞，因為她並不知道，我是多麼猶疑、多麼不擅長去愛一個女人？我早在遇到這名女孩之前，便愛上她的形象，我好想警告她，我闖進她的生活那天，請多加小心。女孩在美國的某個地方等待，過著她天真爛漫的童年，對自己的命運渾然不覺。她不知道自己會遇到一個深受傷害、極度迷惑的男孩，他會以一輩子的時間，想辦法釐清愛究竟應該是何感覺，兩人之間的愛又該如何呈現，不必以憤怒、悲傷、流血的方式表達。我在十三歲時，下決心要讓這名好女孩過得更幸福，我會在自己介入她美好的人生道路之前，在她轉變身分之前，早早就警告她。

思索愛的本質時，我牢牢記住爸媽的故事，這是父親在黑夜把船駛向大西洋的海浪時，一再描述的故事。那是他們第一次在亞特蘭大見面的經過，當時父親是名年輕的中尉，休假時第一次去亞特蘭大城，母親在桃樹街的戴維森百貨公司銷售童裝。父親一談到兩人相遇的故事，總是語帶幸福，臉上放光。他對城市很陌生，想見見都市女孩，有個理髮師告訴他，最漂亮的南方女生都在桃樹街。身穿軍服的父親，自帶一種只有即將奔赴戰場的年輕男子才有的英姿。他攔下剛剛下班、從戴維森走出來的母親，說此生不會見過更漂亮的女孩。母親拿著一只購物袋和紅皮包，穿過車陣到對面的公車站。男孩跟著她，尋思如何接近，如何搭訕，詢問芳名。他在女生面前很害羞，可是他怕公車一到，在還沒機會讚賞她的美麗或聽到她的名字之前，女孩便永遠消失在他的生命裡。於是男孩大膽自我介紹，說他是空軍飛行員，到亞特蘭大休假，如果女孩能帶他在城裡逛一逛，他會非常感激。女孩不理他，尋望桃樹街上的巴士。無招可用的男孩告訴她說，她似乎不怎麼愛國，他即將奔赴戰場一、兩年，很可能一去不回，如果她肯讓他請吃晚飯，他將死而無憾。男孩拚命講笑話，想逗女孩笑。他說他是大明星埃羅爾．佛林的弟弟，父親是戴維森老闆，他好希望此時能下雨，這樣就能把身上的外套扔到泥灘上讓她踩過去。巴士從南邊駛來，男孩嘴巴更停不了。我母親就像任何家教良好的南方女孩一樣，始終不理會他，可是父親發現她被逗樂了。父親從背後的口袋裡掏出奶奶寄給他的信，假裝是羅斯福總統的推薦信，證實亨利．溫格中尉人品高潔，任何美國年輕女子都可以信賴，尤其是亞特蘭大有史以來路經桃樹街最美麗的女子。母親羞紅了臉，走上巴士，付了車錢，連頭都沒回。母親走過巴士走道，在車窗打開的座位坐下，父親就站在窗下的巴士外頭，懇求母親給他電話。母親微微笑著想了一下，巴士便從車道邊開走了。父親在巴士旁追著，巴士切換到二檔時，父親擠出這輩子最快的衝刺速度，但仍被拋在後方，看不見車窗上母親的面容了。他繼續狂奔，雖然巴士已快把他拋在後頭，此時父親看到母親把頭探出窗外，聽到她高聲喊出第一次對他說的話：「梅肯三七、二、八、四。」

每回老爸說起這個故事，莎瓦娜總是低聲說：「給他假電話，媽媽，拜託給他假電話。」或者她會說：「把號碼忘掉，老爸，忘記就對了。」

但是他記住了，開著船，破浪而行的亨利．溫格記住了。

後院的老虎變成了母親的尷尬之源，也是路克的歡樂泉源。對母親來說，凱撒象徵了父親最愚蠢荒唐的一面，是失敗創業枯骨堆中的一面活徽章。可是路克卻發現自己天生喜愛老虎，慢慢學著獲取凱撒的信任與喜愛。路克認為思米堤虐待凱撒，但老虎如同所有動物，對善待牠們以及長久對牠們友好的人有所回應。路克是唯一肯餵凱撒的人，他花了兩個月才有辦法接近籠子，讓凱撒不會張牙舞爪地想把他拖進籠子裡。後來有一天，我發現路克拿花園裡的耙子幫老虎撓背，老虎開心地打呼嚕，我呆愣地望著路克把手伸入籠子，搔抓老虎金色的大頭。

我們把老虎買回家的三個月後，莎瓦娜在一個下著暴雨的夜裡把我喚醒。「你一定不會相信。」

「莎瓦娜，現在半夜兩點鐘欸。」我不悅地說。「就算我殺了半夜兩點吵醒我的姊姊，陪審團也不會判我罪。」

「路克在陪凱撒。」

「就算他在陪東方三博士，我也不在乎。我要睡覺。」

「他把老虎從籠子裡放出來了，在穀倉裡。」

我們從窗口溜出去，悄悄來到穀倉，從穀倉門縫慢慢地往裡窺望。在燈籠的火光下，我們看到路克握著鍊子和鞭子控制凱撒，讓牠在穀倉裡繞圈。接著路克點燃浸飽煤油的破布，要老虎躍過燃動的火圈。「凱撒，來。」他說。老虎像射過窗玻璃的陽光般躍過火圈。凱撒在穀倉裡又繞了一圈，然後吼著做出同樣流暢的動作，再次以驚人的力量和速度躍過燃燒的火圈。接著路克連續揮響三次鞭子，老虎走回打開的籠門前，跳進籠子裡。路克拿鹿肉犒賞，凱撒吞著鹿肉時，路克還用頭去蹭老虎的頭。

「他瘋了。」我低聲對莎瓦娜說。
「不，那就是你哥哥路克，他好了不起。」

14

我從小討厭耶穌受難日。我對這個節日的厭惡，與神學無關，但與各種禮拜儀式，以及崇拜耶穌的爺爺那誇張而過激的紀念行動息息相關。

阿莫斯．溫格每年會在耶穌受難日當天，到他科勒頓家後邊的棚子裡，清理他十四歲時抱持宗教狂熱打造出來的九十磅重木十字架。爺爺會在這個紀念的日子，從中午到下午三點，來回從潮汐街頭走到街尾，提醒家鄉這些怠惰罪惡的人，耶穌基督遠古以前在愁雲慘霧的耶路撒冷小丘上，受盡難以想像的折磨。那是爺爺一年中最精采的盛大演出，體現出聖人與庇護者的特質。他的步履總是帶著一種瘋狂的美感。

我寧可爺爺用更低調、更發人深省的方式去紀念耶穌受難日。我極為尷尬地看著沉重的十字架把他憔悴的身子壓到佝僂，吃力地走過壅塞的車陣，停在十字路口，全然無視眾人既厭惡又佩服的眼神。他衣服汗濕，對上帝喃喃念著根本聽不見的讚詞。有些人覺得他很了不起，有些人覺得他就是個混蛋。每年警長都會開一張擾亂交通的罰單，每年浸信教會都會以特別募捐的方式幫他付清罰金。多年來，爺爺奇特的精神紀念之旅已成了備受欽仰的年度現象，吸引不少朝聖者和觀光客，他們聚集在潮汐街邊祈禱、閱讀聖經，看溫格爺爺獨自氣喘吁吁，莊嚴地重演這段改變西方精神史的路程。每年《科勒頓公報》都會在復活節後的一週，刊登爺爺禱行的照片。

小時候，莎瓦娜和我會央求爺爺到查勒斯登或哥倫比亞，那些上帝眼中更繁華庸俗、罪惡深重的城市，而不要在科勒頓這種小到不能再小的地方走苦路。奶奶也覺得丟臉，她的表達方式就是拎著一整瓶的琴酒和一疊從范德理髮店拿來的過期《警察公報》，躲到自己房間。等紀念之行在三點鐘結束，一瓶酒也喝完了，奶奶便一覺睡到翌日天明。當她頭疼地醒來，會發現爺爺正跪著為她醉酒的善良靈魂祈禱。

阿莫斯在復活節守夜，看顧妻子醉躺不動的身體——她故意以這種自我防備的方式抗議丈夫長年堅持的儀式。兩人這種精神上的抗衡，自帶一種詭異的和諧。星期天早上，宿醉但清楚表達過立場的奶奶，會及時如她所說的「他媽的起死回生」，然後陪著爺爺參加復活節的週日禮拜。那是她全年唯一上教堂的時候，而這跟爺爺的苦行之路一樣，也成了科勒頓的精神傳統。

高二時，復活節前的那個星期三，我在放學後跟莎瓦娜一起走到爺爺家。我們在朗恩藥局買了櫻桃可樂帶到河邊，坐在海堤上喝，看著在我們底下的泥巴裡揮動蟹螯的招潮蟹。

「耶穌受難日又要來了，我恨死受難日。」我對老姊說。

她咧嘴一笑，捶我的手臂。「每年受一次這種羞辱也挺好的，讓全郡的人笑話爺爺，再嘲笑你，這樣可以強健心志。」

「我一點也不介意到時自己不在場。」我答道，盯著底下螃蟹令人昏睡的動作，牠們就像亂七八糟撒在泥地上的銅板。「今年老爸要叫你去顧檸檬水攤，他又要去拍精采的苦行之路了。」

「唉唷，媽呀。他已經連拍五年了，他有五年的片子可以拿到任何法庭上去證實爺爺瘋了。」

「爸說是給家裡存檔用的，將來我們會感激他記錄我們的童年。」

「最好是這樣，那不就是我想要的嘛，集中營的影像史。你真的認為這是個正常家庭嗎？」

「我不知道咱家到底正不正常，因為我只住過這個家。」

「我們家是專門製造瘋子的工廠，聽我的話沒錯。」

爺爺在科勒頓的房子是棟簡單的單層農家，塗著白漆與紅邊，蓋在科勒頓河邊的半畝地上。我們進屋時，見到奶奶在廚房裡望著在後院整理十字架的爺爺。

「他在那兒。」看到我們進屋，奶奶用氣到沒力的疲累聲音朝後院點點頭說。「你們爺爺，我老公，本郡的白痴，整天都在搞他的道具。」

「他做什麼了，托莉莎？」我依照奶奶的要求，喊她的名字問。

「裝輪子。」莎瓦娜大笑著跑到窗口說。

「他說大家不會介意一個六十歲的老頭在十字架上裝輪子。他說耶穌走上那座小丘的時候才三十三歲，所以不會有人覺得六十歲的老頭能做得更好。他的腦袋一年比一年糊塗，不久我肯定就得送他去安養院啦。公路巡警這週又跑來，想收回他的駕照，說每次他開福特上路，就會構成危險。」

「你為什麼要嫁給他，托莉莎？兩個沒一處搭得起來的人住在一起，似乎挺荒唐的。」莎瓦娜問。

奶奶再次望向後院，窗戶在她的眼鏡上映成梯形倒影，其中又映出她自窗上看見的東西。奶奶沒想到會被這麼問，我發現莎瓦娜問了不該問的事，裡頭有可怕的意涵，那是我們出生前就有的祕密。

「我去給你們弄點冰茶。」托莉莎終於說道。「他待會兒就會慢慢摸進來了。你們現在大了，有自己的生活，我不太有機會去看你們了。」

她倒了三大杯冰茶，在碎冰上加薄荷葉，坐到她的凳子上，調整鼻梁上的眼鏡。

「我第一次見到你們爺爺，就知道他是基督徒，因為當時郡內每個人都是基督徒，我也是，只是我們結婚的時候，我才十四歲，太小了，什麼都不懂。我後來才發現他多狂熱，約會的時候，他特意隱瞞，因為他一心想得到我。」

「托莉莎……」我覺得好尷尬。

「湯姆，你有時太幼稚了。每次一談到性，你就像被蛇咬到。」莎瓦娜說。

奶奶大笑著繼續說：「我小小年紀就惹得他欲火焚身，早年我跟他在被子底下，可沒聽他談太多耶穌。」

「托莉莎，拜託別再說了。我們不想聽那些事。」我哀求道。

「要的，我們想聽。」莎瓦娜反駁說，「太有意思了。」

「只有你這種怪胎才會想聽自己爺爺奶奶的性事。」

「多年之後，他跟所有男人一樣，對老婆厭倦了，便開始日夜不停地向我們上主禱告，直到他腦子開始糊塗。他這輩子沒幹過像樣的事，只會剪剪頭髮，賣幾本聖經，對天堂地獄和人間嘰哩咕嚕地講不停。」

「但他是個大好人。」我插話說。

奶奶扭身望著窗外的爺爺，眼中沒有熱情，卻有著溫柔綿長的情意。爺爺依然彎著身子忙他的十字架，把橡膠製的三輪車輪裝到底端。「人們老問我，嫁給聖人是什麼感覺，我總回答，無聊死了，還不如嫁給魔鬼算了。我這輩子淺嘗過天堂和地獄的滋味，每次我都會選擇地獄。不過你說的倒是實話，湯姆，他是大好人。」

「你為什麼在大蕭條時期離開他？」莎瓦娜問，托莉莎如此直言不諱地談論過去的祕密，令她膽子大了起來。「爸爸絕口不提這件事。」

「我想你們夠大，可以知道了。」她說著轉向我們，聲音突然變得頹喪而近乎夢囈。「他在大蕭條期間辭掉工作，開始到貝特里藥局前頭傳播福音，收入甚至比幫人理髮還要低。他深信大蕭條是世界末日的預示，當時很容易產生那種念頭，很多年輕人都有同樣的想法。我們老是挨餓，或近乎挨餓。我受不了餓肚子，便告訴阿莫斯，我要離開他。他當然不信，因為當年的人根本不會離婚。我叫他照顧你們父親，否則我回來後會宰了他，然後我就搭便車跑去亞特蘭大。我當週就在里奇百貨公司找到工作，過一陣子我遇到約翰爸爸，幾天後便嫁給他了。」

「太可怕了，托莉莎，這是我聽過最糟糕的事。」我說。

「那位聖人就在後院裡，湯姆。」她瞇起眼鏡後的眼眸，兩道眉毛像兩條不相搭的毛蟲般皺在一起。「那個女人就在這個廚房裡。我對自己做過的事並不覺得光彩，但我會把一切告訴你們。」

「難怪老爸那麼不正常。」我吹了聲哨子。

「閉嘴，湯姆，你實在有夠古板。你根本不懂什麼叫求生存。」莎瓦娜好像很懂地說。

「我已經盡最大努力想理解大環境了，當時整個世界似乎都瘋了，我也不例外。」

「繼續說吧，趁爺爺還沒進來之前。」我表示。

「別擔心他，他會跟十字架糾纏到晚餐時間。唉，我必須承認，你父親是最不好受的。我帶他去亞特蘭大的時候，他才十一歲左右，而且已經有五年沒見到我。他幾乎不認得我，也無法理解我為何離開，或他為何得喊我托莉莎，而不是叫媽媽。以前他睡覺時會哭喊『媽媽，媽媽，媽媽』，約翰爸爸聽得心都疼了，便進房間裡唱希臘歌曲給你們爸爸聽，直到哄他睡著。你們爸爸不認識名叫托莉莎的那個女人，也不想了解她。換作現在，我會有不同的作法，真的，我會。可是現在是現在，而當時是再也回不去了。」

「我很難把老爸看成悲劇角色，尤其是可憐的孩子，我甚至沒辦法想像他是個小孩。」莎瓦娜說。

「你還有別的丈夫嗎，托莉莎？」我問。

「哈，你媽又說什麼。」她大笑說。

「沒有。」我很快接腔，「我只是聽到一些傳言罷了。」

「約翰爸爸死後，我悲痛到快瘋了。我帶著他留給我的錢，我告訴你，那筆錢還真不少。我跑到所有聽過的地方，香港、非洲、印度。我搭船環遊世界，坐頭等艙，從一個港口到一個港口。我的困擾是每個人都會愛上我，尤其是男人，我就是那種人，男人就愛繞著我轉，彷彿我身上散發甜香。我就坐在那兒，看他們排隊努力逗我笑，或請我喝酒。我嫁給兩個那種老男人，最長的一次婚姻維持六個月，剛好就是從馬達加斯加到開普頓的航程。他要我對他做難以啟齒的骯髒事。」

「什麼難以啟齒的骯髒事？」莎瓦娜朝奶奶探過身子，屏息著問。

「不，不行，別問她那種事，別問她。」我求道。

「為什麼？」莎瓦娜問我。

「因為她會跟我們說，她會告訴我們，而那件事一定很可怕，很難為情。」

「他要我幫他吸兩腿中間的地方。」奶奶解釋。我必須承認她說得很簡潔，但她總是會多透露一些你不想聽的資訊。

「好噁哦。」莎瓦娜說。

「他有野獸般的胃口，簡直是噩夢。」托莉莎說。

「你為什麼回到爺爺身邊？」我問，想把話題從「野獸般的胃口」挪開。奶奶的目光轉向我，把茶杯送到唇邊。那一瞬，我還以為她不會回答，或無法回答。

「我累了，湯姆，真的累了。而且我老了，身與心都老了。我知道阿莫斯會一直守在這裡的河邊，一直等著我。我知道我可以回來這裡，而他永遠不會對我提半個字，只會感激我的歸來。你們爸爸對萊拉也是，他這輩子只對一個女人有興趣，就跟他父親一樣。由此可見，狂熱的基因比較容易傳給下一代，而不是我這種人見人愛的基因。」

「可是大家也都很愛爺爺啊。」我突然為後院裡的男人感到難過。

「他們愛他，是因為他狂熱而虔誠，因為他每年都背著那十字架。可是誰需要聖人？我寧可喝杯酒，開心地笑上幾聲。」

「可是你愛爺爺，不是嗎？」我堅持說。

「愛……」她喃喃念著這個字，嘴裡像含著沒有味道的含片。「是吧，我想我是愛他的。你必須愛那個永遠可讓你回歸的地方，愛那個在家中等候你的人。前幾天我想到了時間，不是愛，而是時間，這兩者彼此有些關連，但我不夠聰明，不清楚究竟是什麼關係。我嫁給你們爺爺的時間，和嫁給約翰爸爸差不多，可是當我回顧自己的一生，感覺好像只嫁給約翰爸爸幾天而已，我就是那麼幸福。而嫁給你們爺爺，感覺像過了一千年。」

「這是大人會有的對話，我等待一場真正的成人對話好久好久了。」莎瓦娜驕傲地說。

「莎瓦娜，你們爸媽只是在努力保護你們，不讓你們接觸兒童不宜的事。他們不認同我的生活方式，不過既然這是大人的對話，我不認為他們需要知道我們聊了什麼。」

「我絕對不會說，可是湯姆有時候很幼稚。」莎瓦娜表示。

我懶得理莎瓦娜，便問托莉莎：「你覺得老爸已經不介意小時候被拋棄的事了嗎？」

「你的意思是，我覺得他原諒我了嗎？我想是的，家人沒有什麼事是過不去的，等你長大就知道了。父母對你做的事，換作是朋友幹的，你絕對不會原諒。但朋友不同，朋友不是非要不可。」

「我得去幫爺爺準備十字架了。」我說。

「是啊，我也得去買酒了。」托莉莎說。

「你打算受難日又喝到掛嗎？」我問。

「湯姆，你太沒禮貌了。」莎瓦娜說。

托莉莎大笑說：「那是我唯一能想到的、抗議他走苦路的文明辦法。那也提醒他，他不欠我什麼，也將永遠不虧欠。那是我告訴他這一切有多荒謬的方式。當然了，他幾天前跟上帝談過，上帝要他繼續，所以他也不會聽勸。」

「爺爺對我說，他只是想做個好基督徒罷了。他說如果大家都奉行聖意，整個科勒頓的人就都會拿著十字架出來隨他一起走。」我說。

「然後他們就會把全郡的人都關起來。湯姆，我並不反對當個好基督徒，相信我，我希望你能成為一個好基督徒；只是別他媽的太正經八百。」

「你是好基督徒嗎，托莉莎？你認為你將來會上天堂嗎？」莎瓦娜問。

「我這輩子沒幹過一件能送我下火燒地獄受苦又不能得救的事。任何做得出這種事的神，也不配被稱作神了。我努力活得精采有趣，我不懂這樣做有何傷害。」

「你不覺得爺爺也過得很有意思嗎？」我說。

「湯姆，你問的問題太愚蠢了。」莎瓦娜罵道。

「記住啊，湯姆，每次你思索什麼才叫有趣的生活時，請考慮這點：你爺爺在理頭髮，你媽媽和爸爸在撿螃蟹剝蝦頭的時候，我正在穿越開伯爾山口，喬裝成阿富汗戰士，進入阿富汗。我大概是你見過唯一幹過那種事的人。」

「可是你回來這裡了，托莉莎，如果最後你還是得回科勒頓，回到最初的原點，當初離開對你又有什麼好處？」我問。

「那只是表示老娘沒錢了，表示我失敗了，沒能完成初衷。」

「我認為你是家裡唯一成功的人，托莉莎。我真的這樣覺得，你是唯一讓我知道自己能夠逃開這一切的人。」莎瓦娜說。

「莎瓦娜，你臉上寫滿了『托莉莎』三個字，你從小就像我，但又比我聰明。我是野丫頭，但不夠聰明。以前的女孩過得比較辛苦，辛苦許多，你若可以，就設法離開。科勒頓是裹著蜜糖的毒藥，一旦深入靈魂，就永遠洗不掉了。聽來可笑，但所有我在歐洲、非洲、亞洲看過的地方，有些美到令人泫然而泣，但沒有一個地方比科勒頓更美，這是真的。沒有一處，能讓我忘卻這片沼地和河域，無論你去到哪裡，這裡的氣味依舊深入骨髓，我不知道那樣是好還是不好。」

她站起來，生起爐子裡的火。靜謐的午后空氣清涼柔和，一艘滿載林木的平底貨船駛往上游，我們看到爺爺朝貨船上的人揮手。貨船以低沉的笛聲回應，橫在河上的橋同時慢慢從中分開。

「去外頭跟你們爺爺說話。我來弄晚飯，不過你們何不先到河裡挖個兩、三打牡蠣，趁烤雞肉的時候，我先來料理。」

我們走到後院，進入溫格爺爺的異世界裡。他抬起十字架靠到肩上，正推著十字架走過草地，測試新輪子。輪子滾過草地時發出輕微的咿呀聲。

「哈囉，孩子們。」爺爺看到我們，笑著說。「我沒法讓這輪子安靜。」

「哈囉，爺爺。」我們跑過去親吻背著十字架的爺爺。

「你們覺得看起來如何？」他擔心地問。「要老實講，別擔心我不開心，你們覺得輪子看起來還行嗎？」

「看起來不錯，可是我從沒見過裝輪子的十字架。」莎瓦娜說。

「去年我走完之後，在床上躺了一星期。我想裝上輪子會好走一些，只是擔心別人誤會。」

他解釋道。

「他們會理解的，爺爺。」我說。

「十字架在冬天淋了雨，中間的木條開始朽爛了，也許明年我得做個新的，如果能找到適合的木料，或許會造個更輕的。」

「你為什麼不退休？找教堂裡的年輕人接手。」莎瓦娜說。

「這件事我考慮很久了，孩子。我總希望路克或湯姆在我死後能夠接手，我就是這樣向天主祈求的。你不覺得由家人接手挺好的嗎？」

「我相信湯姆一定樂意。」莎瓦娜客氣地表示。「事實上，我也一直向上帝祈求同樣的事。」

我從莎瓦娜的臂膀後頭掐她一把，說道：「托莉莎要我們過河去挖牡蠣，爺爺，你要不要一起去？」

「我當然樂意。湯姆，你能把十字架從這推到車庫嗎？我得找出這個雜音是哪裡來的。」

「他很樂意幫忙，順便練習一下接手後的工作。」莎瓦娜說。

我接過爺爺的十字架靠到右肩上，快速推過院子，聽到奶奶在廚房裡對我喝倒彩。

「等一下，孩子。我知道雜音從哪裡冒出來了。」

他彎下身子，用生鏽的罐子給輪子上油。

「應該行了，再試一遍。」

我再次鬱悶地走著，不理會咧嘴笑的莎瓦娜，以及在廚房窗口咯咯發笑的奶奶。想當然，爺爺對這一類嘲弄和丟臉的場面都毫無所覺。

「我覺得十字架在他身上挺好看，是吧，孩子？」爺爺問莎瓦娜說。

「我覺得看來神聖得不得了，這男孩天生就是背十字架的料。」莎瓦娜同意道。

「好重。」我哀嚎。

「你應該背沒有輪子的十字架，那是男人的工作，可是我一想到上主所受的折磨，以及祂為我所經歷的一切，就覺得責無旁貸。」爺爺說。

「就是嘛，湯姆，別再抱怨了，想想上主為你所遭受的。」莎瓦娜罵說。

「朝這邊再走一次，孩子。我想確定雜音解決了。」爺爺說。

把十字架放回車庫後，祖孫三人跳上爺爺的小綠船，他發動手動馬達，我收起船纜，開往聖史帝芬島，哈德維號殘船附近的牡蠣區。哈德維號是一艘老式槳輪渡輪，在我和莎瓦娜出生時的那場颶風中沉沒。巨大的輪子半埋在泥地裡，遠遠看去，倒像一只做了一半的時鐘。成千上萬的牡蠣群聚在船體底處，滿潮時，這裡便成了本地最富饒的捕魚坑。棕色的船體裡住著一批水獺家族，打我長記憶以來，牠們就一直住在那裡。傳統使得那批水獺變得神聖而不可侵犯，沒有獵人想捕捉牠們。兩隻小水獺在廢船的支架間彼此追逐，爺爺關掉馬達，我們駛入退潮後露出的平坦船底。

「耶穌讓那些牡蠣生在離我們家這麼近的地方，真的太棒了，不是嗎？祂知道我多喜歡吃牡蠣。」爺爺說，莎瓦娜和我把身子探到船側外，開始挖掘岸上的牡蠣。我們撈起一打跟男人巴掌一樣大的單顆牡蠣，接著是一叢十顆的小牡蠣，用放在船前的槌子敲開。

我跳到沒至膝蓋的泥地裡，小心翼翼越過岸邊，揀選最大顆的牡蠣扔回船上。

「我老覺得牡蠣看起來像在禱告，兩手合十，表示感謝。」爺爺說。

牡蠣殼銳利而危險，我踉踉蹌蹌走著，彷若在一片刀海中跳舞。我拿著鉗子，在將逝的天光中把牠們拔起，感覺到死了的牡蠣殼在球鞋膠底上割著。

等我們採到四十顆牡蠣，我從船側爬上船，把船又踢回河裡。爺爺一時無法發動馬達，我們橡樹葉似的漂過泛著珠光的輕柔水面，水獺在我們四周打繞，牠們帶起的尾浪把水光攪得更深。爺爺不斷扯著啟動繩，額上沁出了汗珠。一頭銀臉的大水獺叼著一條顫顫抖抖的鱒魚爬到船身低處的架子上。水獺一屁股坐著，研究爪裡的魚兒，然後啃玉米似的吃了起來。莎瓦娜是第一個看到「白雪」的。

「是白雪！」她大喊著站起身，差點弄翻小船。我雙手把船扶穩，來回挪動身子，直到我們再次穩穩地泊在潮汐中。爺爺不再試圖發動馬達，他順著莎瓦娜手指的方向，望向下游。就在兩百碼外的距離，我們看到一隻白色的鼠海豚[22]乘風破浪地朝我們游來。

第一次見到這隻俗稱「卡羅萊納白雪」的白海豚，我才十歲，我們在斯波丁角沿岸撈了一整天的蝦子，正要回碼頭的時候，海豚跟在我們的船後。記得在我捕蝦那些年，那是我們在大西洋海岸看到的唯一一隻白海豚。有人說，牠是地球上唯一僅有的白海豚。在科勒頓郡綿延無盡的鹹水河，以及隨潮汐漲落的溪流中看到白雪，總會引起驚呼。人們從未見過白雪與其他海豚同行，有些捕蝦人——我父親便是一例——認為海豚跟人類一樣不喜歡異類，因此渾身素白的白雪只能遭受排擠，獨自在科勒頓的綠色水域中流浪。第一天看到白雪，她一路跟我們游到快到橋邊，才折返大海。白雪賜給科勒頓郡一份特殊感，所有看過牠的人，一輩子都會記得初見牠時那一瞬間的感動，就像認識到大海無盡而驚人的創造力。

多年來，白雪成了郡上的幸運符，只要白雪造訪我們的水域，科勒頓就能興旺昌盛。有時白雪會消失很久一段時間後，突然又回到卡羅萊納群島的水域。連報紙都會留意牠的去來。牠游入主要渠道，慢慢游進穿過郡內的水道時，居民都會被引到河岸邊。商業活動停擺，人人停下手邊的工作，跑去看牠回來。白雪很少游到主河道，因此當牠難得出現，大家便紛紛駐足。牠的到來，一向被大家視為君王臨幸的吉事；牠總是孤單地游向我們，岸上的人高喊牠的名字，大聲向牠打招呼，欣賞牠聖潔的白影，就像牠唯有的家人一樣。

爺爺發動馬達，把小船開出去，駛向渠道。白雪從我們前方的河裡浮出，背部在漸逝的天光中忽隱忽現。

「牠跟我們走同方向呢。」爺爺說著把船駛過去。「如果這還不能證實上帝的存在，還有

---

22 白雪為 Porpoise，學界中文譯名為鼠海豚，體型與海豚（dophin）相近，生物學分類實屬小型齒鯨。然為求行文流暢，並讓讀者可想像體型，後文以白海豚略譯之。

什麼能夠證明。你以為上帝造出普通的海豚就會滿意，雖然海豚已經夠好看了，可是不然，祂還在上面夢想著造出更美的東西，讓人們觀賞。」

「我從來沒有這麼近距離看過牠。牠是純白色的，就像桌布一樣。」莎瓦娜說。

可是當牠從距離我們二十碼的地方浮出時，並非純白的，當牠穿過水面，背上閃著淡淡的礦金，鰭上掠過一抹銀——這些奇異的色澤總是轉瞬即逝，難以再現。

我們看著白雪繞船而游，潛到我們下方，像道牛奶似的穿水而過。牠騰身挺立，身上映著桃色與月的金光，然後沉下去再次呈現出乳白。

這些是我那些乍隱乍現、無法全然捕捉的童年記憶。這些難以抗拒的代表性回憶，我僅記得零星片段。有一條河、城鎮、爺爺駕船經過渠道、姊姊那瞬間的狂喜，後來莎瓦娜將之轉換成她最棒的詩作之一，寫出了採來的牡蠣所散發的金屬鮮香、岸邊孩童銀鈴般的聲音……白海豚到來時所發生的一切，和那次記憶的變異。夢裡的海豚留在記憶的水域裡，神聖潔白的海豚是童年黑寒水域裡的一股明火。我的童年充滿悲慘的事，但河流不在其中，河流賜予我的無盡財富，更是無可替代或變賣的。

我們通過橋下，我回頭一望，看見聚集圍觀白雪游過的幢幢人影。他們的頭在大橋的水泥欄杆上各自擠簇，就像損壞的念珠珠子。我聽到一個小女孩哀求白雪回到橋下，男男女女聚到浮碼頭上，碼頭隨潮汐浮動；他們全都指著海豚最後浮現的地方。

白海豚來訪時，爺爺就像看見上帝從水底朝他露出潔白的微笑。

「謝謝祢，上帝。」爺爺在我們身後說，那是他在深受外在世界感動時，自然衝口而出的祈禱。「由衷感謝祢所做的一切。」

我轉過身，姊姊也轉過身，老好人對我們微微笑著。

後來，爺爺過世許久之後，我才後悔自己永遠無法成為像他那樣的人。小時候我雖然喜歡爺爺，喜歡他溫柔敦厚的安全保護，卻從未真心欣賞過他。我不懂珍惜聖潔之心，不懂得尊重、讚賞這股自然的天真與單純。現在我知道自己挺希望像爺爺那樣，能帶著熱切的信仰，像個傻子，像森林王子一樣，滿懷對上帝的愛，在世上走一遭。我想仿效他的南方人心態，感謝上帝賜予我們牡蠣與海豚，讚美上帝帶來鳥鳴與閃電，從溪流的水塘和流浪貓的眼中，看到上帝的映影。我希望對院子裡的狗和鳥雀說話，就像牠們是我的朋友，是烈陽灼灼的公路旅伴。我希望自己一心愛慕上帝，像一道飽脹慈悲心的彩虹，用渾然天成的美麗七彩與漂亮弧線，連結兩片遙遙相距的地方。我想用只看得到美好的眼睛，用只說得出讚美之詞的舌頭，對待這個世界。

白海豚自顧自地在眾人呼聲中移往上游，我可以體會到牠的孤單，可是我爺爺——我向來知道爺爺看到白雪游往上游時的感覺。他看著海豚消失，循著河渠急彎中的深水最後一閃，然後鑽進一片綠色的地峽後邊。河流在這裡往右折去。

路克站在碼頭上等我們，西下的陽光曬著他，我們看不清他的臉，遠遠看去只有一條光與陰影。爺爺關掉馬達後，路克用腳把船沿著碼頭拉過去，然後接住我拋給他的繩子。

「你們看到白雪了嗎？」他問。
「牠活潑得像隻小狗。」爺爺答道。
「托莉莎邀我們全家吃晚飯。」
「我們採了很多牡蠣。」我說。
「老爸帶了五磅蝦子過來，托莉莎打算做炸蝦。」
「我們從河上看到了你，你好像站在碼頭的巨人哦，我真的覺得你還在長高。」莎瓦娜說。
「我是啊，小妹，我可不希望侏儒攀上我的豆莖。」
我收拾牡蠣扔到碼頭上，路克把牡蠣裝到盆子裡。我們把船繫妥，穿過草地回家。
我們待在後門廊，把牡蠣撬開，放到奶奶從廚房門口遞出來的碗裡。我撬開一大顆，把肉從殼裡吸出來，在嘴裡含了一會兒，用舌頭品嘗鮮汁，吸聞香氣，然後讓牡蠣滑下喉頭。對我來說，沒有什麼比生蠔更鮮香濃郁的美食，那是僅有大海才能生出的肉香。我們聽到母親與奶奶在廚房裡的聲音，那是女性為家人準備餐飯時，恆古不變的聲音。金星帶著淡淡的銀光自東邊升起，蟬聲在樹上震天價響，有人打開屋裡的電視。
「我今天跟山姆斯教練談過了。」路克手腕輕輕一扭，啪的撬開一隻牡蠣。「他告訴我，那個黑人男孩真的要來我們學校。」
「誰呀？」莎瓦娜問。
「班吉．華盛頓，葬儀師的小孩。」

「我見過他。」莎瓦娜說。

「他是黑鬼。」我說。

「別再用這種字眼！湯姆。」莎瓦娜生氣地瞪著我。「我不喜歡，一點都不喜歡。」

「我想說什麼就說什麼，不需要得到你同意。他只會惹麻煩，破壞掉我們高三這一年。」

我嗆道。

「這是種很惡劣噁心的叫法，顯得你很無禮。」

「湯姆這麼說並沒有惡意，莎瓦娜。」路克在黑暗中輕聲說。「湯姆只是老喜歡裝強悍。」

「他本來就是黑鬼，我叫他黑鬼有啥不對。」我難得堅持。

「因為善良的人不會這樣喊人，你這個混蛋。」

「哼，真正善良的人也不會罵親人『混蛋』。」我憤憤地說。

「吃飯時間到了。」路克無可奈何地說。「是不是吵得還不夠？拜託你們兩個好不好，別再吵了行吧。我實在不該提這個話頭。」

「反正我警告你，不許再用這個詞。」莎瓦娜說。

「你什麼時候變成全國有色人種協進會的代言人了？」

「我們把牡蠣剝好，聽聽蛙鳴吧。我最討厭你們兩個這樣吵架。」路克懇求說。

「我警告你，別在我面前說就對了，我痛恨這個詞，也討厭說這種話的人。」

「爸爸就老是這樣說。」我表示。

「他有理由，因為他是白痴，你不是。」

「我不以當南方人為恥，不像某個每週讀《紐約客》的人。」

「你應該以當這種南方人為恥，這是沒有格調的人渣。」

「對不起啊，公主殿下。」

「你們兩個都給我安靜。」路克望著廚房窗口說，夜裡的空氣飄著奶奶的鬆餅香。「媽媽不許我們用這種字眼，湯姆，你明明知道。」

「你沒有權利用下三濫的南方思維說話。我不許你有那種醜陋面，必要的話，我會揍掉你那一面。」莎瓦娜說。

「我會打到你滿地找牙，莎瓦娜，你很清楚。」我挑釁地抬眼看著她說。

「沒錯，這位硬漢，你辦得到。可是如果你敢動我一根手指，這位壯漢路克一定會把你打成兩半，比起路克，你弱得跟水一樣。」她嗤道。

我看著老哥，他正對著我們兩人微笑，點點頭。

「喂，路克，老實講，是她先挑起的，不是嗎？我只是無意間咕噥幾句黑鬼的事而已。」

「是。」他同意道。「是她先開頭的，而且她也吵贏了，小老弟。」他笑說。

「你偏心。」

「我只是塊頭大。」路克答說。

「你是真正的王子，我的鄉下線衛王子。」莎瓦娜抱住路克，親他的脣。

「不許亂親，莎瓦娜。這樣太過了。」他紅著臉說。

「假設我揍莎瓦娜，只是假設，假如我為了自我防衛，摑她巴掌，你不會把我怎麼樣吧，路克？我是說，你愛我，和你愛莎瓦娜一樣，對吧？」我說。

「我愛你愛到發疼，你是知道的，湯姆。」路克撬開一隻牡蠣說。「不過你要是敢動莎瓦娜一根寒毛，我就打爛你的屁股。我的心疼會遠超過你的肉疼，不過我還是會打斷你身上每一根骨頭。」

「我才不怕你，路克。」我說。

「你怕的，湯姆。這沒什麼好丟臉，因為我比你壯多了。」他輕鬆地說。

「記得媽媽為我們朗讀《安妮日記》嗎，湯姆？」莎瓦娜問。

「當然記得。」

「記得書的結尾，你哭得多凶嗎？」

「那跟我們現在討論的事情又沒有關係，阿姆斯特丹連個黑鬼都沒有。」

「可是有納粹，納粹用『猶太豬』這個詞，就跟你講黑鬼一模一樣。」

「饒了我吧，莎瓦娜。」

「明年開學，班吉·華盛頓從校門走進來的時候，我希望你能想到安妮·法蘭克。」

「媽呀，能不能讓我好好剝牡蠣。」

「她剛把你削了一頓，老弟。我向來喜歡聽你們兩個吵架，你一開始總一副來勢洶洶的狠樣，可是到最後，你一個字都說不出來。」
「我只是不喜歡吵架罷了，這就是莎瓦娜跟我最大的差異。」
「那才不是我們之間最大的差異。」莎瓦娜說著起身走向後門。
「那什麼才是？」我轉向她問。
「你真的想知道？不怕聽了難過？」
「才不會，你想什麼我都知道，我們是雙胞胎，記得吧？」
「這你有所不知。」
「那就告訴我啊。」
「我比你聰明多了，湯姆．溫格。」
莎瓦娜走入廚房，丟下路克和我在黑暗中剝牡蠣。哥哥的狂笑聲在門廊上回響。
「你被嗆爆啦，老弟，一敗塗地啊。」
「我回嗆了幾句。」
「一句都沒有，一句都算不上。」
「安妮．法蘭克跟這件事一點屁關係都沒有。」
「莎瓦娜說得很有關係。」

受難日中午，爺爺把木十字架支到右肩上，穿上合唱團白袍，腳上是在查勒斯登平價大賣場買來的涼鞋。路克用鉗子為輪子做最後的調校。

福魯特先生指揮著交通，等候爺爺示意步行開始。由於福魯特先生既要指揮交通，還要帶領所有遊行，受難日的工作量便會加倍。他為何把爺爺的苦行當成遊行，理由只有他自己清楚，雖然是個不怎麼有趣的小遊行，但仍是遊行無誤。

福魯特先生含起哨子，爺爺點點頭。福魯特先生吹響哨子，在潮汐街上像鼓手般地踢著正步，膝蓋都快抬到下巴高了。爺爺跟在後方十碼處，我聽到幾個人在看到輪子的時候大笑，父親在貝特里藥局拍攝苦行之路的起始段。

約莫走到半途，爺爺第一次摔倒。這跤摔得不輕，他重重撞在路面，十字架倒在他身上。在長達三小時的步行中，爺爺最愛做的就是摔跤，觀眾必會大吃一驚，屢試不爽，何況他很懂摔。爺爺摔跤時，爸爸便把鏡頭拉近，這兩人顯然已培養出默契，知道苦行何時會出現高潮。爺爺也很善於擺晃，他試圖起身時，雙膝便抖得厲害。他對荒謬劇場一無所知，但他年復一年地發明自己的荒謬劇。

第一個鐘頭過後，輪子壞了，只能棄用。魯卡斯警長在橋邊的紅綠燈現身，開出擾亂交通的年度罰單。福魯特先生停下腳步，在群眾的噓聲中指揮車子穿過十字路口。爺爺教會裡的執事卡布席尼先生大聲朗讀聖經中耶穌在耶路撒冷走苦路的段落——耶穌在各各他山被釘十字架，兩側各釘著一個小偷，城市暗無天日，耶穌痛苦地呼喊「Eli, Eli lama sabachthani

（我的上帝，我的上帝！為甚麼離棄了我？）」，以及百夫長那句萬世流芳的話：「這真是上帝的兒子了。」

然後爺爺來來回回地在鞋店、房地產仲介、女性內衣褲店等各種商家前走來走去，汗珠滴落臉上，但他的眼神安詳，明白自己是在盡己所能為上帝服務。莎瓦娜和我在莎拉·柏司頓的服裝店前賣檸檬水，路克負責攔住走路的爺爺，用紙杯在他唇間灌一杯醋水，然後路克扮演古利奈人西門[23]的角色，替爺爺背十字架走一整趟路。到了第三個鐘頭，爺爺可就真的是步履蹣跚了。他最後一次摔倒後，無法自行起身，直等到路克過來幫他抬走身上的十字架，才站得起來。合唱團袍子肩部透出一條薄薄的血痕，爺爺站起來，微笑地謝過路克，允諾我老哥稍晚會幫他剪頭髮，然後繼續左搖右擺地沿街而行。

從以前到現在，我都無法明白是什麼原因讓爺爺至死不渝地愛著聖言。年少時，我覺得他的苦路之行超級丟臉，但莎瓦娜在詩中以絕美的方式描述他的路程，盛讚這位「害羞的上阿瑪高[24]巡迴理髮師」。

阿莫斯·溫格結束一天的苦路，大家扶住跌倒的他，抬著他來到檸檬水攤，拿冰塊幫他搓臉，逼他喝杯檸檬水，我便會覺得「聖人」是世界上最恐怖而無藥可治的疾病。

我們讓渾身發顫、意識昏亂的爺爺躺到人行道上。人們過來請爺爺在他們的聖經上簽名，我家老爸把他昏倒的過程完整拍下。

我和路克扶爺爺站起來，讓他搭住我們兄弟倆的肩，好扛住他，把他帶回家。路克一路讚道：「太帥了，爺爺，你帥爆了。」

23 Simon of Cyrene，耶穌前往受刑途中，被羅馬士兵強迫替耶穌背十字架的人。

24 Oberammergau：以演出耶穌受難劇而聞名的德國小鎮。

木馬文學

潮浪王子（上）

作者　佩特．康洛伊 Pat Conroy
譯者　柯清心

副社長　陳瀅如
責任編輯　陳瀅如
文字編輯　Fion
行銷業務　陳雅雯、趙鴻祐、張詠晶、張偉豪
裝幀設計　莊謹銘
內頁排版　Sunline Design
印刷　前進彩藝有限公司

出版　木馬文化事業股份有限公司
發行　遠足文化事業股份有限公司（讀書共和國出版集團）
地址　231023新北市新店區民權路108之4號8樓
電話　02-2218-1417
傳真　02-8667-1065
客服信箱　service@bookrep.com.tw
客服專線　0800-221-029
郵撥帳號　19588272木馬文化事業股份有限公司
法律顧問　華洋法律事務所　蘇文生律師

初版一刷　2024年10月
定價　NT$950
ISBN　978-626-314-750-8（平裝上冊）978-626-314-751-5（平裝下冊）
978-626-314-752-2（平裝套書）978-626-314-748-5（EPUB）

國家圖書館出版品預行編目（CIP）資料

潮浪王子 / 佩特.康洛伊(Pat Conroy)著；柯清心翻譯. -- 初版. --新北市：木馬文化事業股份有限公司出版：遠足文化事業股份有限公司發行, 2024.10
2冊 ; 14.8×21公分. -- (木馬文學 ; 173)
譯自 : The prince of tides.
ISBN 978-626-314-750-8(上冊 : 平裝). --
ISBN 978-626-314-751-5(下冊 : 平裝). --
ISBN 978-626-314-752-2(全套 : 平裝)
874.57　　113013924